Scarlet
스칼렛

Scarlet
스칼렛

폴리스

폴리스

1판 1쇄 찍음 2012년 2월 20일
1판 1쇄 펴냄 2012년 2월 22일

지은이 | 박윤애
펴낸이 | 정 필
펴낸곳 | 도서출판 **뿔미디어**

편집장 | 이재권
기획·편집 | 손수화, 주종숙
편집디자인 | 이진선
관리, 영업 | 김기환, 임순옥

출판등록 | 2002년 9월 11일 (제1081-1-132호)
주소 | 부천시 원미구 상3동 533-3 아트프라자 503호 (우)420-861
전화 | 032)651-6513 / 팩스 032)651-6094
E-mail | BBULMEDIA@daum.net
카페 | http://cafe.daum.net/scarletR

값 9,000원

ISBN 978-89-6639-545-3 03810

※파본은 구입하신 서점에서 교환하여 드립니다.

※이 책은 (도)뿔미디어를 통해 독점 계약되었습니다.
저작권법에 의해 보호를 받는 저작물이므로 무단 전재와 무단 복제를 엄금합니다.

박윤애 장편소설

폴리스

SCARLET ROMANCE STORY

Scarlet
스카렛

|차 례|

프롤로그 _ 7

1. 최악의 파트너 _ 19
2. 첫 사건 _ 40
3. 비가 내리는 날엔 _ 80
4. 아라뱃길의 시신 _ 102
5. 흔적 _ 168
6. 진실은 _ 237
7. 결말 _ 304

에필로그 _ 359

후기 _ 368

프롤로그

"이거 놔! 놓으라고!"

순찰을 나간 이 순경과 김 순경이 발악하는 취객의 양팔을 단단히 붙잡고 지구대 안으로 들어섰다. 알싸하게 풍기는 술 냄새가 지구대 안에 순식간에 퍼지자 얼마나 술을 퍼마셨는지 짐작케 했다. 취객의 양팔을 단단히 잡고 있던 손을 놓자, 마치 기다렸다는 듯 소파에 꼬꾸라져 잔뜩 꼬인 발음으로 알아들을 수 없는 말을 해 댔다.

"어우, 술 냄새! 순찰 나가서 조용한 적이 없지."

지우는 코를 쥐어 싸며 얼굴을 구겼다.

"검암 2지구에서 여기까지 데리고 오는 데 얼마나 씨름했는지 아세요?"

"진상도 이런 진상 없을 거다. 차 안에서 어찌나 발광을 하던지

아주 혼났어요."

그렇게 짜증 난 얼굴로 경찰 모자를 벗어 부채질을 하던 김 순경은 지우를 보곤 서운한 얼굴을 했다. 그사이 남자는 제집 안방마냥 코까지 골며 잠들어 있었다. 지우는 남자의 어깨를 흔들어 깨웠다.

"아저씨, 여기서 주무시면 어떻게요? 집 어디예요?"

"씨팔! 뭐야! 내 집에서 내가 자겠다는데 왜 깨우고 지랄들이야! 썩 꺼져!"

목청을 자랑하듯 고함을 지르더니 다시 코를 골며 잠자는 남자였다. 지우는 남자의 겉옷 주머니에서 지갑을 찾았다. 신분증에 있는 사진 속 모습은 지금 이렇게 지구대에서 진상을 부리는 것과는 달리 점잖아 보였다. 그리곤 휴대폰을 찾을 수 있었다. 지우는 폴더를 열어 전화번호부에 저장되어 있는 이름을 하나씩 내렸다.

"섹시 바, 언니들, 놀러와, 김 마담?"

온통 술집 전화번호뿐이었다. 지우는 인내심을 가지고 전화번호를 하나씩 내렸다. 한참 만에 끝에서 '지옥'이라고 입력되어 있는 전화번호를 발견했다. 혹시나 하는 마음에 지우는 통화 버튼을 눌렀다. 신호음 끝에 중년의 여자가 전화를 받았다.

"안녕하세요. 여기 검암 지구대인데요. 김상봉 씨가 술 취해서 주무시고 계시거든요. 보호자 되시면······."

―뭐? 그 인간이 거기 있다구요? 상갓집 간다는 인간이······! 내가 가만두나 봐라!

지우가 자초지종을 설명하기도 전에 날카로운 목소리로 지우의 말을 가로막곤 전화를 끊어 버렸다. 이런 일을 겪는 게 하루 이틀이 아니기에 지우는 앞으로 벌어질 사태가 눈앞에 그려졌다. 조금 있으면 지금처럼 평온하게 숙면을 취할 수 없을 것 같은 김상봉을 측은하게 바라보며 보호자가 오길 기다렸다.

지우는 늘어지게 하품을 하며 시계를 바라보았다. 11시가 다 되어 가고 있었다. 마지막 근무하는 날까지 12시 넘는 퇴근의 영광을 얻다니.

그때였다.

"흐흐…… 지, 지우야…… 흐흐흑."

지우는 놀란 얼굴로 서류를 정리하다 귀신 소리를 내며 자신을 부르는 목소리에 놀란 얼굴로 반문했다.

"누, 누구세요?"

"나, 나야. 설……희…… 흐흐흑."

"설희?"

힘없이 고개를 끄덕이며 설희는 울먹거렸다.

"너 꼴이 왜 그래? 무슨 일이야?"

눈물로 번진 아이라이너는 눈물과 함께 턱까지 내려와 있었고, 미니스커트 밑으로 매끈한 설희의 다리는 상처투성이었다. 거기다 굽이 부러진 힐까지 들고 처량하게 울고 있는 설희의 발 여기저기 상처가 보였다.

"지, 지우야. 흐어엉."

설희는 입을 막고 있던 휴지 뭉치를 빼내곤 더 큰 소리로 울어 대기 시작했다.

"너, 이빨…… 앞니 어떻게 된 거야!"

오전에 출근할 때만 해도 멀쩡했던 애가 왜 이런 거지꼴로 지구대까지 왔는지 의문투성이였다. 앞니 두 개가 빠진 몰골로 울고 있는 설희의 모습에 김 순경과 이 순경은 작게 웃음을 터뜨렸다. 잔뜩 풍기는 술 냄새에 그저 넘어진 거라 추측한 것이다. 지우의 눈짓에 김 순경과 이 순경이 웃음이 멈추었다. 지구대가 떠나가라 울던 설희는 어느 정도 안정이 된 모양인지 소파에 앉아 시원하게 코를 풀고 있었다. 지우는 구급상자를 가져와 까진 설희의 무릎을 치료해 주었다.

"아야!"

"엄살은. 그나저나 무슨 일이야? 강도라도 만난 거야?"

"취재 끝나고 태민 씨 만나러 가게 갔는데, 글쎄, 어떤 여우 같은 계집애랑 희희낙락거리고 있는 거야. 흐흐흑. 알고 봤더니 바람났더라구. 흐흐흑. 어떻게 날 두고……."

"그래서?"

"너무 열 받아서 포장마차 가서 한잔하고 따지러 갔는데, 길거리에서 밀치는 바람에 시멘트 바닥에 넘어지면서 이빨이…… 흐흑."

설희는 휴지에 곱게 싸 놓은 앞니 두 개를 보며 눈물을 흘려 댔다. 처량하다 못해 불쌍하기까지 한 설희의 사연에 지우는 두 주먹을 불끈 쥐었다.

"그 자식 가게가 어디랬지?"

"가게는 왜?"

"내가 가서 치료비라도 받아 와야겠어! 그 자식 내가 가만 안 둘 거야. 가게 이름하고 위치 문자로 보내!"

설희가 말릴 새도 없이 지우는 그대로 순찰차 키를 가지고 밖으로 나왔다.

"서, 선배!"

시동을 거는 사이 뒤늦게 김 순경이 따라나와 차창을 두들겼다. 지우는 느긋하게 차창을 열곤 얼굴을 내밀었다.

"나 지금 사건 접수받고 폭력 사건 해결하러 가는 거야. 땡땡이 치는 거 아니구. 오케이?"

법에 어긋나지 않는 범위 내에서 지우는 급하게 차를 몰았다. 그리고 설희가 보낸 문자 메시지를 보곤 그대로 닫아 버렸다. 2년 동안 지극정성이었던 설희를 두고 바람난 것도 모자라 폭행까지 일삼다니!

지우는 술집으로 번잡한 번화가 주변에 차를 주차해 놓고 차에서 내려 가게를 찾았다. 그리고 '레드'라는 간판을 보다 bar 안으로 들어섰다. 조용한 음악이 흘러나오는 가게 안에는 몇 명의 손님이 있었다. 그리고 곧 유니폼을 입은 여자가 다가와 지우의 앞을 가로막았다.

"사장 어디 있어?"

"어쩐 일이세요?"

"잔말 말고 얼른 김태민 불러!"

지우의 고함에 종업원이 놀란 표정으로 우물쭈물대는 사이 김태민이 거들먹거리며 모습을 드러냈다.

"왜 이렇게 소란스러워?"

그의 옆엔 열 살은 족히 어려 보이는 여자의 허리에 손을 두르고 있었다. 김태민은 지우를 알아보곤 순식간에 얼굴을 구겼다.

"바쁘신 경찰께서 여기까지 어쩐 일이십니까?"

"오빠 누구야?"

그가 비아냥대며 이죽거렸고, 설희가 말한 대로 여자는 혀 짧은 소리를 내며 앙큼하게 물었다. 그 모습이 꼭 여우 같았다.

"어떻게 이럴 수가 있어? 설희가 지금까지 어떻게 했는데 설희를 버리고 이딴 여우 같은 계집이랑 바람이 날 수가 있어? 가게에서 사장님 소리 들으니까 사람 인성도 바뀌는 거야?"

"사람 마음이라는 건 언제든 변하는 거 아닌가? 그걸 가지고 왜 들 난리야?"

생각했던 대로 태민은 반성의 기미도 보이지 않을 뿐더러 오히려 큰 소리 떵떵 치고 있었다. 적반하장이란 생각이 절로 들었다.

"김태민! 설희랑 결혼한다고 했잖아. 그렇게 꼬드겨 놓고 이제 와서 마음이 바뀌었다고? 그런 개차반 같은 말이 어디 있어?"

"개차반이고 나발이고, 영업 방해 말고 그만 나가 주지그래?"

"개자식!"

"영업 방해로 경찰이 신고당하고 싶지 않다면 그만 나가는 게 신상에 좋을 거야."

뭐가 그렇게 당당한지 김태민은 여자의 허리를 더욱 세게 끌어안은 채 다시 어디론가 들어갔다. 그 안에선 천박한 두 사람의 웃음소리가 흘러나왔다.

"내가 그냥 곱게 갈 거 같아?"

지우는 이를 바득바득 갈며 가게에서 나왔다. 그리고 가게 앞에 주차되어 있는 태민의 차를 바라보던 지우의 입가에 미소가 걸렸다. 약 삼 개월 전 새로 뽑은 차로, 설희를 집 앞에 데려다 줄 때 본 적이 있었다. 지우는 바지 주머니에서 매직을 꺼내 들곤 주변을 살폈다. 다들 한잔 거하게 하러 간 모양인지 마침 행인이 없었다.

"이때다!"

지우는 보닛을 밟고 올라가 무릎을 구부리곤 앞 유리를 향해 다음과 같이 휘갈겼다.

조강지처 버리고 잘되는 놈 못 봤다! 열 살이나 어린 여자나 밝히는 변태 늙다리! 십 리도 못 가서 발병 나라! 이빨값 삼백만 원 내가 꼭 다시 받으러 온다!

❊　　❊　　❊

"너 거기 안 서?"

벌써 삼십 분 넘게 놈과 달리기를 하고 있었다. 역시 많이 쫓겨본 놈답게 도망가는 경로가 제법이었다. 벌써 4킬로미터 정도 뛴 것 같은데, 놈은 빨간 꽃무늬 남방을 잘도 휘날리며 숨도 고르지 않고 뛰고 있었다.

여기서 포기해 버리면 쫓기는 놈에게 형사 체면이 말이 아닐 것이다. 코카인, 대마초 등 마약 판매책으로 이 바닥에선 제법 알아주는 놈답게 놈을 잡기 위해 출동하면 어쩐 일인지 녀석은 재빠르게 도망가 버리기 일쑤였다. 지금 놈을 놓치면 언제 잡게 될지 기약할

프롤로그 13

수 없었다. 눈앞에 있는 놈을 놓칠 순 없었다.

"갈치! 이 자식, 안 서!"

다시 한 번 고함을 질러 보지만, 갈치 놈은 슬쩍 재혁이 쫓아오는 것을 확인한 뒤 숨을 고를 틈도 없이 뛰어 댔다.

"형사님 같으면 서겠습니까? 전 절대 못 섭니다. 헉헉!"

"이 새끼! 각오해라!"

전력질주를 해 갈치와의 거리는 좁혔지만 여전히 따라잡을 수는 없었다. 최근 과음을 해서 그런지 저질 체력이 되어 가는 것 같았다. 갈치를 잡으면 도장에 나가 다시 체력 단련을 할 생각이었다.

사람들로 번잡한 술집들을 지나 놈은 지하도로 내려가고 있었다. 놈도 슬슬 체력이 바닥난 것이다. 여기서 지하철을 타고 그대로 가 버리면 눈앞에서 놈을 놓치게 될 것이다. 여기서 승부를 내야만 했다. 놈은 개찰구를 담 넘듯 뛰어넘곤 여전히 재혁이 쫓아오는 것을 확인한 뒤 계속해서 뛰어 댔다. 재혁도 갈치가 넘은 개찰구를 뛰어넘어 그의 뒤를 쫓았다. 마침 지하철이 도착하는 안내방송이 흘러나오고 있었다. 놈이 지하철을 타는 것만은 막아야 했다.

계단을 두세 개씩 뛰어 내려가던 갈치는 마침 도착한 지하철을 보고 여유 있는 미소를 지으며 재혁에게 손을 흔들었다. 그 모습에 재혁은 있는 힘껏 달렸다. 지금까지 놈을 잡기 위해 달려온 시간들을 떠올리며 마지막 힘을 다했다. 지하철 문이 열리자 지하철에 탑승하려고 하는 갈치의 뒷덜미를 낚아챘다.

"헉헉. 내가 각오하라고 했지? 너 때문에 시간 낭비, 체력 낭비

어떻게 보상할래? 헉헉!"

"하아, 진짜 형사님 독하십니다."

긴장이 풀린 모양인지 갈치는 포기하고 그대로 바닥에 주저앉았다. 꼼수를 잘 부리는 놈이기에 재혁은 놈의 한쪽 손에 수갑을 채우곤 자신의 손에 다른 쪽 수갑을 채웠다.

"형사님, 이게 무슨 짓입니까?"

"순순히 따라올 것 같지 않아서 말이야."

재혁은 주머니에서 휴대폰을 꺼내 갈치를 쫓다 엇갈린 한 형사에게 전화를 걸었다.

"선배, 갈치 잡았어. 지금 다리가 풀려서 못 걷겠으니까 이쪽으로 와 줘. 아까 거기서 가까운 전철역이야."

―그래, 수고했다. 그 새끼 어디 못 도망가게 잘 붙잡아 둬라.

"걱정 마."

재혁은 자신의 손을 위로 뻗었다. 그 행동 때문에 갈치의 오른손도 딸려 올라가 그는 신음 소리를 흘렸다. 한 형사와 전화 통화를 마친 후 재혁은 자리에서 일어났다.

"형사님, 조금만 쉬고요."

덩치에 안 맞게 엄살을 피우는 갈치의 엉덩이를 걷어차며 재혁이 인상을 썼다. 그러자 혼자 조용히 구시렁거리며 일어섰다.

"도망갈 생각은 애당초 접는 게 나을 거다. 알았냐?"

"이러고 있는데 어찌 도망갑니까?"

울상을 지으며 수갑을 바라보는 갈치에게 일말의 자비심을 베풀어 줄 재혁이 아니었다.

"화장실 좀 가면 안 되겠습니까?"
"경찰서 금방이다."
"진짜 미치겠습니다."

식은땀을 흘리며 징징대는 갈치의 우는소리에 못 이겨 결국 재혁은 화장실로 들어섰다. 볼일을 보기 위해 바지 지퍼를 내리는 순간에도 재혁은 갈치에게 시선을 떼지 않았다.

"형사님, 아무리 그래도 시선을 잠깐 돌려주시는 것이……."
"5초 안에 볼일 끝내라."

으름장을 놓곤 몸을 돌린 재혁은 그저 변기에 소변이 떨어지는 소리를 듣다 휴대폰 전화벨 소리에 바지 뒷주머니에서 휴대폰을 꺼냈다.

"도착했어?"
―인마, 도착은 무슨.
"왜 무슨 일인데?"
―차 앞 유리에 누가 낙서를 해 놨어. 너 무슨 원한 같은 거 사고 다니냐?
"형사가 원한 사고 다니는 게 하루 이틀이야? 무슨 낙선데? 그딴 건 빨리 지우고 이쪽으로 와 줘."
―이런 낙서가 적힌 차를 몰고 거기까지 가라고? 네가 직접 봐라.

도대체 무슨 낙서이기에 그리 호들갑을 떠는 것인지 재혁은 짜증이 났다. 시간은 벌써 자정을 넘기고 있었고, 하루 종일 발바닥에 땀이 배기도록 뛰어다닌 덕분이 온몸이 노곤했다. 한 형사와 통화가 끝난 후 문자 메시지가 도착했다. 문자 메시지를 확인하는 재혁의 얼굴이 하얗게 질려 가고 있었다.

"제기랄!"

왼손이 갈치와 연결되어 있다는 것을 잊은 채 주먹으로 벽을 내리쳤다. 무방비 상태로 재혁에게 끌려간 오른손의 고통을 호소하면서도 단단히 화가 난 재혁에게 감히 뭐라 심통을 부릴 수 없는 갈치였다.

"형, 형사님."

아직 속옷도 제대로 입지 못한 갈치였다. 다른 손으로 서둘러 속옷을 입고 바지 지퍼를 올린 갈치는 스프링에 튕겨 나가듯 재혁에게 이끌려 가고 있었다.

"감히 내 차에 귀여운 낙서를 하다니!"

이미 재혁은 갈치의 존재를 잊은 지 오래였다. 그대로 지하철역을 빠져나와 차를 세워 둔 곳으로 갔다. 두 눈으로 직접 확인을 해야 했다.

"재혁아, 왔냐?"

"누, 누가 여기에 낙서를 했단 말이야! 목격자 없대?"

한 형사는 그저 아무 말 없이 재혁을 바라보며 씁쓸한 얼굴을 했다. 재혁은 미친 사자처럼 길길이 날뛰어 댔다. 그때마다 제일 고통스러운 사람은 갈치였다.

"살살 해라. 애 다친다."

"아우 씨! 내가 잡히면 가만 안 둔다! 내가 진짜 꼭 찾아내고 말 거야!"

보닛을 쾅, 하고 양손으로 내리쳤다.

"형, 형사님 바람 폈습니까? 그러면 안 되죠. 무슨 사연인지는 모르겠으나 단단히 원한을 사고 다니나 봅니다."

"마약 판매책인 너보다 더 하겠냐? 어?!"

눈치 없이 비아냥거리다 되레 당한 갈치는 힘없이 웃으며 태워 죽일 것 같은 재혁의 이글거리는 눈을 피했다. 재혁은 도대체 누가 이런 귀여운 장난을 했는지 꼭 찾아내고야 말겠다고 다짐했다.

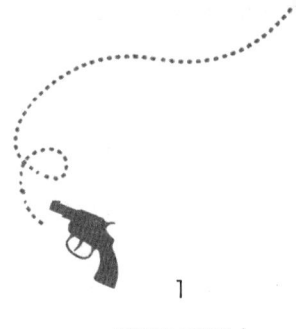

1
최악의 파트너

시끄럽게 울려대는 알람 소리에 지우는 팔을 뻗어 시계를 껐다. 세상모르고 곤히 잠들어 있는 설희를 바라보다 지우는 커다랗게 기지개를 폈다. 설희를 깨우려다 며칠 휴가를 냈다는 그녀의 말을 기억해 냈다. 앞니가 두 개 빠진 채로 취재를 나갈 수 없는 노릇이긴 했다. 앞니 빠진 기자가 취재한다고 생각하니 저도 모르게 피식 웃음이 났다.

지우는 침대에서 내려와 느릿한 걸음으로 주방으로 갔다. 정수기에서 물을 따라 목을 축인 후 욕실로 가서 간단하게 샤워 후, 수건으로 머리를 돌돌 말고 욕실에서 나왔다. 토스트기에 식빵을 넣어 놓고 타임을 맞춘 뒤, 지우는 수건으로 머리를 말렸다. 어깨 좀 미치지 못하는 짧은 단발머리였기에 금세 물기가 말라 버렸다. 지우는 토스트기에 넣어 둔 식빵과 우유를 따른 컵을 가지고 식탁에 앉았다. 바삭하게 구워진 빵이 고소했다.

 창문으로 들어오는 아침 햇살을 감상하며 우유 한 잔을 말끔히 비워 낸 지우는 출근 준비로 분주해졌다. 오늘부터 인천 서부 경찰서 강력반으로 첫 출근하는 날인데 지각할 수는 없었다. 어떤 사람들과 어떤 일을 하게 될지 벌써부터 가슴이 두근거렸다. 탁자에 세워 둔 아버지 민석의 사진을 바라보며 지우는 중얼거렸다.

"아빠, 잘 다녀올게."

막 운동화를 신고 나가려는데 설희가 반쯤 몸을 일으켰다.

"추근해?"

"응. 오늘 치과 간댔지? 치료 잘 받구."

"너도 오느 첫 추근이니까 자해. 화이딩!"

빠진 앞니 때문인지, 설희가 말할 때마다 나는 쉿 소리 때문인지, 아님 부정확한 발음 때문인지 지우는 소리 없이 웃으며 고개를 끄덕였다.

화창한 날씨 덕분인지 지우의 발걸음도 가벼워졌다. 근처 편의점에서 음료수를 산 지우는 며칠 전까지 근무했던 검암 지구대로 들어섰다. 당직 근무인 김 순경이 지우를 보곤 반색했다.

"선배!"

"고생이 많다. 자, 이거."

"아침부터 어쩐 일이세요?"

피곤한 모습으로 김 순경은 지우가 건넨 음료수 박스를 들곤 의아한 듯 물었다.

"출근하다가 잠깐 들렀어. 인사도 제대로 못 한 거 같아서."

3년 동안 그녀가 근무했던 지구대를 떠나는 지우의 마음도 그리 편치 않았다. 하지만 처음부터 그녀의 목표는 강력반 형사였고, 그녀는 앞으로 풀어야 할 숙제가 있었다. 그걸 위해선 마음이 약해질 수 없었다.

"며칠 전에 송별회도 했잖아요. 인사는 무슨."

"소장님께도 안부 전해 드리고."

김 순경은 아쉬운 얼굴로 고개를 까닥했다.

지우는 3년 동안 근무 실적이 우수해, 심사 승진을 통해 경장으로 진급했다. 그리고 그녀는 박 소장에게 강력반으로 근무 배치를 부탁했다. 박 소장은 남자조차 버티기 힘든 강력반이라며 수사과나 교통과로 가라고 설득했지만, 지우의 생각은 변함없었다. 박 소장에게 꼭 풀어야 할 숙제가 있다고 강경하게 부탁했고, 박 소장은 끝내 지우의 부탁을 거절하지 못했다. 마치 아버지처럼 지우를 걱정했던 박 소장이 눈에 밟혀 지우는 출근길에 잠깐 지구대에 들렀던 것이다.

"그럼 수고해."

지우는 씩씩하게 인사하곤 지구대에서 나와 버스정류장으로 걸어갔다. 귀에 이어폰을 꽂곤 방금 도착한 버스에 올라타 자리를 잡고 앉았다. 출근 시간이라 그런지 버스 안은 회사원과 학생들로 붐볐다. 잠시 후, 인천 서부 경찰서라는 안내 방송이 나오자 지우는 버스에서 내렸다.

'경찰이 새롭게 달라지겠습니다.'라는 파란색 바탕의 흰 글씨 표어가 지우의 눈에 들어왔다. 지우는 가벼운 걸음으로 경찰서 안에 들어섰다. 빼곡히 주차된 차들을 지나 두리번거리며 안에 들어선 지우는, 안내 표지판에서 그녀가 배치받은 강력반을 찾았다. 형사과 소속의 강력반이 보였다. 1층 복도 끝에 위치했다.

"찾았다."

지우는 긴 복도를 걸으며 지나가는 사람들에게 고개를 숙여 인사했다. 며칠 전, 인사과에서 연락을 받았을 때 강력 2팀으로 오면 된다고 했던 말이 생각이 났다. 지우는 강력 2팀 앞에 서서 심호흡을 했다. 그리고 얼마 전부터 준비해 왔던 첫 인사를 중얼거렸다.

"안녕하십니까. 경장 강지우, 오늘부터 인천 서부 경찰서 강력 2팀에 배치받았습니다."

문고리를 잡고 몇 번이나 연습을 한 끝에 지우는 문을 열고 다부지게 외칠 수 있었다.

"안녕하십니까! 경장 강지우, 오늘부터 인천 서부 경찰서……."

박수를 쳐 주며 굉장히 환영해 줄 것이라는 기대와는 달리, 사무실은 숨소리조차 들리지 않을 정도로 쥐 죽은 듯 조용했다. 거기다 사무실에 있는 사람이라곤 시선조차 주지 않고 업무에 열중하는 남자뿐이었다. 지우는 머쓱해진 얼굴로 뒷머리를 긁적이며 하던 인사를 계속했다.

"강력 2팀에 배치받은 강지우입니다. 잘 부탁드립니다."

지우는 어느새 한참 업무에 열중하고 있는 남자 앞에 섰다. 지금 여기서 딱히 말을 나눌 사람도, 물어볼 사람도 없었다. 이 남자뿐이었다.

 지우가 먼저 말을 걸기도 전에 남자는 컴퓨터 모니터에서 처음으로 시선을 돌렸다. 남자의 얼굴은 약간 햇볕에 그을려 까무잡잡한 데다 눈매가 매섭게 보였고, 날렵한 턱 선 때문인지 첫인상이 매우 차가워 보였다.

 "요즘은 개나 소나 다 형사래. 형사가 어떤 일을 하는지 알고나 왔나?"

 "네?"

 난데없는 공격에 지우는 당황한 얼굴로 남자를 노려보았다. 남자의 책상 위에 있는 윤재혁 경사라는 형사증이 보였다.

 "CIF, 과학수사대, 화이트 칙스 이런 미국 형사 드라마 보고 혹해서 시작한 거라면 잘못 온 것 같은데."

 "물론 CIF, 과학수사대, 화이트 칙스 굉장히 좋아합니다. 하지만 태권도 2단, 합기도 2단, 유도 2단 섭부른 호기심에 시작할 정도로 어리석진 않아요. 현실과 드라마 구분할 정도의 지능은 가지고 있거든요. 윤재혁 경사님."

 자존심이 상할 대로 상한 지우는 지지 않기 위해 눈을 부릅뜨고 대꾸했다. 여자들 사이에서만 텃세가 있는 줄 알았지, 남자들도 이렇게 여자한테 텃세를 부리는 줄은 꿈에도 몰랐다. 여자라고 무시받는 건 지우에게 있어 최고의 치욕이었다.

 "그럼 편한 수사과나 보안과로 지원하지 어째서?"

 "앉은뱅이 수사는 영 내키지 않아서요. 폼 나는 쪽으로 하고 싶었거든요."

재혁의 눈썹이 파르르 떨리고 있었다. 이쯤 말하면 알아들을 줄 알았던 재혁은, 자신이 너무 지우를 얕잡아 보았다는 생각이 들었다. 보통내기가 아니었다.

어제 퇴근하기 전 김부식 팀장이 따로 술 한잔하자고 했을 때 뭔가 이상하다고 생각했었다. 아니나 다를까 술 한잔하며 오늘 새로 배치받는 여형사와 파트너가 되어 일을 하라는 것이었다. 한민수 형사와 박철민 형사도 있는데 왜 하필 자신이냐고 물었다. 여자와 파트너라니. 벌써부터 피곤이 파도처럼 밀려오는 것 같았다.

사실 애당초 재혁과 같은 파트너로 근무하던 형사가 다른 경찰서로 전임했기 때문에 김 팀장에게 나올 대답은 뻔했다.

"아, 그리고 전 훈계받으러 온 거 아니니까 동료로서 대해 주셨으면 좋겠네요."

고른 치아를 드러내며 미소까지 보이는 지우에게 재혁은 할 말 잃은 얼굴로 '뭐 저런 여자가 다 있어?'란 표정을 노골적으로 드러내고 있었다.

"설마 여자는 강력반에 어울리지 않는다, 뭐 이딴 고지식한 훈계를 더 듣고 있어야 하는 건 아니겠죠?"

"밤낮 할 것 없이 사건 해결을 위해 뛰어다녀야 해. 위험천만한 일들이 도사리고 있다고. 누굴 보호할 만한 여유 따윈 없어."

재혁은 티셔츠를 올려 왼쪽 옆구리의 상처를 보여 주었다. 육 개월 전 조직 폭력배들을 검거하다 칼에 찔린 상처였다. 그리고 여기저기 그의 몸은 성한 곳이 없었다. 남자들조차 위험한 곳에 어떻게 여자와 같이 다니며, 사건을 해결한단 말인가.

지우는 다짜고짜 상의를 탈의하는 재혁의 모습에 놀랐고, 또 그의 옆구리 상처에 다시 한 번 놀랐다.

"이런 걸 보고 놀라다니. 각오 없이 왔나 보군."

"사람 잘못 봤어요. 이런 상처쯤 각오했으니까. 전 여자 안 해요, 형사만 할 거예요."

지우는 확고한 어조로 짤막하게 대답했다. 강력반 형사가 얼마나 힘들고 고된 직업인지 자신에게 훈계를 늘어놓는 재혁보다 지우가 더 잘 알고 있었다. 9년 전 허망하게 세상을 떠난 부친의 몸에 난 상처들을 치료해 준 사람이 자신이었으니 말이다.

그리고 그때, 사무실 문이 열렸다. 지우는 재혁을 노려보다 한풀 꺾인 시선으로 문이 열린 곳을 바라보았다. 삼십 대 중반, 아니 후반 정도로 보이는 약간 투박하게 생긴 남자와 그보다 어려 보이는 말쑥하게 생긴 남자가 보였다.

"오늘부터 강력 2팀에 배치받은 강지우라고 합니다."

"이렇게 곱고 예쁜 아가씨가 들어오다니. 잘 부탁합니다. 난 한민수 경사요."

손바닥을 옷에 문지르곤 한민수는 사람 좋은 웃음을 입에 머금고 손을 내밀었다.

"전 박철민 경장입니다. 팀장님 회의에서 곧 오실 겁니다. 앉아서 기다리세요."

지우는 민수, 철민과 악수를 하며 인사를 나누었다. 두 남자의 손에 박인 굳은살이 지우의 손바닥에 그대로 전해졌다. 앞으로의 이곳

생활이 쉽지만은 않을 것 같았다. 지우는 철민이 자판기에서 뽑아다 준 따뜻한 커피를 들고 소파에 앉아 팀장을 기다렸다.

"갈치 그 자식 어제 불었냐?"

한참 수사 보고서를 작성 중이던 재혁이 한 형사의 물음에 대답했다.

"갈치 패거리 사무실 지하에 곰 인형이 수십 박스가 나왔는데 묵비권이니 뭐니 해 봐야 달라질 게 없다는 걸 깨달은 거지."

지우는 손목시계로 시간을 확인했다. 오전 9시가 막 지나고 있었다. 그녀가 기다리는 팀장은 어떤 사람일지 지우는 궁금해졌다.

"다들 인사 나누었나?"

사무실 문이 벌컥 열리며 50대로 보이는 남자가 들어왔다. 흰 셔츠에 검은색 재킷을 걸친 남자의 얼굴엔 피곤한 기색이 얼핏 보였다.

"팀장님, 어떻게 저렇게 예쁜 아가씨를 강력반에……."

한민수 형사의 말꼬리를 자른 팀장은 지우에게 시선 한 번 주곤 팀원들을 향해 말했다.

"다들 주목. 앞으로 우리와 같이 일하게 될 강지우 경사네. 아직 처음이니만큼 모르는 게 많을 거야. 다들 동료로서 강지우 형사를 많이 도와주도록 하게."

지우는 다시 한 번 사람들을 향해 고개를 숙여 인사했다. 이제야 강력반 형사가 되었다는 사실이 실감이 났다.

"윤재혁 형사가 파트너가 되어 많이 알려 주도록 하게."

재혁은 여전히 인상을 쓰며 대답 대신 지우를 쏘아보았다. 하필

이면 저런 인간과 파트너라니. 지우는 아침부터 그녀에게 훈계 아닌 훈계를 늘어놓던 재혁과 같이 파트너로 일할 수 있을지 막연한 걱정이 앞섰다.

※　※　※

"환영회에 겨우 껍데기예요?"

노릇하게 익은 껍데기를 한 젓가락 들고 묻는 지우의 얼굴은 실망한 기색이 역력했다. 굳이 누구 한 명을 꼭 집어 물어본 말은 아니었으나 다들 출출했던 모양인지 먹기에만 바빠 보였다. 대답이 없어 괜히 민망한 얼굴을 하고 있는 지우를 향해 친절하게 말을 건넨 사람은 민수였다.

"껍데기 싫어해?"

"싫어하는 건 아닌데 주인공인 저한테 예의상이라도 먹고 싶은 건 없냐, 뭘 좋아하냐 물어봐야 하는 거 아닙니까?"

"싫어하지 않으면 됐지. 말 참 많네."

지우의 투정을 잠자코 듣고 있던 재혁이 그녀를 노려보며 한마디 했다. 술김에라도 저 인간에게 시원하게 욕을 해 봤으면 좋겠다고 지우는 생각했다.

"뭐라구요?"

"자자, 그러지 말고 한 잔 시원하게 들이켜. 소주하고 궁합이 기가 막혀."

민수가 지우의 빈 잔을 채워 주며 그녀를 달랬다. 잘 익은 껍데기를 지우 앞에 가져다 놓으며 철민도 거들었다.

"빨리 잔 들어요. 선배님도 얼른 들라구요. 술잔 안 들면 글라스에 가득 담아 마셔야 된다구요."

마지못해 재혁이 소주잔을 들었다. 술잔이 허공에 부딪히는 소리와 함께 지우는 소주를 원샷했다. 오랜만에 마시는 술이라 그런지 식도를 타고 들어가는 알코올이 심상치가 않았다. 예전엔 술 한 병은 거뜬했는데 한 잔에 취한다는 건 지우에게 있을 수 없는 일이었다.

"강 형사님, 술 잘하시는데요?"

철민이 능청스럽게 지우의 잔을 채웠다. 지우도 거절하지 않고 으쓱해하며 술을 마셨다. 이렇게 기분 좋은 날 잔을 빼고 내숭을 떠는 행동은 지우에게 어울리지 않았다.

"제가 생긴 건 이렇게 예쁘게 생겼어도 술은 또 조금 합니다."

벌써 술에 취한 건지, 아니면 정신이 나간 건지 마음과 달리 헛소리가 자꾸 삐져나왔다. 철민이 따라 주는 술을 연달아 세 잔 마신 후부터 민수가 그녀를 말리기 시작했다.

"너무 과음하는 거 아니야? 그만 마시는 게······."

"오늘 과음할 겁니다. 딸꾹. 오늘 이렇게 기분 좋은 날 술을 마셔야지 하지 않겠습니까? 딸국."

혀까지 풀린 지우의 몸이 상, 하, 좌, 우로 하염없이 흔들리고 있었다. 오른쪽으로 기울었을 땐 철민이, 왼쪽으로 기울었을 땐 재혁이 지우를 잡았다.

'무슨 여자가 술을 제 몸도 간수하지 못할 정도로 마셔?'

재혁은 인상을 쓰며 더 이상 옆으로 넘어지지 않도록 지우의 가는 팔을 단단히 잡았다.

"한민수 형사님, 혹시 제가 마음에 안 드시나요?"

"아니, 그럴 리가."

"그런데 제 옆에 있는 사람은 제가 못마땅한가 봅니다. 딸국."

지우가 가리키는 사람이 철민과 재혁 중 어떤 사람을 두고 하는 말인지 알 리가 없는 민수는 철민과 재혁을 번갈아보았다. 지우는 긴 손가락으로 정확하게 재혁을 가리켰다.

"아침에 딱 사무실에 왔는데 이 사람이 막 티셔츠 벗고……."

"이, 이게 무슨 소리야?"

터무니없이 과장된 지우의 말에 민수는 죽일 듯 재혁을 바라보았다.

"뭔 소리야. 내가 옷을 언제 벗었어!"

"그랬잖아요~ 벗으면서 나한테 각오 없이 왔냐고 막 뭐라 했잖아요."

지우는 눈까지 풀려 재혁에게 쏘아 댔다. 전후 사정을 모르는 민수와 철민은 의아해하면서도 죽일 듯이 재혁을 몰아붙였다.

"인마, 너 그렇게 안 봤는데."

"선배님, 여자한테 관심 없는 줄 알았는데 다시 봤습니다."

"취해서 헛소리하는 사람 말에 그만들 놀아나고 일어나."

먼저 자리에서 일어나 저벅저벅 가게 앞에 나와서 담배를 물었다. 시원한 바람에 몸을 맡기며 담배 한 개비를 반쯤 태우고 있을 때였다.

"이제서야 느낀 거야! 모든 게 잘못되어 있는 걸!"

안무까지 구사해 알 수 없는 손짓을 하는 지우를 부축한 철민이 가게에서 나오며 울상을 지었다. 민수도 지우에게 질렸는지 오만상을 쓰며 고개를 저었다.

"한 형사, 너무 늦었으니까 오늘은 이쯤에서 헤어지는 게 좋겠어."

"헤어지긴 누구 마음대로 헤어져! 2차! 2차! 노래방 고고!"

"이 모습을 팀장님이 보셨으면 뒤로 넘어가셨겠다."

"그러게요. 요즘 간이 안 좋다고 술은 입에도 안 대시던데, 오늘 참석 안 하셔서 참 다행이네요."

민수와 철민은 어떻게 지우를 떨어뜨릴까 고민을 했다. 하지만 지우는 여전히 노래방을 외치며 노래를 부르고 있었다. 결국 노래방에 가서 어떻게 할지 생각해 보기로 하고 노래방으로 자리를 옮겼다. 지우는 노래방 안에 들어서자마자 익숙한 손놀림으로 번호를 찍고 탬버린을 들고 몸을 흔들었다.

"할 일이 쌓였을 때 훌쩍 여행을~ 아파트 옥상에서 번지점프를~ 신도림역 안에서 스트립쇼를~ 야이야이야이야!"

자리에서 방방 뛰며 지우는 신난 얼굴로 곧 테이블까지 점령할 기세로 소리를 질러 댔다. 민수와 철민은 귀를 틀어막으며 노래방을 조용히 빠져나갔다. 재혁은 피곤한 얼굴로 혼자 신나게 놀고 있는 지우를 바라보다 언제부턴가 보이지 않은 민수와 철민을 찾아보았다. 바로 전화를 걸었지만 전원이 꺼져 있다는 안내 음에 그제야 재혁은 상황 파악이 되었다.

진상을 던져두고 도망간 것이다!

"아, 제길!"

재혁은 노래를 급히 끄고, 지우 손을 붙잡고 밖으로 나왔다. 시간은 새벽 두 시가 다 되어 가고 있었다.

"집이 어디야?"

"집? 모르겠는데? 왜 쫓아오게?"

술에 단단히 취했는지 지우는 실없는 농담까지 하고 있었다.

"우리 3차 가요! 3차!"

"진상!"

2차도 모자라 3차를 외치는 지우에게 재혁은 소리를 버럭 질렀다.

"어이구 화나쪄?"

지우는 재혁의 화난 모습을 무서워하는가 싶더니, 그의 볼을 아프게 꼬집었다. 마치 어린아이 볼을 잡아당기는 것처럼. 지우의 행동에 놀란 재혁이 곧바로 그녀의 손을 떼어 냈다.

"화내지 마. 무섭잖아. 흐흐흐."

그리곤 지우는 그대로 바닥에 쓰러졌다. 다행히 재혁이 지우를 붙잡았으나 지우는 방금 전까지 자신이 무슨 만행을 저질렀는지 모른 채 곤히 잠들어 있었다.

※　　※　　※

화려한 액션으로, 맨주먹으로 남자들을 때려눕히고 구두굽으로 남자의 가슴을 지그시 밟으며 지우가 물었다.

'어딨어?'

'으.'

'빨리 말해. 보스 어디에 빼돌렸어?'

좀처럼 쉽게 입을 열 생각이 없어 보이는 남자의 가슴을 더 세게 누르며 지우가 위협적으로 물었다. 담배를 입에 물며 재혁이 지우의 어깨에 손을 올렸다.

'살살해. 조무래기들은 그만 족쳐. 네 능력으론 충분히 찾을 수 있어.'

'훗. 그래, 지금 한낱 조무래기에게 힘 빼고 있을 때가 아니지. 가자, 윤 형사.'

지우는 허리춤에 꽂아 넣은 총을 재정비한 뒤 재혁이를 이끌며 도망간 보스를 찾아 나섰다. 공사장 주변을 뒤지며 조용히 총을 들고 주변을 살피는 지우와 재혁. 그리고 바스락거리는 소리에 지우가 총을 겨냥했다.

'꼼짝 마. 순순히 항복하는 게 좋을 거야. 네 조무래기들이 이미 다 불었어.'

지우의 경고에도 무시하고 가방을 들고 도망가는 보스를 향해 지우가 소리쳤다.

'움직이면 쏜다!'

지우의 마지막 경고에도 불구하고 보스는 출구를 찾아 도망치고 있었다.

'하나!'

지우는 방아쇠를 당길 준비를 하며 외쳤다.

'둘!'

결국 지우는 힘껏 방아쇠를 당겼다.

'셋!'

그런데 어떻게 된 모양인지 실탄은커녕 공포탄도 나오지 않았다. 작동하지 않는 방아쇠에 지우는 어안이 벙벙할 뿐이다.

"이런, 씨팔! 윤 형사 총 가져와!"

재혁은 자면서 잠꼬대를 하는 지우를 한심한 얼굴로 내려다보았다. 얼마나 형사 드라마를 많이 봤으면 꿈에서까지 드라마를 찍고 있는 걸까. 거기다…….

"뭐? 윤 형사?"

재혁은 한 손으로 이마를 짚었다. 새벽까지 지우에게 시달린 걸 생각하니 어제 먹은 술이 도로 올라올 거 같았다. 노래방 앞에서 3차를 외치며 자신의 볼을 꼬집더니만, 그대로 쓰러져 버린 그녀를 업고 결국 재혁은 집까지 왔다. 그리곤 그녀를 그대로 마루에 던져두고 방으로 들어왔다. 새벽에라도 잠에서 깨면 알아서 집에 가겠거니 했던 것이다.

결국 한 시간도 안 돼서 마루로 나온 재혁은 경악했다. 며칠 전 깨끗이 빨아 보송보송하게 마른 이불을 돌돌 말곤 곤히 자고 있는 것이었다. 알아들을 수 없는 잠꼬대를 하면서 말이다. 바닥은 그녀가 남겨 놓은 오물이 마치 지도를 그리듯 널려 있었다. 재혁은 뒤로 넘어가기 일보 직전이었다.

"이봐, 일어나 봐."

재혁은 팔짱을 끼곤 아직도 한참 형사 드라마를 찍고 있는 지우를 깨웠다. 하지만 지우에게 들릴 리가 없었다. 미동도 없이 코까지 골며 자는 지우의 귀에 대고 재혁은 소리쳤다.

"지금이야!"

그때였다. 지우가 벌떡 일어나더니 총 쏘는 자세로 소리쳤다.

"꼼짝 마!"

폼은 영락없는 베테랑 형사의 폼이었다. 반쯤 풀린 눈하며, 첫 출근했을 때 단정했던 머리카락은 오물이 묻어 엉켜 있었다. 혼자 보기 아까울 정도의 원맨쇼에 재혁은 지우를 한참 동안 딱하게 바라보았다.

"형사 드라마를 폼 나게 찍었네."

바지 주머니에서 담배 한 개비를 꺼내 물곤 지우를 비꼬았다. 지우는 3초 정도 사태 파악을 하지 못하고 석고상처럼 총 쏘는 자세로 있다가 등줄기가 뜨거워지는 것을 느꼈다.

'쪽팔려······.'

살랑거리며 바람이 지우의 머리카락을 한 번 헤집어 놓은 뒤에야 그녀는 쾌쾌한 담배 연기에 콜록거리며 기침을 해 댔다.

"개 매너라는 말 혹시 들어 보셨어요?"

"뭐? 개······매너?"

재혁은 자신의 귀를 의심하며 반문했다.

"면전에 대고 담배 연기를 뿌리는 걸 개 매너, 혹은 똥 매너라고 하죠."

"바람이 불어 연기가 그쪽으로 갔을 뿐이거든? 자연이 하는 일을 내가 어쩌겠어?"

재혁은 우습다는 듯 입술 끝을 가볍게 끌어 올리다 담배를 바닥에 짓이겨 껐다. 구차한 변명을 늘어놓고 꽤나 뿌듯해하는 자신의 꼴이 새삼 우스웠다.

"그런데 내가 왜 여기에 있는 거예요?"

"내가 어떻게 알아?"

재혁은 갑자기 새벽 내내 지우에게 시달린 것을 떠올리며 치를 떨었다. 참 뻔뻔스럽게 왜 여기 있냐고 물어오는 태도에 역정을 낼 뻔했다.

"그럼 누가 알아요? 여기 있는 사람이 형사님밖에 없잖아요."

"본인이 더 잘 알 거 아냐? 설마 술 먹어서 기억 안 난다는 익숙한 말은 재미없어."

"내, 내가 뭘 어쨌다고 그러세요?"

"벌써 표정이 난 아무것도 몰라요, 인데?"

"에이 씨."

순식간이었다. 지우의 뇌리를 스치고 지나간 새벽녘의 기억. 테이블에서 신나게 뛰어놀며 발광했던 모습, 그리고 재혁의 볼을 꼬집고 다른 형사들 앞에서 말실수까지. 쥐구멍이 아니라 땅굴에 숨고 싶은 심정이었다.

"그런데 사람을 바닥에서 재워요? 딱딱한 데서 잤더니 허리가 아주 끊어질 것 같네. 난 침대 체질이란 말이에요!"

지우는 결리는 허리를 붙잡고 큰소리로 툴툴댔다.

"그럼 껴안고 같이 잤어야 했나?"

어떻게 저런 저질스러운 발언을 하고도 안색 하나 변하지 않을 수 있는지 지우는 그저 말문이 막힌 얼굴로 재혁을 쳐다보았다.

"뭐 아주 잠깐 고민을 하긴 했었는데, 같이 침대에서 잘까 하다가 네가 너무 더러워서 그럴 수가 있어야 말이지."

"하!"

지우의 모습을 위아래로 천천히 훑어보며 재혁이 고개를 내저었다. 그 모습에 지우는 말문이 막혀 말이 나오지도 않았다. 그저 씩씩대다 뒤늦게 그가 다시 집으로 들어가는 것을 보고 나서야 말문이 터져 나왔다.

"뭐, 뭐 저런 인간이……."

지우는 현관문을 열고 집 안으로 들어섰다.

"실례 좀 할게요. 흠."

재혁의 반응을 예상한 지우가 살짝 헛기침을 하며 신발을 벗었다. 재혁은 지우를 슥 쳐다보다 방으로 들어갔다. 지우는 후다닥 욕실로 들어가 거울로 자신의 몰골부터 살폈다. 예상했던 것보다 훨씬 참담한 몰골이었다. 머리카락은 오물과 함께 떡 져 있었고, 옷에서도 쾌쾌한 냄새가 물씬 풍겼다.

이런 모습으로 어떻게 출근을 한단 말인가. 지우는 부스스하게 묶긴 머리를 풀고 그대로 샤워기에 머리를 헹궜다. 머리라도 감고 출근할 심산이었다. 손에 적당량의 샴푸를 짠 지우는 거품을 내며 머리를 감고 있었다.

"빨리 나와."

갑자기 벌컥 욕실 문이 열리면서 재혁이 다급한 얼굴로 지우를 불렀다. 이제 막 샴푸를 짰을 뿐인데 나오라니, 생각하면 생각할수록 너무 야박했다.

"저 지금 샴푸 짰어요."

눈에 샴푸가 들어갔는지 눈이 따가워 눈을 뜰 수조차 없었다.

"빨리 안 나오면 놓고 간다."

목소리에 진심이 담겨 있었다. 지우는 머리에 제대로 샴푸칠도 하지 못하고 머리를 헹궈야 했다. 그렇게 한마디만 남겨 놓고 그가 정말 혼자 가 버릴세라 머리를 헹구고 말리고 세수까지 스피드로 진행했다. 지우는 깨끗한 옷으로 갈아입고 가고 싶었으나 이런 상황에서 집에 들렀다 가자는 말이 차마 나오지 않았다. 정말 재혁이 먼저 가 버릴까 봐 지우는 옷매무새를 대충 매만지곤 계단을 내려왔다. 그리고 어디서 많이 본 듯한 차가 눈에 들어오자 지우는 차 옆을 지나 보닛 앞에 섰다.

"이 차가 왜 여기에……!"

말을 하고 저도 모르게 지우는 손으로 입을 막았다. 급하게 휘갈겨 쓴 글씨하며 정확한 문장, 그리고 보닛에 선명하게 남겨진 발자국까지 모두 지우가 남긴 것이 분명했다. 그런데 왜 태민의 차가 재혁의 집 앞에 있는 걸까? 설마 고새 신고한 걸까? 지우의 머릿속이 복잡해져 가고 있었다.

그때, 지우의 혼잣말을 들은 재혁이 다급하게 물어왔다.

"이 차 어떻게 알아?"

"예?"

"어떻게 아냐고."

왠지 자신이 저지른 만행이라고 말할 수 없는 분위기였다.

"순찰 돌다 봤, 봤어요. 근데 이 차 뭐예요?"

"내가 이따구로 낙서한 정신 나간 놈 반드시 잡고 말겠어. 분명 남의 차에 이렇게 낙서한 걸로 봐선 정상은 아닐 거야. 잡히기만 해 봐라."

씩씩대며 분개하는 재혁의 모습에 지우는 자신이 돌아올 수 없는 강을 건넜음을 눈치챘다.

"혹시 형사님 차예요?"

"그러니까 내가 이렇게 열 받지."

"오 마이 갓."

지우는 저도 모르게 탄성을 내뱉었다. 분명 태민의 차로 확신했는데, 어쩌다가, 아니 왜 하필 재혁의 차에 낙서를 한 걸까. 그때 뿌듯하고 신난 얼굴로 설희에게 떠들었던 자신의 모습을 떠올리며 지우는 눈을 감았다.

"이런 낙서쯤은 금방 지워져요. 제가 좀 도와 드릴까요?"

"지금 그럴 시간 없어. 거기다 확실한 증거를 뭐 하러 없애?"

분개하며 이를 가는 재혁의 모습에 지우는 어색하게 웃음만 흘렸다. 끝까지 잡아떼기로 한 것이다. 지금은 그렇게 하는 수밖에 없었다. 안 그랬다간 정신 나간 놈, 정상 아닌 놈으로 찍힐 것이 분명했다.

"설마 이 차를 타고 경찰서까지 출근하는 건 아니죠?"

"마음 같아선 이 차 몰고 다니면서 찾고 싶은 심정이다."

"진정하세요. 택시라도 잡을까요?"

재혁은 담배를 물며 다른 차 운전석 문을 열고 몸을 실었다.

"다른 차도 있으셨어요? 그럼 진작 말씀하시지."

지우는 보조석에 몸을 실으며 아첨을 떨었다.

"경찰서 차야. 쫑알쫑알 말 참 많네. 조용히 출근하자."

재혁은 자신이 지우가 묻는 말에 일일이 대답하고 있는 걸 깨닫곤 버럭 화를 냈다. 재혁이 슬쩍 노려보는 시선에 지우는 혹시라도 차에서 내리라고 할까 봐 조용히 입을 닫았다.

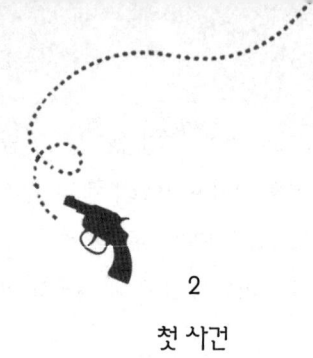

2
첫 사건

"실종사건이야."

김 팀장이 사진을 민수에게 건넸다. 40대쯤으로 보이는 남성은 코가 뭉툭하고 눈썹이 진하며 입술이 두툼해 보였다. 전형적인 중년 남성의 얼굴이었다.

"실종자 보호자가 접수하고 갔어. 이름은 남진수, 나이는 서른여덟, 어제 저녁 동네 사람들하고 술 마신다고 나간 뒤로 연락이 안 된다는군."

"혹시 술 마시고 지금까지 길거리에서 잠들어 있는 거 아닙니까?"

대수롭지 않은 듯 민수가 뒷덜미를 긁적였다. 이렇게 실종신고를 받고 찾아보면, 찜질방에서 시간 가는 줄 모르고 자거나 휴대폰을 잃어버렸거나 한 적이 여러 번이었다.

"한 형사, 그런 농담은 보호자 앞에서는 삼가도록 해."

머쓱한 얼굴로 민수는 헛기침을 두어 번 하더니, 실종자 사진으로 시선을 돌렸다.

"실종자 부인 연락처야. 윤 형사와 강 형사는 만나서 더 자세한 상황 듣고, 한 형사, 박 형사는 그 전날에 같이 술 마셨다는 동네 주민 만나서 단서가 될 만한 게 있는지 조사해 봐."

김 팀장이 사건 지시를 내린 후, 방으로 들어가는 걸 확인한 민수가 구시렁댔다.

"오늘 왜 이렇게 까칠하대? 뭔 일 있었나?"

"어서 가시죠. 오늘 팀장님 기분도 별로인 거 같은데 꾸물대다 한소리 더 듣죠."

철민이 먼저 사무실을 나가자 민수도 뒤따라 나왔다. 지우는 강력반에 온 뒤 처음 맞는 사건이라 그런지 긴장이 되었다. 남편이 실종되었으니 가족들 마음이 어떨지 상상조차 하기 힘들었다.

"안녕하십니까. 인천 서부 경찰서 윤재혁 형사입니다. 지금 자택으로 찾아뵙고 상황 설명 좀 들을 수 있을까요? 네. 그럼 삼십 분 후에 뵙도록 하죠."

재혁이 실종자 남진수의 부인과 통화를 마친 후, 나갈 채비를 했다. 지우도 재혁의 뒤를 따라나섰다. 주차장에 주차되어 있는 차에 탑승한 지우는 수첩을 펼쳐 메모했다. 실종자 이름과 현재 부인을 만나러 가는 시간 등 단순한 것들이었다.

"어제 저녁 실종됐으면 남진수 씨 아직 무사하겠죠?"

"글쎄. 그건 조사해 봐야 알지. 실종된 지 얼마 안 됐다고 해도 벌써 살해당했거나 목숨이 위태로운 상황일지도 모르니."

"너무 부정적으로 생각하시는 거 아니에요?"

"네가 강력반 형사질 딱 1년만 해 봐. 네가 상상하는 것 이상의 사건들이 많으니까. 하긴 너 같은 햇병아리가 뭘 알겠어."

"햇병아리?"

"나중에 시신 보고 도망치지나 말라고."

"내가 왜 도망을 쳐요? 이래 봬도 나 제법 강심장이라구요."

지우의 큰 소리를 믿을 리 없는 재혁이었다.

"영안실에서 시체 닦는 아르바이트도 했었는걸요? 시체랑 대화 나눠 봤어요? 그 사람들 원한 들어 주느라 시간 가는 줄 몰랐잖아요."

영안실에서 시체 닦는 아르바이트를 해 본 적은 결단코 없었다. 그저 자신을 무시하는 재혁의 행동에 잔뜩 골이 난 지우가 그를 놀려주기 위해 장난을 친 것뿐이었다. 그래도 제법 약발이 드는 모양인지 점점 구겨지는 표정을 보는 지우의 입가에 저절로 미소가 지어졌다.

재혁의 차에 탄 지우는 창밖으로 시선을 던졌다. 쌩쌩, 거침없이 달리던 차는 벌써 고가 다리 위를 건너고 있었다. 아버지가 한 것처럼 잘하자, 아버지의 이름을 더럽히지 않도록 최선을 다하자, 지우는 속으로 다짐했다.

20여 분 뒤 고가를 지나 외진 동네로 들어섰다. 동네 구멍가게 뒤로 낡은 주택이 옹기종기 모여 있었다. 재혁은 동네 입구에 도착할 즈음부터 속도를 줄이다 멈춰 섰다. 차에 내려서 걸어가는 게 빠를 듯싶었다. 차에서 내린 재혁과 지우는 골목길을 따라 걷기 시작했다.

"설마 금품을 요구하려고 남진수 씨를 납치한 건 아니겠죠?"

골목을 지나면서 지우가 불현듯 생각난 얼굴로 재혁에게 물었다. 아무리 생각해도 금품을 요구한들 들어줄 만한 경제적 여건이 되어 보이지 않았기 때문이다. 납치하기 위해선 목표물에 대해 어느 정도 사전 조사가 필요한 법이었다. 강남 저택에 사는 부유층의 자녀라면 모를까 산동네를 연상케 하는 이 동네에 사는 40대 가장을 납치할 이유는 없어 보였다.

"그럴 수도 있겠지. 들어가서 자세한 얘기 들어 보자고."

페인트를 칠한 지 얼마 안 된 듯 보이는 파란색 대문이 살짝 열려 있는 걸 확인한 재혁은, 문을 완전히 열어젖히곤 안으로 들어갔다. 2층으로 되어 있는 단독주택엔 1층에 두 개의 현관문이 보였고, 2층엔 불이 꺼져 있는 현관문 2개와 켜져 있는 한 집이 보였다. 재혁은 2층 계단을 올라갔다. 집 앞에서 유리 조각들이 담긴 검은 비닐봉지를 보고 재혁은 현관문을 노크했다.

"계십니까? 경찰서에서 나왔습니다."

잠시 후 현관문이 열리더니, 실종자 남진수의 부인인 듯 보이는 여자가 나왔다. 그녀는 차분하게 문을 열어 주며 재혁에게 인사를 했다.

"기다리고 있었어요. 들어오세요."

20평도 안 되어 보이는 아담한 집이었다. 신발을 벗고 들어서자마자 부엌 겸 거실이 보였고, 문은 닫혔지만 방문 두 개와 화장실

첫 사건 43

문 하나가 보였다. 지우는 집 안을 둘러보다 조그마한 탁자 앞에 엉덩이를 붙이고 앉았다. 부인은 오렌지 주스 두 잔을 재혁과 지우 앞에 내려놓았다.

"감사합니다."

지우가 잔에 담긴 주스로 목을 축였다.

"남편분께서 어제 동네 주민분들과 술을 마셨다고 들었습니다. 그 후에 연락이 안 되신 건가요?"

"네. 어제 저녁 열 시 넘어서 술 마시러 나갔습니다. 애 아빠하고 자주 어울리던 횟집 하는 강씨랑 김씨와 한잔하는 거 같더라구요."

"정확히 성함이 어떻게 되시죠?"

"항상 그렇게 불러서 이름은 저도 정확히 모르겠네요."

부인은 난처한 얼굴을 하면서도 이름을 생각해 내려는 모습이었다.

"그럼 술은 횟집을 하는 분 집에서 마신 건가요?"

지우가 수첩에 적다 부인에게 물었다.

"아뇨. 날씨가 더우니까 회 먹을 맛 안 난다고 다른 데서 한잔한다고 했어요."

"어디서 술 마셨는지 혹시 아세요?"

"글쎄요. 거기까진 저도 잘……."

"혹시 남편분께서 원한을 사시거나 한 일은 없으시구요?"

"특별히 없는 거 같아요. 우리 애 아빠 무사하겠죠?"

부인은 걱정 가득한 얼굴로 재혁과 지우를 번갈아 바라보았다.

"저희도 노력하고 있으니까 너무 걱정 마십시오."

목을 축이며 주변을 살피던 지우의 시선이 싱크대로 향했다. 식기건조대에 그릇이 하나도 보이지 않는 것이 의아했지만, 그릇을 정리해 수납했을 수도 있어 지우는 자신이 너무 사소한 것까지 신경쓰는 거라고 생각했다.

"오늘은 설거지하다 그릇을 많이 깨뜨리셨나 봐요."

"네?"

"집 앞에 비닐봉지에 깨진 유리를 버리셨던데."

"아……. 실은 애 아빠가 그런 거예요."

"무슨 말씀이신지."

"가끔씩 자기 마음에 안 들면 깨부수고 그랬거든요. 유리 파편을 애가 밟아서 병원에 간 적도 있었구요."

"남편분이 폭력적이셨군요."

부인은 힘없이 고개를 끄덕였다.

"그럼 남편분을 별로 찾고 싶지 않으시겠어요."

"그래도 애 아빠인데 살았는지 죽었는지 알아야 하지 않겠어요? 그동안 쌓인 미운 정만 해도 얼만데……."

"그런데 아이가 안 보이네요. 어린이집에 갔나요?"

"자고 있어요. 어린이집에 보낼 형편도 안 돼서 유치원에 입학하기 전까진 제가 돌보고 있어요."

"평소에도 남진수 씨가 외박을 하거나 연락 두절이 되거나 그런 적이 잦았습니까?"

"아뇨. 꼬박 집에 들어오는 사람이었어요. 몇 푼 안 되긴 하지만 꼬박꼬박 월급도 가져왔고요."

"그렇군요. 남편분께선 어떤 일을 하셨죠?"

"중국집 배달 일을 했어요."

"위치와 연락처를 알 수 있을까요?"

부인은 재혁이 건넨 수첩에 연락처를 적었다.

"큰 사거리에 있는 중국집이에요. 하나밖에 없어서 금방 찾을 수 있을 거예요."

재혁은 수첩을 덮곤 자리에서 일어났다.

"특별한 일 있으며 연락드리겠습니다. 부인께서도 혹시 기억나시는 일이 있거나 무슨 일이 생기면 연락 주세요."

재혁은 명함을 부인에게 건넸다. 부인은 명함을 바라보다 고개를 까닥했다. 집에서 나와 집 주변을 살폈으나 CCTV는 없어 보였다. 밤 10시 넘어서 술 마시러 간 남편이 지금까지 연락이 없는데 저리 차분할 수 있는 것일까. 지우는 좀 의아했다. 폭력적인 남편이었다면 오히려 없어지는 편이 낫지 않았을까? 설마, 확실하게 죽었는지 알기 위해서? 지우는 의문점을 가득 안고 길을 걸었다. 어디서부터 어떻게 조사해야 할까?

"형사님, 우리 라면이라도 먹고 가요."

초등학생들로 와자지껄한 분식집을 가리키며 지우가 재혁을 붙잡았다.

"금강산도 식후경이라잖아요. 우리가 기운 내야 사건도 해결하는 거 아니겠어요?"

'말은 참 번지르르하다.'

재혁은 속말을 삼키며 지우가 잡아끄는 분식집 안으로 들어섰다.

좁은 가게 안에 자리를 잡고 앉자 한쪽 벽에 노란색 종이에 검은색 사인펜으로 메뉴를 적은 메뉴판이 보였다. 지우는 손을 들고 외쳤다.

"라면 두 개 얼큰하게요!"

주인아주머니는 고개를 끄덕이곤 분주하게 라면을 끓이기 시작했다. 옆 테이블엔 초등학생처럼 보이는 아이들이 삼삼오오 모여 떡볶이를 먹고 있었다. 잠시 후 매콤한 냄새가 나는 라면 두 개를 들고 아주머니가 나타났다.

"혹시 형사님들?"

테이블에 라면을 내려놓으며 아주머니가 물었다.

"네."

"이 동네 사람은 아닌 거 같더라니. 송이 엄마 남편이 실종됐다며?"

"아, 네. 아직 확실한 건 아니구요. 더 조사를 해 봐야 알 거 같아요."

지우는 젓가락으로 라면을 저었다.

"차라리 잘됐네, 뭐."

"네?"

"삼 일에 한 번은 그릇 깨지는 소리에 애 우는 소리에 동네가 한바탕 뒤집어진다니까. 애는 맨발로 뛰어나와 울고불고. 이 동네 집들이 워낙 붙어 있으니까 그 집 남편 개차반인 건 동네 사람들이 다 알지."

아주머니는 험담을 늘어놓듯 물어보지도 않는 말을 신나게 떠들어 댔다.

"분식집 하신 지 오래되셨나 봐요."

"십 년 됐지."

"이 동네일은 잘 아시겠어요."

지우는 라면을 호호 불며 입으로 밀어 넣었다. 아주머니는 의기양양한 얼굴로 고개를 까닥했다.

"그럼 혹시 남진수 씨 원한 살 만한 사람은 있나요?"

"글쎄…… 혹시 송이 엄마라면 모를까. 그래도 송이 엄마가 그럴 사람은 아니지."

아주머니는 가스불을 올려놓았다며 급히 자리를 떴다.

"설마 아니겠죠?"

지우는 라면을 먹다 말고 설마 하는 얼굴로 고개를 저었다.

※　　※　　※

"박 형사, 사건 브리핑 시작해."

김 팀장의 명령이 떨어지자 화면이 켜지고 철민이 입을 열었다. 화면에는 실종된 남진수의 사진과 개인정보도 같이 있었다.

"이름은 남진수. 올해 마흔 살입니다. 직업은 동네 중국집 배달일을 하고 있구요. 8월 2일 저녁 10시 넘어서 동네 주민분들과 술을 마시러 나간 후 연락이 두절되었습니다. 그리고 8월 3일 남진수 씨 부인께서 실종신고를 하셨습니다."

그다음 화면은 남자 두 명의 사진이었다. 지우는 남진수와 같이 술을 마신 동네 주민이라는 것을 직감적으로 알았다. 철민은 화면을 보며 계속 말을 이었다.

"남진수 씨와 같이 술을 마셨다는 강이석 씨와 김병우 씨를 만나 봤는데요, 강이석 씨는 남진수 씨가 일하는 중국집 근처에서 횟집을 하고 있습니다. 강이석 씨 말로는 저녁 12시쯤 호프집에서 헤어졌다고 합니다. 김병우 씨 진술도 강이석 씨와 같았습니다."

"같이 술을 마셨다는 호프집 CCTV 확인해 봤어?"

"그렇지 않아도 호프집에 가서 CCTV 확인해 봤는데, 계산대에만 설치되어 있다고 하더라구요. 아르바이트생이 계산을 잘하는지 확인하려고 사장님이 그쪽에만 설치했답니다. CCTV 테이프 요청해서 받아서 확인하려고 합니다."

"혹시라도 뭔가 나올지도 모르니까 꼼꼼히 확인하도록. 윤 형사, 남진수 씨 부인한테 단서가 될 만한 건 없었나?"

재혁은 수첩에 적어 둔 내용을 보며 입을 열었다.

"특별한 점은 없었습니다. 집 주변에 설치된 CCTV가 없어서 단서가 될 만한 걸 찾는 건 쉽지 않을 거 같습니다. 주변 목격자도 없었구요."

김 팀장의 표정이 점점 심각해졌다.

"원한 관계는?"

지우가 수첩에 적어 놓은 메모를 보며 김 팀장에게 말했다.

"특별히 주변 사람들한테 원한을 살 만한 사람은 아닌 거 같은데, 가끔씩 부인에게 폭력을 행사했다고 합니다. 동네에 소문이 파다해서 동네 사람이라면 모르는 사람이 없다고 합니다."

"혹시 모르니 원한 관계 계속 알아봐. 그리고 혹시 새벽에 목격자가 없었는지 호프집 주변으로 해서 집 주변까지 탐문 조사 실시하고."

"네."

지우가 짤막하게 대답했다. 김 팀장의 시선이 철민에게 향했다.

"휴대폰 위치 추적은 어떻게 됐어?"

"어제 새벽 2시쯤 강화도 근처로 확인되었습니다. 그 후로 전원이 꺼져 있구요. 술을 마시고 나온 시간이 12시쯤인데, 그 시간에 강화도는 왜 갔는지 모르겠네요. 거기다 만취 상태에서……."

의아하단 얼굴로 말하는 철민이었다. 그리고 김 팀장도 뭔가 이상하단 생각이 든 얼굴이었다.

남진수를 납치하거나 이미 목숨이 끊어져 다른 곳으로 시신을 옮기거나 둘 중 하나로 요약이 되어 가고 있었다.

"뭔가 좀 이상하군. 강화도 쪽 지구대에 연락해서 지원 요청해. 혹시 수상한 사람은 없었는지, 목격자가 있었는지 말이야."

"네."

왠지 기분이 좋지 않았다. 뭔가 꺼림칙해 지우는 골똘히 생각에 잠겼다. 분식집에서 지나가는 말로 들었던 것이 계속 마음에 걸렸다. 별로 진척 없이 회의가 끝나고 지우는 책상에 앉아 부인이 진술한 내용을 살펴보았다. 하지만 별로 단서가 될 만한 건 없었다. 철민은 호프집에서 가져온 CCTV를 확인하기 바빴다. 민수는 다시 호프집 근처에 목격자가 없었는지 주변 탐문 수사를 하러 사무실을 빠져나갔다.

재혁은 담배를 한 대 피우기 위해 사무실에서 나와서 담배를 입에 물었다. 술에 만취한 상태로 혼자 강화도까지 갔을 리는 없었다. 그 새벽에 혼자 가지 않았다면 목격자가 있을 가능성이 있었다.

"살펴 가십시오."

무심코 돌린 재혁의 시선에 경찰청장이 강 의원에게 굽실거리며 고개를 조아리는 모습이 보였다. 강 의원은 가식적인 웃음을 입에 머금으며 살짝 목례를 하고 있었다. 담배를 바닥에 던진 후 재혁은 운동화로 짓이겨 껐다.

유력한 대통령 후보라는 소문이 있을 정도로 국민들에게 신뢰와 믿음이 높은 강 의원이었다. 현재 한 국민당 대표로 있는, 막강한 권력을 가진 인물이기도 했다.

그래서 그렇게 처절하게 무너질 수밖에 없었다. 아무것도 할 수가 없었다. 무엇을 하든, 알아내려고 하면 할수록 그에겐 넘지 못할 벽이 늘 존재했다. 바로 강 의원 때문이었다.

재혁은 조용히 주먹을 굳게 쥐었다. 형사가 되고 나서도 현실은 늘 같았다. 정작 밝히고 싶은 진실은 소리 없는 외침이 되어 무덤 속에 갇혀 있었다. 당장 달려가 강 의원의 얼굴에 주먹을 날리고 싶었지만 재혁은 그저 또다시 다짐을 하며 강 의원의 뒤통수를 집요하게 노려볼 수밖에 없었다.

'반드시 알아내고 말 거야. 추잡한 당신이 대통령이 된다는 건 참 역겨운 일이야. 난 당신 같은 대통령의 국민으로 살진 않을 테니까.'

자정을 넘어섰음에도 비디오실에서 CCTV를 확인하는 철민에게 커피를 건넸다.

"뭐 좀 나온 거 없냐?"

"글쎄요. 어? 잠시만요."

눈이 거의 감길 것처럼 실눈을 뜨고 있던 철민이 CCTV 화면을 멈추었다. 뭔가 화면에 잡힌 모양이었다.

"선배님, 지금 이 세 사람, 맞죠?"

"응. 그런 것 같은데."

계산하고 있는 강이석과 술에 취해서 몸조차 제대로 가누지 못하고 있는 남진수를 부축하고 있는 김병우가 CCTV 화면에 보였다.

"화면 확대해 봐."

철민이 컴퓨터를 만지며 화면을 확대했다. 그러자 재혁은 확신에 찬 얼굴이 되었다.

"남진수는 술이 떡이 될 정도로 마셨는데 옆에 두 사람은 말짱한 거 같지 않아? 남진수는 정신을 잃은 것 같은데."

"그러네요. 뭔가 이상하긴 한데……."

이상한 점은 있지만 확실하게 이렇다 할 증거가 없었다. 남진수 혼자 술에 취했다고 해서 그걸 빌미로 두 사람을 잡아들이는 건 어려웠다. 뭔가에 자꾸 휘둘리는 기분이었다.

"술에 약을 탄 건 아닐까?"

"그렇게 단정 지을 문제는 아닌 거 같아요."

"그렇지 않고서야 저렇게 정신을 잃을 정도로 마시진 않겠지. 같이 마셨는데 남진수만 정신을 잃었다? 그리고 두 사람이 살해? 도대체 무엇 때문에? 특별히 원한이 있어 보이지도 않는데 말이야."

"그러게 말입니다."

"아무래도 저 두 사람 자세히 조사해 봐야겠어."

철민을 고개를 까닥했다. 저 두 사람을 캐면 사건이 진척을 보일 것 같기도 했다. 재혁은 경찰서에서 나와 근처 포장마차로 걸어갔다. 피곤함이 몰려오니 소주 한 잔이 입에 들어가야 정신을 차릴 것 같았다.

뜨끈뜨끈한 어묵 국물에 소주 한 병을 놓고 재혁은 잔에 술을 따라 그대로 입에 털어 넣었다. 경찰서에서 강 의원을 봐서 그런지 기분이 썩 좋지 않았다. 자신은 분노로 형사가 되었는데, 강 의원은 승승장구하며 조금의 죄의식도 없는 얼굴로 대통령이 되려 하고 있었다. 형사만 되면 뭐든 밝힐 수 있을 것 같았다. 하지만 현실은 예상했던 것보다 참혹했다. 비리를 눈감아 주는 건 예삿일이었고, 한낱 형사가 건드릴 수 있는 인물이 아니었다.

그렇게 예쁘고 고운 나이에 죽은 동생 연지가 떠올랐다.

그날, 그렇게 혼자 집에 오게 하는 것이 아니었다. 시험이 끝나고 긴장이 풀렸는지 도서관에 데리러 오라는 연지의 말을 까맣게 잊고 깊은 잠에 빠져 버렸다. 전화가 몇 번 왔는데도 세상모르게 잔 것이다. 그날이 마지막이었다. 연지는 인적이 드문 공원 뒤쪽에서 옷이 벗겨진 채로 처참히 죽어 있었다. 부모님이 돌아가신 뒤 자신 하나만 의지하고 살아왔던 동생을 자신이 죽게 한 것이나 다름없었다.

매일 경찰서에 찾아가도 인색한 표정만 지을 뿐이었다. 목격자도 없고, 공원 뒤쪽 산엔 CCTV도 없어서 범인을 찾는 데 시간이 걸린다더니, 벌써 9년째 범인은 찾지 못했다.

재혁은 그 뒤, 연지의 장례식 날 친구에게 생각지도 못한 말을 들었다. 한 달 전부터 연지를 따라다니던 남자가 있었다고. 건달같이 생긴 그 남자가 무섭게 굴어 연지가 피해만 다녔다고. 근데 그 남자 집이 대대로 국회의원 집안이라 경찰에 몇 번 신고했지만 별다른 조치가 없었다고.

그는 그 사실을 경찰서에 가서 털어놓았지만 모두 쉬쉬하는 분위기였다. 그 사람은 범인이 아니라는 것이었다. 흥분한 재혁은 수소문 끝에 대낮부터 술집에 널브러져 여자들과 희희낙락 즐기고 있는 남자를 찾았다. 그 남자는 웃으면서 재혁에게 인사하며 술을 권하기까지 했다. 분개하며 재혁은 남자의 멱살을 잡았다. 재혁은 그날 그가 웃으며 한 말을 똑똑히 기억하고 있었다.

'그러니까 좋다고 했을 때 받아 줬어야지.'

그는 국회의원 강진만의 아들 강두원이었다. 일말의 죄의식 없는 얼굴로 실실 웃으며 술을 마시고 있는 강두원은 필시 제정신이 아닌 듯했다. 자신의 입으로 자백을 하는데 경찰에선 그가 아무 죄가 없다고 했다. 사건은 그렇게 터무니없게 종결되었다.

재혁은 연지의 사건을 맡았던 담당 형사인 한충원 형사를 찾았지만, 그를 만난 곳은 장례식장이었다. 그는 자살했다고 했다. 장례식장의 영정사진이 한없이 쓸쓸해 보였다. 그 앞에서 억울하다는 듯 목 놓아 우는 동료 형사도 보였다. 억울한 건 자신인데 왜 저렇게 슬프게 우는지 재혁으로선 알 수 없었다.

※　　※　　※

지우는 부스스한 얼굴로 눈을 뜨고 전화벨이 울려 대는 휴대폰을 찾아 귀에 댔다.

"여보세요."

―이 지지배야. 지금 어디야?

전화를 받자마자 다짜고짜 설희가 소리를 질러 댔다. 하지만 지우는 그러거나 말거나 피곤에 전 얼굴로 늘어지게 하품을 해 댔다.

"어디긴, 경찰서 숙면실이지."

―그럼 전화를 해야 할 거 아냐. 전화를 해도 받지도 않구.

"아, 미안. 정신이 없었어."

그제야 지우는 집에 못 들어간다고 미리 설희에게 연락하는 것을 깜박 잊었다는 걸 깨달았다.

―내가 얼마나 걱정한 줄 알아? 너 한 번만 더 그러기만 해 봐. 짐 싸서 확 쫓아 버릴 테니까.

"알았어. 무서워서 두 번은 못 그러겠다."

―밥이나 잘 챙겨 먹고 일해. 나 출근할게. 집에서 봐.

설희의 잔소리를 한바탕 듣고 나니 지우는 정신이 말짱해졌다. 시간을 확인하니 아침 8시, 출근하긴 너무 이른 시간이었다. 하지만 강력반 형사가 제시간에 출근하고 퇴근하는 직업인가. 지우는 타월을 들고 욕실로 향했다. 간단하게 샤워를 마치자 한결 몸이 가벼워지는 듯했다.

잠시 후, 공복감이 밀려오자 지우는 매점에 가서 간단하게 요기라도 할 요량으로 옷을 갈아입고 나왔다.

"어? 형사님."

막 계단을 내려가는데 낯익은 뒤통수가 보여 가까이 다가갔더니 재혁이었다. 역시나 피곤한 얼굴로 지우를 슬쩍 쳐다보다 제 갈 길 가는 재혁이었다. 어제 소주 두 병을 먹어 치우고 숙면실에서 자고 일어났더니 속이 말이 아니었다.

"저랑 간단하게 식사라도 하실래요?"

"됐어."

"같이 먹어요. 제가 살게요. 혼자 청승 떨면서 먹기 싫어서 그래요."

지우는 재혁의 팔을 잡고 늘어졌다. 대답하는 것조차 귀찮아 무시하고 있는데, 그걸 긍정의 의미로 받아들인 지우는 재혁의 팔을 끌어당겼다.

"얼른 가요."

'무슨 애가 저렇게 긍정적이야. 그리고 외간 남자의 팔을 막 잡아당기질 않나. 너무 쉬워.'

재혁은 못 이기는 척 지우의 손에 이끌려 식당으로 들어가며 고개를 내저었다. 이른 시간이라 그런지 가게 안은 한산했다. 괜히 들어가기 꺼려하는 재혁의 행동과 반대로 지우는 개의치 않는 얼굴로 가게 안에 들어가며 친근하게 인사까지 하고 있었다.

"안녕하세요. 여기 북어해장국 두 그릇 주세요."

의자를 끌며 앉은 재혁은 자신의 의사와 상관없이 주문하는 지우를 향해 눈을 흘겼다.

"왜 멋대로 북어해장국 두 그릇이야?"

"어제 형사님 술 드신 것 같던데. 그럼 딴 거 드실래요? 된장찌개도 있고 순댓국도 있네요."

메뉴를 보며 지우가 재혁의 대답을 기다리는 듯했다.

"이미 시켰으니까 그냥 먹는다."

"방금 주문했으니까 아주머니한테 다시 말씀드려도 될 거 같은데. 먹기 싫은 거 먹으며 체해요."

"진상, 너나 체하지 마라."

"내가 왜 진상이에요?"

영문을 모르겠다는 듯 지우가 재차 재혁에게 반박했지만 재혁은 더 이상 논쟁하기 싫은 얼굴로 고개를 내저었다. 그사이 종업원이 주문한 음식을 내왔다. 재혁은 밥 한 공기를 그대로 뚝배기에 넣어 수저로 퍼먹었다.

"내가 왜 진상이냐구요."

"뻔뻔함이 하늘을 찌르는군. 동물하고 상종해서 뭣해. 사람 말귀도 못 알아들을 텐데."

"뭐? 동물? 내가 사람 말귀도 못 알아들어?"

지우는 밥을 먹다 흥분해서는 말까지 더듬었다.

"쯧쯧. 거 봐, 말귀 못 알아듣잖아. 다시 반문이나 하고."

"형사님!"

"너 때문에 체하겠다."

재혁은 흥분한 지우의 모습에 저도 모르게 웃음이 터질 뻔했다. 어쩜 저렇게 사람이 단순해서야. 놀리는 재미가 제법 쏠쏠했다.

"그리고 내가 너보다 직급도 높은데 형사님이 뭐야?"

"그럼 호칭 정리나 할까요? 뭐라고 불러 드려요?"

지우의 물음에 재혁은 잠시 생각에 빠졌다.

"오빠?"

재혁은 잠시 놀란 얼굴로 지우를 바라보았다.

"이런 어울리지 않는 호칭을 원하는 건 아니겠죠?"

"죽을래? 이 자식이."

지우에게 당했다는 생각이 드는 순간, 재혁의 입에서 저도 모르게 그 말이 튀어나왔다.

"먹은 거 다 올라올 뻔했잖아."

밥을 먹다 수저를 내려놓고 밖으로 나가는 재혁을 보며 지우는 혼잣말을 중얼거렸다.

"올라올 거 같다니. 장난친 것뿐인데."

재혁은 담배를 입에 물다 휴대폰 진동음에 휴대폰을 귀에 갖다 댔다.

―윤재혁! 지금 어디야?

다짜고짜 자신의 행적을 묻는 사람은 한 형사였다.

"잠깐 해장이나 하러 나왔어. 무슨 일 있어?"

―남진수로 추정되는 시신 발견됐어.

"뭐? 그게 무슨 말이야?"

재혁은 놀란 얼굴로 반문했다. 뒤늦게 가게 밖으로 나온 지우에게 손짓을 하며 경찰서로 향했다.

―강화도 인근에서 발견됐어. 길게 말할 시간 없어.

"알았어. 바로 갈게."

심각한 얼굴을 하고 있는 재혁을 보고 지우는 뭔가 좋지 않은 일이란 걸 예감했다.

"선배, 무슨 일이에요?"

"남진수 시신이 강화도에서 발견됐대."

"누군가 남진수 씨를 살해하고 시신을 강화도에 옮긴 건가요?"

"강화도에서 죽인 건지, 호프집 근처에서 죽이고 강화도에 시신을 버린 건지 가 봐야 알겠지."

다시 경찰서로 가는 도중 검은 승용차가 재혁과 지우 앞에 멈춰 섰다. 차창이 내려지자 운전을 하고 있는 철민과 보조석에 앉아 있는 민수가 보였다.

"빨리 타. 시간 없어."

재혁과 지우는 바로 뒷좌석에 탔다. 차는 금세 고속도로를 달리고 있었다.

"어떻게 된 거야? 시신이라니?"

"어제 강화도 경찰서에 수사 요청을 했습니다. 남진수 씨 사진하고 신상명세서를 같이 보냈는데, 오늘 새벽에 강화도 지구대에서 남진수 씨 시신을 발견했다고 전화가 왔습니다."

"확실하대?"

민수가 지구대에서 팩스로 보낸 사진을 재혁에게 건넸다.

"거의 확실한 것 같은데요."

지우가 조심스럽게 대답했다. 살아 있기를 바랐는데 이렇게 처참하게 죽어 있는 시신으로 발견하게 되다니. 사진 속의 남진수는 머리엔 굳은 피가 보였고, 눈은 굳게 감겨 있었다. 이목구비나 얼굴형태가 사진과 흡사했다.

"더 세게 밟아."

출근 시간이라 고속도로가 정체되고 있었다. 재혁의 말이 떨어지기가 무섭게 철민은 사이렌을 차 위에 달고 액셀을 밟았다. 지우는 갑자기 차가 속력을 내자 놀라 재혁의 팔을 꼭 붙잡았다. 마치 롤러코스터를 타고 있는 것처럼 지우의 몸은 왼쪽에서 오른쪽으로, 오른쪽에서 왼쪽으로 계속 흔들렸다. 목적지에 도착하자 지우는 차에서 내려 바닥에 얼굴을 대고 토악질을 해 댔다. 철민이 미안한 얼굴로 지우의 등을 두드려 주었다.

"괜찮아요?"

"지금 내가 괜찮아…… 우엑!"

철민은 지우에게 더 이상 말을 걸지 않고 조용히 등을 두드렸다. 재혁은 한심하다는 듯 철민에게 고갯짓을 했다.

"못 따라오는 놈은 내버려 두고 얼른 가자. 시간 없다."

"가요, 가!"

지우는 티슈로 입 주변을 닦곤 눈을 부릅떴다. 어쩜 저렇게 사람이 인정머리가 털끝만큼도 없는 걸까. 저런 냉혈한이 형사라니. 차에서 내려 십 분쯤 걸어 인적이 드문 공원 뒤로 향했다. 그곳에 경찰들이 보였다. 아무래도 저곳이 시신이 발견된 장소인 듯싶었다. 100m 정도 올라가자 폴리스 라인 주변에서 경찰들이 사람들이 접근하지 못하도록 단단히 지키고 서 있었다. 재혁은 순경에게 다가가 형사증을 보여 주었다.

"연락받고 온 인천 서부 경찰서 강력반 윤재혁이라고 합니다. 시신을 확인할 수 있을까요?"

"네. 기다리고 있었습니다."

재혁의 물음에 순경은 고개를 끄덕이며 대답했다. 재혁은 폴리스라인 안으로 들어가 하얀 천으로 덮여 있는 시신 앞에 쪼그려 앉아 하얀 천을 걷어 냈다.

"에잇."

천을 걷어 내자마자 들리는 건 민수의 욕지기였다. 시신은 남진수가 확실했다. 얼굴엔 별다른 상처가 없었고, 옷은 먼지와 흙으로 여기저기 더럽혀져 있었다. 시신이 부패하기 시작했는지 고약한 냄새가 풍겼다. 장갑을 끼고 머리 주변을 살펴보았다. 어디선가 찢은 상처엔 피딱지가 굳어 말라 있었다. 재혁은 시신을 살펴보다 시신을 처음 발견한 순경에게 시선을 돌렸다.

"시신을 발견한 게 몇 시쯤입니까?"

"그러니까 오늘 새벽에 어떤 남자가 헐레벌떡 지구대 안으로 들어와서 공원 뒤에 시체가 있는 것 같다고 하더라구요. 놀라서 저와 다른 순경이 이곳으로 왔죠."

"시신을 발견한 남자분은 그 새벽에 이곳엔 왜 온 거죠?"

"술 먹고 소변 보러 왔대요. 그런데 시신 보고 얼마나 놀랐는지 바지 지퍼도 못 올리고 뛰어왔더라구요."

"혹시 최근 며칠 사이 수상한 차량이나, 수상한 사람은 못 보셨고요?"

"글쎄요."

순경은 뭔가 생각해 내려는 모습이었지만 결국 수사에 도움이 될 만한 대답은 듣지 못했다. 지우는 시신이 발견된 현장 주변에 뭔가 단서가 될 만한 것이 없는지 찾아보았다. 누군가 남진수를 살해하고 시신을 이곳에 버린 곳이 분명했다. 그렇다면 흔적을 남겼을 것이다. 웅장한 나무들 사이를 지나 지우는 주저앉았다.

"어? 이건."

피다 만 담배꽁초였다. 이미 반 정도가 타서 없어져 있는 상태였다. 물론 범인의 것이라고 단정 지을 순 없지만 지우는 담배꽁초를 집어서 감식반에게 넘겼다.

곧 시신을 가지고 밑으로 내려갔고, 차량으로 옮겨질 찰나였다.

"송이 아빠!"

애타게 남진수를 부르는 사람은 부인이었다. 택시에서 내리자마자 시신 가까이 다가가는 부인을 지우는 말리지 못했다. 감식반 직원이 흰 천을 벗기자 부인은 남편의 얼굴을 보고 바닥에 주저앉았다.

"어떻게 된 거예요? 우리 애 아빠가 왜……."

"저희도 유감입니다. 진정하세요."

믿기지 않은 얼굴로 바닥에 주저앉아 그저 차 안으로 들어가는 시신을 부인은 멍하니 바라보다 울부짖었다.

"송이 아빠! 송이 아빠!"

닫힌 차 문을 맨손으로 두들기며 부인은 애타게 남편을 찾았다. 하지만 부인의 외침에도 남진수는 아무런 대답이 없었다. 지우는 결국 부인의 어깨를 잡았다.

"저희가 범인 꼭 잡겠습니다. 죄송합니다."

조금만 더 빨리 찾았다면 이런 최악의 상황까지 오지 않았으리라 지우는 생각했다. 이젠 부검 결과를 기다리는 수밖에 없었다. 부검대에서 시신이 어떤 진실을 말해 줄지 기다리는 수밖에 없었다. 국과수로 이동하는 차를 바라보다 지우는 부인을 진정시킨 뒤 다시 택시에 태워 보냈다. 그리고 다시 경찰서로 돌아와서 팀장에게 보고했다.

"이 사건 외부로 나가지 않도록 입단속 철저히 해. 실종자도 못 찾아 죽음에까지 이르게 한 무능력한 형사라는 제목으로 나가지 못하게 말이야."

김 팀장의 무능력한 형사라는 말이 꼭 자신을 가리키는 것 같아 지우는 고개를 들지 못했다. 사건의 진척도 없이 이렇게 쉽게 시신이 발견될 줄이야, 다들 의기소침한 얼굴이었다.

"부검 결과 언제 나온다고?"

"내일 오전 중으로 나온다고 합니다만 뺑소니일 가능성도 배제할 수 없다고 합니다."

"우선 교통과에 연락해서 테이프 확인해 봐. 수상한 차량 없는지."

"네, 알겠습니다."

철민이 테이프를 받으러 교통과로 간 뒤 민수는 착잡한 마음에 담배를 피우러 나갔다. 재혁은 아무래도 어제 철민과 같이 본 호프집 CCTV가 마음에 걸렸다. 몸도 못 가눌 정도로 취한 사람을 혼자 집에 가게 내버려 둔 것도 그렇고, 두 사람만 말짱해 보였기 때문이었다.

"진상, 나와."

"어디 가게요?"

"아무래도 마음에 걸리는 게 있어서 확인해 봐야 할 거 같아."

지우는 재혁을 따라 차 보조석으로 몸을 밀어 넣었다. 뭔가 심각한 표정을 하고 있는 재혁을 바라보며 지우는 창밖으로 시선을 던졌다. 그리고 낯익은 동네가 눈에 들어오자 지우는 다시 재혁을 바라보았다.

"여긴."

"남진수와 같이 술 마셨다는 두 사람이 아무래도 수상해."

"어떤 점에서요?"

"CCTV를 확인해 봤는데, 남진수는 몸도 못 가눌 정도로 술 취했는데 두 사람은 아주 멀쩡해 보였어."

"그런 사람을 혼자 집에 가게 했다는 것도 이상한데요?"

지우는 차에 내려서 횟집으로 걸어갔다. 가게 안은 손님도 없이 파리만 날리고 있었다.

"분명 거짓말을 하고 있어."

재혁은 확신에 찬 얼굴로 가게 문을 열었다. 가게 안에 들어서자마자 형사증을 보여 주며 직원에게 물었다.

"강이석 씨 안에 있습니까?"

종업원은 형사가 찾아왔다는 사실에 의아한 듯 주춤한 목소리로 강이석을 불렀다. 종업원이 고개를 돌린 곳엔 문이 하나 보였다.

"사장님, 나와 보세요."

"무슨 일인데 그래?"

짜증스럽다는 듯 강이석이 문을 열고 고개만 내밀었다. 문이 열린 틈으론 야구 생중계가 한참이었다. 강이석은 지우와 재혁을 보곤 심각성을 깨달았는지 밖으로 나왔다.

"어쩐 일이십니까?"

재혁은 강이석에게 형사증을 보여 주곤 대답했다.

"물어볼 게 있어서 왔습니다."

"지금 장사 중이니 짧게 하고 끝냅시다."

귀찮다는 듯 강이석은 지우와 재혁을 테이블로 안내했다. 그는 의자를 끌고 와 앉아 대뜸 물었다.

"물어볼 게 뭐요?"

"남진수 씨가 실종된 건 알고 계실 겁니다. 그런데……."

재혁은 말을 하려다 멈추었다. 강이석의 표정을 살피기 위함이었다.

"오늘 시신으로 발견되었습니다."

"시신으로 발견되다니요? 죽었다는 말입니까?"

"네, 그렇습니다."

재혁의 말이 떨어지자 강이석은 깊은 한숨을 내쉬었다. 많이 놀랐는지 물 잔을 들고 있는 오른손을 부들부들 떨기까지 했다. 한동안 그는 아무런 말이 없었다. 마지막으로 확인을 하고 싶음이었는지, 시신으로 발견되었다는 말에 죽었냐며 동문서답하는 강이석의 행동은 어딘가 이상했다.

"제 잘못입니다."

"무슨 말씀이시죠?"

뜻밖의 강이석의 사죄에 지우가 물었다.

"같이 술을 마신 날, 송이 아빠는 많이 취해 있었습니다. 그래서 집까지 같이 가겠다고 했더니, 혼자 갈 수 있다며 가더라고요. 말렸어야 했는데……."

"왜 말리지 않으셨습니까?"

자책하는 강이석에게 마치 질타를 하듯 재혁이 물었다. 강이석은 당황한 얼굴로 아랫입술만 달싹거렸다.

"저, 저도 많이 취해 있었고, 어차피 가까우니까 무슨 일 생기겠냐 하는 생각이었습니다."

"강이석 씨도 많이 취했었다고요?"

"네."

재혁의 질문에 강이석은 머뭇거림 없이 대답했다.

"이상하군요. CCTV 화면에선 강이석 씨와 김병우 씨만 멀쩡해 보이던데요?"

"그, 그게 무슨 말씀이신지……."

"호프집 CCTV 화면을 조사해 보았는데, 남진수 씨는 혼자 거동도 못 할 정도로 취해 있더군요. 반면 당신과 김병우 씨는 아주 멀쩡해 보였구요. 어떻게 된 일이죠?"

"난 또 뭐라고…… 별것도 아닌 걸로 트집이군."

물을 시원하게 벌컥 들이켜며 대수롭지 않은 듯 강이석은 혼잣말을 중얼댔다. 재혁은 순간 멱살을 잡을 뻔했다. 같이 술을 마신 사람이 죽었는데 저렇게 천하태평한 얼굴을 하고 있다니. 자신이 범인이 아니고서야 저럴 순 없지 않은가.

"강이석 씨, 그럼 당신 알리바이를 증명해 줄 사람이 있습니까?"
"지금 날 범인으로 모는 거요?"
지우의 물음에 강이석은 눈썹을 치켜 올리며 역정을 냈다.
"있냐고 물었습니다. 대답하세요."
"송이 아빠는 그대로 집에 보내고 김씨와 가게에서 한잔 더 했습니다. 됐습니까?"
"김병우 씨 말고 다른 증인은 없으십니까?"
"이봐."
강이석은 종업원에게 손짓을 했다. 종업원은 계산대에 앉아 있다 강이석의 손짓에 이쪽으로 왔다.
"내가 엊그제 새벽에 김씨랑 술 한잔하러 가게에 온 거 봤어, 못 봤어?"
"네. 그때 사장님이 문 잠그고 간다고 먼저 가라고 하셨습니다."
종업원은 강이석의 얼굴을 한 번, 그리고 재혁과 지우를 번갈아 가며 바라보며 긴장한 듯 대답했다. 종업원은 다시 계산대로 돌아갔고, 강이석은 이제 됐냐는 듯 뻔뻔하게 고개를 치켜들었다.
"됐습니까?"
"한 가지만 더……."
"이제 장사해야 되니까 그만 나가 주시겠습니까?"
강이석은 먼저 자리에서 일어나 지우와 재혁을 바라보며 말했다.
지우는 화가 나 벌떡 일어났다.
"이보세요. 당신 동네 사람이 죽었습니다. 지금 범인 잡으려고 조사 중인 거 안 보여요?"

"범인? 범인을 왜 여기서 잡아! 딴 데 가서 잡으라구! 장사도 안 돼 죽겠는데."

강이석은 불같이 역정을 내며 급히 자리를 뜨곤 방으로 자취를 감춰 버렸다. 지우는 뭐 저런 사람이 다 있나 싶어 방으로 쫓아가려고 했지만 재혁이 지우의 팔을 잡아당겼다.

"주먹다짐이라도 할 셈이야?"

"하지만."

"됐어. 이만하면."

재혁은 찝찝한 얼굴로 가게에서 나와 담배를 물었다. 심증은 있는데 물증이 없으니 답답할 노릇이었다. 지우는 가게 안을 들여다보며 여전히 씩씩대고 있었다. 차로 돌아온 지우는 재혁에게 물었다.

"잠복이라도 하고 있어야 하는 거 아니에요?"

"아무래도 지켜보는 게 낫겠지. 어디로 도주할지도 모르고."

공범이 있다면 그 사람은 김병우라 짐작하고 있었다.

재혁은 횟집을 노려봤다.

"그럼 잠깐 기다려요."

재혁이 대답할 새도 없이 지우는 차에서 내려 근처 편의점을 찾았다. 그리곤 손에 잡히는 대로 끼니 대신 때울 만한 걸 바구니에 가득 담아 계산대 위에 올려놓았다. 아르바이트생으로 보이는 여자가 놀라 지우가 내미는 카드만 바라보다 뒤늦게 계산했다. 지우는 뿌듯한 얼굴로 다시 차로 돌아와 봉지 안을 부스럭거리며 찾은 빵과 우유를 재혁에게 건넸다.

"이게 다 뭐야?"

"뭐긴요. 잠복하려면 체력이 좋아야 돼요."

지우는 봉지를 뜯어 그대로 빵을 입에 넣었다. 우유까지 벌컥 마시며 그녀는 횟집을 계속 노려보았다. 재혁은 벙 찐 얼굴로 그녀를 바라만 봤다. 그러자 그녀가 비닐을 뜯어 빵을 내밀었다.

"어서 먹어요!"

"어디 수학여행 온 것도 아니고."

혼잣말을 중얼거리며 재혁은 마지못한 얼굴로 우걱우걱 빵을 씹었다.

"손님도 없구만, 장사한다고 쫓아내긴."

"근데 사장이란 놈이 방구석에서 야구나 보고 앉아 있고. 안에서 뭘 하는지 알 수가 있어야지."

재혁은 입안에 우유 한 팩을 다 털어 넣었다. 그리곤 팔을 뻗어 뒷좌석에서 비닐봉지를 부스럭거리며 가져왔다.

"좀 조용히 해 봐요."

"우유가 왜 안 보이지?"

"거기 있잖아요."

비닐봉지 안에 손을 넣자마자 우유 한 팩을 꺼내 재혁의 손에 쥐여 주곤 귀찮다는 듯 뒷좌석에 던져 버렸다.

"그러니까 이딴 걸 왜 사 와 가지곤."

"이딴 거라뇨? 지금 누구 덕에 선배 배가 부르는지 모르고."

"그런데 호칭이 무슨 선배야, 선배는."

"내심 오빵~ 이렇게 불러 주길 기다렸던 거예요?"

어울리지 않게 혀 짧은 소리를 내며 어깨를 흔드는 지우를 바라보는 재혁의 표정은, 못 볼 걸 본 사람의 표정이었다. 재혁은 오만 상을 찌푸리며 대답 대신 우유만 벌컥 마셔 댔다. 말이 통해야 대화를 하든가 하지, 벽하고 대화하는 기분이었다. 거기다 처음 볼 때부터 알아봤지만 은근히 사람 약 올리는 재주가 아주 탁월했다.

"쓸데없는 소리 그만하고 눈이나 좀 붙여. 숙직실에서 잠도 제대로 못 잤을 거고, 아침부터 나돌아 다녔으니 피곤할 거 아냐."

"됐어요. 괜히 편애받고 싶지 않거든요."

"편애는 무슨. 조금 이따 교대하자는 건데. 나야 뭐 상관없어. 시간 맞춰서 난 잠깐 눈 붙일 거니까."

그제야 지우는 헛기침을 하고 재혁의 눈치를 살피며 눈을 감았다.

"진짜 편애 아니죠?"

"그래, 편애 아니니까 걱정 마."

정말 피곤했던 모양인지 지우는 눈을 감자마자 잠이 든 것 같았다. 여자라고 편애받거나 차별받는 건 죽어도 싫은 모양인가 보다. 밤새 같이 조사하다 숙직실에서 잠깐 눈 붙이고, 아침부터 강화도에 갔다가 다시 강이석 횟집까지 돌아다녔는데도 하품 한 번 한 적 없는 그녀였다. 도대체 이 여자는 어째서 힘든 강력반까지 오게 된 걸까?

하기사, 자신은 그런 이유를 물어볼 입장은 아니었다. 연지를 죽음으로 몰고 간 범인이 누군지 뻔히 알면서도 눈뜬장님처럼 허우적대던 형사들 때문에 자신이 형사가 되었으니 말이다.

한 시간이 넘도록 강이석은 방에서 나오지 않았다. 간간이 손님이 있긴 했으나 특별히 수상한 사람은 없었다. 근처 공사장에서 일하는 인부 몇 명 중에 낯익은 얼굴이 보였다.

"김병우?"

재혁은 혼자 나지막이 중얼거렸다.

'동네 주민치곤 꽤 친분이 두텁군.'

김병우가 방문을 노크하자 반색하며 강이석이 나왔다. 서로 희희낙락 즐거운 듯 대화가 오가고 있었다. 같이 어울리던 주민이 숨졌다는데, 어떻게 화기애애한 얼굴들일까?

강이석은 김병우 일행에게 자리를 안내했고, 곧 테이블엔 한 상 가득 푸짐하게 음식이 차려졌다. 잔을 부딪치며 한 잔씩 걸쭉하게 들이켜기까지 했다. 김병우 옆에 앉은 강이석이 어깨를 두드리며 뭔가 말하고 있었다. 그러자 김병우가 고갯짓을 하며 조심스럽게 이리저리 둘러보는 듯했다.

아마 형사가 다녀갔다고 말한 거 같았다. 거기다 근처에 재혁이 잠복해 있다는 것도 벌써 그들은 눈치채고 있는 듯했다. 하긴, 형사가 자신을 의심하고 있다는 걸 안 이상 행동은 더욱 조심스러워질 것이고, 형사가 잠복해 있다는 것쯤 이미 눈치채고도 남았으리라.

재혁은 철민에게 전화를 걸었다.

"강이석, 김병우 통화 기록 조회해 봐."

─통화 기록이요?

"그래. 강이석 횟집에 왔는데 말하는 게 앞뒤가 맞지 않고, 뭔가 숨기고 있는 거 같아."

─네, 알겠습니다, 선배님."

통화를 끝낸 후 재혁은 휴대폰을 주머니에 넣으려는데, 진동음에 전화를 받았다.

"윤재혁입니다."

―네, 여기 건물관리소인데요. CCTV 요청하신 형사님 맞으신가요?

재혁은 일전에 자신의 차량에 낙서를 한 범인을 찾기 위해 건물관리소에 CCTV 테이프를 요청한 일을 기억해 냈다.

"그렇습니다."

―마침 얼마 전에 건물 입구에 설치된 CCTV가 있더라구요.

"알겠습니다. 곧 찾으러 갈 테니 잘 보관해 주십시오."

시간이 걸리긴 했지만 범인을 찾았다는 안도감에 재혁은 범인을 찾아 죄를 묻게 하리라 다짐했다.

건물 관리인과 통화를 마치자마자 김병우 일행이 식사를 끝내고 횟집에서 나가는 것이 보였다. 강이석을 의심하고 있다는 것을 드러낸 이상, 이젠 통화 기록이나 강이석 주변을 조사해 뭔가 나오기만을 기다리는 수밖에 없었다. 거기다 내일이면 부검 결과까지 나오니, 바로 강이석을 다시 조사할 수 있을 것이다.

벌써 날이 저물어 가고 있었다. 저녁이 되니 그나마 가게 안은 손님들로 북적거렸다. 김병우가 다녀간 뒤 별로 수상한 점은 없었다. 지우는 머리를 창문에 박고 나서 화들짝 잠에서 깼다.

"이제 일어났냐?"

"지금 몇 시예요?"

겉옷 주머니에서 휴대폰을 꺼내 시간을 확인한 지우의 두 눈이 커졌다. 벌써 시간이 이렇게 지나갔나 싶을 정도로 지우는 세상모르게 잠들어 버렸다.

"죄송해요. 혼자 많이 힘드셨죠?"

"별로 한 것도 없는데 뭘."

"선배도 이젠 눈 좀 붙이세요. 제가 보초 설게요."

지우는 거울을 보며 얼굴에 침 자국이나 눈곱은 없는지 확인하곤 재혁을 바라보았다. 피곤한 기색이 역력했다.

"오늘은 이만 철수해야 할 거 같다. 계속 죽치고 있는다고 해도 뭔가 나올 기미가 보이지 않으니."

"그래도……."

"내일 서에 들어가는 대로 강이석 통화 기록 확인하고, 부검 결과 나오면 뭔가 진척이 있겠지."

무슨 뜻인지 알아들었지만, 지우는 이대로 철수하는 게 못내 아쉽다는 얼굴로 고개를 까닥했다.

"선배는 강이석이 범인이라고 생각하는 거예요?"

"수상한 점이 있으니 확실히 하자는 거지."

"이대로 집에 가긴 이른데 간단하게 막걸리 한잔 어때요? 콜?"

"또 진상 짓 하려구? 어우, 그때 생각하면 치가 떨린다."

재혁은 고개를 내저으며 시동을 켜곤 할 말이 있는 얼굴로 지우에게 시선을 던졌다.

"너 정말 시체랑 대화하냐? 뭐 내가 네 말을 믿어서 물어보는 건 아니고……."

"거짓말 같으면 술 한 잔 하고 영안실로 가시든가요."

"일없거든."

지우와 같이 대화를 하고 있자니 자신까지 정신이 이상해지는 것 같았다.

"내가 한번 물어볼까요?"

"뭘?"

"남진수 씨한테 누가 범인인지."

귀에 대고 작게 속삭이는 지우의 장난에 재혁은 등줄기에 소름이 돋는 것을 느꼈다.

'필시 제정신은 아니야.'

※　　※　　※

"선배님, 이것 좀 보세요."

출근하자마자 철민은 재혁에게 서류를 건넸다. 재혁은 가방을 자리에 내려놓고 철민이 건넨 서류를 보았다.

"보시면 아시겠지만, 강이석, 김병우 통화 기록엔 별다른 건 없었어요. 그런데 남진수 통화 기록을 보세요. 실종신고하기 전까지 남진수 씨 부인이 전화한 기록은 없어요."

"그렇군. 그렇게 애타게 남편을 찾는 부인이 전화 한 통을 안 했다니."

재혁은 강이석 통화 기록을 훑어보다 김병우 통화 기록을 살폈다. 별다른 수상한 점이 없자 남진수 통화 기록을 살피며 고개를 끄덕였다.

"그래서 부인의 통화 기록을 조회했는데, 이 번호로 전화한 기록이 많아서 제가 연락해 봤는데 보험회사더라구요."

"보험회사?"

재혁의 눈썹이 치켜 올라갔다. 번호는 02로 시작되는 서울이었고, 남진수가 실종되기 전부터 몇 번 통화한 기록이 있었다.

"혹시 남진수 씨 보험든 거 있었어요? 확인해 봤어요?"

흥분한 지우가 서류를 보며 철민에게 물었다.

"부인과 통화한 보험회사 직원과 연락해 봤더니 사망 보험금에 대해 물어봤답니다. 전화 통화 녹음된 파일을 메일로 받았는데, 음성 확인을 해야 확실해지겠지만 남진수 씨 부인이 맞는 거 같아요."

"그래?"

철민이 고개를 까닥했다. 지우는 서류를 훑어보다 남진수의 사망신고서를 확인했다.

"벌써 사망신고까지 하다니."

"보험금을 받으려면 사망신고는 필수니까 어쩔 수 없었겠죠."

지우는 남편의 시신 앞에서 목 놓아 울던 부인을 의심하고 있었다.

"부인이 범인이라면 혼자 한 짓은 아닐 거야. 필시 공범자가 있을 거라구."

"안 그래도 그럴 것 같아서 계좌 추적을 해 봤는데, 강이석, 김병우 계좌로 각각 오천만 원씩 입금된 내역이 있었습니다. 입금자는 부인이었구요."

"역시."

재혁은 주먹으로 테이블을 세게 내려쳤다. 남편의 폭력에 앙심을 품고 있던 부인이 사망 보험금을 타기 위해 강이석, 김병우와 함께 남진수를 납치, 살해한 것으로 추정할 수밖에 없었다.

"그리고 강 형사님이 시신이 발견된 곳에서 찾은 담배꽁초 감식반에 넘겼죠? DNA 결과 나왔는데, 강이석과 김병우 DNA 대조해 봐야겠어요."

"부검 결과는요?"

"아직 연락 없습니다."

지우는 한시라도 빨리 부검 결과를 받고 싶었다.

"박 형사님, 국과수 남진수 씨 부검한 부검의 연락처 좀 주세요. 전화해 봐야겠어요."

급한 성격답게 지우는 철민에게 연락처를 받자마자 전화를 걸어 부검의를 찾았다.

"안녕하십니까. 인천 서부 경찰서 강지우 형사라고 합니다. 어제 오전에 강화도 인근에서 숨진 시신 부검 결과를 받고 싶습니다."

지우은 최대한 인내하며 침착한 목소리로 부검의에게 부검 결과를 요청했다.

―방금 팩스 넣었습니다. 확인해 보시겠어요?

부검의의 말에 지우는 전화기를 귀에 갖다 댄 채 재혁에게 팩스기를 턱짓했다. 재혁은 어이없는 얼굴로 팩스기에서 서류를 가져와 지우에게 건넸다. 남진수의 사인은 다발성 장기 손상(몸속 장기들이 제 기능을 하지 못하고 멈추거나 심하게 둔해지는 상태)이었다. 사진 속 남진수의 가슴에는 타이어가 몸을 타고 넘어가면서 생기는 역과손상(轢過損傷)이 남아 있었다. 자동차가 사람을 타고 넘으면서, 바퀴가 누르면서 회전하는 힘에 의해 근육과 피부가 벌어져 생각보다 심하게 상처가 난다. 자동차가 급제동하면서 몸을 타고 넘으면 바퀴의 강한 전단력 때문에 사지가 절단되는데, 남진수의 시신은 그렇게 심하지 않았다.

"부검 결과 잘 받았습니다. 뺑소니인가요? 머리에 둔기로 맞은 흔적이 있던데요."

―직접적인 사망 원인은 머리의 충격이라고 볼 수 없습니다. 그리고 단순 뺑소니 사고도 아닙니다. 보시면 아시겠지만, 운전자가 급제동하면서 도로에 나타나는 스키드마크(타이어 마모 자국)도 보이지 않고, 차량이 저속으로 몸 위를 지나가 사망에 이르게 했습니다. 단순 뺑소니 사건이라고 결론을 짓기엔 의문점이 한두 가지가 아닙니다.

"그렇군요. 부검 결과 감사합니다."

지우는 통화를 끝낸 후 재혁에게 부검 결과를 건네며 입을 열었다.

"일부러 남진수의 몸을 저속으로 타고 올라가 사망에 이르게 했어요. 사망 보험금을 노렸다는 명백한 증거도 있구요. 이 정도 증거면 바로 부인을 조사할 수 있겠는데요?"

"좋았어."

잠시 후 김 팀장이 사무실로 들어왔다. 재혁은 부검 결과와 다른 서류를 김 팀장에게 내밀며 확고한 목소리로 김 팀장에게 보고했다.

서류를 보며 재혁의 말에 고개를 끄덕이는 김 팀장의 눈빛이 사납게 변해 있었다.

"지금 뭣들 하고 있어! 당장 김경숙하고 강이석, 김병우 잡아 오지 않고!"

김 팀장의 말이 떨어지자 지우와 재혁은 자리에서 일어났다.

"박 형사, 넌 세 사람, 위치 추적 좀 해서 보내 줘."

재혁은 사무실에서 나오며 민수에게 전화를 걸었다.

"강이석, 김병우가 아무래도 수상해. 형은 그쪽을 맡아 줘."

재혁은 민수의 대답을 들을 새도 없이 전화를 끊고 시동을 걸었다. 사이렌을 켜고 곧장 도로로 나와 속력을 올렸다. 지우는 안전벨트만 붙잡고 눈을 꼭 감았다. 무슨 형사들이 카레이서도 아니고 이렇게 질주를 할 수 있단 말인가. 지우는 목적지에 도착할 때까지 속이 울렁거려 입도 벙긋하지 못했다.

차에서 내린 지우와 재혁은 부인의 집으로 달려가 세차게 문을 두드리며 부인을 불러 댔다. 잠시 후, 난색하며 부인이 모습을 드러냈다.

"김경숙 씨? 남진수 씨 살해 용의자로 같이 서까지 가 주셔야겠습니다."

"내, 내가 왜요?"

"동네 소란 피우지 말고 조용히 가시죠. 딸이 보고 있습니다."

몸을 돌려 딸을 바라보는 부인의 눈동자가 잠시 흔들리고 있었다. 부인은 딸 앞이라 그런지 생각보다 저항 없이 차에 올라탔다. 경찰서까지 가는 내내 부인은 아무 말도 하지 않았다.

경찰서에 도착하자, 민수에게 끌려 경찰차에서 내리는 강이석과 김병우가 눈에 보였다. 강이석과 부인은 서로 마주 보며 원망의 눈빛을 보낼 뿐이었다. 강이석과 부인은 서로 다른 취조실로 옮겨졌다.

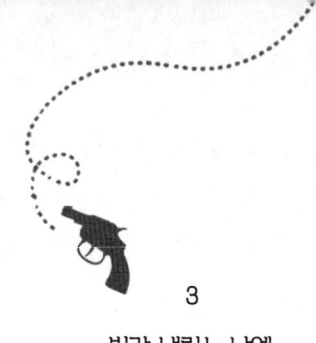

3
비가 내리는 날엔

오후부터 갑자기 가는 빗줄기가 쏟아지더니, 급기야 빗줄기가 굵어지며 세차게 바닥으로 곤두박질치고 있었다. 이렇게 비가 내리는 날이면 지우는 아버지 생각이 더욱 간절해졌다.

후드 집업을 목까지 올리고 후드를 머리에 뒤집어쓴 지우는 빗물을 튀기며 어디론가 향하고 있었다. 안이 훤히 보이는 투명한 창문 너머로 서빙을 하는 중년의 남자가 보였다. 거세게 비가 내리치는데도 가게 안은 손님들로 북적거렸다.

"여기 갈매기살하고 소주 한 병이요."

드르륵, 가게 문을 열고 들어가며 지우는 한경식을 향해 싱긋 웃어 보였다. 머리에 뒤집어썼던 후드를 벗곤 지우는 남는 자리에 엉덩이를 걸터앉았다. 경식은 생고기와 소주 한 병을 들고 테이블에 탁, 소리가 나도록 내려놓았다. 다정함과 거리가 먼 그의 행동은 지우에게 이미 익숙해져 있었다.

"손님 대하는 태도가 이게 뭡니까?"

고추를 한입 크게 베어 먹으며 지우가 투덜댔다.

"손님은 무슨 손님이여. 비 오는데 무슨 술을 마시러 여기까지 왔어?"

"비 오니까 왔죠. 비 오는 날 술맛이 제대로거든요."

핀잔을 주는 한경식의 말투에 지우는 특유의 너스레를 떨며 빈 잔을 경식에게 건네곤 술을 따랐다. 그리고 지우가 잔을 내밀자 경식은 말없이 잔을 채웠다. 불판에서는 어느새 고기가 익고 있었다.

"아버지 생각나서 왔냐."

"생각은 무슨."

지우는 웃음기 지운 얼굴로 소주를 입안에 털어 넣었다. 지우의 아버지 강민석과 같은 형사 동료였던 경식은 한충원 형사에 이어 민석까지 세상을 떠나자 형사를 때려치우고 조용히 삼겹살집을 운영하며 지내고 있었다. 쉰을 넘긴 그의 얼굴엔 세월이 남긴 흔적들이 고스란히 담겨져 있었다.

9년 전, 경식은 소중한 동료를 잃었고 지우는 하나뿐인 아버지를 잃었다. 지우는 아버지의 죽음이 한충원 형사와 관련이 있을 거란 생각을 버리지 않았다. 그녀가 왜 형사가 되었는지 경식은 알고 있었고, 그녀를 막지 못한다는 걸 알고 있었음에도 경식은 지우에게 진실을 말할 수 없었다. 그것으로 인해 지우가 받을 상처와 충격, 그리고 분노를 생각하면, 경식은 차마 말할 수 없었다. 경식은 지우의 잔을 채워 주며 고기를 그녀 앞에 두었다.

"진짜 아는 거 없어요?"

두 번째 잔을 깨끗이 비운 지우가 경식에게 물었다. 매일같이 경식을 협박하듯 정말 아는 게 없느냐고 묻는 지우의 평소 말투완 사뭇 달랐다. 마치 마지막이라는 듯 미련을 두지 않은 지우의 목소리였다. 경식은 잠시 흔들리는가 싶었지만, 그저 삼겹살을 먹으며 잔을 채울 뿐이었다.

"미친놈, 지겹지도 않냐."

"없냐구요."

경식이 대답해 줄 것이라 기대하고 물어본 건 아니었다. 늘 경식의 답은 한결같았고, 지우는 그에게 떼를 쓰듯 또다시 집요하게 물어보다 풀이 꺾여 포기하곤 했다.

"치매도 아니고 허구한 날 물어보냐, 이놈아."

"벌써 치맨가 보죠, 뭐."

지우는 피곤한 얼굴로 더 이상 경식과 입씨름하기 싫다는 듯 화제를 돌렸다.

"아저씨, 얼마 전에 실종사건이요."

"그래, 잘 해결됐냐?"

"시신으로 발견됐어요. 부인과 동네 사람이 보험금을 노리고 살해했더라구요."

"이런, 쯧쯧."

경식은 더 이상 말을 잇지 못하고 쓴 소주만 목구멍으로 넘겼다.

"근데 왜 얼굴은 왜 그렇게 죽상이야? 어디 초상났어?"

힘없이 축 늘어진 지우에게 경식이 물었다.

"근데 왜 가해자가 피해자 같을까요?"

"뭔 소리야?"

"부인이 상습적으로 폭행당했더라구요. 그리고 딸은 남편이 휘두른 둔기에 맞아 병원에 실려 가서 수술받았지만, 그 충격으로 실어증이었고요. 이대로 있다간 딸이 잘못될까 봐 죽였대요. 보험금으로 딸 치료도 받게 하고 싶었대요."

불판에 구워진 삼겹살을 우적우적 씹으며 말하는 지우는 딜레마에 빠진 표정이었다. 용의자라고 해서 잡았지만, 어찌 보면 그 부인도 피해자인 셈이었다.

"잡았으면 됐어. 그 후엔 검사가 할 일이야. 더 이상 네 소관이 아니다."

"알아요. 신경 쓴들 제가 뭐 할 수 있는 게 있나요?"

"그렇게 한 사건에 연연하는 형사가 되어서 어따 써먹어?"

"그래도 저 열심히 할 거예요. 아빠한테 자랑스러운 형사가 될 거라고요."

창문을 때리는 빗소리가 더욱 거세지고 있었다. 지우는 창문에 흐르는 빗줄기를 바라보다 경식을 측은하게 바라보았다.

"아저씨도 많이 늙었네요."

"그럼, 인마. 내 나이가 몇인데."

"행복해 보이시네요."

지나간 세월을 말해 주듯 그의 눈가에 깊이 패인 주름을 보며 지우가 말했다. 경식은 깊은 한숨을 내쉬었다. 그렇게 아내가 반대하던 형사를 때려치우고 삼겹살집을 하며, 작년에 졸업한 아들놈이 대기업에 한 번에 붙었으니 누가 봐도 행복해 보일 것이다. 매달 해외여행 가서 돈을 펑펑 쓸 만큼 벌진 않지만 가게 매상도 그리 나쁘진 않다. 하지만 경식의 가슴 한곳은 늘 아려 왔다. 소중한 동료를 둘씩이나 잃었는데, 자신이 이렇게 행복해도 되나 싶었다.

"행복? 글쎄다. 그냥 편하게 살아, 편하게. 떠난 사람은 떠난 사람이고 산 사람은 산 사람이니까. 다 털어 버리고."

"털려고 했어요. 잊자 했어요. 가슴에 묻으려고 했다고요."

"근데?"

"그러면 그럴수록 더욱 생생해져요."

경식은 말없이 지우를 바라보다 고개를 돌렸다. 민석이 죽고 난 뒤 한동안 폐인 생활을 했었던 것을 알기에 경식은 뭐라 위로해 줄 말이 없었다. 동료로서, 그리고 형사로서 아무것도 할 수 있는 것이 없었기에 그저 지우에게 미안할 따름이었다.

"아씨. 나 오늘 너무 청승이다."

지우가 축 처진 분위기를 감지하곤 서둘러 분위기 전환에 나섰다. 애써 밝은 척하며 손을 흔들었다.

"아주머니! 여기 소주 한 병 더 주세요."

지우의 말을 들은 경식의 부인이 소주병을 들고 지우 앞에 섰다.

"아가씨가 이렇게 늦은 시간까지 술을 먹어서 되겠어."

"걱정 말아요. 이래 봬도 나 강력반 형사라구요."

지우는 으쓱해하며 손사래를 쳤다. 병뚜껑을 따고 경식의 잔에 술을 채운 후, 지우는 자신의 잔에도 술을 가득 채웠다.

"이렇게 맨날 혼자 청승맞게 와선 늙은 아저씨랑 같이 술 마셔야겠냐."

"아우, 내가 다신 안 온다."

"형사 된 후 노처녀 다 되었네."

"진짜 안 와요, 진짜."

"제발 오지 마. 나도 귀찮아 죽겠다."

"아저씨 vip 손님 잃는 거예요, 지금 실수하신 거라고요."

지우의 협박에도 경식은 아랑곳하지 않고 그녀의 신경을 건드렸다.

"vip는 얼어 죽을. 너 같은 vip 손님 없어도 가게 잘 돌아가니까 신경 꺼라."

"진짜 손님을 너무하는 거 아니에요?"

"그러니까 이런 구석진 삼겹살집에 오지 말고 뮤지컬인가 뭔가 그것도 좀 보러 다니고 공원 산책도 좀 하고, 그리고 좀 살아라. 으이그."

"난 뮤지컬보다 소주가 더 좋고, 공원 산책보단 도장 나가서 발차기 한 번 더 하는 게 좋은 걸요?"

지우는 혀를 쏙 내밀며 경식에게 맞대응했다. 결국 경식은 혀를 내두르며 포기했다.

"아저씨 잔소리 듣기 싫어서 이만 가야겠다."

지우는 우산을 챙기고 나갈 채비를 했다.

"너 때문에 가게 매상 더 떨어지니까 오지 마라."

"오지 말라고 해도 올 거예요!"

계산대에 현금 삼만 원을 올려 두곤 가게에서 나오려는데, 오늘

따라 유난히 측은하게 느껴지는 경식의 뒷모습에 지우는 괜히 가슴이 찡해졌다.

"내일이지?"

지우는 말없이 고개를 끄덕였다.

"늬 아버지 기일이."

"잊지도 않으시네요."

다 털어 버리라면서, 정작 당신은 가슴에 얼마나 깊숙이 묻어 두고 있었던 걸까. 지우는 물어보려다 가게에서 나왔다. 사납게 내리던 빗줄기는 어느새 가늘어져 있었다.

※　　※　　※

언제 비가 내렸냐는 듯 하늘은 무척 맑았다. 창문을 때리던 빗소리 때문에 잠을 설친 지우의 얼굴을 푸석했다. 지우는 아침부터 분주하게 아버지 묘에 갈 채비를 했다. 그가 즐겨 마시던 막걸리와 한과를 챙겨 가방에 넣었다.

야근한다던 설희는 밤을 샌 모양인지 집에 들어오지 않았다. 일어나자마자 전화했지만, 설희는 졸린 목소리로 짧게 대꾸하고 그대로 전화를 끊어 버렸다. 기자 일이 고되긴 고된 모양이었다. 매년 같이 묘에 가 주던 설희였지만, 오늘만큼은 지우 혼자 가야 할 터였다.

"아빠, 오늘은 오붓하게 둘이서 데이트하자고요."

지우는 집에서 나와 문을 잠그고, 도로로 나와 버스를 탔다. 고속

버스 터미널까지 대략 삼십 분 정도 걸리는 거리였다. 고속버스 터미널에서 다시 한 시간 정도 경기도 백제납골묘로 가야 했다. 어제 술 먹은 탓인지 머리가 지끈거렸다. 하기사, 경식과 앉아 주거니 받거니 하며 한 병은 족히 해치웠으니 그럴 만했다. 거기다 오늘 해장도 제대로 못 했으니 머리가 지끈거리는 것은 당연했다.

지우는 고속버스 터미널에 도착해서 버스표를 끊고, 백제납골묘까지 가는 버스를 탔다. 평일이라 그런지 버스 안은 한산했다. 지우는 창밖으로 시선을 던졌다. 밖에서 담배를 피우던 기사는 시간이 되자 버스에 올라탔다. 곧 버스는 고속버스 터미널 안을 벗어났다. 지우는 버스가 출발하자마자 잠이 들었다. 그동안 사건 때문에 숙면을 대로 취하지 못했기 때문인지 피로가 한꺼번에 몰려왔다.

지우는 창문에 기대 시간 가는 줄 모르고 깊은 잠에 빠져 버렸다. 얼마쯤 지났을까, 갑자기 급정거하는 바람에 지우는 놀라 잠에서 화들짝 깼다.

"아이 씨, 뭐야. 웬 대낮에 도둑고양이야."

버스기사의 욕설과 함께 투덜대는 소리가 들렸다. 지우는 주변을 두리번거렸다. 커튼을 젖히고 밖을 내다보니, 목적지 근처까지 온 모양이었다. 지우는 다음 정거장에서 내렸다. 일 년에 고작 한 번밖에 안 오는데 이상하게 올 때마다 익숙하게 느껴진다. 머리카락을 훑고 지나가는 바람마저 반가울 따름이었다.

지우는 버스가 지나가면서 뿌린 매연에 잠시 손으로 코를 감싸곤, 백제납골묘 안으로 들어섰다. 천 평은 될 법한 넓은 묘지에 들어서자 몇 명의 사람들이 보였다. 지우는 아버지 이름이 적힌 비석 앞에 섰다. 고새 무덤 곳곳에 잡초가 자라 있었다.

지우는 손으로 잡초를 뽑아낸 후 아버지 이름이 적힌 비석의 먼지를 닦았다. 경찰에서 손수 만들어 준 비석이었다. 시민의 안전을 지키다 순교한 형사라고. 이딴 비석 하나가 뭐 그리 대단하다고. 정작 자신은 아버지를 잃었는데. 시민의 안전은 자신이 알 바가 아니라고 지우는 생각했었다. 그저 아버지를 다시 돌려 달라고 외칠 뿐이었다.

"아빠, 나 왔어."

지우는 돗자리를 펴고 앉았다. 아버지가 좋아하는 한과를 꺼내놓고 종이컵에 막걸리를 따라 묘에 뿌렸다.

"거긴 좋아? 나 없으니까 좋지?"

지우는 손으로 묘를 만지며 서글픈 얼굴을 했다.

"아빠, 거긴 엄마도 있어?"

대답 없는 혼잣말을 하며 지우는 한참 동안 묘를 바라보았다. 지우는 아버지 민석이 허망하게 세상을 떠난 후, 한동안 왜 아버지가 죽어야 했는지 아버지의 죽음을 이해하려 애썼다.

천둥번개를 동반한 비가 거세게 내리는 날이었다. 갑작스럽게 병원에서 지우에게 전화가 걸려왔다. 늦은 시간까지 아르바이트를 하고 있던 지우는, 전화를 받고 급히 병원으로 달려갔다. 하지만 결국 차디찬 아버지의 시신만이 지우를 기다리고 있을 뿐이었다.

경찰은 강도 피살사건이라고 결론을 내렸다. 의사의 소견에 따르면 한 번에 급소를 칼에 찔렸다고 했다. 급소를 한 번에 찔러 숨지게 할 정도라면 단순 칼잡이가 아닐 것이라고 했다. 하지만 경찰은 단순 강도사건이라고 주장했고, 결국 그렇게 사건이 종결되었다.

거기다 아직 민석을 죽인 범인조차 잡지 못했다. 그때 지우의 나이 겨우 스무 살이었다. 경찰들이 사건을 수사하는 데 이상한 점을 눈치챌 수가 없었다.

하지만 얼마 후, 민석을 병원까지 수송한 구급대원에게서 연락을 받았다. 민석의 안주머니에서 봉투가 발견되었다며 찾아가라는 것이었다. 뜻밖의 물건이었다. 봉투 안엔 민석이 살해당하기 한 달 전에 자살한 동료 형사, 한충원의 유서가 들어 있었다.

죽기 직전까지 손에서 놓지 않았던 모양인지 봉투는 붉은 피로 얼룩져 있었다. 도대체 이 종이가 뭐기에 죽기 전까지 목숨처럼 가지고 있었던 것인지, 유서를 읽으며 지우는 얼마나 울었는지 모른다. 유서는, 한충원 형사가 직접 자필로 쓴 것이었다.

미안하네, 강 형사. 아니, 민석아.
지금까지 단 한 번도 형사로서 부끄러운 짓을 한 적 없는 내가, 딱 한 번 부끄러운 짓을 했네. 언제 나올 줄 모르는 심장이식자를 기다리며 병원에서 죽어 가는 딸을 위해서 눈 한 번 딱 감고 그 일을 저질렀네. 그러면 딸을 살릴 수 있다고, 그땐 그렇게 생각했었네. 나름 형사란 직업에 자부심을 갖고 있었던 것만큼이나 딸의 목숨 또한 중하다고 말이네.
자네도 알겠지? 여대생 피살사건 말이네. 내가, 내가 해선 안 될 짓을 했어. 그런데 그 죄책감이 시간이 지나면 지날수록 내 어깨를 짓누르네. 내 딸을 보기

참 부끄럽네. 사건을 은폐하고 증거를 없앴으니 당연히 법의 심판을 받아야 마땅하지만, 그럴 만한 용기조차 없네. 미안하네.

한땐 동료였고 친구였고 라이벌이었던 자네에게만큼은 털어놓고 싶었네. 자네가 밝혀 주게. 그 사건의 진실을…….

지우는 가방에서 피 묻은 봉투를 꺼내 유서를 읽었다. 지우는 민석이 한충원 형사가 맡았던 여대생 피살사건을 단독으로 수사하다 누군가에게 살해된 것이 틀림없다고 생각했다. 자신이 아는 아버지는 동료 간의 의리를 중요시했고, 형사 일에 대한 자부심과 직업정신이 강했던 사람이었다. 거기다 한충원 형사는 경식과 같이 오랫동안 일을 해 왔던 동료이며 친구이며 한솥밥을 먹는 가족이나 다름없는 사이란 것을 지우는 잘 알고 있었다. 그렇기 때문에 민석은 분명 한충원 형사의 유서를 보고 진실을 밝히려 했을 것이란 것을 지우는 짐작했다.

도대체 왜 민석이 죽어야만 했는지, 한충원 형사를 자살로 몰고 가고 아버지를 죽인 사람이 누군지 지우는 밝혀내겠다고 다짐했다.

그 후로 지우는 경찰대 입학을 위하여 공부를 시작했고, 그 결과 만족스러운 점수로 경찰대에 입학을 했다. 졸업할 때까지 성적은 언제나 상위권을 유지하며, 운동 또한 게을리하지 않은 덕분에 남학생과의 태권도 시합에서도 뒤지지 않았고, 악바리로 통할 정도였다. 힘들고 지칠 때마다 유서를 꺼내 보며 마음을 다 잡았다. 답장도 없는 민석의 휴대폰에 지우는 매일같이 문자를 했다.

―아빠, 맛있는 김치찌개 해 놓을게.

―아빠, 빨리 와.

―오늘도 힘내. 사랑해.

결국 눈물이 터져 버렸다. 울지 않겠다고 수십 번 다짐했지만 아버지 무덤 앞에서 지우는 끝내 눈물을 보이고 말았다. 피로 얼룩진 민석의 셔츠를 아직도 잊을 수가 없었다. 얼마나 고통스러웠을까. 얼마나 살려고 애썼을까. 얼마나……

지금도 아버지의 고통만 생각하면 지우는 가슴이 아려 왔다. 그렇게 갑작스럽게 세상을 떠날 줄 알았다면, 아버지에게 사랑한다고 한 번 더 말해 줄 것을. 아버지의 죽음을 그저 강도를 잡다 순직한 것으로 포장하고 비석만 세워 준 경찰에 대한 배신감과 분노는 결코 말로 표현할 수 없었다.

'내가 꼭 밝힐 거야. 밝혀내고 말 거야. 아빠 죽인 사람 내가 밝혀서 아빠 앞에 무릎 꿇고 사죄하게 만들 거야.'

굳게 쥔 주먹을 부들부들 떨며 지우는 마음속으로 또다시 다짐했다.

※　　※　　※

재혁은 갈치를 잡기 위해 차를 주차해 뒀던 그 장소를 다시 찾았다. 건물관리소 직원의 CCTV를 확인했다는 전화를 받았던 것이다. 5층에 멈춰 선 재혁은 건물관리소에 들어서서 형사증을 보여 주곤 입을 열었다.

"인천 서부 경찰서에서 나왔습니다. CCTV를 확인하려고 왔습니다."

"네, 이리로 오시죠."

직원은 신속히 재혁을 안내했다. 그곳은 건물 입구와 엘리베이터 안에 설치된 CCTV를 살펴보는 장소였다. 그리고 그날 날짜가 적힌 CD를 재혁에게 건넸다.

"그날 저녁 8시부터 12시까지 녹화된 테이프입니다. 확인해 보시겠어요?"

"네. 바로 확인 부탁드립니다."

재혁은 드디어 자신의 차에 낙서한 범인을 찾았다고 생각하니 긴장감에 저도 모르게 두근거렸다. 직원이 CD를 넣고 빠르게 뒤로 돌렸다. 그러다 화면 속 자신이 차를 주차하고 민수와 함께 갈치를 잡으러 뛰어가는 장면을 포착하고 입을 열었다.

"스톱."

직원은 재혁의 말에 버튼을 눌렀다. 그러자 빠르게 움직이던 화면이 일순간 천천히 움직이기 시작했다. 재혁이 차를 주차하고 갈치를 잡으러 뛰어가는 장면 뒤로 많은 사람들이 그 주변을 지나가고 있었다. 그리고 얼마나 지났을까. 한참 지루하게 직원과 화면을 응시하던 중 눈에 띄는 복장의 여자가 재혁의 시선을 집중시켰다.

"강지우……?"

재혁은 자신의 눈을 의심했다. 경찰 제복을 입고 있는 모습으로 건물 안으로 들어가던 지우는 잠시 후 씩씩대면서 건물 밖으로 나왔다. 곧이어 그녀의 매서운 시선은 무고한 재혁의 차에 고정되었다. 그리고 급기야 허리춤에 꽂혀 있던 사인펜을 찾더니, 뚜껑을 열고 보닛을 밟고 올라타 낙서를 하는 모습이 적나라하게 보여 있었다.

재혁은 순간 자신의 차를 보고 놀란 지우의 표정이 생각이 났다.

"이런, 강 진상!"

재혁은 지우의 얼굴을 떠올리며 미친 사람처럼 분개했다. 범인을 찾았다는 기쁨보단 속았다는 배신감과 범인을 눈앞에 두고 알아보지 못한 자신에게 화가 났다. 거기다 같잖게 자신을 속이려 든 지우의 모습에 치가 떨렸다.

당장 사무실로 돌아가 지우를 반 죽여 놓고 싶었지만, 오늘 지우가 휴가를 냈기 때문에 그럴 수도 없는 노릇이었다. 재혁은 곰곰이 생각에 빠졌다. 어떻게, 어떤 식으로 지우의 심장을 쥐락펴락하며 옴짝달싹못하게 만들어 줄까 하고.

'어떻게 요리를 하지?'

재혁은 일단 직원에게 CD를 받아 일찌감치 집으로 돌아왔다. CD를 만지작거리며 재혁은 분노에 휩싸였다. 재혁은 지우에게 전화를 걸었다.

―여보세요.

"진상."

―아, 선배? 어쩐 일이세요?

아무것도 모르는 지우는 재혁의 전화가 제법 반가운 모양인지 목소리가 밝았다.

"지금 할 말이 너무 많은데 무슨 말부터 해야 할지 모르겠군. 우선 만나자고."

―할 말이 뭔데 데이트 신청까지 해요?

"데. 이. 트. 신. 청? 뭐 좋을 대로 생각해."

재혁은 부글부글 끓는 속을 달래며 혼자 상상의 나래를 펼치고 있는 지우에게 평소답지 않게 나긋나긋한 목소리로 대답했다.

―오늘 왜 이렇게 친절해요? 나한테 뭐 잘못한 거 있어요?

'잘못한 건 내가 아니라 너겠지!'

재혁은 목구멍까지 나온 말을 삼키곤 휴대폰을 죽일 듯 노려보았다. 눈치는 제로, 거기다 감도 꽝, 술 먹으면 진상. 파트너로서 어느 하나도 마음에 드는 게 없었다.

"빨리 내 집으로 오는 게 신상에 좋을 거다."

재혁은 마지막 경고를 하곤 전화를 끊었다. 재혁은 티브이에서 나오는 영화를 보다 재미있는 생각이 번쩍 떠올랐다. 건물관리소에서 받아 온 CD를 지우와 느긋하게 감상하기로 한 것이다. 영화를 보다가 뒤에 나오는 자신의 모습을 보고 놀라 뒤로 넘어질 지우의 모습을 생각하니 웃음이 절로 났다.

얼마나 지났을까, 현관문을 두들기는 소리에 재혁은 녹화를 중지시키고 녹화한 첫 화면으로 돌렸다. 그리곤 문을 열었다.

"무슨 일인데 바쁜 사람 오라 가라예요?"

"같이 영화나 한 편 보려고."

"영화?"

재혁의 말에 지우는 금세 김빠진 얼굴로 변했다. 뭔가 크게 실망한 눈치였다.

"왜 싫어?"

"우리 둘이 무슨 영화예요?"

"싫. 어?"

재혁의 표정이 점점 굳어지는 걸 확인하고 나서야 지우는 어색하게 웃으며 안으로 들어섰다.

"싫긴요. 저 영화 보는 게 취미예요."

지우는 신발을 벗고 집 안으로 들어가 소파에 엉덩이를 붙이고 앉았다.

"미리 말이라도 해 줬으면 팝콘이라도 사 왔을 텐데."

"어차피 영화에 집중하느라 팝콘도 못 먹을 거다."

당연한 말이었다. 어렵게 찾은 CCTV를 보면 먹던 팝콘이 목에 걸리게 될 테니 말이다.

"널 위해서 준비한 영화니까 천천히 보도록 해라."

재혁은 이를 부드득 갈았다. 갈아 마셔도 시원찮을 강 진상! 재혁은 현관문을 소리 나지 않게 잠갔다. 그리곤 지우와 멀찌감치 떨어져 소파에 앉았다.

"무슨 영환데 그래요? 괜히 기대되네."

"아주 재밌을 거야. 스릴 넘치고."

"진짜요?"

재혁은 망설임 없이 고개를 까닥했다. 기대에 부푼 얼굴로 지우는 티브이를 응시했다.

"어, 나 이거 못 본 건데. 뭐 마실 거 없어요?"

앞으로 어떤 일이 닥칠지도 모른 채 지우는 편한 자세로 고쳐 앉았다. 재혁은 말없이 주방으로 가 냉장고에서 음료수를 꺼내 컵에 따랐다. 죽일 듯 지우를 노려보며 속으로 중얼댔다.

'염치도 없이 음료수나 축내는군. 형사? 사기꾼 주제에.'

컵을 탁자에 내려놓기가 무섭게 지우는 음료수를 원샷했다. 화면에서 원빈이 음침한 모습으로 전당포 가게에 앉아 있는 모습이 보였다. 재혁은 이미 오래전 봤던 영화이기에 티브이에 시선을 주는 둥 마는 둥 했다.

"어쩜 저렇게 잘생겼을까? 남자가 봐도 멋있죠?"

"퍽이나."

재혁의 별 성의 없는 대답에 지우는 아랑곳하지 않고 영화에 빠져 버렸다. 그가 왜 갑자기 영화를 보러 집까지 오라 했는지 의문도 사라진 지 오래였다. 한참 그렇게 영화에 집중하면서 지우와 재혁의 대화는 단절되었다. 지우는 영화에 빠져 버렸고 재혁은 어떻게 그녀를 요리할지 생각 중이었다. 그렇게 삼십여 분이 지났을까, 원빈이 바리깡으로 머리를 깎는 장면에서 재혁이 문제의 CD를 넣었다.

"뭐하는 거예요?"

"더 재미있는 영화가 있는데 그거 보려고."

"뭐예요. 한참 재미있게 보고 있었는데."

지우는 툴툴거리며 재혁을 노려보았다.

"걱정 마. 더. 재. 미. 있. 을. 테. 니. 까."

"확실하죠?"

재혁은 망설임 없이 고개를 까닥하며 CD를 재생하곤 소파에 편한 자세로 앉았다. 기다리고 기다리던 시간이 왔다. 지우가 BAR 안으로 들어가는 화면이 보였다. 이게 뭐지, 하는 표정으로 화면을 응시하던 지우는 잠시 후 BAR에서 나와 차 보닛을 밟고 낙서하는 장면이 보이자 급격하게 표정이 변했다. 벌써부터 당황하지 말라고, 그럼 재미없잖아. 재혁은 속말을 삼키며 티브이를 응시했다. 또다시 보아도 여전히 열 받는 장면이었다. 저 더러운 발로 보닛을 밟고 낙서를 하는 모습은 재혁의 이성을 잃게 하게 충분했다.

"저, 저게 뭐예요. 저, 저기 선, 선배."

전혀 놀라지 않은 척하며 재혁을 불러보지만, 저도 모르게 말까지 더듬는 모습에 재혁은 눈치채고 남았을 것이 분명했다. 마른침만 삼키며 시선을 어디에 두어야 할지 몰라 지우는 그저 눈동자만 굴리고 있었다. 등줄기는 식은땀이 줄줄 흐르고 손에선 쥐가 나는 것 같았다. 다리는 풀린 지 오래라 도망갈 수조차 없었다.

"저, 저기 그러니까."

"너무 스릴 넘치지?"

"선, 선배님."

"평소처럼 친근하게 선배라고 부르지. 왜 너답지 않게 존대야."

차라리 험상궂은 얼굴로 소리라도 버럭 질렀으면 차라리 덜 무서웠으리라. 억지로 만들어 낸 그의 미소와 분노를 억누르는 듯한 말투에 겁에 질려 지우는 소파 끄트머리까지 슬금슬금 이동했다.

'도망가야 해!'

머릿속에 가득 찬 생각은 하나였다. 꽁무니가 빠질 듯 부리나케 도망가야 했다. 육상선수 제의받을 만큼 달리는 것 또한 자신 있었으니, 분명 그가 잡지 못할 만큼 빠르게 도망갈 수 있을 것이다. 하지만 조금 전부터 풀린 다리가 문제였다.

"나, 나름 사정이 있었어요."

"사정?"

"네! 사정이요! 그러니까 사정을 들어 주세요!"

그가 조금이라도 인정을 베풀어 줄듯 보여 지우는 잠시 희망을 가져보았다. 하지만 그걸 비웃기라도 하듯 재혁은 입꼬리를 살짝 올렸다.

"핑계 없는 무덤 없다 했다."

"잘못했어요!"

납작 엎드려 사죄를 한 후 지우는 후다닥 일어나 현관문으로 달려갔다.

'어라?'

문이 열리지 않자 지우는 등줄기가 오싹해지는 기분이 들었다.

"도망가려고?"

"설, 설마요."

어색하게 웃으며 지우는 재혁을 바라보았다. 어떻게든 도망갈 구실을 만들어야 하는데 딱히 생각나는 묘책이 없었다.

"그럼 이제 어떻게 해야 할까?"

정말 적응되지 않는 그의 다정함으로 위장한 오싹한 말투에 짐짓 기가 눌릴 뻔했지만 이미 그에게 사죄를 하지 않았는가! 당당해지자!

"잘못했다고 했잖아요."

"순찰 돌다가 보았다고 아주 뻔뻔하게 거짓말 잘하더라."

"그땐 사실대로 말할 용기가 없었던 거라구요. 저도 지금까지 얼마나 죄책감에 시달렸는지 알아요? 밤에 잠도 못 자고 매일 잠꼬대하고. 저도 마음이 편치만은 않았어요."

"죄책감? 차에서 코까지 골면서 잘만 자던데?"

재혁은 코웃음이 저절로 나왔다. 어떻게 상황을 빠져나갈지 머리 굴리는 소리가 다 들렸다.

"에이 씨. 그래서 뭐 어쩔 건데요!"

"아주 당당하군."

"저도 엄연히 피해자라고요. 선배 차인 줄 알고 그랬나요! 사람이 이만큼 사과를 했으면 받아 줘야죠!"

"그런 인내와 자비는 너나 많이 베풀고. 자, 이제 내려가서 낙. 서. 지워 볼까?"

"……지워지긴 하나요?"

"자, 여기."

여전히 억지 미소를 지우지 않는 얼굴로 재혁은 지우의 손에 소독용 알코올 한 병을 쥐여 주었다.

"깨끗하게 지워라."

지우는 알코올을 바라보며 속으로 탄성을 내질렀다. 넌, 사람도 아니야.

주차된 차 옆에 의자를 밟고 올라가 지우는 팔을 뻗어 알코올을 묻힌 수건으로 앞 유리를 닦아 내기 시작했다. 거짓말처럼 그녀가 낙서한 글씨가 하나씩 지워져 가고 있었다.

"어머, 신기하다. 감쪽같이 지워져요."

"감탄하지 말고 깨끗이 지워."

재혁은 담배를 물곤 지우가 잘하고 있는지 감시하고 있었다. 지우는 그의 눈치를 보며 팔을 쭉쭉 뻗어 지우며 구시렁댔다.

"사람이 사과를 했으면 받아 줄 줄도 알아야지. 해도 해도 너무한 거 아냐? 사람도 아니야."

"할 말 있으면 크게 해라."

"할 말 없어요."

지우는 뾰루퉁하게 대꾸하며 신경질적으로 손을 움직여 댔다.

"그쪽 말고 저기 좀 지워."

"여기요?"

지우는 자리를 이동해 의자를 밟고 올라갔다.

"그래, 그쪽. 빨리빨리 좀 해."

"시작한 지 십 분도 안 지났어요. 그렇게 지켜보고 있으니까 시간이 안 가지."

"구시렁댈 시간에 빨리 끝내겠다."

"네, 네. 어련하시겠어요. 아이고, 팔이야."

지우는 한쪽 손으로 어깨를 주무르며 엄살을 피워 댔다.

"그러니까 남의 차에 누가 저딴 낙서해 놓으래?"

"나에게도 사정이······."

지우는 입을 열다 험상궂은 재혁의 얼굴을 보고 입을 꾹 다물었다. 일분일초라도 빨리 끝내고 집에 가고 싶다는 생각이 간절했다.

'오지 말았어야 했어. 영화는 개뿔.'

잠깐이나마 그가 자신을 좋아한다고 오해했던 것을 떠올리자 얼굴이 화끈거렸다. 미심쩍긴 했으나 호랑이 굴에 제 발로 찾아왔으니…….

여전히 뒤에서 자신을 주시하고 있는 재혁을 보자 깊은 한숨이 저절로 터져 나왔다. 저런 악덕하고 자비가 벼룩의 간만큼도 없는 인간과 파트너를 할 생각에 눈앞이 캄캄해졌다.

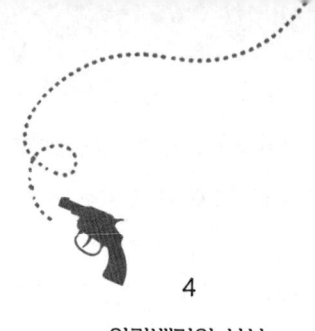

4
아라뱃길의 시신

30대 남성이 새로 생긴 아라뱃길 자전거 도로를 신나게 달리고 있다. 아직 공사가 덜 끝난 곳도 있어 곳곳에 장애물이나 공사 중이란 팻말이 보였다.

시원한 아침 공기를 마시며 자전거 페달을 밟으며 방화대교 다리 밑을 지나, 아직은 오픈하지 않은 아라뱃길을 목상교 쉼터에 앉아 바라보며 생수를 마셨다. 날씨도 좋고, 앉아서 물을 마시며 잠시 쉬니 천국이 따로 없었다.

다시 일어나 자전거를 타고 인천공항 고속도로 신공항 요금소 다리를 달리다 끝 지점인 인천 경인항까지 도착했다. 아직은 인적이 드물지만 곧 많은 사람들이 자전거 도로를 이용하게 될 것 같았다.

자전거를 세워 두고 잠깐 바람을 쐬려는 남자의 눈에 뭔가 번뜩 띄었다.

'저게 뭐지?'

호기심이 발동한 남자는 고가 다리 밑 쓰레기 더미 속에 미심쩍은 물체를 향해 다가갔다. 언뜻 보기엔 사람이 쓰레기 더미 위에 쓰러져 있는 느낌이었다. 왜 저런 곳에 쓰러져 있는 것인지 의문을 품을 새도 없이 남자는 쓰레기 더미에 다가갔다.

'술 취한 여자인가?'

급하게 다가간 남자는 소스라치게 놀랐다.

"으아아아악!"

2011년 8월 29일 오전 7시 45분 시신 발견.

※ ※ ※

시신은 생각보다 깨끗했다. 이십 대 초반쯤 되어 보이는 앳된 얼굴의 피살자는 흰 블라우스에 검은색 치마를 입고 있었다. 양손과 양발은 노란 노끈으로 단단히 묶여 있는 상태였고, 입은 테이프를 붙인 흔적이 있었다. 코의 핏자국, 그리고 광대뼈와 왼쪽 턱에도 작은 상처가 있긴 했지만 치명상은 아닌 듯했다.

"목 졸림 흔적이 없는데요?"

시신을 조심스럽게 살펴보던 지우가 재혁에게 다가가 물었다. 여성 피살자에게 통상 발견되는 목 졸림 흔적이 보이지 않는다는 건, 범행 장소가 이곳이 아니란 의미였다. 힘이 약한 여성들에게 쓰기 쉬운 방법이기 때문에, 부검의들의 소견에 따르면 90%가 목 졸림에 의한 사망이었다.

재혁은 곰곰이 생각에 잠긴 얼굴이었다. 분명 다른 곳에서 살해를 하고 시신을 버리기 위해 이곳에 왔을 거란 생각이 들었다.

"목격자는?"

"아직 있어요. 더 물어볼 게 있어요?"

이름, 나이, 직업, 그리고 시신을 발견한 대략적인 시간까지 남자를 만나자마자 알아낸 기초적인 정보들이었다. 남자는 출근 시간이 늦었다며 무척 불쾌한 얼굴을 하고 있었다.

"아무래도 최초 목격자니까. 이상한 점이 없나 해서."

재혁은 담배를 피우며 인상을 찌푸리고 있는 남자에게 가까이 다가갔다.

"혹시 주변에 수상한 사람은 없었습니까?"

"네. 뭐 특별히……."

남자의 대답은 처음과 달리 무척이나 퉁명스러워져 있었다.

"주변엔 아무도 없었습니까?"

"처음엔 몇 명 보였으나 끝 지점까지 달리다 보니 혼자라는 걸 알았습니다."

마른 체형의 남자는 운동하러 나온 사람답게 운동복을 입고 있었다. 손목시계로 시간을 계속 주시하며 안절부절못하고 있었다.

목격자의 진술을 토대로 주변을 살펴보니 인부들 몇 명 빼곤 행인이 다니는 것이 보이지 않았다. 자전거 도로 위의 고가엔 그저 쌩쌩 찬바람을 내뿜으며 차들만 달리고 있을 뿐이었다. 목격자의 말엔 전혀 의심스러운 부분도 없어 보였고, 거짓말을 하고 있는 것 같지도 않았다.

목격자와의 진술로 얻은 건 별로 없었다. 재혁은 실망감을 감추지 못하고 한숨을 내뱉었다.

"주변을 살펴보니 CCTV가 몇 대 있는 거 같더라."

시신을 살펴보다 주변 탐색을 하고 돌아온 민수가 재혁의 어깨를 두들겼다.

"뭐가 나오긴 나올까."

"몇 날 며칠 밤을 새서라도 뭔가 건져야지."

CCTV에서 결정적인 증거가 나오면 모를까, 완전 범죄를 계획한 범인이 흔적을 남겼을 리 만무했다. 사람들에게 얼굴을 다 보이도록 다녔을 리 또한 없었다. 그래도 한 가닥 희망을 버리지 말자는 민수의 말뜻에 재혁은 고개를 까닥했다.

2009년부터 현재까지 진행되는 정부의 큰 자랑거리로, 한참 공사 중인 경인 아라뱃길 공사장을 쭉 훑어보았다. 형태는 갖추어졌으나 아직 군데군데 공사 중인 곳을 바라보다 보니, 속에서 뜨거운 것이 끓어올랐다.

거액을 투자하여 만들어진 만큼 정부에서도 큰 기대를 하고 있는 아라뱃길에서 시신이 발견되었다는 기사가 새어 나간다면, 분명 시민들이 불신할 것이 분명했다. 그렇기 때문에 이번 사건은 비밀리에 수사를 진행하게 될 것이 분명했다.

사건 하나하나에 정부의 간섭을 받고 지휘한다는 것 자체가 용납되지 않는 재혁이었지만, 한낱 경찰이 할 수 있는 건 아무것도 없었다.

처참히 죽어 있는 여자의 얼굴에 9년 전 죽은 연지의 얼굴이 겹

쳐져 재혁을 괴롭히고 있었다. 싸늘하게 죽은 연지의 모습이 눈앞에 아른거렸다. 아무것도 할 수 없었던 스물다섯의 자신과 지금의 자신은 별다를 것이 없었다.

"무슨 생각해요?"

"아니 별로……."

지우의 걱정스런 물음에 재혁은 저도 모르게 퉁명스럽게 대답했다.

"어디 안 좋아요?"

"말짱해서 탈이지."

귀찮다는 듯 재혁은 쐐기를 박고 나서야 지우는 잠잠해졌다.

"범인 찾았냐?"

민수가 앞 유리가 깨끗해진 재혁의 차를 보며 물었다. 재혁의 시선은 단번에 지우에게 향했다.

"찾고말고."

"어떤 정신 나간 놈인데?"

역시 민수의 눈에도 앞 유리에 낙서한 사람이 제정신으론 보이지 않았던 모양이다.

"진짜 정신 나간 놈이더라고."

"왜? 어떤 놈인데?"

궁금하다는 듯 민수가 재혁에게 꼬치꼬치 캐물었다. 재혁은 짓궂은 얼굴로 민수의 뒤에서 손이 발이 되도록 빌고 있는 지우를 바라보았다. 그런 그를 의식한 민수가 재혁의 시선을 따라 뒤를 돌아보았다. 하지만 어색한 미소를 짓고 있는 지우밖에 보이지 않자, 의아한 얼굴로 재혁에게 반문했다.

"누군데 인마."

"등잔 밑이 아주 어둡더라."

"이 자식이. 너 선배 놀리냐?"

"진짜 등잔 밑이 어둡더라."

재혁은 민수 뒤에 있는 지우를 노려보며 이를 악물며 대답했다. 그의 속을 알 리 없는 민수는 다시 재혁의 시선을 따라 자신의 뒤에 있는 지우를 바라보았다. 그리곤 다시 재혁을 노려보았다.

"대답은 안 하고 강 형사만 쳐다봐? 음흉한 눈빛으로."

"선배, 어서 사무실로 가요."

지우는 재혁이 이상한 말을 하지 못하도록 팔을 잡아끌며 차로 이동했다. 뒤에서 민수는 지우와 재혁을 바라보다 철민의 차에 올라탔다.

"이렇게 깨끗이 닦았는데 치사하게 한 선배한테 뭐라고 하려고요?"

"난 아무 말 안 했어."

"등잔 밑이 어둡다면서요?"

"어두운 건 사실이니까."

차에 올라탄 지우는 재혁을 노려보며 안전벨트를 맸다. 어쩜 저렇게 사람이 얄미울 수 있을까? 거기다 치사하기까지 한다. 그렇게 사람을 종 부리듯 부려 먹었으면 됐지, 치사하게 사람들에게 떠벌리고 다녀야 속이 시원한 걸까 싶었다.

할 말 많은 얼굴로 지우는 재혁을 노려보다 창밖으로 시선을 돌렸다.

※　　※　　※

"오늘 오전 7시 45분에 아라뱃길 자전거 도로 끝 지점에서 시신이 발견되었습니다. 목격자는 아침 운동 나온 동네 주민이었습니다. 처음 발견 시, 단단한 노끈으로 양팔과 다리가 뒤로 묶여 있는 상태였고, 얼굴 곳곳 상처가 보였으나 치명상은 아닌 듯했습니다. 사망원인은 부검 결과가 나와야 확실할 것 같습니다."

감식반에서 찍은 시신 발견 당시 사진이 화면에 보였다. 철민은 서류를 보며 다시 말을 이었다.

"좀 전에 지문 검사 결과 나왔습니다. 이름은 박명희, 나이는 올해 23살로 A대학교 졸업반입니다. 거기다 일주일 전쯤 실종신고가 되어 있는 상태였습니다."

아라뱃길에서 참혹하게 죽어 있던 여자와 동일인물이라고 생각할 수 없을 만큼 화면에 보이는 여자의 얼굴은 예쁘장한 생김새였다. 긴 머리카락에 쌍까풀이 짙은 눈에 오똑한 콧날하며, 잡티 없는 깨끗한 피부의 피살자의 얼굴이었다.

"가족들에겐 연락 취했나?"

골치 아픈 얼굴로 팀장은 팀원들에게 물었다.

"네. 어머님한테 연락했더니 경찰서로 온다고 했습니다. 경찰서에 도착하는 대로 더 세세한 얘기 들어 봐야 될 거 같습니다. 그 예쁜 아가씨가 어쩌다 그 지경이 되었는지 참……."

안타까운 얼굴로 민수가 말끝을 흐렸다.

"피살자 보호자 오면 최대한 위로해 드리고 참고될 만한 게 없는지 얘기 들어 보자고."

"팀장님, 단순 범행은 아닌 것 같습니다. 거의 대부분 여성의 죽음은 목 졸림에 의한 사망인데, 피살자의 경우 목 졸림 흔적이 보이지 않는 걸로 봐선 범행 장소가 다른 곳인 것 같습니다. 즉, 치밀하게 계획한 살인이 아닐까 하는 생각이 듭니다."

지우의 말에 팀장도 동의하는 눈치였으나, 곧 뭔가 고심하는 표정을 지었다. 완공되지도 않은 아라뱃길에서 시신이 발견된 걸 안다면 정부의 압력은 더욱 커질 것이 분명했다. 거기다 연쇄 살인사건이라면 더더욱 그랬다.

"너무 성급히 판단하지 말고 사건을 조사하면서 다시 회의하자고."

팀장은 최대한 지우의 자존심을 건드리지 않는 선에서 말을 자르곤 자리에서 일어났다. 지우와 다른 동료 형사도 회의실에서 나오는데, 조심스럽게 사무실 문이 열리면서 중년 여성이 들어왔다. 너무나 피살자와 닮은 모습에 중년 여성이 피살자의 보호자라는 걸 지우는 단번에 알아차렸다.

"박명희 씨 어머님 되시나요?"

딸의 이름을 듣자마자 중년 여성은 눈물부터 흘렸다.

"우, 우리 명희 어떻게 된 건가요?"

딸을 애타게 찾는 엄마의 절실함이 그대로 지우에게까지 전해졌다. 흐느껴 우는 중년 여성은, 딸이 이 세상 사람이 아니라는 걸 아직 받아들이지 못한 듯했다. 지우는 어떻게 위로의 말을 건네야 할지 조심스러웠다. 우선 중년 여성을 회의실로 데리고 들어갔다. 따뜻한 차 한 잔을 건네곤 맞은편에 앉았다.

"정말 유감입니다."

그나마 잡고 있던 한 가닥 희망의 끈이 끊기는 순간이었다. 지우의 말이 끝나기가 무섭게 중년 여성은 손수건으로 연신 눈물만 훔쳐 댔다. 아랫입술을 부르르 떨며 감정을 주체하지 못하고 있었다. 어떤 말로도 자식을 잃은 부모의 마음을 위로할 수는 없었다. 아버지를 잃은 딸인 지우도 그랬기에. 그녀의 우는 모습을 지켜보다 지우는 저도 모르게 눈물을 흘릴 뻔했다.

"어떻게 이런 일이…… 어떻게 우리 명희가…… 흐흑. 아닐 거예요. 우리 명희가 아닐 거예요."

빨갛게 충혈된 눈으로 그녀는 지우의 손을 잡고 애원했다. 방금 한 말을 부정해 달라는 듯, 아니라고 말해 달라고 애원하고 있는 듯했다.

"진정하세요, 어머님."

"형사님, 우리 명희…… 명희 어디 있나요. 직접 봐야겠어요……. 흐흑."

현재 국과수에 안치되어 있는 박명희 시신을 확인하는 건 어려웠다. 거기다 곧 부검대에서 사인을 밝혀내야 했다.

"시신은 지금 국과수에 있습니다. 어머님 진정하시고 내일 저희와 같이 가 보시죠."

"국과수에 있다니요."

"부검 스케줄이 잡혀 있어요. 누가 따님을 그렇게 만들었는지 중요한 단서가 될 만한 게 아직 명희 씨 몸에 남아 있을 겁니다."

지우가 할 수 있는 건, 누가 극악무도한 살인을 저질렀는지 밝히고 범인을 잡는 게 전부였다. 아버지를 죽음으로 몰아넣은 사람을 잡기 위해 지금까지 달려왔듯, 그녀에게 해 줄 수 있는 최선은 하루라도 빨리 범인을 잡는 것뿐이었다.

"그 어린것이 어쩌다가. 어쩌다가……."

"진정하시고, 힘드시겠지만 제가 물어보는 것에 대답해 주세요."

아직 마음을 추스르지 못한 중년 여성을 조사해야 하는 지우의 마음이 편치만은 않았다. 지우의 말에 중년 여성은 손수건으로 눈물을 닦아 냈다.

"따님이 실종된 게 언제죠?"

"일주일쯤 되었네요. 면접 보러 나간다더니, 들어오지 않더라구요."

여전히 아랫입술을 떨며 조용히 눈물을 흘리며 마른 입술을 열었다. 목소리가 잔뜩 갈라져 측은하게 들렸다.

"그런데 어째서 실종신고가 아닌 가출신고를 하셨나요?"

"동네 지구대에 가서 딸이 연락도 안 되고 집에 들어오지도 않는다고 말하니, 가출신고로 등록을 해 주겠다고 하더라구요. 가출신고든 실종신고든 전 딸아이만 찾으면 되니까 별 신경 안 썼어요. 제가 너무 딸에게 관심이 없었나 봅니다. 하루 종일 식당 가서 일하니 딸의 얼굴을 볼 시간도 없어요. 제 잘못이에요."

손으로 가슴을 치며 말하는 목소리에는 죄책감이 가득 차 있었다.

"그런 말씀 마세요. 혹시 따님과 같이 어울리던 친구나 지인은 잘 알고 계세요?"

"맨날 집에서 나가면서 은숙이란 친구와 논다고 했어요. 다른 애들도 있겠지만, 딸이 은숙이란 아이의 이름을 제일 많이 말한 것 같아요."

"은숙이란 아이는 고등학교 친구인가요?"

"대학교 친구일 거예요. 대학교 들어가서부터 그 친구 이름을 많이 들은 거 같아요."

지우는 수첩에 빠짐없이 메모를 했다.

"평소 딸의 성격은 어땠나요?"

"착한 아이였어요. 고등학교 땐 아르바이트를 하며 자기 용돈을 스스로 벌어 썼고, 대학교 첫 등록금까지 제 돈으로 해결한 아이예요. 대학교 들어가서도 꾸준히 아르바이트를 하며 학비에 보탠 아이예요."

"아르바이트를 했었어요?"

"네. 평일엔 저녁까지 카페에서 일하고, 주말엔 무슨 아이스크림 가게에서 일한다고 했어요."

이렇게 힘들게 사는 어린 대학생에게 못된 짓을 한 사람은 과연 어떤 사람일까.

중년 여성의 말을 듣는 동안 지우는 들끓는 분노를 삭이기 위해 노력해야만 했다.

"정말 열심히 사는 학생이었네요."

"부모를 잘못 만나서 힘들게 고생만 했어요. 흑."

"따님은 어머님을 자랑스럽게 생각했을 거예요. 그러니까 그렇게 열심히 살았던 거예요."

지우는 중년 여성의 손을 꼭 잡고 위로해 주었다. 딸의 죽음이 자신 탓이라며 눈물을 보이는 그녀의 모습을 딸이 본다면 슬퍼할 것이 분명했다.

"우리 딸은 어디서 발견되었죠?"

"아라뱃길 경인 자전거 도로에서 발견되었어요. 오늘 아침 일찍 운동 나온 남자분이 발견하고 경찰에 신고해 주셨어요."

"정말 우리 명희 죽은 건가요? 다른 사람일지도 모르잖아요."

아니라고 말해 주길 바라는 애절한 눈빛으로 중년 여성은 지우의 손을 잡았다. 지우는 그녀에게 달리 해 줄 말이 없어 안타까울 따름이었다.

"내일 저희와 함께 국과수로 가세요."

"그 아이 얼굴을 제가 어떻게 보나요. 못 볼 거 같아요……."

"따님 마지막 모습은 보셔야죠."

딸의 죽음을 받아들이지 못하는 중년 여성은 작은 어깨를 들썩거리며 급기야 오열했다. 하나뿐인 딸을 잃고 우는 중년 여성의 모습에 지우는 아버지를 잃었을 때를 떠올렸다. 그러자 저도 모르게 눈가에 눈물이 맺혔다.

든든한 버팀목이 없어졌을 때, 세상이 무너진 기분을 실감하며 지우는 살아갈 의지를 잃었었다. 하나뿐인 딸을 잃은 어미의 심정은 어떠할까. 감히 상상도 하기 힘들었다.

"힘드시겠지만, 혹시라도 기억나시는 게 있으시면 연락 주세요."

주름투성이의 까칠한 중년 여성의 손에 지우는 자신의 명함을 쥐여 주었다.

"한시라도 빨리 범인을 잡을 수 있도록 최선을 다하겠습니다. 사소한 거라도 좋으니 꼭 연락 주세요."

지우는 마지막으로 중년 여성에게 강경한 목소리로 부탁을 하였다. 대답조차 하지 못하고 아랫입술을 문 채 결국 그녀는 주저앉았다.

※　　※　　※

"어? 일찍 출근하셨네요."

지우는 CCTV 테이프 확인 작업을 도와줄 생각에 평소보다 일찍 출근해 철민이 작업 중인 비디오실로 들어섰다. 문 열리는 소리에 고개를 돌린 철민이 피곤한 얼굴로 지우를 보고 놀란 표정이었다.

"네. 박 형사님 도와 드리려고요."

"어제도 새벽까지 있었으면서 뭘 이렇게 일찍 출근했어요? 몇 시간 자지도 못했겠네."

"박 형사님이야말로 밤새셨으면서. 들어가서 잠깐 눈 좀 붙여요. CCTV는 제가 확인해 볼게요."

밤새 CCTV 확인 작업을 한 철민의 얼굴은 푸석푸석했다. 그 많은 CCTV 테이프를 확인하는 일도 만만치 않다는 걸 몸소 보여 주고 있었다. 철민은 미안한 얼굴로 뒷덜미를 긁적이며 늘어지게 하품을 했다.

"그럼 부탁 좀 할게요."

철민이 비디오실을 나가고 난 뒤, 지우는 자판기에서 뽑아 온 커피를 한 모금 마시며 CCTV를 확인하고 있었다. 옆에 쌓아 둔 CCTV 테이프만 해도 몇 십 개는 족히 될 듯싶었다. 거기다 아직 확인해야 할 CCTV만 해도 세 박스가 남아 있었다. 하기사 아라뱃길 근처 CCTV 테이프는 물론 영종대교, 인천국제공항고속도로와 아라비탐길 등 주변 CCTV 테이프를 모두 회수했으니 당연했다.

철민이 보고 있던 CCTV는 아무래도 아라뱃길 공사 현장 테이프인 듯싶었다. 지우는 피곤한 얼굴로 커피를 마시며 CCTV를 확인했다. 화면에서 인부들이 한창 공사를 하고 있는 모습이 보였다. 딱히 수상하다고 여겨질 만한 사람은 없어 보였다. 한시라도 빨리 범인을 잡고 싶었으나 CCTV 확인 작업은 역시 별다른 진척이 없었다. 어제 오열하던 피살자의 어머니가 떠오르면서 지우는 괜히 마음이 아팠다. 오늘 딸의 얼굴을 확인하고 무너져 내릴 그녀를 떠오르자 참참한 마음이 들었다.

하지만 곧 지우는 고개를 세차게 돌리며 자신을 향해 소리쳤다.

딴생각하지 말고 집중해, 강지우!

미지근하게 식은 달달한 커피를 마저 입속에 털어 넣고 지우는 며칠 새 거칠어진 양쪽 뺨을 세차게 두들겼다. 그러다 지우는 요기라도 할 요량으로 화면을 중지시켜 놓고 지하 매점으로 내려가 컵라면을 사 들고 다시 올라왔다. 컵라면에 뜨거운 물을 붓고 나무젓가락을 챙겨 비디오실로 들어왔다.

김이 모락모락 나는 컵라면을 호호, 불며 급한 마음에 지우는 덜

익은 라면을 입속에 밀어 넣었다. 화면은 여전히 공사 중인 인부들의 모습이나 지나가는 행인들만 비출 뿐이었다.

그때였다. 화면에 피살자의 모습이 보였다. 지우는 라면을 이빨로 끊어 삼키곤 화면을 응시했다. 피살자 옆엔 낯선 남자가 보였다.

—내 얘기 좀 들어 봐!

남자가 피살자의 팔을 붙잡고 소리쳤다. 피살자는 남자의 팔을 완강히 뿌리쳤다.

—무슨 말? 연락하지 말라고 했잖아!

—내가 잘못했어. 응? 명희야 얘기 좀 하자.

—무슨 얘기? 오빠 집착하는 거 정말 싫어. 무서워. 아르바이트하는 데까지 와서 감시하잖아. 그만 만나자고!

피살자는 울먹이며 남자에게 소리쳤다. 아무래도 둘은 과거 연인 관계인 듯싶었다. 대화 내용을 들으면 대충 짐작이 갔다. 남자의 구속과 집착에 못 이겨 피살자가 이별을 고했고, 남자는 피살자를 놓아주지 않았던 것 같았다.

—정말 죽고 싶어?

섬뜩한 눈빛으로 하며 남자가 피살자에게 위협적으로 말했다. 피살자는 두려움에 떨며 그대로 그곳을 빠져나갔다. CCTV 화면 날짜를 확인해 보니 시신을 발견하기 이 주일 전이었다. 어제 피살자의 보호자는 일주일 전에 면접 보러 나간 후 연락이 되지 않았다고 했다. 거기다 발견 당시 옷차림과 다르지만, 찜찜한 기분을 지울 수가 없었다.

"라면 먹고 있냐?"

"선배, 이것 좀 보세요."

지우는 재혁의 팔을 끌어당기며 화면을 가리켰다. 다시 화면을 돌려 피살자가 나오는 화면을 정지시켰다. 재혁은 화면에 피살자가 나오는 것을 확인하곤 표정이 변했다.

"시신 발견하기 이 주일 전 화면이에요. 화면을 봐서 알겠지만, 피살자와 과거 연인 관계였던 것 같아요."

"거기다 헤어진 이유는 남자의 집착 때문이고……."

"이 남자 수상해요. 보통 이런 남자들이 의처증 증세까지 보이다 결국 자기 망상에 빠져 살인을 저지르잖아요."

남자의 위협적인 표정과 말투에서 지우는 살기를 느꼈다. 이별 뒤에도 계속 피살자의 주변을 맴돌았을 가능성이 보였다. 가장 큰 유력한 용의자라고 할 수 있었다.

하지만 화면 속 얼굴만 가지고 신상을 파악하는 데 어려움이 있었다. 피살자의 보호자나 주변 인물들을 통해 남자의 신원을 확보해야 했다.

"피살자 보호자, 오늘 같이 국과수로 가지?"

"곧 도착할 시간되었어요."

지우는 시간을 확인하곤 대답했다.

"그럼 피살자와 만나던 남자에 대해 물어봐야겠군."

피살자가 나오는 부분만 복사를 해서 따로 테이프에 보관해 놓고, 피살자의 보호자가 오기만을 기다렸다. 어쩌면 화면에 중요한 단서가 될지도 모르는 일이니만큼 따로 보관할 필요도 있었고, 피살자 보호자에게 남자의 얼굴을 보여 주고 확인하기 위함이었다. 복사

뜬 테이프를 가지고 사무실로 돌아온 재혁과 지우는 피살자의 보호자가 오기만을 기다렸다.

"그건 뭐야?"

지우의 손에 들려 있는 테이프를 보며 민수가 물었다. 지우는 테이프를 흔들며 의기양양한 목소리로 말했다.

"피살자가 나온 CCTV 화면이에요."

"뭔가 나왔어?"

뜨거운 커피를 마시던 민수가 사레까지 걸려 가며 놀란 얼굴로 물었다.

"글쎄요. 나온 것 같기도 하고 아닌 것 같기도 하고."

"무슨 말이 그래?"

"CCTV에 피살자와 같이 나온 남자가 범인이라면 뭔가 나온 거겠죠."

지우의 아리송한 말에 민수는 답답하다는 표정을 지어 보였다.

"피살자 보호자는 아직이야?"

민수는 회의실을 가리켰다. 지우와 재혁은 서로 바라보며 고개를 끄덕이곤 회의실 안으로 들어갔다. 하루 만에 부쩍 야윈 얼굴로 중년 여성은 무릎 위에 올려놓은 가방 끈을 잡은 채 양어깨를 떨고 있었다.

"오셨어요."

지우는 따뜻한 커피 한 잔을 내밀며 중년 여성에게 인사를 건넸다. 그녀는 침울한 표정으로 고개를 끄덕였다.

"국과수에 가서 따님 얼굴을 확인하기 전에 물어볼 게 있어요."

그녀는 퀭한 눈으로 지우를 바라보다 지우 옆에 있는 재혁에게 시선을 돌렸다.

"따님에게 사귀던 남자가 있었는데, 혹시 알고 계셨나요?"

"사귀던 남자라니요?"

금시초문이라는 듯 그녀는 지우와 재혁에게 오히려 반문했다. 남자의 신원을 확보할 수 있을 것이란 기대를 했던 두 사람은 실망한 표정을 지었다.

"모르셨어요?"

"처음 듣는 얘기예요. 우리 명희가 만나던 남자가 있었어요?"

"네, 그런 것 같아요."

그녀는 이성을 잃은 얼굴로 한꺼번에 많은 질문을 쏟아 냈다.

"누군가요? 어떤 남자인가요? 그놈이 우리 명희를 그렇게 만든 건가요? 네?"

"저희도 아직 남자분 신원을 확보하진 못했습니다. 아직 확실한 건 없고요."

재혁의 말에도 불구하고 그녀는 눈물을 쏟아 냈다. 간신히 잡고 있던 이성의 끈이 걷잡을 수 없이 풀린 모양이었다. 원통하고 분하다는 듯 제 가슴을 두드리며 그녀는 아랫입술을 부르르 떨었다.

"진정하세요. 저희도 아직 조사 중이니까요. 곧 범인을 잡을 수 있을 거예요."

남자의 신원을 확인하기 위해 중년 여성에게 CCTV 화면을 보여 주려고 했지만, 흥분한 모습에 차마 CCTV 화면을 보여 줄 수 없었다. 아무래도 지금은 무리일 듯싶었다.

"우리 명희 그렇게 만든 놈 빨리 잡아 주세요."

울음이 가득 찬 목소리로 그녀는 지우의 손을 잡고 말했다. 지우는 고개를 끄덕였지만 쉽지 않을 거란 생각에 씁쓸한 표정을 지었다. 지우는 그녀를 부축했다.

"국과수로 가서 따님 보셔야죠."

힘겹게 그녀를 부축하고 회의실에서 나왔다. 재혁은 담당 부검의에게 다시 한 번 전화를 걸어 시간을 확인했다.

경인 고속도로를 타고 신원 IC 방향으로 약 20분 정도 달려가야 했다. 재혁이 시동을 거는 사이 지우의 부축을 받아 겨우 경찰서에서 나오는 중년 여성의 모습이 보였다. 지우는 뒷좌석 문을 열어 주고, 그녀가 안전벨트를 하는 것을 확인한 후에 보조석에 올라탔다.

"가죠."

재혁은 말없이 운전대를 돌려 경찰서를 빠져나왔다. 꽉 막히는 출근 시간이 이미 지난 터라 도로는 한산했다. 쭉 뻗은 경인 고속도로를 지날 때까지 중년 여성은 입술을 앙다문 채 창밖을 바라보고 있었다.

잠시 후, 커다란 건물의 국과수가 보였다. 지우는 국과수 방문이 처음이었다. 순경 시절 국과수에 방문할 일은 없었다. 형사가 된 이래 처음 국과수 방문이라 그런지 설레는 마음으로 차에서 내렸다.

밖에서 본 국과수 건물은 어마어마했다. 범인을 체포하는 데 가장 큰 역할을 하고 있는 국과수이니만큼 정부의 아낌없는 지원에 힘입어 커진 규모라 그런지 왠지 긴장이 되었다.

"들어가자고."

재혁을 따라 지우는 중년 여성과 함께 국과수 건물 안으로 들어섰다. 1층 로비의 경비원이 담당 부검의에게 인터폰을 한 뒤, 7층으로 가라고 안내했다. 엘리베이터를 타고 7층에 내리자 법의학과가 보였다. 담당 부검의 방을 찾아 노크를 하곤 안으로 들어섰다.

"안녕하십니까? 전화드렸던 인천 서부 경찰서 윤재혁 형사입니다. 그리고 강지우 형사와 피살자 보호자 됩니다."

하얀 가운을 입은 부검의는 말끔한 인상이었다. 부검의는 재혁에게 간단하게 인사한 후, 서류를 챙겨 소파 앞에 나왔다.

"앉으시죠."

"부검 결과는 나왔습니까?"

재혁의 물음에 부검의는 서류를 재혁에게 건넸다. 재혁을 부검 서류를 훑어보았다. 서류엔 부검 사진도 같이 있었다.

"사인은 비구(鼻口) 폐쇄성 질식사입니다."

재혁은 피살자를 처음 발견할 당시 입가의 테이프 자국이 떠올랐다. 그것이 죽음의 원인인 듯했다. 부검 결과 사진엔 시반(시신의 피부에 나타나는 자주색 반점)이 몸 앞쪽에 나 있었다. 엎드린 채 죽음을 맞이했다는 얘기가 된다.

"테이프는 입만 막았는데 어째서 비구(鼻口) 폐쇄성 질식사죠? 숨은 코로도 쉴 수 있지 않나요?"

지우가 의아하다는 듯 부검의에게 물었다. 그는 안경을 지쳐 올리며 입을 열었다.

"해답은 사망 당시의 자세에 있습니다. 보통 범인은 사람을 납치하면 끈을 풀지 못하도록 손을 등 뒤로 묶고, 소리치지 못하도록 입을 테이프로 막죠. 때론 다리까지 묶고요. 양팔이 꺾인 채로 있으면 심장박동수가 크게 떨어지고, 그 자세로 오래 있으면 코나 입 어느 하나만으로 숨 쉬는 것이 어려워져 질식합니다. 그리고 이 피살자의 경우, 피가 비강(鼻腔)을 막은 게 분명합니다."

그제야 지우는 이해가 간다는 얼굴로 고개를 끄덕였다. 피살자를 처음 발견할 당시 양팔과 다리는 뒤로 꺾인 채 묶여 있었다. 거기다 입을 막은 테이프 자국까지 있었다.

"이런 의학 지식을 가지고 있다면, 아마 범인은 살인을 즐기는 자일 것입니다. 흉기를 사용한 흔적이 없는 걸로 봐선 자신의 흔적을 감추기 위함이 아닌가 싶어요. 보통 금품을 빼앗은 후 성폭행을 한 흔적이 있는데, 피살자의 경우 성폭행 흔적은 없었습니다. 뭔가 범행이 치밀한데요."

"최근 이런 수법으로 죽은 시신이 있는지 확인 가능한지요?"

"네. 그 부분은 확인하고 알려 드리겠습니다."

"그리고 피살자 시신은 보호자분께 인도해야 할 것 같습니다. 그전에 확인을 좀 했으면 하는데······."

부검의는 고개를 끄덕였다.

"시신 보관 장소로 같이 가실까요?"

드디어 올 것이 왔다는 얼굴로 중년 여성은 손에 쥐고 있던 손수건을 꼭 움켜쥐었다. 부검의를 따라 지하로 내려가, 긴 복도 끝의 문 앞에 서서 비밀번호를 누른 후 문을 열고 들어갔다. 불을 켠 후, 부검의는 하얀 천으로 가려져 있는 시신 앞에 서서 신속하게 흰 천을 가슴께까지 벗겨 내었다. 어제 발견된 박명희의 시신을 확인하는 순간, 중년 여성은 역시 눈물부터 흘렸다. 눈물 자국이 배인 손수건으로 입을 틀어막곤 죽은 딸 앞으로 다가가 울부짖었다.

"명, 명희야……. 흑흑. 명희야……."

애타게 딸의 이름을 불러 보지만 이미 죽은 사람이 대답할 순 없었다. 지우와 재혁은 그저 멀찌감치 떨어져 중년 여성을 바라보는 게 전부였다.

"일어나 보렴. 엄마가 왔어. 명희야……. 흑흑."

뭐라 위로해 줄 말이 없었다. 어떤 위로의 말도 딸을 잃은 어미의 마음을 위로할 순 없었다. 지우는 측은한 시선으로 차갑게 식은 시신을 붙잡고 눈물을 흘리는 중년 여성을 바라보다 고개를 돌렸다.

"밖으로 나가죠."

지우는 중년 여성의 뒷모습을 바라보다 먼저 시신 보관 장소를 빠져나왔다. 지우의 뒤를 이어 재혁도 밖으로 나와 찹찹한 표정으로 담배를 물었다.

"담배 피우면 좀 괜찮아지나요?"

"왜, 피워 보게?"

"……에잇. 됐어요."

지우는 머리를 긁적이며 민망한 표정을 지었다. 정작 담배를 피우고 있는 재혁의 표정 역시나 복잡 미묘하긴 마찬가지였다. 지하 시체 보관실에서 메아리처럼 중년 여성의 울음소리가 들려왔다. 한 번은 크게, 한 번은 작게, 그러다 숨이 넘어갈 듯한 소리가 지우의 가슴을 때리고 있었다.

"우선 피살자 대학교 친구를 만나 봐야겠군."

"뭔가 알고 있을지도 몰라요."

"사귀던 남자에 대해서도 알고 있을 가능성이 있어. 아르바이트 하는 데까지 가서 매일 피살자를 감시할 정도면 학교도 찾아갔을 거고."

지우도 재혁의 생각에 동의했다.

"은숙이란 아이도 남자 얼굴을 분명히 알고 있을 거예요."

반쯤 피다 남은 담배를 재혁은 구두굽으로 짓이겼다. 피살자 박명희의 모습에서 자꾸 9년 전 살해된 연지가 떠올랐다. 무참히 살해된 연지의 얼굴이 자꾸 떠올라 재혁을 괴롭혔다. 범인을 눈앞에 두고 잡지 못해 한이 된 것일까.

"무슨 생각해요?"

깊이 생각에 잠긴 얼굴을 하고 있는 재혁에게 지우가 물었다.

"생각은 무슨. 그냥 잡념이지."

"안 좋은 일 있어요?"

"내게 최악의 악재는 너와 파트너가 된 거다."

"뭐, 뭐라구요?"

"앞으로 안 좋을 일이 일어나도 지금만큼은 아니겠지."

"정말 밉상."

지우는 잠깐이나마 걱정했던 마음이 깡그리 사라져 버렸다. 지우는 팔짱을 끼고 재혁에게서 시선을 돌렸다.

"밉상?"

"미운 말만 골라서 하잖아요."

지우는 어이가 없다는 듯 할 말 잃은 얼굴로 지우를 바라보았다.

역시 의기소침해져 축 늘어진 모습은 지우와 어울리지 않았다. 큰 소리 떵떵 치며 자신을 선배라고 제멋대로 부르는 게 어울리는 그녀였다.

재혁과 지우가 아웅다웅하는 사이 안에서 창백한 얼굴로 나오는 중년 여성이 보였다. 감히 괜찮냐고 위로의 말을 건넬 수조차 없었다. 그녀는 뒷좌석에 앉아 남은 눈물을 마저 쏟아 냈다.

❈ ❈ ❈

간단하게 지하 매점에서 끼니를 때운 재혁과 지우는 사무실로 올라갔다. 재혁은 김 팀장 방에 노크를 하곤 안으로 들어갔다. 팀장은 서류를 보다 재혁에게 시선을 돌렸다.

"국과수에 다녀왔습니다."

"계속하게."

"사인은 비구(鼻口) 폐쇄성 질식사입니다. 피살자의 팔과 다리를 뒤로 단단히 묶고 입까지 테이프로 막으면 심장박동이 저하되면서 사망에 이른다고 하더군요. 거기다 피살자의 비강(鼻腔)까지 막은 걸로 봐선 도망치거나 소리를 못 지르게 하려는 것보단, 사망에 이르게 하려는 의도 같았습니다."

김 팀장은 앞에 모은 두 손을 꽉 잡았다.

"사건은 어디까지 진행되었지?"

"우선 시신이 발견된 곳 주변 CCTV를 확보해 검토 중입니다. 그중 이틀 전 피살자가 나온 화면이 있었는데, 피살자의 전 남자친구인 거 같았습니다. 집착과 구속이 많아 보이고 또 마지막에 피살자에게 죽이겠다는 협박을 하는데, 피살자가 무척 겁에 질린 모습이었습니다."

"전 남자친구?"

김 팀장의 눈빛이 매섭게 변했다. 보통 이런 사건은 범인이 피살자의 주변 인물일 가능성이 높았다.

"네. 얼굴만으론 신원 확보가 어려워 피살자 보호자에게 물어봤더니, 딸에게 남자친구가 있었던 사실조차 모르는 눈치였습니다."

"CCTV 지금 확인 가능한가?"

"비디오실로 가서 확인하시죠."

재혁은 김 팀장과 함께 비디오실로 들어갔다. 아직도 한참 CCTV를 확인 중인 철민이 자리에서 일어났다.

"피살자 나온 장면 녹화해 놓은 거 화면 띄워 봐."

철민은 테이프를 다른 걸로 교체해서 넣은 뒤 화면을 재생시켰다. 곧이어 피살자의 모습과 공포스럽게 위협하는 남자의 모습이 화면에 나오고 있었다.

"당장 신원 확보하고 취조해."

김 팀장의 명령이 떨어지기가 무섭게 재혁은 사무실로 돌아가 지우를 찾았다. 하지만 조금 전까지 자리를 지키고 있던 지우가 보이지 않자 짜증 난 목소리로 민수에게 물었다.

"진상 어디 갔어?"

"몰라. 전화받고 나가던데."

"물어보지 않고 뭐 했어!"

재혁이 버럭 소리를 지르자 민수는 황당하다는 표정을 지었다.

"인마, 왜 소리는 지르고 지랄이야. 화장실 가는 것일 수도 있는데 매너 없게 물어보냐?"

"아우!"

"네 파트너는 네가 챙겨."

민수에게 훈계를 들은 재혁은 지우에게 전화를 걸었다. 그런데 지우의 휴대폰 전화벨 소리가 책상 위에서 들려왔다. 재혁은 전화벨이 요란하게 울리는 휴대폰을 집었다. 휴대폰 화면엔 '밉상'이라는 단어가 떠 있었다.

※   ※   ※

'관계자 외 출입금지'란 팻말이 붙여져 있는 서고 앞에 선 지우는 손잡이를 잡아 돌렸다. 부드럽게 문이 열리자 지우는 주변에 아무도 없는 것을 확인한 후에 서고 안으로 들어섰다.

사건 기록을 보관해 두는 서고에서 9년 전 사건의 실마리를 찾을 수 있을지 의문이었지만, 달리 방법이 없었다. 인터넷이며 신문이며 9년 전 사건에 대한 기사는 어떤 이유에서인지 삭제가 되어 있어 찾을 수가 없었다.

그저 지우는 잠깐 보았던 기사를 기억할 뿐이었다. 공원에서 여대생이 옷이 벗겨진 채 숨겨 있었다는 기사였다. 사건의 진행에 대한 기사나, 결말에 대한 기사를 아버지가 숨지고 나서 찾아보려 했지만 찾을 수가 없었다.

'도대체 왜.'

지우가 가슴속으로 항상 던지는 질문이었다.

어째서 한충원 형사가 자살을 하고, 얼마 지나지 않아 복부에 치명상을 입고 아버지가 죽었는지에 대한 의문은 풀리지 않은 채 지우를 고통스럽게 만들었다.

한충원 형사가 자살 직전에 맡았던 사건에 열쇠가 있을 거라고 지우는 판단했다. 여대생 살인사건이 1993년 2월 7일이었다. 오래된 사건 기록을 찾을 수 있을지 지우는 걱정이 되었다. 만약 사건을 은폐하려 한 사람이 있었다면, 사건 기록까지 모두 다른 곳에 있지 않을까.

지우는 천천히 검은색 책장에 있는 사건 기록들을 하나씩 집어 확인했다. 1993년의 사건 기록이라고 쓰여 있는 책장 앞에서 지우는 위에부터 천천히 사건 기록을 펼쳐 보았다. 살인, 강도 등 그동안 무수히 많았던 사건들을 한눈에 보는 것 같은 기분이었다. 아래로 내려가면서 점점 참혹한 사건들이 보였다.

그리고 마지막 칸까지 도달했을 때, 지우는 생각했다. 과연 찾을 수 있을까? 사건을 확인하기도 전에 이렇게 나약해지는 자신이 한심할 뿐이었다.

지우는 쪼그려 앉아 수사 보고서를 하나씩 살펴보았다. 그리고 그때였다.

'00공원에서 여대생 살인사건.' 이라는 보고서 제목에 지우는 잠시 동안 심장이 멎는 기분이었다. 날짜를 확인했다. 사건 발생일인 2월 7일부터 2월 28일까지 사건을 조사한 흔적이 있었다. 사건이 얼마나 참혹했는지 보여 주듯 보고서 속 여자의 모습은 쳐다볼 수조차 없을 만큼 끔찍했다. 옷은 거의 벗겨져 있는 상태였고, 손톱엔 흙이 잔뜩 껴 있는 걸로 보아선 저항하려고 발버둥 친 흔적인 듯했다.

여대생의 나이는 겨우 21살. 1993년 자신과 같은 나이였다. 꽃도 피워 보지도 못하고 죽다니. 지우의 속눈썹이 가늘게 떨리고 있었다. 혹여라도 누가 들이닥칠까 긴장감 속에서 지우는 출입문을 다시 확인한 뒤 보고서를 한 장 넘겼다.

"강두원……?"

용의선상에 오른 사람은 강두원이라는 자였다. 지우가 생각하는 사람과 동일 인물이라면 그는 현재 장학재단 이사장이며, 강진만 국회의원의 장남 강두원이 분명했다.

어째서 사람들에게 알려진 공인이 용의선상에 오른 것일까?

더 놀라운 사실은 용의선상에 올랐으나 증거불충분과 강두원의 알리바이가 명확해 불기소처분이 된 것이었다. 이것으로 자신의 자리를 더욱 확실하게 못 박고 싶었던 것일지도 모른다.

그러다 지우는 그가 용의선상에 오른 증언에 주목했다. 피살자에게 지독하고 끔찍하게 구애를 했다는 것이었다.

"정치적 쇼인가?"

9년 전이라면 강진만의 이름이 널리 알려지기 전이긴 했지만, 그를 아는 사람들은 꽤 있었다. 그리고 오랫동안 남몰래 장애인 시설에서 봉사활동을 하고, 기부했던 사실이 3년 전 알려지면서 꽤 유명세를 타기 시작했다. 그때부터 국회의원이 되고, 강두원은 현재 명성 장학재단 이사장이었다.

그런데 그런 사람이 여대생 살인사건 용의자로 조사를 받았었다니 놀라지 않을 수 없었다. 어째서 이런 일이 조용히 묻혔던 걸까. 분명 이슈가 되었을 법도 한데. 거기다 아직까지 범인을 잡지 못해 미제 사건으로 남아 있었다.

미제 사건으로 남아 있는 것과 아버지의 피살사건이 뭔가 연관성이 있는 건 아닐까?

흐지부지하게 사건을 종결짓는 것 같은 수사 보고서였다. 보고서 작성자는 당시 사건 담당 형사였던 한충원 형사였다.

지우는 곧 경식의 삼겹살집에서 소주 한잔해야겠다고 생각했다. 경식은 결코 진실을 말해 주지 않을 것이다. 그건 지우도 잘 알고 있었다. 그가 말해 주지 않아도 지우는 반드시 알아낼 기세였다.

지우는 보고서를 제자리에 끼워 놓고 한충원 형사의 자살 사건 기록을 찾아보았다. 연관성이 반드시 있을 거란 생각에서였다.

그녀가 기억하기론 1993년 3월 7일쯤이었다. 여대생 피살사건이 마무리될 때쯤 자살한 것이다. 왜 사건을 끝까지 종결하지 못하고 자살한 것일까? 무엇에 대한 죄책감이었을까? 담당 형사가 자살하고 난 뒤, 아무래도 여대생 피살사건은 흐지부지 종결된 듯했다. 그 후로도 수사를 진행한 것 같긴 했으나, 별다른 진척은 없어 보였다.

보고서를 찾기 위해 그녀는 다른 책장으로 몸을 옮겼다. 그때였다. 살짝 열려 있던 문틈으로 누군가 들어오는 것이 보였다.

'선배?!'

재혁은 저도 모르게 몸을 책장 뒤로 숨겼다. 다행히도 안에 아무도 없는 줄 알았던 모양인지 재혁은 서고 안을 둘러보다 빠져나갔다. 지우는 저도 모르게 안도의 한숨을 내쉬었다. 죄를 지은 것도 아닌데 재혁을 보는 순간 몸을 숨기고 만 것이다. 하기야 그와 마주치면 뭐라 변명을 해야 할 텐데, 지우에겐 마땅한 변명 거리가 없었다. 그럼 재혁은 지우를 수상하게 볼 게 분명했다.

지우는 보고서를 찾는 일을 그만두고 조용히 서고 문을 열어 보았다. 재혁은 이미 다른 곳으로 간 모양이었다. 지우는 조심스럽게 서고에서 나와 긴 복도를 걸었다. 그리고 계단을 내려가는데 재혁의 뒷모습이 보였다. 지우는 최대한 자연스럽게 재혁에게 다가갔다.

"선배, 여기서 뭐해요?"

"너야말로 어디 있었어?"

"뭐하긴요. 선배 찾고 있었죠. 사무실로 가니까 선배가 없길래 아무래도 나 찾으러 나온 거 같아서 이리저리 배회하고 있었는데요?"

거짓말을 하려니 지우의 심장이 방망이질을 하듯이 뛰어 대고 있었다. 지우는 혹여 자신이 거짓말을 하는 걸 눈치챌까 봐 조마조마했다.

"너 왼쪽 복도에서 나왔지?"

"……네. 그런데요."

지우는 저도 모르게 한 템포 느리게 대답했다. 혹시 그가 눈치챈 걸까? 서고에서 나온걸? 지우는 재혁의 눈치를 살폈다.

"거긴 서고밖에 없는데, 거기 있었던 거야?"

"화장실에 있었는데. 요즘 변비가 심해져서요. 1층 여자 화장실 계속 죽치고 있으려니 눈치가 좀 보여서 말이죠."

뒷머리를 긁적이며 지우는 민망하다는 듯 웃어 보였다. 다행히 재혁은 더 이상 지우에게 아무것도 묻지 않았다.

"너 인마, 휴대폰 갖고 다녀. 알았어?"

계단을 내려가던 재혁이 다시 뒤돌아 지우를 향해 윽박질렀다.

"네? 네. 알겠어요."

지우는 노심초사한 얼굴로 가슴을 쓸어내렸다. 그의 뒷모습을 바라보며 지우는 계단을 내려와 종종걸음으로 사무실로 걸었다.

"······밉상?"

"네?"

혼잣말로 중얼거리는 재혁에게 지우가 반문했다. 재혁은 찌릿, 하고 지우를 노려보았다. 휴대폰 저장 이름 가지고 뭐라고 하자니 왠지 자신이 치졸해 보였다.

"어이없네."

생각하면 생각할수록 화가 났다. 그렇지만 대놓고 뭐라고 할 수 없어 재혁은 혼잣말로 중얼댔다.

"왜요? 불만 있으면 말을 해야 알죠."

"됐어. 넌 존재만으로 불만이니까."

재혁은 찬바람을 일으키며 사무실로 먼저 들어가더니 문을 쾅, 하고 닫아 버렸다. 화들짝 놀란 지우도 뒤늦게 재혁을 따라 사무실로 들어갔다.

"튀어나와."

뭔가 챙기더니 재혁은 그 말만 남긴 채 다시 사무실을 나갔다. 지우는 재혁의 뒷모습을 보다 민수에게 시선을 돌렸다.

"왜 저래요? 저 인간 비위를 어떻게 맞춰야 돼?"

"글쎄다. 휴대폰 발신 표시 보더니 씩씩대긴 하던데."

지우는 곧바로 책상 위에 있는 자신의 휴대폰 화면을 켰다. 부재중 1통이라는 표시 밑에 '밉상'이라는 단어가 떡하니 떠 있었다.

"윤 선배랑 피살자가 다니던 학교에 다녀올게요. 선배는 피살자가 아르바이트했던 곳에 간다고 했었죠?"

"응. 무슨 일 있으면 연락하고."

지우는 고개를 까닥하고 사무실을 나와 재혁의 차로 갔다.

"어서 출발하죠."

지우는 안전벨트를 매며 재혁에게 말했다.

"나는 네 상사라구. 자꾸 까먹나 본데, 명령식으로 말하지 마라."

"유치하긴."

지우는 재혁에게 시선을 돌리며 혼잣말을 했다. 그사이 차가 급발진하며 거칠게 출발했다. 지우는 재혁을 노려봤지만 재혁은 휘파람까지 불며 운전 중이었다.

'저러니 밉상이지!'

삼십 분 정도 도로를 달리자 대학로 거리가 나왔다. 주변에 앳된 대학생 무리가 많이 보였다. 음식점과 술집들이 즐비했고 원룸들도 보였다. 피살자가 다니던 A대학교 안으로 들어갔다. 일 년 전 새로 시공한 학교 안의 캠퍼스는 서울대학교의 캠퍼스 못지않게 화려했다. 처음 오는 사람이라면 당연히 길을 잃고도 남을 만큼 넓었고, 주변 건물도 많아서 대학 본부를 찾는 데 재혁과 지우는 한참 헤맸다.

"학교는 오랜만이네요."

"그러게."

재혁은 사회·복지학과를 안내도에서 찾아보았다.

"2층으로 가요."

지우가 먼저 찾곤 턱으로 위를 가리켰다. 지우가 앞서 계단을 올라갔다. 피살자의 친구 은숙이란 아이의 사진을 확보한 상태라 찾는데 어려움이 있진 않을 거 같았다. 긴 복도 끝에 사회·복지학과 팻말을 보곤 강의실 안으로 들어갔다. 다행히도 강의 중은 아니었다. 학생들은 삼삼오오 모여 대화를 나누고 있었다. 지우는 가까이에 있는 학생에게 물었다.

"은숙이란 아이가 어떤 아이니? 혹시 오늘 학교에 왔니?"

학생은 손으로 맨 앞에 있는 여학생을 가리켰다. 지우는 맨 앞에 혼자 앉아 있는 은숙이란 아이에게 다가갔다.

"네가 은숙니?"

피부가 하얗고 눈이 똘망똘망하고 선한 인상을 가지고 있었다. 은숙은 낯선 지우의 등장에 당황한 듯 보였다.

"박명희, 네 친구 맞지?"

"네. 그런데요……."

잔뜩 겁먹은 얼굴로 은숙은 조그맣게 대답했다. 지우는 미소를 지으며 부드러운 목소리로 일관했다.

"경찰서에서 나왔어. 여기서 말하는 것보단 밖에서 따로 말하는 게 좋을 거 같은데, 시간 좀 내줄래?"

고개를 끄덕이며 은숙은 지우의 뒤를 따랐다. 벤치에 앉아 바라본 하늘은, 구름 한 점 없는 깨끗한 파란 하늘이었다. 은숙은 지우와 떨어져 앉아 어깨를 움츠리고 있었다. 무슨 일로 경찰이 자신을 찾아왔는지 생각하고 있는 중인 듯했다. 잠시 후, 재혁이 자판기에서 음료수를 뽑아 와 지우와 은숙에게 하나씩 건넸다.

"이름이 은숙이라고 들었는데, 성이 어떻게 되니?"

"네. 정은숙이요."

"명희랑 친하다고 들었는데······."

"명희한테 무슨 일 있나요?"

걱정이 담긴 목소리로 은숙은 지우를 바라보았다.

"살해당했어. 얼마 전 명희의 시신이 발견되었어."

지우는 침착한 목소리로 은숙에게 대답했다. 동공이 커지더니 은숙은 양손으로 입을 막아 가까스로 터지는 비명을 삼켰다.

"······사, 살해라니요? 명희가 죽었다는 말인가요?"

"명희 어머님께 듣자하니, 네가 명희와 가장 친하다고 해서 찾아온 거야."

은숙은 믿기지 않는다는 얼굴로 아랫입술을 떨고 있었다.

"명희가 왜요? 어쩌다가요? 네?"

"그걸 밝혀내는 게 우리가 할 일인데, 아직까지 밝혀낸 건 없어."

"······말도 안 돼."

충격이 가시지 않은 얼굴로 은숙은 마른침을 삼키며 눈물을 보였다. 지우는 그런 은숙의 등을 가만히 토닥여 주었다.

"명희가 살해당하기 전에 혹시 이상한 점은 없었니?"

"이상한 점이라니요?"

"혹시 많이 불안해하거나 평소와 다른 행동들 말이야."

"글쎄요……. 아, 그러고 보니 수업이 끝나고 학교를 나오는데 주변을 두리번거리긴 했어요. 누굴 찾는 거 같기도 하고, 의식하는 거 같기도 하고."

은숙은 평소 명희의 일을 떠올리며 대답했다. 조용히 듣고 있던 재혁이 은숙에게 물었다.

"그런 행동을 보인 게 언제부터였지?"

"한 달? 두 달? 그 정도 된 거 같아요. 언제는 카페 아르바이트 하는 곳까지 같이 가자고 해서 그런 적도 있어요."

"별다른 말은 없었고?"

"네. 물어봐도 말을 하지 않았어요."

혹시 누군가에게 스토킹을 당하고 있던 것은 아니었을까. 지우는 은숙의 말을 들으며 생각에 잠겼다. 누군가에게 감시를 당하고, 불안해서 매일 수입이 끝난 후 학교 주변을 살폈던 것이라 짐작됐다. 그녀는 CCTV 화면 속 남자에 대한 말을 꺼냈다.

"명희가 사귀던 남자가 있었던 것 같은데……."

"네. 6개월 정도 만났을 거예요. 사귀고 얼마 후부터 매일 명희를 데리러 왔었어요. 그땐 저도 자상하고 매너 좋은 사람인 줄 알았는데 그게 아니더라구요."

"그게 아니라니?"

"명희 말로는, 아르바이트하는 곳에서 일이 끝날 때까지 있다가 집에 데려다 주는데, 마치 감시하는 것 같다고 했어요. 괜찮다고 하는데도 일 끝날 때까지 기다리고, 딴 남자에게 시선을 줬다며 괴롭히기 일쑤였대요. 그것 때문에 명희가 무척 힘들어했어요."

은숙은 조심스럽게 말하며 눈물을 삼켰다. 집착과 구속, 거기다 의처증 증세까지 보였던 남자라면 살해 혐의가 없다고 판단하긴 어려울 듯싶었다.

"나중에 명희가 먼저 헤어지자고 했니? 그 남자는 명희를 놓아주지 않았겠지?"

은숙은 다부지게 고개를 끄덕였다.

"네. 매일매일 학교에 찾아왔어요. 학교 앞에서 남자가 억지로 명희를 차에 태우려고 한 적도 있었고요. 명희가 많이 무서워했어요. 경찰에 신고했지만 그뿐이었어요."

남자의 행동은 지우가 생각했던 것 이상이었다. 억지로 차에 태우려고 했던 행동은 납치 시도라고 볼 수 있었다. 재혁은 CCTV 화면을 캡쳐해서 출력한 사진을 은숙에게 보여 주었다.

"이 사람이 맞니?"

"네! 맞아요. 이 사람이에요."

"혹시 어디 사는지 이름이나 간단한 신원을 아는 게 있으면 말해 줄래?"

"이름이 최정민일 거예요. 오빠네 집에 놀러간다고 했던 게 기억나요. M아파트라고 들었어요. 정확히 몇 동, 몇 호까지는 모르겠구요."

재혁과 지우는 서로 말없이 바라보며 고개를 끄덕였다. 한시라도 빨리 최정민을 조사해야 했다. 지우는 은숙에게 고맙다는 인사를 하곤 서둘러 주차장으로 이동했다. 재혁은 철민에게 전화를 걸었다.

"박명희가 사귀던 남자 알아냈어. 이름은 최정민. 사는 곳은 M아파트. 지금 위치 추적해서 바로 보내 줘."

차에 탑승한 재혁과 지우는 우선 학교 캠퍼스를 신속하게 빠져나왔다.

"최정민. 그 사람이 확실한 거 같죠?"

"그래. 정황으로 볼 때 확실한 것 같은데……."

재혁은 운전대를 돌리며 말끝을 흐리자 지우는 호기심 많은 얼굴로 재혁에게 물었다.

"근데 왜요?"

"정황만으로 수사를 할 순 없지 않겠어?"

"우선 박명희 납치 시도로 체포하고, 그동안 알리바이를 조사하면 뭔가 나오겠죠."

지우는 큰소리치며 자신감을 내비쳤다. 심증은 있는데 물증은 없는 개 같은 상황. 이런 개 같은 상황에서 위에서 하는 말은 뻔했다. 그러니 최정민을 잡아 자백을 받아 내야 했다. 무. 조. 건.

재혁은 철민에게 전화가 걸려오자 이어폰을 귀에 꽂았다.

―선배님, 지금 최정민은 구월동 사거리에 있는 블랙이라는 술집에 있습니다. 혹시 이동하면 다시 위치 정보 알려 드릴게요.

"그래."

재혁은 짧게 대답하곤 액셀을 강하게 밟았다. 어째 사건이 9년 전과 비슷하게 돌아가는 것 같았다. 만약 최정민이 범인이라면, 살인을 저지르고 한가로이 술집에서 여자들이나 끼고 술을 마시는 모습을 보면 저도 모르게 분개할 거 같았다. 스스로 제어할 수 있을지

의문이었다.

구월동 사거리에 도착해 그대로 철민이 알려 준 '블랙'이라는 술집을 찾고 있었다. 그러다 사거리 구석에서 검은 간판에 '블랙'이라는 흰 글씨를 발견하고 재혁과 지우는 그대로 술집 안으로 돌진했다.

술집 문을 열자 잔잔한 음악이 흘러나오고 있었고, 정장을 입은 사내들이 입구에 보초를 서듯 바른 자세로 서 있었다. 한눈에 보아도 고급 술집이었다. 재혁은 술집 안을 둘러보다 사내들에게 형사증을 보여 준 뒤 입을 열었다.

"최정민 씨 만나러 왔습니다."

그러자 한 사내가 입을 열었다.

"사장님은 무슨 일로 찾으십니까?"

"……사장님?"

지우가 놀란 표정으로 사내에게 반문했다.

"네. 저희 사장님 되십니다. 무슨 일이십니까?"

사내는 딱딱한 높은 목소리로 재차 물었다. 재혁과 지우는 최정민이 고급 술집 사장이란 말을 듣자 당황한 얼굴을 했다.

"조사할 게 있습니다. 사장님을 불러 주시겠습니까?"

사내들이 앞을 가로막는 탓에 더 이상 안으로 들어갈 수 없게 되자 재혁은 짜증 난 어조로 사내들에게 말했다.

"저에게 말씀하시죠."

사내들 뒤로 낮은 중저음의 목소리를 내며 남자가 등장했다. 그러자 사내들은 누구 먼저랄 것도 없이 길을 비켰다. 말끔한 차림의 남자는 짐짓 부드럽게 미소 짓고 있었지만 그게 어딘가 부조합이었다.

"전 블랙 실장 이건우라고 합니다."

"전 인천 서부 경찰서 윤재혁 형사라고 합니다. 지금 그쪽과 얘기가 통할 것 같진 않군요. 살인사건입니다."

"그럼 사장님의 알리바이만 증명해 드리면 되는 겁니까?"

"이보십시오!"

참다못한 재혁은 눈을 부릅뜨며 언성을 높였다. 굳게 쥔 주먹을 부르르 떠는 걸 보곤 지우가 재혁의 팔을 잡아당겼다.

"왜 이래요?"

지우의 말에 재혁은 씩씩거리며 실장을 노려볼 뿐이었다. 지우는 재혁 앞에 서서 심각한 얼굴로 말했다.

"지금 사장님께서는 용의자 신분으로 조사를 받으셔야 합니다. 지금 실장님이 말씀하시는 알리바이 따위는 나중에 말씀해 주시죠. 지금 당장 사장님을 만나지 못하게 하면 범인 은닉죄로 서까지 동행해 주셔야 합니다."

지우의 조리 있는 말에 실장은 난처한 표정으로 '잠시만 계십시오.' 라는 짧은 말을 남겨 둔 채 어디론가 사라졌다. 지우는 뒤에서 여전히 불만 가득 찬 얼굴로 씩씩대고 있는 재혁을 노려보았다.

"무슨 형사란 사람이 그렇게 주먹을 쥐면서 말해요? 자칫 잘못하다간 치겠더만요?"

지우는 재혁에게 이죽거렸다. 재혁이 한 마디 하려는 순간 실장이 다가왔다.

"그럼 이쪽으로 오십시오."

재혁과 지우는 실장의 뒤를 따랐다. 어두침침한 긴 복도 끝에 뭔가 다른 듯한 문이 보였다. 실장은 문을 열어 주며 안내했다. 지우와 재혁은 실장이 열어 준 방 안으로 들어갔다. 그러자 찰칵, 소리와 함께 문이 닫혔다. 방 안의 소파에 다리를 꼰 채 최정민이 앉아 재혁과 지우를 바라보았다.

"앉으시죠."

"앉을 시간도 없을 듯싶은데요."

재혁의 말에 최정민의 얼굴에서 여유로움이 사라졌다.

"바로 같이 서까지 동행해 주셔야겠습니다."

"무슨 자격으로 말입니까?"

"박명희 씨 아시죠?"

피살자의 이름이 나오자 최정민의 눈썹이 파르르 떨었다.

"그 여자와 이미 헤어졌습니다. 또 신고한 겁니까?"

최정민은 억울함을 호소했다.

"실장님이 말씀 안 하신 모양이군요. 박명희 씨 살해당했습니다."

"……살해라니요?"

최정민은 동공이 커지며 놀란 얼굴로 반문했다. 모르는 척 발뺌할 거란 예상은 했지만 연기라고 하기엔 너무 자연스러웠다.

"어제 새벽에 박명희 씨 시신이 발견되었습니다. 지금 조사 중에 있습니다."

"설마 지금 절 의심하는 겁니까?"

"지금 주변 인물 조사 중입니다. 현재로선 박명희 씨와 관련된 사람들 중 최정민 씨가 가장 살해 혐의가 높다고 판단되었습니다."

"전 명희를 사랑했던 사람입니다. 그런데 그런 절 살인자로 몰겠다는 겁니까?"

"자세한 말씀은 서에 가서 마저 듣겠습니다."

충격받은 얼굴로 최정민은 자리에서 일어나 재혁에게 물었다.

"정말 명희가 죽었습니까?"

지금 그 말이 범인의 입에서 나온 것이라면, 정말 소름 끼치는 일이 아닐 수 없었다. 재혁은 그의 팔을 잡으며 단호한 얼굴로 고개를 끄덕였다.

※   ※   ※

조용한 취조실 안의 최정민은 재혁의 대답을 듣고도 여전히 믿기지 않은 얼굴을 하고 있었다. 취조실 안엔 CCTV 카메라가 두 대 설치되어 있었다. 최정민의 맞은편에 책상을 사이에 두고 재혁은 노트북 타이핑을 치고 있었다.

"박명희 씨와 사귄 지 육 개월 정도 되었다고 들었는데 맞습니까?"

"그렇습니다."

"어떻게 만나셨죠?"

"명희가 일하는 카페에서 약속이 있었습니다. 그날 처음 보고 첫눈에 반해서 끈질긴 구애 끝에 사귀게 되었습니다."

양손을 모은 채 최정민은 힘없이 고개를 떨어뜨렸다.

"만나는 동안 박명희 씨에게 집착과 구속이 심했다던데."

최정민의 표정이 심하게 일그러졌다.

"명희가 아르바이트하는 곳마다 그녀를 보려고 일부러 오는 사람들이 있었습니다. 불안해서 그놈들을 내가 다 처단해야겠다고 마음먹었죠. 그래서 자주 아르바이트하는 곳에 수상한 놈이 있나 없나 감시하고 있었습니다."

"거기다 헤어지고 나서도 계속 박명희 씨를 찾아갔더군요. 거기다 납치까지 시도하셨던데. 얼마나 위험한 행동을 한 건지 아십니까?"

"단지 제 얘길 들어 주길 바란 것뿐입니다."

최정민의 입에서 나온 말들을 듣고 있자 하니, 제정신은 아닌 듯싶었다.

"거기다 협박까지 하셨더군요."

"협박이라니요?"

"박명희 씨의 시신이 발견된 아라뱃길 근처 CCTV를 확인하는 도중 최정민 씨와 박명희 씨가 나온 화면을 보게 되었습니다. 죽이겠다고 협박하는 장면이 확인되었으니, 발뺌할 생각은 하지 마십시오."

재혁은 자신의 행동을 사랑으로 합리화시키는 최정민을 이해할 수 없었다. CCTV 화면까지 확보해 놓은 상태이니만큼 최정민이 발뺌을 하진 않을 거라 생각했다.

"화나서 한 말 가지고 범인으로 모는 겁니까?"

"뭐라구요?"

"그냥 한 말이라고요. 누구나 화가 나면 죽이겠다는 말 하지 않습니까? 없애 버리겠다고도 하지요."

뭐가 그리 당당한지 최정민은 큰 소리를 치고 있었다. 그 행동이 너무 우습고 화가 나서 재혁은 CCTV 카메라가 설치되어 있는 취조실이라는 걸 잊고 주먹을 날릴 뻔했다.

"박명희…… 솔직히 얼굴 빼곤 별로 볼 것 없는 애였습니다. 근데 어느 날부터 발신제한 표시로 휴대폰으로 문자가 오더군요. 오늘 너무 예쁘다느니, 커피 잘 마셨다느니, 보고 싶다느니……. 누가 봐도 뻔한 문자였습니다."

"네?"

생각지도 못한 최정민의 말에 재혁은 타자를 치던 손을 멈추었다.

"어떤 놈팽이랑 바람난 게 분명했습니다. 그래서 그걸 가지고 따졌더니 헤어지자고 하더라고요. 열 받아서 몇 번 찾아갔는데 만나주지 않았습니다. 아라뱃길, 거기서 본 게 마지막입니다. 자존심 상해서 그 뒤로 연락 한 번 안 했습니다."

최고 용의자는 최정민이라 생각했었다. 그런데 그런 용의자에서 생각지도 못한 제보를 듣고 난 재혁은 머리에 과부하가 걸릴 것 같았다. 뭔가 꼬이고 있는 듯한, 아니 누군가의 덫에 걸려든 건 아닐까. 재혁은 취조실에서 나와 철민에게 지시했다.

"최정민 휴대폰 한 달 간격으로 해서 통화 기록 뽑아 봐."

철민은 사이트에 접속해 금세 최정민의 통화 기록을 찾아내 프린터기로 출력했다. 출력된 통화 기록을 확인했다. 최정민의 말대로

CCTV 화면이 찍힌 그 후로 박명희에게 연락한 기록은 없었다. 최정민의 말이 사실이었다. 재혁은 일그러진 얼굴로 다시 취조실로 들어갔다.

"표정이 안 좋은 걸 보니 확인한 모양이군요."

"어차피 박명희를 해칠 계획으로 연락을 취하지 않은 건 아닙니까?"

"난 그렇게 용의주도하지 못한 사람입니다."

"그건 두고 보면 알게 되겠죠."

재혁은 물러서지 않을 생각으로 최정민의 말에 응했다.

"제가 바빠서 이만 가 봐도 되겠습니까?"

"아직 조사는 끝나지 않았습니다."

"저에 대한 증거도 찾지 못한 거 같은데, 확실한 물증을 대면 계속 조사를 받도록 하죠. 만약 아무런 증거 없이 용의자로 몰고 가는 거라면 가만 안 있을 겁니다."

재혁의 심기를 건드리며 최정민은 거만한 자세로 고쳐 앉았다. 그리고 바로 취조실 문이 열리면서 실장이 들어왔다.

"그만 가도록 하지. 피곤하군."

재혁이 말릴 새도 없이 실장과 최정민은 취조실을 빠져나갔다. 어느 누구도 최정민을 막아설 명분이 없었다.

"제기랄!"

재혁은 주먹으로 책상을 내려치며 분개했다. 최정민에게 희롱당했다는 생각에 형사로서의 자존심이 무참히 짓밟힌 것 같았기 때문이다.

"지금은 임의동행할 명분이 없으니 어쩔 수 없지, 뭐."

반쯤 열린 빈 취조실을 바라보며 민수가 중얼거렸다. 지우의 생각도 마찬가지였다. 빽 있고 돈 있는 사람들은 역시 빠져나갈 구멍을 잘도 만들어 놓는다. 하지만 지금은 최정민이 확실한 용의자란 물적 증거를 확보하는 게 우선이었다.

"그런데 은숙이란 아이한테는 명희에게 다른 남자가 있다는 사실은 못 들었잖아요."

"최정민의 말이 사실이라면 말이야."

"거짓을 말하고 있는 사람치곤 여유가 넘치던데요."

"처음부터 다시 원점으로 돌아온 건가?"

재혁은 머리를 헝클어뜨리며 긴 한숨을 내쉬었다.

"은숙이란 아이가 거짓말을 할 리는 없고…… 박명희가 다른 남자가 있었던 거라면 은숙이가 모를 리가 없잖아요."

"그런데 최정민도 거짓말은 아니다?"

어째 스토리가 이상하게 전개되는 듯했다. 다람쥐가 쳇바퀴를 돌듯 계속 제자리걸음을 하고 있었다. 거기다 박명희가 살해당했을 때 가방이나 휴대폰 등 아무것도 나오지 않았다. 범인이 가지고 있을 가능성도 배제할 수 없었다.

"그래도 혹시 모르니 저 자식 내가 맡을게."

민수는 급히 차 키를 가지고 사무실을 빠져나갔다. 아직 또 다른 용의자가 나오지 않은 이상 최정민이 가장 유력했기 때문에 한시라도 눈을 떼어선 안 되었다. 취조실에서 나와 다시 사건 기록을 훑어보는데, 분노한 얼굴로 김 팀장이 나타났다.

"확실한 증거도 없이 이따위로 수사하나!"

"죄송합니다."

재혁이 고개를 숙였다.

"지금 최정민이 민원 넣어서 서가 발칵 뒤집혔어!"

경찰서를 나가자마자 민원을 넣을 줄 생각지도 못했던 터라 당황할 수밖에 없었다. 재혁은 달리 변명거리가 없었기에 입을 꾹 다문 채 고개를 숙이고 있었다.

"지금 시대가 어떤 시대인데 이따위로 수사해! 한 번만 더 이런 일이 내 귀에 들어오는 날엔 결코 그냥 넘어가지 않아."

김 팀장이 나지막한 경고를 한 뒤 사무실을 나갔다. 재혁은 애꿎은 서류를 책상 위에 집어 던지며 소리를 질렀다.

"이런, 제기랄!"

재혁은 책상 위에 아무렇게나 던져져 있던 담뱃갑을 들고 그대로 사무실을 나갔다.

"성질머리하곤."

지우는 그가 나간 뒤 고개를 흔들며 혀를 찼다.

그나저나 지우는 계속 최정민이 한 말이 생각이 났다. 그는 박명희에게 다른 남자가 있다고 주장하고 있고, 은숙이란 아이는 박명희가 만나던 사람을 최정민밖에 모르는 눈치였다.

그리고 한 달 전부터 학교 주변을 두리번거리거나 불안한 증세를 보인 것은 최정민의 집요한 집착 때문이라고 생각했었는데, 그게 아닐지도 모른다는 생각이 들었다.

❋   ❋   ❋

 일전에 만났을 때 연락처를 받았어야 했는데, 최정민을 잡으러 간다는 생각에 급하게 이동하느라 은숙에게 연락처를 받지 못했다. 덕분에 지우는 철민을 통해 은숙의 연락처를 알아내야 했다.
 지우는 은숙과 약속을 잡았다. 더 자세한 이야기를 듣기 위해서였다. 지우는 여자 화장실에서 손을 씻다 거울에 비친 자신의 모습을 바라보았다. 머리는 이미 기름이 좔좔 흐르고 있었고, 얼굴은 20대의 피부라고 할 수 없을 만큼 칙칙했다.
 은숙을 만나기 전에 씻어야겠다고 생각하며 지우는 화장실에서 나와 세면장으로 향했다. 탈의실에서 옷을 벗어 사물함에 넣어 놓고, 세면장 안으로 들어섰다. 샤워기를 틀어 뜨거운 물줄기에 몸을 맡기고 있자니 그동안의 피로가 싹 달아나는 것 같았다. 몸은 20대인데 어째 50대같이 온몸이 쑤셔 댔다. 샤워를 마친 후 지우는 수건으로 몸을 닦고 머리를 돌돌 말고 탈의실로 들어갔다. 그리고 옷을 갈아입고 머리를 말리기 시작했다.
 지우는 서고에서 본 여대생 피살사건에 대해 깊은 생각에 빠졌다.
 '피살자 윤연지를 따라다녔던 강두원이 진범인 걸까?'
 그가 범인이라는 가정하에서 강두원의 부친 강진만의 정치적 위치로 보았을 때, 용의자 선상에서 벗어나는 것쯤이야 쉬운 일이었을 터였다. 증거 조작이나 형사 하나쯤이 아니라 청장을 매수하는 일도 그들에겐 간단했을 것이다. 털어서 먼지 안 나오는 사람 없듯 약점만 잘 이용한다면 자신의 사람으로 만들 수 있었을 테니 말이다. 그러고 보니 한충원 형사의 유언에 쓰여 있던 문장의 일부가 번쩍하고 떠올랐다.

'딸의 심장이식수술.'

그것을 빌미로 사건을 은폐했던 걸까? 어마어마한 병원비를 감당하지 못하고 있는 한충원 형사의 약점을 이용했던 것일까? 꼬리를 물고 점차 생각이 깊어지자 지우는 고개를 세차게 저었다. 아직 확실한 것은 아무것도 없다. 섣불리 생각하고 판단하지 말자.

스킨, 로션을 얼굴에 바른 뒤, 지우는 세면장에서 나와 사무실로 들어갔다.

"저 잠깐 나갔다 올게요."

"어디 가는데?"

재혁은 신경이 잔뜩 곤두선 얼굴로 지우에게 물었다.

"그냥 단서가 될 만한 게 있는지 찾아보려고요. 은숙이란 아이 만나서 더 자세한 말도 들어 보고요."

"그런데 왜 혼자가?"

"같이 안 다녀 주니까 서운하십니까?"

"서운은, 무슨. 너 차도 없잖아."

"차는 없어도 운전은 할 줄 압니다."

지우는 슬쩍해 놓은 재혁의 차 키를 흔들며 그를 놀렸다. 언제 차 키를 훔친 건지 재혁은 뒤늦게 책상 위에 던져 둔 차 키를 찾았지만 이미 지우의 손에 있는 차 키를 찾을 수 있을 리 없었다.

"이 절도범아!"

"잘 쓸게요!"

그가 차 키를 찾는 사이, 지우는 바로 사무실에서 나와 얼굴만 빠끔히 내밀고 재혁에게 감사의 인사를 했다. 지우는 재혁의 차에 타곤 시동을 걸고 출발했다. 은숙과 중간 지점 카페에서 만나기로 했으니 바로 출발해야 할 터였다. 그녀가 차를 출발시키자 재혁이 주차장에 뛰어오는 게 보였다. 지우는 그를 비웃어 주듯 그가 보는 앞에서 차를 출발시켰다.

"이따 봐요, 선배."

지우는 재혁에게 손을 흔들어 주는 걸 잊지 않았다. 경찰서를 빠져나와 그대로 도로를 타고 은숙과 만나기로 한 카페를 향해 달리고 있었다. 무수히 많은 상가건물들 사이를 지난 후에야 지우는 약속 장소에 도착했다.

3층으로 되어 있는 상가건물 앞에서 지우는 '카페 그린'이라고 쓰여 있는 2층 간판을 바라보다 도로에 차를 주차 시켜 놓고 2층으로 올라갔다. 카페 안은 생각보다 아담했다. 창가 쪽에 앉아 물 잔만 만지작거리고 있는 은숙의 모습이 눈에 들어왔다.

"일찍 왔구나."

은숙의 맞은편에 앉으며 지우가 먼저 인사했다.

"네."

잠시 후, 종업원이 메뉴판을 들고 나타났다. 지우는 메뉴판을 은숙에게 먼저 내밀었다. 은숙이 메뉴 결정을 한 다음에야 지우도 주문을 했다. 주문을 받은 종업원이 물러가고 지우는 편안한 자세로 고쳐 앉았다.

"갑자기 연락해서 미안하네. 바쁜 건 아니었니?"

"괜찮아요. 물어볼 게 뭐예요?"

지우는 마주 잡은 손을 만지작거리다 조심스럽게 물었다.

"혹시 명희에게 다른 남자가 있었니?"

"다른 남자라니요? 명희한테 정민 오빠 외에 다른 남자가 있었냐구요?"

지우는 고개를 끄덕이곤 은숙의 대답을 기다렸다.

"확실하진 않지만 제가 알기론 정민 오빠밖에 없었어요. 그 외에 다른 남자 얘긴 들어 보지 못했거든요."

은숙의 대답이 끝나자 종업원이 주문한 차를 가지고 다시 나타났다. 지우는 커피를 한 모금 마셨다.

"그렇구나. 저번에 네가 명희가 평소와 다른 모습을 보였다고 했잖아. 정확히 어땠는지 자세히 말해 줄래?"

"수업이 끝난 후 집에 가는데 자꾸 주변을 두리번거렸어요. 학교에 오는데도 자꾸 누군갈 의식하는 거 같더라구요. 누구 찾는 사람 있냐고 하니까 그때마다 아니라고 하고……. 그러다가 가끔씩 휴대폰을 보며 깜짝깜짝 놀라기도 했었던 것 같아요."

"놀랬다고?"

"네. 그런데 아무리 물어도 대답은 안 해 줘서 섭섭하기도 했었어요. 제가 도움이 될 수 있었을지도 모르는데……."

허망하게 가 버린 친구에게 은숙은 미안한 감정을 갖고 있었다. 지우는 알 듯 말 듯한 은숙의 말에 점점 답답해져만 갔다.

'말하지 않은 게 아니라 말할 수 없던 건 아니었을까…….'

분명 박명희는 도움을 청하고 싶어도 청할 수 없었던 것이다. 지우는 최정민의 진술을 떠올리며 은숙의 진술과 비교해 보았다. 보고 싶다느니, 사랑한다느니, 남자의 애정이 담긴 문자는 혹시 일방적인 것이 아니었을까. 순간 지우의 뇌리를 스치는 단어가 있었다.
　'스토킹……?'
　"그러고 보니 어느 날부터인가 수업도 자주 빠졌던 것 같아요. 원래 감기 걸려도 병원 갔다가 바로 학교에 오는 애였거든요. 전화해도 아프다는 말뿐……. 그러고 보니 이상한 점이 한두 가지가 아니네요. 전 그냥 애가 변했다고만 생각했었는데……."
　아예 고개를 아래로 떨어뜨린 은숙은 미안함을 넘어서 자책하고 있었다.
　"네 탓이 아니야. 걱정 마. 범인 반드시 잡을 테니까."
　은숙을 위로하려 했지만 별 효과가 없는지 은숙은 떨군 고개를 들 줄 모르고 있었다. 은숙의 또 다른 증언을 토대로 사무실로 들어가 회의를 시작하는 게 좋을 듯싶었다. 지우는 카페에서 나와 경찰서로 급히 이동했다. 스토킹을 당했다는 건 어디까지나 자신의 추측에 불과했다. 더 확실한 물증이 필요했다. 은숙 말고도 다른 사람의 진술이 더 필요한 상황이었다. 지우는 민수에게 전화를 걸었다.
　─응. 무슨 일이야?
　"선배, 지금 어디예요?"
　─최정민이 감시하고 있지. 무슨 일 있어?
　"박명희 아르바이트하던 곳에서 나온 거 없어요? 분명 박명희 아르바이트하는 곳까지 갔을 거예요."

조급한 마음에 민수에게 상황 설명하는 걸 잊고 제 할 말 먼저 하고 말았다.

—무슨 말이야? 알아듣게 말하라고.

"박명희, 스토킹당하고 있었던 것 같아요. 최정민의 진술과 은숙이의 진술을 비교해서 봤을 때 그렇게밖에 설명이 안 돼요."

—스토킹이라니? 어제 최정민은 박명희가 바람난 거라고 했잖아. 다른 남자가 있다고 말이야.

스토킹이라는 말에 놀란 어조로 민수가 지우에게 반문했다.

"누군가 일방적으로 박명희에게 애정이 담긴 문자를 보낸 거라면요?"

—확실한 거야?

믿지 못하겠다는 듯 민수가 물었다. 지우는 언제나처럼 의기양양한 목소리로 대답했다.

"내 직감은 빗나간 적 없어요. 스토킹이다 할 정도로 확실한 증거만 있으면 돼요. 은숙이 외에 다른 진술자가 더 있으면 좋을 거 같아요."

—박명희가 아르바이트한 곳에선 별다른 얘긴 못 들었는데……. 혹시 모르니 윤 형사랑 같이 가 보지, 뭐.

"부탁할게요."

전화를 끊고 지우는 속도를 내서 경찰서로 행했다.

곧장 사무실로 달려온 지우는 뜻밖의 손님에 놀란 표정을 지었다.

"안녕하세요. 여긴 어쩐 일이세요?"

텅 비어 있는 사무실 안에 피살자의 보호자 혼자 차를 마시며 앉아 있었다.

"딸아이의 물건을 정리하다 일기장을 발견했어요. 혹시 도움이 되지 않을까 하고 가져왔는데……."

조심스러운 몸짓으로 그녀는 가방에서 박명희의 다이어리를 꺼내 보였다. 스물세 살 소녀답게 다이어리 겉 표면은 아기자기했다.

"저희한테 주셔도 괜찮으신가요?"

"범인만 꼭 잡아 주신다면……. 도움이 될지 모르겠지만 혹시 몰라서 가져와 봤어요."

지우는 그녀에게서 박명희의 일기장을 건네받으며 수만 가지 생각을 했다. 피살자의 개인 프라이버시까지 자신이 확인할 필요가 있겠느냐고. 숨기고 싶은 이야기를 써 놓았을 텐데 말이다.

"어려운 발걸음하셨어요."

지우는 일기장을 건네받곤 사무실을 나서려는 중년 여성을 배웅했다. 잠시 후, 사무실 문이 열리면서 철민이 들어왔다.

"피살자 어머님한테 전해받은 물건이 뭐예요?"

지우는 대답 대신 일기장을 보여 주었다.

"제가 받아서 전해 주겠다고 했는데도 직접 전해 주시겠다고 한 물건이 딸의 일기장이군요."

"일기를 꼬박꼬박 쓰는 학생이었으면 일기장에도 써 놨을 거예요."

"찾는 거라도 있어요?"

"찾는 거라면 아주 많죠."

지우는 일기장을 펼치며 대답했다. 피곤한 얼굴로 담배를 입에 물며 사무실을 나가는 철민을 바라보다 일기장으로 시선을 집중했다. 첫 페이지의 날짜는 2011년 7월 1일이었다.

7월 1일.
과제로 요즘 너무 피곤하다. 그래도 게을리해서는 안 된다는 생각에 아르바이트며 공부며 나름 열심히 하고 있는데 잘되지 않는다. 휴, 너무 힘들다.

두세 페이지는 거의 아르바이트와 학업의 괴로움이 표현되어 있을 뿐, 별다른 단서는 없었다. 그리고 그다음 장을 넘길 무렵이었다.

7월 5일.
오늘 너무 예쁘네요. 누군가 번호 없이 문자를 보냈다. 오빠한테 보여 주었더니 신경 쓰지 말라고 한다. 그래도 뭔가 찝찝하다.

오빠라고 칭한 사람은 최정민일 것이다. 지우는 포스트잇으로 표시를 해 두고 숨죽여 다음 장을 넘겼다.

7월 6일.
오늘도 이상한 문자가 왔다. 오늘 입은 옷이 너무 잘 어울린다는……. 누군가 장난치는 걸까? 오빠가 보더니 화를 낸다.

7월 8일.

오늘은 그쪽을 못 봤네요. 그래도 너무 아쉬워 말아요. 시간은 많으니.

끔찍하다. 너무 무섭다. 이젠 문자 소리만 들려도 확인하는 게 두렵다. 도대체 나에게 왜 이러는 걸까. 날 지켜보고 있는 걸까? 정말 무섭다.

지우가 예상했던 대로 박명희의 스토킹 사실이 일기장에서 점점 드러나고 있었다. 일기장엔 온통 문자 보낸 누군가에 대한 두려움과 공포심으로 가득했다. 한 페이지, 한 페이지를 넘길 때마다 남자의 스토킹 수준이 도를 넘어서고 있었다.

그리고 최정민이 자신을 의심하고 있다는 내용이 고스란히 적혀져 있었다. 또 이별을 하게 된 이유도 적혀 있었다. 남자가 최정민과 헤어지라는 협박성 문자 메시지를 보낸 것이었다. 계속 만났다간 가만두지 않겠다는 내용의.

8월 21일.

내일은 면접이 있는 날이다. 학교 수업도 계속 빠져서 성적이 별로 좋지 않다. 면접을 잘 볼 수 있을까? 오늘도 어김없이 문자가 왔다. 내일 면접 잘 보라는…… 오늘 커피 너무 맛있었다는……. 도대체 어디서 날 지켜보고 있는 걸까? 너무 두렵다. 경찰에 신고했지만 별다른 조치가 없었다. 이러다 은숙이한테까지 나쁜 짓을 할 것 같아 너무 두렵다.

마지막 장까지 일기장을 모두 읽은 지우는 어쩌다 스물세 살이란 꽃다운 나이에 죽었는지 알게 되자 착잡한 마음이 가시지 않았다.

경찰에 도움을 청했지만, 형사들은 별로 대수롭지 않게 생각한 모양이었다. 그리고 최정민과 헤어지라는 협박성 문자를 보고 친구인 은숙이에게 솔직하게 털어놓지 못했던 것이다.

혼자 얼마나 무섭고 두려웠을지 지우는 그 생각을 하니 경찰로서 도움이 되지 못했다는 생각에 가슴이 아려 왔다.

'잠깐, 오늘 커피 너무 맛있었다고? 설마 카페에 매일 찾아온 건가?'

생각을 채 마치기도 전에 문이 벌컥 열리며 민수와 재혁이 들어왔다.

"진상, 네 말이 맞다. 박명희와 오랫동안 함께 아르바이트를 했던 사람을 만나 봤는데, 매일같이 혼자 창가 쪽에 앉아서 같은 커피를 주문하는 사람이 있었다고 하더군. 모자를 푹 눌러쓰고 일행도 없이 혼자 오는 게 좀 이상해서 기억을 잘 하더라고."

"그 사람이에요."

재혁의 말을 들은 지우는 흥분한 목소리로 대답했다.

"어느 날, 박명희가 일하면서 겁에 질린 목소리로 말하더래. 누군가 자길 지켜보고 있는 것 같다고. 혹시 그 사람이 아닐까 하고 생각했었다는군."

지우는 박명희의 일기장을 재혁에게 건넸다.

"일기장에 그동안 스토킹당한 공포심이 가득해요."

재혁과 민수는 일기장을 훑어보며 확신에 가득 찬 얼굴로 되었다.

"분명 계속해서 연락했다면 기록이 남았을 거야. 우선 통화 기록하고 메시지 발신인부터 찾아보자고."

민수는 말을 남긴 채 급히 비디오실로 향했다. 아직까지 산더미처럼 쌓인 CCTV 확인 중인 철민에게 박명희 명의로 되어 있는 휴대폰 통화 내역과 발신 내역을 확인해 달라고 하기 위해서였다.

사건 파일을 다시 확인하는데 사무실로 전화가 한 통 걸려왔다.

"네. 강력반 윤재혁입니다."

―국과수입니다. 얼마 전 박명희 부검을 담당했던 부검의입니다. 저번에 박명희와 비슷한 수법으로 살해당한 시신이 있었는지 확인해 달라고 하셔서 전화드렸습니다.

"네. 말씀하세요."

―2007년 4월에 경기 양평군 지평면 망미리에서 발견되었던 이유림이라는 피살자와 2009년 8월 강원도 홍천강에서 발견되었던 강민주라는 피살자와 살인 수법이 동일합니다. 둘 다 현재 미제 사건으로, 범인을 잡지 못한 상황이구요. 다른 국과수에 자료를 부탁해서 받았습니다. 형사님 메일로 보냈으니 확인하시면 될 것 같습니다.

재혁은 급히 전화를 끊고 국과수에서 보내 준 자료를 확인했다.

"무슨 일이에요?"

"박명희와 동일 수법으로 살해당한 피해자가 있어. 그것도 두 명이나."

지우는 놀란 얼굴로 재혁이 메일로 받은 자료를 확인했다.

"거기다 세 피살자에게서 발견된 DNA가 모두 일치해."

"그럼 정말 동일범이라는 말이잖아요."

"2년에 한 번씩 살인이라. 연쇄야."

지우는 재혁 입에서 나온 '연쇄'라는 단어에 멈칫했다.

※   ※   ※

"박명희 문자 메시지 발신번호 추적은 어떻게 되었어?"
"기지국과 통화해서 오늘 중으로 받기로 했습니다."
철민이 수첩을 보며 대답했다.
"신원 확보한 후 바로 용의자 검거해."
김 팀장의 목소리에 어느 때보다 신중함이 깃들어 있는 듯했다. 현재 언론에서 추측성이 난무한 기사를 떠들어 대고 있는 통에 그럴 수밖에 없었다. 회의가 끝난 후 바로 기자실에서 이번 사건과 관련해서 브리핑이 시작될 터였다. 현재, 어떻게 냄새를 맡았는지 이번 피해자에게서 나온 DNA와 2009년, 2007년 미제 사건의 피해자에게서 나온 DNA가 동일하다는 등 연쇄 가능성을 두고 기사를 써 대고 있었다.
"그럼 모두 입조심하고, 특히 기자들이 추측성 기사 실리지 않도록 주의해."
회의가 끝난 후 김 팀장은 브리핑을 위해 기자실로 이동했다. 지우는 복잡한 머릿속 때문에 바람이나 쐴 겸 사무실 밖으로 나왔다.
"지우야!"
뒤쪽에서 들려오는 설희의 목소리에 지우는 몸을 반쯤 돌렸다. 사진기를 들고 반가운 얼굴로 다가오고 있었다.
"왔어?"

"지금 기자들 입에서 연쇄니 뭐니 소문이 파다해. 정말이야?"

지우는 설희가 기자라는 걸 잊고 입을 열 뻔했다.

"아무리 친구라도 말해 줄 수 없어."

"절대 기사 안 쓸게. 걱정 마. 응?"

"안 된대도. 기사 나가면 나 모가지야."

아무리 살을 맞대고 사는 친구라 해도 지우는 절대 말할 수 없었다. 방금 김 팀장이 입단속을 경고했기에 함부로 입을 놀릴 수 없었다. 대신 지우는 자판기에서 음료수를 뽑아 설희의 손에 쥐여 주었다.

"이거 마시고 팀장님 브리핑 잘 듣고 기사 써. 알았지?"

"강지우!"

"팀장님이 말하는 것만 써야 된다."

지우는 제 것 마저 음료수를 뽑아 가지고 경찰서 밖으로 나왔다. 시원한 바람이 지우의 머리카락을 헤집고 날아가자 지우는 한 손으로 머리를 매만졌다. 발신인의 번호만 알아낸다면 분명 신원 확보를 할 수 있었다. 물론, 휴대폰 명의가 본인 명의라는 전제하에 해당되지만 말이다. 음료수 캔을 따서 마시려는데 누군가 음료수를 지우의 손에서 앗아 갔다.

"잘 마실게."

누군가 했더니 그녀가 예상했던 대로 밉상 재혁이었다. 지우는 이내 포기한 얼굴로 재혁을 바라보았다.

"역시 이런 짓 할 사람은 선배밖에 없죠."

"아까 내 차 잘도 빌려 갔잖아. 아니, 빌려 간 게 아니라 훔쳐 간

거지."

"동료끼리 그렇게 야박하게 굴지 말라구요."

지우는 장난스럽게 재혁의 팔을 툭툭 쳤다.

"난 절도범이랑 동료 한 적 없는데 왜 이렇게 친한 척이신가."

재혁은 지우에게서 시선을 돌린 채 헛기침을 해 댔다. 지우는 재혁과 장난을 멈추고 한숨을 길게 쉬었다.

"팀장님 브리핑 잘하고 계시겠죠?"

"왜 걱정되냐?"

픽, 하고 재혁이 웃는 소리를 냈다.

"감히 제가 걱정할 군번이 되나요? 그저 염려될 뿐이지."

재혁은 지우에게서 뺏은 음료수를 크게 한 모금 들이켰다.

"우리는 우리의 할 일을 하면 되는 거야. 쓸데없는 염려는 잠시 접어 두고 땡땡이칠 시간은 끝났으니까 가서 일하자고."

지금까지 발로 뛰면서 누구보다 열심히 수사했건만, 땡땡이라니. 지우는 그 말에 잠시 울컥했지만 순순히 사무실 안으로 들어갔다. 그리고 벌컥, 하고 다시 문이 큰 소리를 내며 열리더니 철민이 들어왔다.

"화면에 떴어요!"

"뭐가, 인마."

민수가 커피를 마시며 느긋한 얼굴로 물었다.

"CCTV 화면에 범인이 떴다구요!"

철민의 말이 끝나는 순간, 모두 비디오실로 달려가 CCTV 화면을 응시했다. 화면의 시간은 2011년 8월 25일 새벽 2시를 가리키고 있었다.

어두워서 화면은 잘 보이지 않았다. 차에서 내린 남자는 모자를 눌러쓰고 마스크까지 착용해서 얼굴을 확인할 순 없었다. 약간 통통한 체격의 남자는 주변을 살피더니, 아무도 없는 걸 확인했는지 트렁크에서 죽은 박명희를 꺼내 그대로 쓰레기 더미에 놓곤 황급히 다시 차에 올라탔다. 그리곤 순식간에 그곳을 빠져나가는 모습이 화면에 그대로 찍혀 있었다.

화면이 흐린 탓에 차 넘버도 확실하게 보이지 않았지만 한 가지 큰 수확을 얻은 듯 다들 얼굴이 밝았다.

"택시 기사군."

검은색 아반떼 차 지붕에 택시 표시가 되어 있는 걸 보며 재혁이 말했다.

"이거 국과수에 보내서 차량 번호 확인할 수 있겠지?"

"일단 보내 보지, 뭐."

범인이 찍혀 있는 CCTV 화면만 녹화해서 그 부분을 국과수에 의뢰하기로 했다. 그리고 휴대폰 번호를 알아냈지만, 다른 사람의 번호였다. 다른 사람의 신분증을 도용해 휴대폰을 개통한 것이었다. 일단 국과수에 보낸 CCTV 화면의 차 넘버를 분석하는 걸 기다리는 수밖에 없었다.

그렇게 하루가 지나고, 국과수에서 차 넘버를 분석한 자료를 메일로 보내 주었다.

"인천 21 가 3245. 오케이."

재혁은 사진을 출력하곤 민수와 철민에게 한 장씩 나누어 주었다. 철민이 뽑은 인천 택시 회사 리스트를 토대로 택시 회사를 쥐 잡듯 수색해 볼 생각이었다.

"무슨 일 있으면 연락해."

지우와 재혁은 남구 쪽에 있는 택시 회사로 이동했다. 경인기업이라고 큰 간판이 눈에 띄는 택시 회사에 들어가 직원에게 사진을 보여 주었다.

"이런 차량 있습니까?"

"그런 차 넘버는 없는데요."

우선 사무실 앞에 주차되어 있는 수십 대의 택시를 확인해 보았지만 역시 직원이 말대로 일치하는 차량 넘버도, 차종도 없었다. 재혁과 지우는 그곳에서 나와 조금 떨어진 곳으로 이동했다. 이곳의 면허 대수는 100대에 이르렀다. 재혁은 직원에게 사진을 보여 주자 직원은 컴퓨터로 확인해 보더니 고개를 저었다. 역시나 이곳에도 없었다.

"오늘 중으로 찾긴 무리겠죠."

"한번 해 보자고."

벌써 포기하긴 일렀다. 지우는 한시라도 빨리 놈을 잡아야겠다는 생각에 리스트를 보며 어디로 이동할지 현재 위치에서 가까운 택시 회사를 체크하곤 이동했다. 남구에 있는 택시 회사만 해도 열여섯 곳이 넘었기에 오늘 중으로 전부 확인이나 할 수 있을지 걱정이었다.

다섯 번째 택시 회사에서 나왔을 땐 해가 저물고 있었다.

"슬슬 배고프네요. 선배는요?"

"떡볶이라도 먹자."

근처에 포장마차에 들어가 떡볶이와 순대를 시켜 놓고 두 사람은 마주 앉았다. 지우는 순대를 떡볶이 양념에 찍어 입을 크게 벌리고 먹었다. 재혁은 피곤한 기색 없이 팔팔한 지우를 보며 물었다.

"피곤하지 않냐?"

"네. 아무래도 형사 체질인가 봐요. 아빠 닮아서 그런가?"

지우는 떡볶이 양념을 입가에 묻히며 입을 오물오물 움직였다.

"아버님도 형사?"

"형사였어요. 돌아가시기 전엔."

지우는 고개를 돌리며 말을 정정했다. 이미 과거가 되어 버린 아버지에 대해 얘기하는 것도 참 오랜만이었다.

"그렇군. 어머님은?"

"엄마는 오래전에 교통사고로 돌아가셨어요."

재혁은 순간 아차 싶었다. 상처가 될 수 있는 질문을 아무 생각 없이 물어보다니 말이다. 그리고 그럼에도 밝은 얼굴로 대답을 하는 지우의 모습을 보고 어떻게 저렇게 밝을 수 있을까 생각했다. 비슷한 처지의 자신은 부모님에 대한 질문을 받으면 저렇게 밝게 웃으며 대답하지 못할 것 같은데 말이다. 평소의 그녀의 행동을 보면 전혀 부모 없이 자란 티가 나지 않았다.

"아버님은 어쩌다 돌아가셨는지 물어봐도 되나?"

"저도 자세히는 몰라요. 아빠 동료 형사님들 말론 강도한테 칼에 찔려 즉사했다고밖에 못 들었으니까요."

"많이 힘들었겠네."

"뭐, 처음엔 그랬죠. 지금은 그냥 덤덤해요."

그렇게 되기까지 얼마나 많은 시간이 지나야 했는지 재혁도 알고 있었다. 연지가 살해당하고 한동안 그는 산 사람이 아니었으니 말이다. 지우는 서비스로 나온 어묵 국물을 한 수저 뜨곤 일어났다.

"이만 가죠. 갈 길이 먼데."

피곤하지 않느냐고 물어보려다 재혁은 그 말을 삼켜 버렸다. 포장마차에서 간단히 배를 채우곤 다른 택시 회사를 찾아갔다. 택시 리스트에서 다녀온 택시 회사를 하나씩 지워 가고 있을 즈음이었다. 한성운수라는 차량 면허 대수가 155대로 제일 높은 큰 규모의 택시 회사를 찾았다. 형사증을 보여 주곤 사진을 보여 주었다.

"혹시 이런 차량 있습니까?"

직원은 컴퓨터를 만지더니 잠시 후 재혁에게 시선을 돌렸다.

"네. 저희 회사 택시인데요. 무슨 일로······."

직원의 말이 끝나자 지우와 재혁은 서로 희망을 본 듯 바라보았다.

"이 택시 기사 어디 있죠?"

"얼마 전에 그만두셨는데요."

직원은 귀찮다는 듯 대답했다.

"혹시 연락처나 주소 알 수 있을까요?"

직원은 인사 프로그램으로 기사의 신원을 출력해 주었다.

"여기요."

"네, 감사합니다."

지우와 재혁은 늦은 저녁까지 돌아다니다 큰 수확을 얻은 기분이었다. 직원에게 받은 그의 주소로 이동했다. 그가 사는 곳은 우연치 곧 너무 가까운 곳에 있었다. 박명희가 아르바이트하던 카페 뒤쪽 주택가였던 것이다.

"그래서 자주 와서 박명희를 보았던 거군."

"택시 기사니 오며 가며 카페에 들렀겠죠."

좁은 골목 사이로 대문에 붙어 있는 번지수를 확인하며 이동했다. 주택가가 모여 있어 그런지 찾기가 쉽지 않았다. 그러던 중 어떤 낡은 집 대문에서 모자 쓴 남자가 나오는 것이 보였다. 얼핏 보기에도 택시 회사 직원이 출력해 준 사진과 일치했다.

남자는 재혁을 의식했는지 재혁에게 시선을 주었다. 당황한 재혁은 들키지 않기 위해 시선을 돌린 채 헛기침을 했다. 남자가 멀어지는 것을 확인한 뒤 재혁은 남자가 나온 집으로 황급히 들어갔다. 원룸의 집 안은 매우 아담하고 깨끗했다. 그리고 컴퓨터 책상 위에 박명희의 사진이 수십 장 붙어 있었다.

"확실한데요."

지우와 재혁은 황급히 남자의 집에서 나와 그가 가던 골목으로 향했다. 근처 편의점에 갔다 온 모양인지 한 손엔 비닐봉지가 들려 있었다. 수상한 낌새를 눈치챈 듯 남자가 재혁과 지우를 훑어보자, 재혁은 순간 지우를 끌어안았다.

"왜, 왜 이래요!"

"가만히 좀 있어."

지우는 그제야 재혁의 의도를 눈치채고 발버둥 치는 걸 멈추고 남자가 다시 집 안으로 들어가는 걸 확인했다.

"들, 들어갔어요. 빨리 한 선배한테 연락해요."

지우는 생전 처음 남자의 품에 안겨 얼굴이 새빨개졌다. 재혁이 민수에게 합류 전화를 했다. 지우는 괜히 튀어나올 듯 뛰어 대는 심장을 한 손으로 감쌌다. 잠시 후, 좁은 골목길에서 민수와 철민이 뛰어오는 게 보였다.

"여기야?"

재혁은 비장한 표정으로 고개를 끄덕였다. 우선 재혁과 민수가 초인종을 누르고 안으로 들어가기로 했다. 철민과 지우는 그가 도망치면 앞에서 제압하기로 했다. 초인종을 누른 뒤 한참 후 슬리퍼를 신은 남자가 밖으로 나왔다.

"누구시죠?"

"길을 잃어서 그러는데…… 혹시 여기 남기석 씨 집이 어딘지 알 수 있을까요?"

순간 정적이 흐르고, 남기석은 자신의 이름을 듣자 뒤로 숨기고 있던 흉기를 재혁을 향해 휘둘렀다. 순식간에 일어난 일이라 아차 싶었지만 재혁은 긴 다리로 놈의 손목을 내려치고 민수가 놈의 팔을 뒤로 꺾었다.

"남기석, 살인 혐의로 널 체포한다."

발악하는 남기석의 양손을 수갑으로 채우자 그제야 포기하는 얼굴로 순순히 차에 올라탔다. 소란스러웠던 탓인지 조용했던 골목에 어느새 많은 인파가 몰려들었다.

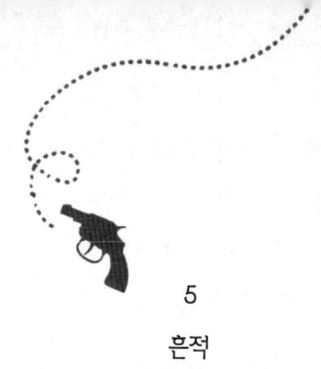

5
흔적

"다 왔어요. 얼른 들어오세요."

지우는 삼겹살집 문을 훤히 열어젖히며 팀원들을 향해 손짓을 했다. 후미지고 구석에 있는 삼겹살집 외관을 훑어보며 재혁이 먼저 안으로 들어섰다. 지우가 손수 테이블 두 개를 붙여 자리를 만들자, 다들 그곳에 엉덩이를 붙이고 앉았다. 경식이 물과 물수건을 테이블에 던지듯 내려놓았다.

"오늘은 뭘 그렇게 많이 끌고 왔어?"

팀원들을 보며 경식이 투덜댔다. 하나같이 집에 못 가 땀 냄새로 범벅되어 있는 형사 나부랭이 사내들과 어울리는 것이 못내 못마땅한 표정이었다.

"우리 팀이에요. 서비스 안주 팍팍 주세요. 아셨죠?"

대답도 없이 등을 보이는 경식에게 지우가 소리쳤다.

"강 형사 아는 분이라더니 되게 쌀쌀맞은데. 이래 가지고 장사하겠어?"

물수건으로 손을 닦으며 경식의 포스에 기가 눌린 민수가 작은 목소리를 냈다. 지우는 손을 내저으며 웃었다.

"원래 좀 무뚝뚝하세요. 속은 엄청 따뜻하세요. 괜히 저러는 거예요."

잠시 후, 소주와 삼겹살을 가지고 다시 경식이 나타났다. 무뚝뚝한 표정은 여전했다.

"적당히 한잔하고 가거라."

헛기침을 하며 민수와 철민, 그리고 지우 옆에 있는 재혁을 천천히 바라본 뒤 경식은 주방으로 가며 혼자 구시렁댔다.

"으이그, 사내놈들과 있더니 사내 다 되었구나."

"잔소리 또 시작이다."

경식을 뒤로한 채 지우는 소주 뚜껑을 따 제일 먼저 민수의 잔을 채워 주고, 재혁과 철민의 잔도 차례로 채워 주었다. 지우는 소주병을 재혁에게 건네주곤 잔을 들었다.

"한 잔 따라 주시죠."

"사장님 말씀대로 적당히 마셔라."

재혁은 엄포를 놓으며 지우의 잔에 가득 따랐다.

"우리 시원하게 짠 할까요?

지우가 먼저 잔을 높이 치켜들자 다른 팀원들도 잔을 올려 건배했다. 소주잔이 공중에서 맞부딪치는 기분 좋은 소리를 내고 있었다.

"오늘따라 술이 잘 들어가는데요."

"그렇게 마시다가 한 방에 훅 가지. 오늘은 네 발로 알아서 집에 들어가라."

"걱정 마시라구요. 잔소리는."

지우는 힐끗 재혁을 노려보다 술을 들이켰다. 두 사람을 지켜보던 민수가 잘 익은 고기를 날름 집어먹으며 말했다.

"그러다 두 사람 정드는 거 아니야?"

"켁켁! 정들다니요?"

상추쌈을 먹던 지우가 가슴팍을 치며 민수를 힘껏 노려보았다. 이 인간과 정드는 일은 결단코 없으리라. 그런데 왜 갑자기 자신을 품에 안은 조금 전 모습이 떠오르는 것일까? 분명 남기석에게 신분을 들키지 않기 위해 연인인 척 자신을 안은 것뿐인데 말이다. 3초 정도밖에 안 되는 짧은 순간이었지만, 난생처음 남자에게 안겨 본 지우로선 심장이 터져 밖으로 튀어나올 것 같았다.

"벌써 취했냐? 혼자 얼굴이 시뻘게져서는."

"취, 취하긴요. 불판 때문에 더워서 그래요."

한 손으로 부채질을 하며 지우는 젓가락으로 고기를 집어먹기 바빴다. 괜히 자신의 속내를 들켜 놀림당하고 싶지 않았기 때문에 지우는 다른 곳에 시선을 두었다.

어느새 가게 안은 손님들로 북적거렸다. 테이블이 가득 차 더 이상 손님이 들어올 수조차 없었다. 지우는 경식 혼자 바삐 움직이는 모습을 보곤 팔을 걷어붙이고 일어났다. 아직 주문을 하지 않는 손님에게 물과 물수건을 가져다주고, 주문도 받았다.

"여기 갈매기살 2인분하고 소주 한 병이요!"

"앉아서 먹고 싸게 싸게 갈 것이지. 왜 나서서 일하고 그래. 정신없게."

"이따 서비스 안주나 부족하지 않게 달라고 아부하는 건데요?"

지우는 경식의 핀잔에도 불구하고 지우는 웃음 가득한 얼굴로 쟁반에 반찬을 담아 서빙에 나섰다. 카운터가 비어 있을 땐 계산도 하고, 서빙이 끝나면 주방에 가서 설거지도 도왔다. 한참 바쁘더니 고새 손님들이 자리를 뜨자 한산해졌다. 지우는 곧장 일행들 사이에 껴 물을 들이켰다.

"이제 다시 제대로 한잔할까요?"

지우는 비어 있는 잔을 재혁에게 내밀었다. 잔을 채워 달라는 행동이었다.

"너 취해도 난 모른다."

잔을 채워 주며 재혁은 지우와 첫 회식 자리를 떠올리며 치를 떨었다.

"에이, 걱정 마세요."

민수와 철민에게도 도망가지 말라고 눈치를 주며 노려보았다. 여전히 신뢰 없는 큰 소리만 쳐 대는 지우의 행동에 재혁은 못마땅한 얼굴이 되었다.

"여기 소주 한 병 더 주세요."

다른 테이블에서 들려오는 손님의 목소리에 지우는 자리에서 일어나 소주 한 병을 가져다주었다. 비즈에 주문한 소주를 추가하고 자리로 돌아가려는데, 남자가 지우의 가는 손목을 낚아챘다.

흔적 171

"더 필요하신 게 있으신가요?"

말없이 남자는 휴대폰 번호를 적은 메모지를 지우의 손에 쥐여 주었다.

"그쪽이랑 한잔 하고 싶은데 어떠세요?"

난감한 표정으로 지우는 메모지를 다시 손님에게 건넸다.

"죄송합니다. 일행이 있어서요."

"그냥 받아 두고 나중에라도 연락 주세요."

"아니에요. 따로 연락할 일 없을 겁니다."

남자는 끈질기게 지우의 손에 메모지를 쥐여 주고, 지우는 거절하는 실랑이가 계속되었다. 소주를 마시다 그 모습을 본 민수가 한마디 했다.

"지금 강 형사한테 찝쩍대는 거 아냐?"

민수가 일어나기도 전에 재혁이 성큼성큼 큰 걸음으로 지우 옆에 섰다. 그리고 지우 손을 잡는 남자의 손을 야무지게 떼어 냈다.

"싫다고 하지 않습니까?"

"그쪽이 뭔 상관인데?"

적반하장으로 남자는 벌떡 일어나 재혁에게 쌍심지를 켰다.

"앉아서 보고 있자니 여자한테 거절당하는 것도 모르고 들러붙는 그쪽이 남자 체면 다 구기고 있잖습니까?"

"뭐? 뭐라고?"

지우는 혹시 주먹다짐이라도 할세라 재혁의 팔을 붙잡고 말렸다.

"내 일행이니 데리고 가겠습니다."

재혁은 더 이상 긴말하지 않고 지우 손을 잡고 자리로 왔다. 남자는 씩씩대더니 계산도 하지 않고 가게에서 나갔다.

"넌 왜 거기서 웃고만 있어?"

"네?"

남자에게 쩔쩔매고 있던 지우를 생각하니 재혁은 저도 모르게 지우에게 불같이 화를 내고 말았다.

"얼마나 우습게 봤으면 저러겠어!"

"왜 선, 선배가 화를 내요? 진짜 웃겨."

도통 재혁이 왜 화를 내는지 영문을 모르겠다는 듯 지우는 어이없다는 반응을 보였다. 뒤늦게 자신의 행동을 떠올리니 재혁은 자신이 왜 지우에게 화를 냈는지 알 수 없었다. 그저 그 상황에서 쩔쩔매는 모습이 화가 났을 뿐이었다.

"괜히 둘이 싸우지 말고, 미친개는 나갔으니까 기분 좋게 먹자고."

민수가 재혁과 지우를 겨우 달래 놓고 고기를 추가 주문했다. 주방에서 나온 경식은 주문한 양보다 배는 되어 보이는 고기를 테이블에 내려놓았다.

"가게에 가끔 오는 미친놈이요. 고기 마저 먹고 놀아요."

"아저씨 최고! 모듬 고기 서비스죠?"

지우가 활짝 웃으며 엄지손가락을 치켜 올렸다. 경식은 그저 소탈하게 웃으며 테이블을 치우고 있었다.

"사장님과 어떻게 아는 사이인지 물어봐도 되나?"

너무 각별해 보이는 경식과 지우 사이가 궁금해진 재혁이 물었다.

흔적 173

"형사로 계시던 아빠의 동료분이셨어요."

"그럼 강 형사 아버지도 형사야? 어디 서에 계셔?"

같은 형사라니 반가운 얼굴로 민수가 물었다. 뒤늦게 재혁이 눈치를 주었지만 이미 뱉은 말은 주워 담을 수 없었다.

"오래전에 돌아가셨어요. 아저씨는 아빠와 친한 동료분이셨어요. 아빠 돌아가시고 혼자 된 저를 많이 보살펴 주셨으니, 아빠와 다름없는 분이세요."

웃으며 말하는 지우의 모습이 오히려 더 안쓰럽게 느껴졌다. 뒤늦게 민수는 자신의 입을 때리며 눈치 없는 자신을 탓하고 있었다. 재혁은 어째서 지우와 경식 사이가 각별해 보였는지 이해할 수 있었다. 동시에 지우가 얼마나 힘든 시간을 보냈는지도 느낄 수 있었다.

"그런데 어쩌다 형사가 될 생각을 했어?"

정곡을 찌르는 듯한 민수의 질문에 지우는 술을 한 잔 원샷하고 어렵게 입술을 떼었다.

"……그냥 좀 알고 싶은 게 있어서요."

"알고 싶은 거라니?"

순간적으로 재혁은 지우의 말에 반문했다.

"이런 침울한 얘긴 그만하고 술이나 마셔요. 그동안 다들 고생했는데."

"그래, 오늘 신나게 마시자."

자신과 참 비슷한 면이 많다는 걸 재혁은 느낄 수 있었다. 자신이 연지를 죽인 범인을 잡기 위해 형사가 된 것처럼 그녀도 어쩌면 무언가 진실을 밝히기 위해 형사가 된 건 아닐까 잠시 생각했다. 알고 싶은 게 있다고 말하는 그녀의 눈빛은 어딘가 서늘해 보였고, 확고함이 담겨 있었다. 겉은 웃고 있지만 속은 슬픔과 외로움으로 가득 차 있는 듯했다.

"오늘 먼저 포기하는 사람이 쏘는 거예요!"

지우는 그렇게 말하곤 비어 있는 잔에 소주를 채웠다. 그동안 사건을 해결하느라 집도 제대로 들어가지 못하고 절어 있는 피로를 오늘 술로 날려 버리고 싶었다. 별다른 항의가 없었기에 먼저 자리 뜨는 사람이 술값을 계산하기로 하고, 모두 거하게 한 잔씩 했다. 뒤늦게 경식이 가게 문 닫을 시간이 되어 지우의 일행들에게 한마디 했다.

"그만들 일어나지."

"벌써 가게 문 닫을 시간이 되었네요. 결례 많았습니다."

민수는 휘청거리며 자리에서 일어나는 걸 철민이 부축했다.

"한 선배님도 많이 취하셨는데 제가 한 선배님 모셔다 드릴게요."

철민은 다리가 풀려 제대로 걷지 못하는 민수를 부축하며 먼저 가게를 나갔다. 재혁은 계산을 하곤 지우에게 시선을 던졌다.

"데려다 줄게. 나와."

"아저씨랑 한잔 더 하고 갈게요. 먼저 가세요."

지우는 일어날 생각도 없이 재혁을 향해 손을 흔들었다. 아직 취한 것 같진 않으나 늦은 시간에 혼자 집에 가게 둬도 되는지 걱정이 되었다. 그렇다고 지우가 경식과 한잔하는 걸 옆에서 지켜보며 기다릴 수도 없는 노릇이었다. 재혁은 지우에게 고개를 끄덕이고 경식에게 인사를 한 뒤 가게에서 나왔다. 투명한 가게 유리 사이로 지우의 얼굴이 보였다.

"저랑 한잔 더해요."

"인석이, 지금 몇 신지 알아?"

"지금 새벽 두 시네요. 이 시간이 제일 술맛 좋은 때잖아요. 알딸딸하니 기분 좋은데요."

제대로 시간을 보고 있으니 취한 것은 아니었다. 경식은 지우가 뭔가 할 말이 있다는 걸 감지했다.

"술은 좀 끊을 수 없냐?"

"이 좋은 걸 끊으면 뭐 마시라고요?"

지우는 큰 고추를 크게 한입 베어 먹으며 물었다.

"쯧쯧. 근데 아까 그 까무잡잡한 놈 말인데."

"아, 선배요?"

"그놈하고 무슨 사이냐?"

경식의 뜬금없는 질문에 지우는 고추를 베어 먹다 사레들릴 뻔했다.

"아저씨, 지금 무슨 상상하시는 거예요?"

"무슨 상상이라니? 아까 너한테 어떤 놈이 찝쩍댈 때, 그놈이 씩씩대서 너 도와주러 가는 거 내가 다 봤다."

아무래도 혼자 상상의 나래를 펼치고 있는 듯했다. 씩씩대면서 도와주러 오다니. 지우가 보기엔 전혀 그렇지 않았는데 말이다.

"아저씨 감 많이 죽었네요. 지금 헛다리 짚으셨어요."

"남자는 남자가 보면 딱 안다. 분명 그놈 너한테 관심 있는 거야."

지우는 박장대소를 하며 웃어 버렸다. 누가 누굴 좋아하다고? 재혁이 지금 경식의 말을 들었다면 분명 이렇게 역정을 냈을 게 분명했다.

"아저씨 소설 그만 쓰세요. 나랑 그 사람이랑…… 말이 돼요?"

"내가 보기엔 아주 듬직하고 좋아 보이던데."

"술이나 받으세요. 그런 사이 아니라니까요."

지우는 자꾸 재혁과 엮는 경식에게 술을 권했다. 영업시간이 끝난 후, 손님 없는 조금은 쓸쓸해 보이는 가게 안을 둘러보았다.

"손님이 많아졌네요. 이러다 정말 부자 되시겠어요."

"그러게 말이다. 다 늙어서 부자 되어 봤자 뭣하겠냐."

탄식을 하며 경식은 쓸쓸하게 웃었다. 눈가에 잔주름이 움푹 패였다.

"나중에 2호점 하나 내시려거든 저에게 맡겨 주세요."

"자신 있는 겨?"

"그럼요. 아저씨 이름에 먹칠하지 않도록 맛과 영양을 고려한 삼겹살을 만들도록 합죠."

지우의 능청스런 농담에 경식은 호탈하게 웃었다. 그렇게 지우는 경식에게 술을 한 잔, 두 잔 채워 주었다.

"아저씨……."

"그래."

경식은 힘없이 대답했다.

"강두원……."

지우는 수사 보고서에서 보았던 용의자의 이름을 입에 올린 후, 경식을 바라보았다. 불이 꺼진 불판에 몇 점 안 남은 고기를 집으려던 손이 잠시 멈칫했다. 이내 경식은 젓가락을 테이블에 내려놓고 긴 한숨을 내쉬었다.

"그자가 범인인가요?"

"……."

"서고에 가서 9년 전 한충원 형사님이 맡았던 여대생 피살사건에 대한 수사 보고서를 살펴보았어요. 용의자 선상에 올랐던 인물이 아주 의외라 이름도 잊히지 않더라구요."

"어디까지 알아본 거냐?"

경식의 검은 눈동자가 파도처럼 흔들리고 있었다.

"증거불충분으로 불기소처분되었더라구요. 강두원, 그자. 피살자 윤연지를 따라다녔다던데요. 진술에 의하면 끈질기고 지독하게 따라다녔다던데, 어째서 더 수사를 하지 않았던 거죠?"

경식을 찌를 듯 지우의 눈빛이 매섭게 변했다. 담당 형사였던 한충원 형사가 딸의 심장이식수술을 위해 막대한 병원비 마련으로 그 사건을 은폐하고, 죄책감에 시달려 결국 자살했다는 말을 경식은 차마 지우에게 할 수 없었다. 그 사건만큼은 더 이상 진실을 알리려고 해서는 안 되었다. 그렇게 된다면 결국 그녀도, 자신의 아버지처럼 처참한 죽음을 맞이하게 될지도 모르는 일이니 말이다.

"……그만두거라."

"뭐라구요?"

"다 지난 일이다. 이제 와서 들쑤셔 봤자 너에게 좋을 게 없다."
"아저씨!"

지우는 언성을 높였다. 진실을 알면서도 말해 주지 않는 그 이유는 도대체 무엇이란 말인가.

"제발, 내가 이렇게 부탁하마."

"제가 왜 여기까지 왔는지 아시잖아요. 아버지 죽음 때문이라는 거!"

"지우야!"

지우는 눈물이 나려는 걸 억지로 참았다. 병실에서 피범벅으로 죽어 가던 아버지의 모습이 떠올라 한동안 잠도 제대로 자지 못한 그녀였다. 그때 아버지의 모습만 떠올리면 가슴이 아리고 눈물부터 나는 그녀였다. 그런 그녀에게 그만두라니. 지금까지 형사가 되기 위해 악착같이 달려왔던 그녀에게 포기란 있을 수 없는 일이었다.

"……묻으라구요? 잊으라구요? 그게 마음대로 되던가요?"

"……."

"그래서 아저씨도 형사 때려치우신 거잖아요."

"그래, 그랬었지."

"나 알아야겠어요. 그래야 묻을 수 있을 거 같아요. 그래야 잊을 수 있을 거 같아요. 그래야 포기가 될 거 같다구요!"

지우는 악에 받친 목소리로 소리쳤다. 그 소리가 어찌나 슬픔이 가득한지 경식은 더 이상 뭐라 말하지 못했다.

"네가 위험해지면 네 아버지 볼 면목이 없어진다. 제발, 그만두지 않겠느냐?"

혼적 179

"죄송해요, 아저씨."

역시 무언가가 개입되어 있다는 것만큼은, 아버지의 죽음이 한충원 형사의 사건과 연관성이 있다는 것만큼은 확실해졌다. 지우는 경식의 말에 따를 수 없다는 생각에 짤막한 인사를 하곤 가게에서 나왔다. 뒤늦게 경식이 뛰쳐나왔지만 지우를 잡을 순 없었다.

❈   ❈   ❈

1993년 2월 7일.

재혁은 그날을 똑똑히 기억했다. 그날 이후로 그는 죽지 못해 살아가는 것뿐이었다. 풀어야 할 숙제를 지금껏 풀지 못해 죽고 싶어도 죽지 못했다.

사건을 맡았던 담당 형사는 자살을 했고, 그의 동료 형사를 찾았지만 담당 형사였던 한충원 형사가 자살한 후 그마저 타살되었다. 어떻게 이렇게 기막힌 일이 있을 수 있는가. 형사가 된 후, 연지를 부검했던 부검의를 찾기 위해 국과수로 갔을 땐 이미 국과수를 떠난 후였다.

관련된 이는 이미 이 세상 사람이 아니거나 찾을 수 없는 상태이고, 흉기 또한 어떻게 처분했는지 수사 보고서에 의하면 연지를 목조를 때 사용한 노끈은 찾지 못했다고 작성되어 있다. 그래서 강두원이 불기소처분된 것이었다. 거기다 연지의 몸에서 발견된 DNA와 강두원 DNA가 일치하지 않는다고 되어 있었다.

'분명 조작이다.'

재혁은 그렇게 결론을 내렸다. 그들이라면 증거 조작은 얼마든지 가능했다. 그렇기 때문에 그를 잡는 것이 어려웠다. 증거도, 관련된 이들도 모두 사라졌기 때문이다. 형사가 된 후, 매일 재혁은 서고에 들어와 연지의 사건 보고서를 확인했다. 얼마나 처참하고 고통스럽게 죽어 갔는지, 포기하고 싶을 때마다 와서 보고 또 보며 의지를 다졌다.

　아무도 출근하지 않은 조용한 경찰서 복도를 걷다 재혁은 서고 안으로 들어섰다. 그리고 노련한 움직임으로 그는 몇 개의 책장을 지나 마지막에 있는 책장 앞에 서서 손가락으로 사건을 훑다 이내 무릎을 굽혔다. 수사 보고서를 꺼내는 재혁의 손짓이 멈칫했다.

　'누가 왔었나?'

　간결하게 꽂혀 있던 수사 파일들이 듬성듬성 나와 있는 것이 보였다. 연지의 사건 파일도 누군가 보고 꽂은 흔적이 보였다. 그저 누군가 자료를 찾기 위해 파일을 확인했던 것일까? 생각에 잠긴 재혁은 누군가 퍼뜩 떠올랐다.

　'강지우?'

　그녀를 찾기 위해 서고가 있는 복도 끝까지 왔었지만 그녀는 없었다. 서고 문이 살짝 열려 있긴 했지만 불이 꺼져 있었고, 인기척 또한 없었다. 하지만 어딘가 이상하긴 했다. 여자 화장실에서도 인기척을 느끼지 못했었는데……. 생각해 보니 어딘가 어색한 표정과 행동이었다. 서고에서 무엇을 찾으려 했던 걸까? 찾으려 한 게 아니라면, 확인하려 했을 수도 있다.

　어제 분명 가게에서 먼저 나왔지만, 어쩐지 여자 혼자 두고 가는 게 마음에 걸려 다시 가게로 되돌아간 재혁이었다. 살짝 열린 문틈으로 보이는 경식과 지우가 어찌나 심각한지 감히 문을 열고 안으로 들어갈 수 없었다. 그래서 다시 돌아가려는데, 안에서 들려온 악에 받친 지우의 목소리에 재혁은 잠시 멈칫하고 말았다.

'아버지 죽음 때문에 여기까지 왔다니⋯⋯.'

지우의 언성이 점점 높아지다 울음이 찬 목소리로 바뀌더니, 이내 튕기듯 가게에서 뛰쳐나오는 지우를 보았다. 저도 모르게 가게 옆으로 몸을 숨기고 있었기에 다행히도 지우나 경식에게 들키지 않은 모양이었다.

설마 어제 가게에서 들은 것과 관련이 있는 걸까? 누군가 서고 안을 휘젓고 다닌 흔적이 말이다. 그녀에겐 무슨 사연이 있는 것일까? 힘든 강력반으로 그녀를 몰아넣은 것은 무엇이었을까?

재혁은 잠시 생각에 잠겼지만 고개를 내저었다. 연지의 사건을 푸는 것도 그에게 있어 시간이 부족했다. 재혁은 연지의 사건 파일을 머리에 각인시키듯 보고 또 보았다. 무슨 단서라도 있지 않을까 하는 실낱같은 희망을 품고.

어떻게 해야 강두원을 잡을 수 있을까? 자그마치 9년이란 시간 동안 쫓았지만 잡을 수 없었다. 뻔뻔하고 가증스러운 가면을 벗겨내고 싶었다.

재혁은 서고에서 나와 계단을 내려갔다. 바지 주머니에서 동전을 꺼내 자판기에 넣었다. 달그락거리며 막힘없이 동전이 술술 내려갔다. 자판기 버튼을 누르곤 커피가 나오는 아래를 바라보았다.

'잘하고 있는 걸까?'

뜨거운 김이 나는 자판기 커피를 집으려는데, 커피가 눈 깜짝할 사이에 사라졌다.

"잘 마실게요. 땡큐."

'어제 잘 들어갔나? 아니지, 내가 왜 이 자식 걱정을…….'

재혁은 커피를 한 모금 마시곤 한쪽 눈을 찡긋하는 지우를 향해 고약한 표정을 지었다.

"제 시간에 맞춰 출근했군. 너 안 나오면 책상 치워 버리려고 했는데."

"내가 선배 속을 꿰뚫고 있죠. 어쩐지 오늘 지각하면 안 될 것 같더라."

"빈속에 커피 마시면 속 쓰릴 텐데."

재혁은 가만히 벽에 기대 팔짱을 꼈다.

"뭐 이런 것도 나쁘지 않아요."

"가자."

벽에 기댄 몸을 바로 하고 재혁이 지우에게 말했다.

"어딜요?"

"해장하러."

어리둥절한 얼굴로 지우가 재혁을 바라보았다. 이 사람이 나에게 해장을 같이 하자고 말하는 날도 오는구나, 하고 생각했다.

"매점에 신메뉴 있던데. 한번 도전해 볼래요?"

"신메뉴가 뭔데?"

매점으로 내려가니 매콤한 냄새가 재혁의 코를 자극했다.

"일명 악마라면. 매운 청양고추와 고춧가루가 인정사정없이 들어간 라면이죠. 한 선배도 그거 먹다 포기했다는데, 한번 도전해 볼까요?"

"좋아. 도전해 보지."

재혁은 고민도 없이 바로 승낙했다. 자리에 앉자 지우는 악마라면 두 개를 주문하곤 물 컵을 테이블에 내려놓았다.

"기대해도 좋아요."

그리고 알람판을 확인한 후 지우는 식권을 주고 라면을 받아 왔다. 보통 라면과 다르게 얼큰하다 못해 매운 냄새가 물씬 풍겼다. 이거 먹고 오늘 속 풀리기는커녕 장염이나 안 걸리면 다행이라고 생각했다. 재혁은 라면을 보고 살짝 긴장한 표정으로 변했다.

"이거 사람 먹으라고 만든 거 맞지?"

"그럴걸요."

재혁은 거침없이 젓가락으로 라면 가닥을 집곤 후후, 불며 라면을 입속에 넣었다. 맛을 음미한다거나 그런 건 없었다. 빨리 해치우고 싶었다. 재혁을 보고 의지에 불탄 지우도 라면을 먹기 시작했다. 얼마 지나지 않아 입술을 빨갛게 부어올랐다. 물도 거의 바닥난 상태였다.

"선배, 물 좀 떠 와요."

재혁은 뭐라 말하고 싶었지만 말할 수 없게 혀끝부터 식도까지 타는 것 같은 고통에 정수기로 달려가 물을 따라 벌컥벌컥 마셔 댔다.

"한 선배가 왜 포기한지 알겠군."

"맞아요. 이건 사람이 먹을 게 못 돼요."

냅킨으로 입술을 닦으며 반도 못 먹은 라면을 내려다본 재혁은 인상을 구기며 이마에 맺힌 땀을 닦아 냈다. 잠시 호기심이 생긴 재혁은 그게 무슨 말이냐고 물어보려다 말았다. 웃음 뒤에 감춘 검은 그림자는 도대체 무엇일까?

"해장 잘했습니다."

찬물을 벌컥 마시곤 지우는 쟁반에 그릇을 담았다. 재혁과 지우는 매점에서 나와 사무실로 향했다. 어떤 여자가 사무실 앞에서 서성거리는 모습이 재혁의 눈에 띄었다.

"무슨 일이십니까."

재혁이 다가가 여자에게 물었다.

"……신고하려고 왔는데……."

눈으로 보기에도 난처한 기색이 역력했다. 기어 들어가는 목소리로 여자는 말하며 문고리에서 손을 뗐다.

"우선 안으로 들어오시죠."

지우가 문을 열고 여자를 안으로 안내했다. 아무리 형사지만 사내에게 말하기 뭔가 꺼림칙한 얼굴로 쭈뼛쭈뼛 서서 안을 살피는 여자였다.

"회의실로 가실까요?"

지우의 물음에 여자는 고개를 끄덕이며 지우의 뒤를 따랐다. 재혁은 수첩을 들고 지우 옆에 앉았다.

"우선 성함 좀 말씀해 주시겠어요?"

"이선주라고 합니다. 오늘 회사 연차까지 내고 어렵게 경찰서에 왔어요. 꼭 도와주세요."

안절부절못하며 말하는 그녀의 얼굴에서 사태의 심각성을 느낄 수 있었다.

"말씀해 보시죠."

재혁이 말에 이선주는 우물쭈물하며 어렵게 입을 열었다.

"제 나체 사진이 인터넷에 떠도는 것 같아요."

수치심 가득한 얼굴을 한 이선주의 말에 그녀가 왜 쉽게 말하지 못했는지 알 수 있었다.

"나체 사진이 인터넷에 떠돈다는 사실은 어떻게 아셨나요? 자세히 말씀해 주시겠어요?"

"며칠 전 회사 동료가 저에게 동영상 하나를 보내 주었는데…….그게 마사지샵에서 마사지받고 있는 동영상이었어요. 전신마사지라 속옷만 입은 채 마사지를 받거든요. 탈의실에서 옷을 벗고 마사지받는 장면이 고스란히 찍혀 있었어요."

"회사 동료분은 어떤 경로를 통해 동영상을 받으신 거죠?"

"보나 마나죠. 야동 다운받았는데 우연찮게 그 동영상을 받았겠죠."

침통한 얼굴로 이선주는 생각하기 싫다는 듯 두 눈을 질끈 감았다.

"마사지샵 연락처와 이름을 좀 적어 주시겠습니까?"

재혁이 내미는 수첩에 메모를 하곤 이선주는 다시 재혁에게 건넸다.

"그런 동영상이 어떻게 인터넷에 떠도는 걸까요? 마사지샵에 카메라가 설치된 것 같진 않았는데, 누군가 의도적으로 찍은 걸까요?"

"우선 조사를 해 본 후 연락드릴 테니 너무 걱정 마십시오."

"부탁드릴게요. 요즘 그것 때문에 잠도 제대로 못 자고 있어요."

"제 명함입니다. 메일 주소로 직장 동료분께 받으신 동영상을 보내 주시겠습니까."

"그러죠. 그럼 연락 주세요."

피해자 이선주가 사무실에서 나간 뒤 재혁과 지우는 회의실에서 나왔다.

"무슨 일인데 인사하는 데 대꾸도 없이 나가냐?"

피해자가 나간 후 굳게 닫힌 문을 바라보며 민수가 재혁에게 의구심 많은 얼굴로 물었다. 왠지 모를 수치심 때문에 남자 얼굴을 제대로 보지도 못하고 나간 것 같았다.

"일단 팀장님 오시면 회의 시작해야겠다."

남기석을 잡기 위해 몇 날 며칠을 제대로 씻지도 못하고 자지도 못한 지 일주일이 채 지나기도 전에 다른 사건 수사를 해야 한다는 생각에 재혁은 피곤한 얼굴로 말을 마쳤다. 민수는 지우에게 시선을 돌렸다.

"동영상이 인터넷에 떠돈다고 수사해 달라구요."

"동영상?"

"이상한 상상하지 마세요. 마사지샵에서 속옷만 입고 전신마사지 받는 화면이 인터넷에 떠돌아다닌대요."

그제야 지우의 말을 이해한 민수가 고개를 끄덕였다. 잠시 후, 사무실 문이 열리며 김 팀장이 들어왔다.

"회의 시작하지."

김 팀장이 팀원들에게 말을 던지곤 회의실로 먼저 들어서자 다들 김 팀장의 뒤를 이어 자리를 채웠다. 아라뱃길 시신과 관련된 사건 종결 수사 보고서를 재혁이 건네곤 입을 열었다.

"조금 전에 피해자가 다녀갔습니다."

"무슨 일이지?"

"인터넷에 마사지샵에서 마사지를 받는 자신의 모습이 담긴 동영상이 인터넷에 떠도는 것 같다고 수사해 달라고 합니다. 겉옷은 모두 탈의한 채 속옷만 입고 마사지를 받는 거랍니다. 고의로 누군가 피해자만 촬영한 게 아니라면, 분명 또 다른 피해자가 있을 것이라고 생각됩니다."

"어수룩하게 마사지샵 뒤져서 아무것도 건지지 못한 채 경찰 위신 떨어뜨리지 말고 신중하게 행동해야 할 거야. 어떻게 어떤 경로로 그런 동영상이 유포되었는지부터 파악해."

"피해자가 직장 동료를 통해 그런 동영상이 인터넷에 떠돈다는 걸 알게 되었다고 합니다. 성인 사이트에서 야동을 받아 보려다 피해자 동영상을 다운받게 된 것 같아요. 동영상을 이메일로 받기로 했으니까 동영상을 확인하면 뭔가 나오지 않을까 싶네요."

지우의 말에 김 팀장이 고개를 끄덕였다.

"그럼 금품을 노리고 고의적으로 동영상을 촬영한 것으로 보고 수사를 진행해야 되지 않겠습니까?"

민수 질문에 잠시 생각에 빠진 김 팀장이 입을 열었다.

"우선 피해자 동영상 확보하면 사이버수사팀에 넘겨서 동영상이 얼마큼 유포되었는지 확인하고, 또 다른 피해자 동영상이 있는지 확인부터 하도록 하게. 그리고 피해자가 다닌다는 마사지샵에 혹시 카메라가 설치되었는지 확인하도록 하고."

김 팀장의 지휘가 떨어지자 다들 회의실에서 나와 바삐 움직였다. 재혁은 피해자가 다니는 마사지샵 이름을 인터넷에서 검색했다. 꽤 큰 규모의 샵으로, 회원이 많은 듯했다. 거기다 샵은 한 군데가 아니라 지점이 한 군데 더 있었다.

"샵이 본점과 지점으로, 총 두 군데야."

"그럼 나눠서 움직이는 편이 좋겠군."

"그런데 만일을 대비해서 신분은 노출하지 않는 게 좋을 거 같아. 샵에서 카메라를 설치한 거라면, 아마 없앨 가능성이 있으니까."

"좋아. 그럼 움직이자구."

민수와 철민이 먼저 사무실을 빠져나갔다. 재혁과 지우도 곧 사무실을 빠져나와 샵의 본점으로 이동하고 있었다.

"그럼 샵에 가서 마사지받으러 온 손님 행세하는 편이 좋겠네요."

"아무래도 마사지받는 방마다 살펴보는 편이 좋을 것 같아."

"오랜만에 시원하게 마사지나 받아 보죠, 뭐."

지우는 기대에 찬 얼굴로 뻐근한 목과 어깨를 돌리며 말했다. 홈페이지 약도대로 찾아온 본점은 고층 빌딩의 3층에 위치했다. 빌딩 앞에 도착한 후, 주차장에 주차해 놓곤 3층으로 올라갔다. 깨끗하고 분위기 있는 인테리어 때문에 단골 회원들이 많은 듯했다. 샵 안으로 들어서자 인포메이션 직원이 재혁과 지우를 향해 인사했다.

"어떻게 오셨습니까?"

지우는 재혁과 눈을 마주한 후 직원에게 말했다.

"마사지받으러 왔습니다. 미리 예약을 안 하고 왔는데……"

"예약은 와서 하셔도 되는데, 안타깝게도 남성분은 들어가시기 곤란한데요."

"왜요?"

"여성 전용 마사지샵이라 커플 마사지는 없습니다."

"커, 커플 마사지요?"

당사자보다 더 안타까운 얼굴로 또박또박 말을 마친 직원 때문에 지우는 잠시 재혁과 마사지받는 장면을 상상하고 말았다.

"네. 아니신가요?"

의심의 눈으로 그들을 번갈아보는 직원의 시선에 재혁은 지우의 어깨를 감싸 안았다.

"저희 커플 맞습니다. 실례했습니다."

다시 엘리베이터를 타러 가는 동안에도 재혁은 지우의 어깨에 올린 손을 내리지 않았다. 엘리베이터 안에 몸을 싣고 문이 닫히자마자 재혁은 옴이 붙은 것마냥 바로 손을 뗐다.

"연기 한번 기막히게 못 하네."

"제가 좀 정직한 편이라 그래요."

차마 같이 옷을 벗고 커플 마사지를 받는 장면을 상상했다고 말할 수 없었다. 지우는 얼굴이 뜨거워지는 것을 느끼곤 부채질을 해댔다.

"어쨌든 남자인 나는 못 들어가니, 진상 너 혼자 들어가야 되는데……"

"그럼 제가 가서 마사지받으면서 주변 좀 살펴볼까요?"

그런데 지우 혼자 보내기엔 어쩐지 마뜩치가 않았다. 속옷만 입은 동영상이 인터넷에 떠돈다고 생각하니 그러라고 말해야 하는데, 차마 재혁은 입이 떨어지지 않았다.

"할 수 있겠어?"

"그럼요. 아, 그러고 보니 제 친구가 m일보에 기자로 있거든요. 아마 제보 준다고 하면 바로 부리나케 달려올 텐데 괜찮을까요?"

어차피 기밀 사항도 아니니, 충분히 허락을 해도 될 터였다. 그런데 단번에 오케이해 버리면 자신을 이상하게 생각할까 봐 재혁은 잠깐 생각하는 기색을 하곤 인심 쓰는 표정으로 말했다.

"좋아. 진상, 너 혼자 들여보내기가 영 불안해서 친구와 같이 샵에 진입하게 하는 거야."

"알겠어요. 바로 설희한테 전화해야지."

"좀 전처럼 발연기는 곤란하니까 제대로 해. 그리고 다시 한 번 말하지만, 사고 칠까 봐 친구랑 같이 보내는 거니까 마사지만 받고 나오기만 해 봐라."

지우는 전혀 신경 쓰지 않는 구차한 변명들을 재혁은 계속해서 읊었다.

❖   ❖   ❖

"위험한 일 하지 말고 임무에 충실해. 알았어?"

"네네. 알았다구요."

한쪽 귀를 후비며 하는 별 성의 없는 대답에 재혁의 이맛살이 저절로 구겨졌다. 설희는 카메라를 가방 안쪽에 잘 보이도록 재정비한 다음 가방을 어깨에 둘러메곤 준비를 마쳤다. 재혁이 한 마디 하려는 사이, 지우는 설희와 함께 엘리베이터로 여유 있게 걸어가고 있었다. 지우는 엘리베이터 안에서 재혁에게 손을 흔들었다.

"지금 놀러가는 게 아니라고."

지우는 다시 샵에 들어서 인포메이션 직원에게 인사했다.

"커플은 안 된다고 해서 친구와 같이 왔어요. 요즘 야근 때문에 어깨가 뻐근하네. 여기 잘한다는 소문 듣고 친구랑 왔으니까 잘 부탁드려요."

'커플'이란 단어에 놀란 설희가 지우를 바라보자 지우는 한쪽 눈을 찡긋했다. 접수하곤 직원의 안내에 따라 탈의실로 이동했다. 투명 자동문을 지나 벨벳 카펫을 밟으며 긴 복도를 지났다. 방 안의 문은 닫혀 있어서 어떤 상태인지 자세히 알 수는 없었다. 빠끔히 열린 문틈 사이로 속옷만 입은 채 여성들이 마사지를 받는 모습이 보였다.

"속옷만 입으시고, 위에 가운을 걸치고 나오시면 됩니다."

지우는 미소로 대답하곤 탈의실 문을 잠갔다.

"정말 특종 기사 넘겨주는 거지?"

"그렇다니까. 나만 믿어."

"가뜩이나 요즘 실적 없어서 편집장님 눈치 보면서 나온 거란 말이야."

설희가 툴툴거리며 셔츠 단추를 하나씩 끄르자 볼륨 있는 가슴이 그대로 드러났다. 셔츠와 스커트를 벗어 옷장 속에 걸어 두곤 흰 가운을 입고 준비를 마쳤다.

"나 요즘 운동을 너무 소홀히 했나 봐."

몸에 붙은 살을 보며 울상을 짓는 것도 잠시, 지우는 주변을 살펴보았다. 탈의실 안엔 기다랗게 나열되어 있는 옷장, 그리고 천장엔 형광등뿐 별다른 건 보이지 않았다. 그리고 벽 위쪽에 걸려 있는 동작감지센서가 보였다.

'설마 저건 아니겠지?'

"뭐해? 안 나가고."

설희의 목소리에 지우는 주변을 살펴보다 탈의실에서 나와 직원의 안내에 따라 방으로 들어섰다.

"가운을 벗고 누워 주시겠습니까?"

여자라도 처음 보는 사람에게 몸을 보이자니 기분이 묘했다. 설희는 챙겨 온 가방을 잘 보이도록 옆에 두고 가운을 벗었다. 직원은 가운을 잘 받아 걸어 두었다. 지우는 침대에 누워 직원의 손길을 기다렸다. 눈동자를 굴려 여기저기 수상한 물건이 있는지 살펴보았다.

'시원하다.'

노련한 손놀림으로 어깨를 주무르자 지우는 깊은 숙면에 빠져들 것 같은 기분이었다. 그동안 지친 피로가 한 번에 싹 달아나는 기분이었다.

"손님, 몸 여기저기 상처가 있네요. 어쩌다가……."

운동하다 생긴 멍 자국들을 보곤 직원이 말했다.

"제 직업이 퀵서비스하거든요. 오토바이 타다가 자주 넘어지고 그래요. 신경 쓰지 말아요."

"아…… 네."

퀵서비스를 한다는 말에 마사지를 하던 직원은 의아한 눈초리로 지우를 바라봤다. 가슴을 침대에 대고 누운 지우는 고개를 돌려 설희를 바라보았다. 카메라를 담은 설희의 가방은 바닥에 있었다. 가슴을 바닥에 대고 누워 있으니 주변을 자세히 살펴볼 수가 없었다.

"손님, 가방은 탈의실 옷장에 넣어 두시지 그러세요?"

설희의 가방을 발견한 직원이 가방을 탈의실로 가져다 놓으려고 허리를 구부리고 있었다. 자칫하다간 가방 안에 있는 카메라를 보게 될지도 모르는 일촉즉발의 상황이었다.

"놔두세요!"

지우는 저도 모르게 직원에게 소리를 질러 버렸다. 이렇게까지 오버해선 안 되었는데 재혁의 말을 빗대자면 '발연기'의 진수를 제대로 보여 주고 있었다. 지우의 고함에 화들짝 놀란 직원의 시선이 지우의 얼굴에 닿았다.

"옷장에 넣어 두시는 게 좋을 것 같아서……."

"소중한 물건이 들어 있어서요. 아는 사람이 이런 샵에서 가방을 옷장에 넣어 두고 문까지 제대로 잠갔는데, 글쎄, 지갑을 잃어버렸다고 하지 않겠어요? 호호호. 제 친구가 소리를 질렀네요. 죄송해요."

직원의 시선에 무슨 말을 해야 할지 몰라 당황한 지우가 곁눈질로 설희에게 구조 요청을 했다. 설희는 과장된 손짓으로 입을 막으며 우아한 웃음소리를 냈다. 지우는 안도의 한숨을 내쉬며 설희를 바라보았다. 그녀도 노심초사한 건 마찬가지인 듯 직원의 눈치를 살피고 있었다.

지우는 가슴을 쓸어내리며 다시 방 안을 둘러보았다. 마사지 방은 모두 여섯 개였다. 그중 한 곳이 vip룸이었다. 그리고 탈의실과 세면실이 있고, 복도 끝엔 사장실이 있었다. 다른 방도 인테리어가 똑같다면 마사지받는 침대가 두 개씩 배치되어 있을 것이다. 거기다 본점과 지점 두 곳을 운영하는 것이라면, 손님들 발이 끊이지 않는다는 것 아닐까.

이런 고급 마사지샵을 다닐 정도의 능력이라면 커리우먼이나 웬만한 안방마님이 아니고서야 불가능할 것 같았다.

'아씨, 그러고 보니 쪽팔리게 퀵서비스 배달이 뭐야. 이런 샵에 퀵서비스 배달원이 마사지를 받으러 온다는 것 자체가 언발런스한데⋯⋯. 설마 눈치챈 건 아니겠지?'

뒤늦게 밀려오는 후회에 지우는 얼굴이 화끈거렸다. 그때 지우의 눈에 들어온 것은 탈의실에 있던 것과 같은 동작감지기였다. 아무리 찾아보아도 카메라라고 할 만한 수상한 물건은 없는 듯했다. 직원들이 잠시 자리를 비운 사이 설희가 지우에게 작게 물었다.

"수상한 물건 보여?"

"저기 꽃병 안에 카메라를 숨겨 놓았을지⋯⋯ 아님 형광등 안에? 눈에 잘 띄는 카메라는 아닌 것 같고. 도통 모르겠네. 샵 내부 사람은 아닌 것 같아. 남자라면 여자 몸 보면서 즐긴다고 치고, 여자가 여자 몸 보면서 무슨 감흥을 느낀다고 이런 짓을 하겠어."

"직원은 모두 여자지만 사장이 남자라면? 가능성 아주 없지 않

흔적 195

잖아?"

사장이 뭐가 아쉽다고 이런 동영상을 보면서 즐기겠어? 룸싸롱 가서 여자 끼고 즐기는 게 더 좋지, 라고 말하려는 걸 참았다.

그녀가 강력반 형사가 아니라면 그렇게 말했을 것이다. 하지만 세상엔 상식으로 설명 안 되는 일이 많다는 것을, 그리고 그런 일을 할 만한 사람이 정해져 있지 않다는 것을 그녀는 잘 알고 있었다.

"누군가 몰래 들어와 카메라를 설치한다는 건 아무래도 힘들 것 같지? 그것도 마사지받는 방마다, 탈의실까지 말이야."

"이거 다른 기자에게 넘겨주거나 그런 거 아니지?"

퍼뜩 생각났다는 듯 설희가 쌍심지를 켜고 물었다. 몸을 날려서 취재하고 있는 자신을 희롱한다면 용서하지 않을 것 같은 표정이었다.

"걱정 마. 대신 추측 기사 먼저 내보내기 없기다. 범인은 샵 사장이라는 둥 하면서 말이야. 범인 잡으면 그때 기사 써."

"오케이."

간만에 특종 잡았다는 듯 설희의 눈빛이 반짝거렸다. 그래도 이렇게 아무 수확 없이 나갈 순 없었다.

"자리 비운 사이 잠깐 돌아다녀 볼까?"

지우는 가운을 몸에 걸치고 일어났다. 설희도 가방을 들고 지우의 뒤를 따랐다. 그리고 방마다 문을 열어 보았다. 다행히도 방마다 손님 없이 예약이라는 표시만 해 뒀을 뿐이었다. 지우와 설희는 촬영을 끝내고 탈의실로 들어와 급하게 옷을 갈아입고 허둥지둥 샵에서 나와 주차장으로 내려왔다.

차 안에서 지우를 기다리고 있던 재혁은 지우가 보이자 차에서 내렸다.

"안에 잠깐 살펴본다는 게 언젠데 지금 나와!"

"사정이 있었어요! 그나저나 카메라로 내부를 촬영했거든요. 보실래요?"

"정말? 어떻게 찍은 거야?"

"제 연기가 발연기라고 무시한 걸 사과하게 될 거예요."

설희가 촬영을 멈추고 동영상을 맨 처음부터 돌렸다. 샵 내부가 보이더니, 탈의실 안인지 지우의 벗은 상체가 보였다. 브래지어에 감싸인 지우의 가슴골을 보이자 재혁은 당황한 얼굴로 헛기침만 해댔다.

"이, 이런 건 보지 마시구요!"

지우는 카메라를 빼앗아 앞으로 돌린 후 버튼을 눌렀다.

"볼 것도 없으면서 뭘 그렇게 감추고 그래."

"선배!"

"귀 안 먹었으니까 조용히 말해라."

재혁은 다시 카메라로 시선을 던졌다. 마사지를 받고 있는 건지 바닥에 내려놓은 카메라엔 별다른 건 보이지 않았다. 그저 지우와 직원이 주고받은 대화가 들릴 뿐이었다.

"퀵 배달원? 이왕 말 나온 김에 직종을 바꿔도 꽤 어울릴 거 같은데."

"농담하지 말고 집중해서 봐요."

재혁은 생각하면 생각할수록 웃음이 났다. 목소리만 들어도 그녀가 발연기를 자랑하고 있다는 것을 알 수 있었다.

"별다른 건 없었어요. 안에 카메라 같은 건 눈 씻고 찾아봐도 보이지 않았구요. 이런 샵에 오는 사람들 대부분이 보통 재력가는 아닐 것 같아요. 중요한 건 그게 아니라 내부를 촬영하긴 했어도 카메라는 찾지 못했다는 거구요."

"우선 서에 가서 자세히 봐야겠어. 피해자가 자신이 촬영된 동영상을 메일로 보냈을 거야. 확인부터 해야겠어."

"한 선배한테는 아직 연락 없죠?"

"여성 전용 마사지샵이라는데 남자 둘이 들어가서 뭘 했겠어."

"그렇겠네요. 아, 그리고 친구한테 이번 건 기사 넘겨주기로 했으니까 딴말하지 말아요."

재혁은 설희의 눈치를 살피곤 고개를 끄덕였다. 특종을 잡았다는 생각에 설희는 그저 싱글벙글 미소가 입가에 떠나지 않고 있었다. 메모리 칩을 받곤 재혁과 지우는 다시 서로 이동했다.

※ ※ ※

역시 재혁의 예상대로였다. 주변을 서성거리며 안에 진입할 수 있는 방법을 생각하다가, 결국 화장실을 사용한다는 구차한 변명으로 겨우 복도를 걸으며 주변을 살펴본 게 다라고 했다. 직원이 없는 틈을 타 마사지 방을 몰래 열어 보았다가 치한이며 변태 소리를 듣다 쫓겨났다고.

"경찰이 이런 소리까지 들어야 되냐?"

뒷덜미를 긁적이며 모욕감이 채 가시지 않는 얼굴로 민수는 투덜대며 지우가 건네는 커피를 마셨다.

"여성 전용 마사지샵이라니. 여기에서 거기 안에 들어갈 수 있는 사람은 강 형사님밖에 없잖아요."

지우는 의기양양한 얼굴로 메모리 칩을 꺼내 보였다.

"그래서 제가 강력 2팀에 필요한 거 아니겠어요?"

"그게 뭐야?"

민수가 지우의 손에 들린 칩을 보며 물었다.

"설마?"

예리한 철민이 먼저 눈치채곤 지우의 손에서 칩을 건네받아 USB 케이블에 연결해 화면을 열었다. 철민 옆에 지우와 민수가 붙어 컴퓨터 모니터를 응시했다. 역시나 그녀의 벗은 몸이 제일 먼저 화면에 등장했다. 당황한 지우가 손으로 모니터를 가렸다.

"웬 야동이야?"

"아씨, 박 형사님 화면 좀 빨리 돌려요."

철민도 당황해서 마우스로 뒤로 넘기는 데 꽤나 애먹는 눈치였다. 눈치 없는 민수는 지우의 벗은 몸을 못 알아보고 영문을 모르겠다는 표정이었다. 지우로서는 그 편이 더 나았다.

그리고 화면은 마사지샵 방으로 이동되었다. 화면엔 아무것도 잡히지 않고 있었다.

지우는 그사이 심각한 표정으로 모니터를 응시하고 있는 재혁에게 다가갔다. 화면엔 피해자 이선주가 속옷만 입은 채 마사지를 받는 화면이 고스란히 찍혀 있었다. 한 방에만 설치한 게 아니라면 피해자는 수십 명, 아니 수백 명이 될지도 모른다는 생각이 들었다.

"카메라 어디쯤 설치된 걸까요? 위에서 찍은 거 같긴 한데."

"글쎄……. 우선 동영상 넘기고 어디서부터 유출되었는지 또 다른 피해자는 없는지 확인해 봐야겠어."

마사지 방 안에 있던 꽃병과 형광등이 정확하게 화면에 보이는 걸 보면, 역시 카메라는 그 속에 있는 것이 아니었다. 재혁은 동영상을 USB에 담아 가지고 사무실에서 나간 후 지우는 다시 철민에게 다가갔다.

"뭐 좀 알겠어요?"

"직접 눈으로 확인해 봐야 알겠는데요."

"직접 본 저도 모르겠는 걸요."

"사이버수사팀에서 무슨 말이 나올지 기다려 보죠."

지우는 고개를 끄덕였다. 자신이 촬영한 동영상이 과연 수사에 도움이 될 수 있을까 하는 생각이 들었다. 지우는 자신이 촬영한 동영상을 돌려보았다. 분명 안에 뭔가 찍혀 있을 것이란 생각이 들었다.

지우는 동영상을 몇 번이고 돌려보다 결국 피곤한 얼굴로 사무실에서 나와 자판기커피를 뽑아 들곤 밖으로 나갔다. 커다랗게 하품을 하곤 벤치에 앉았다. 시원한 바람이 살랑거리며 지우의 까칠한 얼굴을 스치고 지나갔다.

커피를 반쯤 마셨을 때 헤드라이트를 켠 차 한 대가 들어서고 있었다. 멈춰 선 차 운전석에서 재혁의 얼굴이 보였다.

"선배, 어디 다녀와요?"

지우가 가까이 다가가 창문을 두들기며 물었다.

"그냥 여기저기 알아보느라. 넌 밖에서 뭐하고 있었어?"

시동을 끄고 차에서 내린 재혁은 그녀의 손에 들려 있는 식은 커피를 바라보았다.

"그냥 머리가 복잡하고 지끈거리는 게 바람 쐬고 있었어요."

말이 떨어지기가 무섭게 재혁의 큼지막한 손이 지우의 이마를 감쌌다.

"열은 없는데. 혹시 모르니까 감기약이라도 먹어 둬."

무심한 듯 성의 없이 말하는데 왠지 그의 그런 모습이 낯설었다. 원래 이렇게 따뜻한 사람이었나, 싶을 정도로.

"……네."

"뭘 그렇게 넋 놓고 있어? 빨리 안 오면 한 선배가 간식 다 해치워 버릴 거라고."

몇 걸음 걷던 재혁은 손에 든 비닐봉지를 흔들거리며 지우를 향해 말했다. 지우는 금세 눈썹이 휘어지며 부리나케 달려갔다.

"에잇! 그럼 한 선배 미워할 거예요!"

지우는 재혁의 오른손에 들려 있는 검은 비닐봉지에서 맛있는 냄새가 난다는 걸 뒤늦게 깨닫곤 그의 팔에 매달렸다.

❖   ❖   ❖

"지우야, 이제 와? 피곤하지?"

막 집에 온 지우를 따뜻하게 맞이해 주는 사람은 설희였다. 지우의 가방까지 손수 받더니 한쪽에 잘 가져다 놓기까지 한다. 너무 친절해진 설희의 모습에 지우는 적응이 되지 않았다.

"너 무슨 사고 쳤어?"

"사고? 내가 무슨 사고를 쳐."

"그런데 오늘따라 왜 그렇게 친절한 건데?"

자신의 마음을 몰라주는 지우에게 섭섭한 듯 설희는 분홍빛 입술을 내밀었다. 어제까지만 해도 집에 들어와도 기사 쓰느라 시선 한번 주지 않던 그녀였다.

"계집애, 네가 특종기사 따 줘서 고마워서 그러지."

"정말 그것뿐이지?"

계속해서 기사를 달라거나, 그런 것이라면 곤란했다. 지우는 찝찝한 표정으로 설희를 바라보며 확답을 요구했다.

"됐어. 잘해 줘도 지랄이지."

설희는 지우의 겉옷을 받아 들다 휙 바닥에 내동댕이쳤다. 입에서 험한 말이 나오는 걸 보니 정말 '그것' 뿐인 모양이었다.

"알았어. 친구야, 우리 오랜만에 맥주 한잔할까? 내가 나가서 사 올게."

지우가 막 나가려는데 설희가 지우의 발목을 잡았다.

"그럴 줄 알고 내가 사다 놨지."

"역시 우린 천생연분인가 봐."

지우는 주방으로 가서 며칠 전 안줏거리로 사 둔 쥐포를 구웠다. 고소한 냄새가 풍기자 집게로 쥐포를 접시에 담곤 거실로 달려갔다.

탁자에 접시를 내려놓자 설희는 맥주 캔을 따서 지우에게 건넸다. 지우와 설희는 맥주 캔을 공중에서 부딪쳤다. 그리곤 누가 먼저라고 할 것도 없이 맥주를 마셔 댔다.

"으, 시원하다."

지우가 몸을 부르르 떨곤 쥐포를 먹기 좋게 뜯어 입속에 넣었다.

"얼마 전에 경식 아저씨한테 전화 왔었어."

"아저씨가?"

지우는 입가에 묻은 맥주를 손등으로 닦아 내며 반문했다.

"계집애야, 그러니까 전화 좀 받아."

애교 섞인 목소리로 설희가 말했다. 경식과 언성이 높아지고 무슨 말이 오갔는지 알고 있는 눈치였다.

"좀 바빴어."

"정말 그런 거지? 일부러 안 받은 거 아니지?"

걱정 어린 말투로 설희가 재차 물어왔다. 지우는 어쩔 수 없이 고개를 끄덕였다.

"아저씨한테 잘해. 너 그렇게 혼자 되고 얼마나 가슴 아파했는지 알잖아."

"알지. 내가 어떻게 잊겠어."

"네가 입버릇처럼 그랬잖아. 아저씨는 아빠 같은 존재라고."

혼자 된 자신을 지극정성으로 돌봐 준 경식을 지우는 늘 그렇게 여겨 왔다. 한편으로는 솔직히 말해 주지 않는 그가 원망스럽기도 했지만 말이다.

"지금도 그런 거지?"

"지금뿐만 아니라 미래에도 그럴 거야. 그전에 내가 알아야 할 일이 있어."

지우의 확고한 말에 설희의 눈빛이 흔들리고 있었다.

"정말 너……."

망설임 없이 고개를 끄덕이는 지우를 보며 설희는 맥없이 맥주를 들이켰다.

"아저씨가 나한테 부탁한 게 있어. 그런데 아저씨한테 죄송하다고 전화드려야겠다."

굳이 물어보지 않아도 경식이 설희에게 무엇을 부탁했는지 지우는 짐작했다. 9년 전 사건을 더 이상 파헤치지 말라고, 자신을 말려 달라고 부탁했을 것이다.

"네가 왜 형사가 되었는지 아는데 내가 무슨 자격으로 널 말리니?"

"설희야……."

"대신 위험한 일은 하지 마."

설희의 간곡한 부탁에 지우는 지키지 못할 약속이라는 걸 알면서도 힘없이 고개를 끄덕이고 말았다. 형사가 되기로 결심한 후부터 이미 지우는 위험한 일에 발을 들여놓은 거나 마찬가지였다.

※　　※　　※

"이틀 전에 동영상 맡긴 게 있는데 어떻게 되었습니까?"

재혁은 사이버수사팀의 김 경위를 찾아가 물었다. 자신이 맡긴 것 외에 다른 업무가 있다는 걸 알면서도 재혁은 재촉할 수밖에 없었다.

"인터넷 유료 성인 사이트를 확인해 보았는데, 수십 군데에서 이와 비슷한 동영상이 나돌고 있는 걸 확인했습니다. 조회수도 어마어마하더군요. 동영상을 다운받은 사람이 다른 성인 사이트에 유료로 올린 것 같습니다."

김 경위는 각종 성인 사이트 목록을 뽑아 재혁에게 내밀었다. 성인 사이트에 동영상을 올린 아이디까지 있었다.

"상습적으로 여성 전용 마사지샵에 카메라를 설치해 놓고 즐긴 것 같습니다."

김 경위의 말이 이어지자 재혁은 서류를 보다 물었다.

"최초로 동영상을 올린 사람이 분명 있을 겁니다. 혹시 IP 확인 됐습니까?"

"지금 계속 알아보고 있으니 조만간 연락드리겠습니다."

"빠른 시간 내로 부탁드립니다."

이틀이나 지났는데 아직이라니. 재혁은 답답한 마음에 김 경위가 건넨 서류 끄트머리를 구겨질 듯 잡아 쥐곤 사무실에서 나왔다. 성폭행이나 이런 동영상 촬영 전과를 가진 사람 중에 현재 마사지샵을 운영하고 있는 놈이 있는지 철민과 민수가 조사 중이었다. 계속해서 범위를 좁혀 가며 인천에 거주 중인 놈을 추리고 있었지만 쉽지 않은 모양이었다. 강력 2팀 사무실로 다시 들어온 재혁은 마음대로 일이 풀리지 않아 짜증 난 얼굴을 하고 있었다.

"동작감지센서!"

의자를 박차고 지우가 일어나더니 뭔가 알아낸 얼굴로 외쳤다.

"동작감지센서였어요!"

확신에 찬 얼굴로 지우는 재혁을 보며 다시 한 번 말했다. 재혁은 지우의 말에 어리둥절한 얼굴로 바라보다 뒤늦게 입을 열었다.

"그게 뭐?"

"카메라를 어디다 설치했을까 제가 촬영한 동영상을 보면서 생각해 보았는데요, 분명 동작감지센서 안에 있어요."

"그걸 어떻게 확신하지?"

그의 질문에 지우는 피해자 이선주의 동영상을 보여 주며 재혁에게 설명했다.

"동영상이 촬영된 위치에서 보면, 방에 들어오는 입구 위에서 찍은 거란 말이에요. 그리고 제가 촬영한 동영상을 보세요. 방의 위치에서 보면 카메라를 설치할 만한 적당한 건……."

"동작감지센서밖에 없다?"

"빙고."

지우는 갑자기 사건이 술술 풀리는 것 같은 기분에 회심의 미소를 지었다. 탈의실에서 보았을 때도, 방에 들어갔을 때도 동작감지센서에 신경이 쓰이던 그녀였다. 카메라를 숨겨 놓았다면 사람들이 금방 지나칠 만한 곳이 분명하다.

"그걸 어떻게 확인을 한단 말이야?"

"가서 확 뜯어볼까요?"

지우는 금방이라도 마사지샵에 침입해 사고를 칠 것 같은 얼굴을 하고 있었다.

"그랬다가 아니면?"

"아니면……. 그런데 제 생각이 맞았을 수도 있어요."

또다시 지우의 눈동자가 불안하게 반짝였다.

"압수수색 영장도 안 나온 마당에 그걸 어떻게 뜯어."

"시간이 지나면 없애 버릴지도 모르고…… 이왕 말 나온 김에 뜯어봅시다."

참을 수 없다는 듯 지우가 허리춤에 손을 얹고 큰일 날 소리를 하고 있었다. 재혁은 주먹으로 지우의 이마를 살짝 쥐어박았다.

"형사 그만하고 싶어?"

잔뜩 울상을 지으며 지우는 재혁에게 맞은 이마를 양손으로 감싼 채 대답을 하지 못하고 있었다.

"혹시라도 너 거기 가서 동작감지센서 뜯어볼 생각하지 마."

"안 해요."

"단독행동 금지다. 일단 IP 위치 확보되면 그때 움직여도 늦지 않아."

"아, 알았다구요!"

그냥 한번 해 본 소리 가지고 정색하면서 머리까지 쥐어박는 재혁의 행동에 지우는 그만 소리를 질러 버렸다. 그런데 가만히 생각해 보니, 한번 확인해 보는 것도 나쁘지 않을 듯싶었다.

"머리 굴리지 마. 머리 굴리는 소리 여기까지 다 들려."

어떻게 그녀가 어떤 생각을 하는지 안다는 듯, 지우의 머리를 긴 손가락으로 쿡쿡 찌르는 재혁이었다.

"머리 안 굴립니다."

지우는 자신의 생각을 들키지 않은 척하며 사무실에서 나왔다. 그리고 그제야 긴 숨을 내쉬었다.

'귀신같은 인간.'

지우는 속말을 삼키며 지하 매점으로 내려가 캔 커피를 하나 사 들곤 자리에 앉았다. 커피를 한 모금 마시며 지우는 잠시 생각에 잠겼다.

만약 정말 동작감지센서 안에 카메라가 설치된 것이라면…… 자신의 모습도 찍혀 있지 않을까? 더 나아가 그 동영상이 유료 성인 사이트에 나돌고 있을지도 모른다.

거기까지 생각이 미친 지우는, 몇 만 명의 사람들이 자신의 속옷만 입은 모습을 감상하고 있는 걸 상상하다 그만 커피를 뿜고 말았다.

"안 돼!"

매점에 있는 사람들의 시선이 일제히 지우에게 고정되었다. 하지만 지우는 지금 사람들의 시선을 신경 쓸 겨를이 없었다. 오직 지우의 머릿속엔 '동영상'만이 존재하고 있을 뿐이었다. 지우는 사무실로 올라가 다급한 목소리로 철민에게 말했다.

"박 형사님, 확인 좀 해 주세요. 혹시 인터넷 성인 유료 사이트에 속옷만 입은 나체 동영상이 나도는지 말이에요!"

"……예?"

다짜고짜 확인해 달라고 흥분한 목소리로 외치는 지우를 바라보던 철민은 그저 어리둥절할 뿐이었다.

"그러니까 샵에서 나체로 마사지를 받았단 말이에요. 놈이 성인 유료 사이트에 유포했다면, 혹시 제 동영상도 있지 않을까요?"

그제야 지우의 말을 이해한 철민이었지만 당장 확인할 길은 없었다. 성인 사이트가 한두 개도 아닐 뿐더러 자신이 확인하는 데 한계가 있기 때문이었다.

"어쩌죠. 제 선에서 확인하려면 시간이 좀 걸리는데."

"어쩔 수 없죠. 잡기만 해 봐라!"

지우는 얼굴도 모르는 범인을 생각하며 이를 바득 갈았다. 동영상을 찾는 것보다 범인을 찾는 게 오히려 더 빠를 것 같단 생각이 들었다. 사무실 문이 열리면서 재혁이 들어왔다. 재혁은 손에 든 CD를 지우에게 건넸다.

"네가 찾던 거."

"그럼?"

"사이버수사팀에서 피해자들 동영상 다 담아 놓고, 이미 성인 사이트에서 동영상 내리도록 조치 취했을 거야. 신원 확인하느라 동영상 확인하다 네 것도 발견했어."

"그, 그럼 보셨어요?"

"볼 것도 없던데 뭘 그렇게 신경 써."

'결국 봤다는 말이네.'

지우는 화끈 달아오른 얼굴로 제자리로 돌아가는 재혁의 뒤통수만 바라보았다. 무심한 그의 말투가 신경 쓰였기 때문이다. 볼 것도 없다…… 라니.

늦은 저녁을 자장면으로 때우고 난 뒤, 사무실로 전화가 한 통 걸려 왔다.

"강력반 윤재혁입니다."

—사이버수사팀인데요. IP주소 확인되었습니다. 최초 동영상을 유포한 아이디는 'kkm'이고 주소가 명성빌딩 3층 여성 전용 마사지샵으로 되어 있어요.

재혁은 전화를 끊고 민수를 바라보았다.

"kkm이란 이니셜을 쓰는 놈이 있었나?"

재혁은 성폭행으로 구속되었다 최근 석방된 자들 리스트에서 언뜻 본 기억이 났다. 철민은 서둘러 서류를 넘기며 확인했다.

"김강민이에요. 그놈 2년 구치소에 있다가 올해 2월에 석방되었어요. 소재지는 인천이라는 것밖엔 아직 확인 안 됐어요."

"그놈인 것 같은데. 예전에 여자들 상습적으로 성폭행한 뒤 동영상 촬영해서 협박했었잖아."

민수가 철민의 말을 거들었다.

"그럼 일단 선배랑 박 형사는 지점으로 가고, 나랑 진상은 본점으로 가 보자고."

수색팀과 같이 사이렌을 켜고 본점과 지점으로 나눠서 출발했다. 지우는 안전벨트를 매곤 재혁을 노려보았다.

"언제까지 진상이라고 부를 겁니까?"

"자꾸 그렇게 따지면 개진상이라고 부른다."

"개진상? 그건 또 뭡니까? 개처럼 진상 부렸다는 거예요?"

따다다닥, 쉴 새 없이 지우가 따져 댔다.

"술 먹고 개처럼 진상 부렸다고. 됐냐?"

지우는 한 마디 더 하려다 재혁이 운전 중이라는 것을 생각하며 인내했다. 사이렌 소리를 내며 도로를 달리던 차는 명성빌딩 앞에 무자비하게 세워졌다. 그리곤 수색팀과 함께 3층으로 올라갔다. 인포메이션 직원은 당황한 얼굴로 막아섰다.

"공무집행방해로 같이 서까지 가고 싶지 않으면 비켜서시죠."

재혁의 한마디에 직원은 힘없이 물러났다. 난데없이 경찰들이 들이닥쳤다고 사장에게 보고할 틈조차 없어 보였다. 안으로 들어서자 마사지 중인 여성들이 보였다. 그들은 가운으로 몸을 가리기 바빴고, 직원들은 경찰들의 무언가 찾는 행동을 막아설 수 없어 그저 공포에 질린 얼굴들을 하고 있었다. 순식간에 샵 안은 아수라장이 되었다.

재혁은 경찰들과 함께 사장실 문을 열었다.

"컴퓨터 가져가."

재혁의 말이 떨어지자 전선을 뽑아내곤 컴퓨터 본체를 들었다.

"이게 무슨 짓들이십니까?"

예상했던 대로 사장은 김강민이었다. 출소해서 뭐하고 지내나 했더니 고급 마사지샵을 두 곳이나 운영하며 그새 얼굴에 기름이 잔뜩 끼어 있었다.

"요즘 잘 지냈나 보네. 얼굴에 기름칠 좀 했구나."

"남의 영업장에 와서 이게 무슨 소란이십니까?"

"자세한 얘기는 서에 가서 천천히 하자고. 성폭력 범죄 처벌 등에 관한 특례법 위반으로 체포니까 묵비권을 행사하든지 말든지, 변호사를 선임하든지 말든지 마음대로 해라. 연행해."

재혁의 명령에 경찰 두 명이 김강민의 양팔을 단단히 잡곤 사장실에서 나왔다. 그리곤 다시 사장실에서 나와 샵 여기저기를 뒤져 보다 지우가 있는 곳으로 갔다. 지우는 경찰의 도움을 받아 동작감지센서를 뜯어보고 있었다. 그리곤 소형 카메라를 재혁에게 보여 주었다.

"내 생각이 적중했죠."

"이걸 방마다 설치하셨다?"

회수한 카메라만 해도 여덟 개였다. 모두 지우의 생각대로 동작감지센서 안에 장착해 두었다. 지점까지 하면 두 배 정도 되는 카메라가 나올 듯싶었다. 증거물을 모두 회수한 후 다시 서로 이동했다. 김 팀장에게 사건 보고 후, 민수가 취조실로 들어가 두 시간가량 취조 끝에 김강민의 자백을 모두 받아 냈다. 증거가 눈앞에 떡하니 있었기에 김강민의 자백을 쉽게 받아 낼 수 있었다.

"데려다 줄게."

막 서에서 나온 재혁이 지우에게 차에 타라는 손짓을 했다.

"그럼 감사하는 마음으로 탈게요."

지우는 늘 그와 사건을 해결하러 돌아다닐 때 아무 거리낌 없이 올라탔던 보조석에 엉덩이를 붙이고 앉았다. 사건 때문이 아니라 다른 이유로 그의 차에 탄다는 것은 색다른 기분이었다. 그래서 그런지, 아니면 조용한 분위기 때문인지 지우는 긴장감에 가방 끈을 잡고 집에 도착할 때까지 조용히 있었다.

"여기예요."

"늦었는데 들어가라."

"……차 한 잔 하고 가실래요?"

무슨 생각이었는지 지우는 저도 모르게 재혁에게 그렇게 말하고 있었다. 드라마나 영화에서 여주인공은 다들 집에 데려다 주는 남자에게 그렇게 말했다. 물론 재혁과 끈적끈적한 로맨스를 상상하는 것은 결단코 아니었다. 지우는 곧 그 말을 뱉은 걸 후회했다.

'분명 날 이상한 여자로 생각했을 거야. 쉬운 여자로 생각했을지도 몰라.'

후회하고 또 후회하며 지우는 재혁에게 등을 돌렸다.

"빨리 집으로 안내하지 않고 뭐해?"

그 사이 뒤에서 들리는 퉁명스러운 목소리에 지우는 몸을 휙 돌려 재혁을 바라보았다. 지우는 바로 앞에 있는 원룸 건물 안으로 먼저 들어갔다. 후다닥 집 안에 들어가 아침에 출근하면서 어질러 놓은 옷가지들을 치우곤 그를 맞이했다.

"앉으세요."

아담한 거실 탁자 앞에 방석을 내려놓곤 지우가 말했다.

지우는 커피포트에서 펄펄 끓은 물을 컵에 따른 뒤 페퍼민트를 우려냈다.

재혁은 여자 집에 처음 와 보는 것이라 긴장된 얼굴로 집을 살펴보았다. 아기자기한 물건들이 예쁘게 모여 있었다. 그리고 재혁의 눈에 띈 것은 벽에 걸려 있는 제복 입은 중년인의 사진이었다. 마침 지우가 차를 내왔다.

"뭘 그렇게 보세요?"

"네 아버지신가?"

벽에 걸린 사진을 보며 지우가 고개를 끄덕였다.

"어쩐지 닮았군."

"아버지랑 딸이 닮았죠. 새삼스럽게."

지우는 아버지 사진을 보며 말했다. 재혁은 오랫동안 사진을 바라보았다. 뒤늦게 지우의 시선을 의식하곤 재혁은 찻잔을 들었다.

'낯이 익은데……'

"집이 생각보다 깨끗하네."

"더러울 줄 알았어요? 나도 사람인데 정리, 정돈하고 청소하고 살거든요."

"형사질 하는 거 힘들지 않아?"

한 모금 차를 마신 후 재혁이 지우에게 물었다.

"아깐 솔직히 내 알몸 동영상이 수백 명이 본다고 생각하니까 피가 거꾸로 솟는 거 같긴 했어요. 근데 뭐 재밌네요."

지우는 고른 치아를 보이며 미소 지었다. 그 모습에 재혁은 어리둥절한 얼굴로 변했다.

"그래도 아직은 할 만한가 보네."

"뭐 아직까지는요. 헤헤."

저렇게 해맑게 웃는 얼굴 뒤엔 도대체 무슨 사연을 가지고 있는 것일까. 재혁은 웃고 있는 지우의 얼굴을 보며 생각했다. 물어봐도 말해 줄 것 같지 않았다. 아니, 어쩌면 그녀에게 있어 숨기고 싶은 상처일지도 몰라 헤집어 놓을 수가 없었다.

상처. 그게 얼마나 고통스러운 건지 잘 알기 때문이었다.

❖   ❖   ❖

 길거리를 지나다가 단순히 옷깃을 스친 사이가 아니었다면 며칠 동안 내내 마음에 걸리지는 않을 것이었다. 어디선가 본 듯한, 낯익은 인상이다. 선하지만 강한 카리스마가 풍기는 사진 속 지우의 아버지 모습이 계속 떠올랐다. 지우를 처음 보았을 때 그런 생각이 들지 않았던 걸 보면 지우의 아버지는 분명 어디선가 본 적이 있었다.

 며칠째 계속 마음에 걸린 탓에 재혁은 업무에 집중할 수 없었다.

 '누가 또 들어왔었나?'

 누군가 보고 다시 끼워 넣은 흔적이 있었다. 재혁은 제대로 끼워 넣으려다 파일을 꺼내 펼쳐 보았다.

 1993년 4월 12일 사건 기록이었다. 피해자의 이름은 '강민석'으로 되어 있었고 직업은 강력반 형사였다. 보고서에 따르면 지하철역 뒤쪽에서 칼에 복부를 찔려 즉사했다고 한다. 사건 정황으로 봐선 강도와 몸싸움을 벌이다 복부를 칼에 찔려 사망으로 추정된다고 되어 있었다. 거기다 미제 사건으로 남았다.

 그런데 누가 왜 이 사건 파일을 본 것일까? 재혁은 의문을 품고 보고서를 한 장 넘겼다. 사건 당시 피해자의 사진과 주변 사진이 첨부되어 있었다.

 '잠깐……'

 어딘가 익숙한 피해자의 사진에 재혁은 보고서와 사진을 계속 넘겼다. 잘 알지 못하지만 익숙한 사람…… 경찰이 된 이후 찾아다녔지만 이미 세상을 떠난 사람. 누구였지? 그때 재혁의 뒤통수를 때리는 인물이 있었다. 재혁은 다시 보고서 앞장을 넘겨 피해자의 이름을 두 눈으로 확인했다. 강민석…… 강민석. 어디선가 들어 본 이름…….

"……강지우?"

재혁은 등줄기에 소름이 돋았다. 지우의 집에서 제복 입은 남자의 사진을 보고 낯익다고만 생각했다. 그런데 사진 속 경찰이 9년 전 연지의 사건을 담당했던 한충원 형사의 동료라는 사실을 이제야 알아차린 것이다. 한충원 형사의 장례식장에서 유독 서럽게 울던 사람이었다. 그 형사가 기억에 남아 나중에 찾아 연락을 취했지만, 아버지의 딸이라며 울면서 했던 말을 기억했다.

'아빠 돌아가셨어요. 칼에 찔려서…….'

그 여자가 강지우였다니. 세상에.

재혁은 손을 바르르 떨었다.

'누구세요? 아빠와 아는 분이세요?'

흐느끼는 여자의 목소리에 재혁은 대답도 못 하고 그저 전화를 끊을 수밖에 없었다. 그 여자가 지우였다니! 재혁은 놀람과 충격 속에서 헤어 나오지 못했다. 그렇다면 설마 지우는 아버지의 죽음에 대해 알아보고 있었던 것일까. 가끔 서고에 올 때마다 흐트러져 있던 건 사건 파일을 파헤치고 있었기 때문인가.

지금 자신이 얼마나 위험한 일을 하고 있는 것인지 그녀는 모를 것이다. 그동안 고통 속에서 지냈을 텐데 어떻게 씩씩하고 밝은 얼굴을 하고 있는 것이었을까. 속으로 얼마나 울고 있었던 것일까. 자신이 그랬듯 하루하루가 지옥이었을 것이다. 죽고 싶지만 죽을 수 없는 이의 심정을 재혁은 누구보다 잘 알았기에 지우를 떠올리자 측은해졌다.

1993년 4월 12일. 연지가 죽은 지 한 달 뒤에 담당 형사인 한충원 형사가 자살하고 동료 형사까지 그 뒤를 이어 피살되었다니. 이런 기막힌 우연이 있단 말인가. 누구 작품인지 재혁은 짐작할 만했다. 짐작은 가지만, 손에 쥔 증거는 아무것도 없으니 재혁은 답답함이 밀려왔다.

'연지의 사건을 덮기 위해 두 명의 형사가 목숨을 잃다니. 너무 많은 희생을 치렀군.'

거짓된 가면을 쓰고 있는 강진만과 강두원. 살인마 주제에 좋은 일들을 하고 있었다. 장애인 시설에 봉사는 물론, 거액의 돈을 기부하고, 장학재단 설립까지. 내년 대선을 노리고 지금까지 그들이 해왔던 공로들이 분명했다. 하지만 추악한 과거는 지워지지 않는다. 자신이 살아 있는 한 언젠간 반드시 비린내 나는 과거는 밝혀지게 될 것이다.

모두 퇴근하고 텅 비어 있는 경찰서 복도를 걷다 재혁은 밖을 내다보았다. 이곳에 이렇게 서서 밖을 내다본 게 자그마치 5년이었다. 5년 동안 자신은 무엇을 했을까. 무수히 많은 사건을 해결하고 범인을 잡았지만, 정작 잡아야 할 범인은 잡지 못했다.

과연 지우라면 해낼 수 있을까. 자신이 간 길보다 어쩌면 더 고통스러울 수 있을지 모르는 형사의 길을 잘 헤쳐 나갈 수 있을까.

"넌 하지 않았으면 좋겠다."

캄캄한 하늘을 보며 재혁은 혼잣말을 중얼거렸다.

※   ※   ※

　손님들이 빠져나가고 난 뒤 경식과 부인이 빈 테이블을 치우기 위해 분주히 움직이는 모습이 재혁의 눈에 들어왔다. 이내 경식은 허리를 구부리고 불판을 닦아 내다 힘에 부친 모양인지 힘껏 허리를 펴고 있었다. 재혁은 담배를 피우다 반쯤 타다 남은 담배를 운동화로 짓이겼다.
　9년 전, 세상을 떠난 형사의 동료라면 알고 있는 것이 분명 있으리라 재혁은 판단했다. 그는 어쩌면 목격자일 수도, 증인일 수도 있었다. 비장한 얼굴로 가게 안으로 들어서자 경식은 불판을 닦다 다시 허리를 펴곤 말했다.
　"영업 끝났습……. 자네는."
　경식은 재혁을 알아보고 놀란 표정을 지었다. 일전에 지우와 같이 회식을 하러 왔었던 팀원 중 한 명이라는 것을 알아차렸다. 그런데 그가 이 늦은 시간에 무슨 연유로 자신을 찾아왔는지 의문인 얼굴이었다.
　"영업 끝난 것 같군요."
　"그러네만. 이 늦은 시간에 무슨 일로……."
　"물어볼 게 있어서 왔습니다."
　경식은 테이블을 가리켰다.
　"앉게."
　경식이 먼저 앉아서 재혁의 용건이 무엇인지 기다리고 있었다.

재혁은 경식의 맞은편에 앉았다.

"1993년 2월 7일 여대생 피살사건, 아십니까?"

재혁의 말이 떨어지기가 무섭게 경식의 동공이 커졌다. 무릎 위로 올린 손이 부들부들 떨리고 있었다. 그가 어떻게 그 사건에 대해서 아는지, 아니 그것을 왜 물어보는지 경식은 불안한 기분이 들었다.

"어떻게 자네가."

"표정이 변하는 걸 보니 아시는 것 같군요. 제가 사람을 잘 보았네요."

"어떻게 아는 건가."

자그마치 9년이란, 오래전의 사건을 어떻게 알고 와서 묻는 걸까. 경식의 눈빛이 바람처럼 흔들리고 있었다.

"피해자 윤연지…… 의 유일한 혈육이니까요."

경식은 망치로 뒤통수를 한 대 후려 맞은 것처럼 충격받은 얼굴이었다. 재혁의 대답에 경식은 아무런 말을 할 수 없었다. 피해자에겐 가족이라곤 오빠밖에 없었다. 당시 대학생이었던 그 모습이 어렴풋이 기억이 났다. 매일같이 형사들을 붙잡고 다시 조사해 달라고 애처롭게 매달리던 그 모습이 빛바랜 영화의 한 장면처럼 지나갔다.

"자네가 그럼 피해자의 오빠……"

"제 말을 들어 보라고 했잖습니까? 제발 다시 조사해 달라고 매달렸습니다. 그런데 제 말을 들어 주시는 분은 한 분도 없었습니다."

"……"

경식은 테이블 모서리에 시선을 준 채 아무런 대답을 할 수 없었다. 그저 원망 섞인 목소리로 질타를 퍼붓는 재혁의 말을 듣고만 있었다.

"제 말이 거짓 같았습니까? 우스웠습니까? 그래서 여직 미제 사건으로 남아 있는 겁니까?"

"자네."

"우습게도 살인자란 인간은 장학재단의 이사장으로 천사의 얼굴을 하고 있고, 살인을 은폐한 그의 아버지 또한 국민당의 대표로 자리매김하고 있죠. 사람들은 그들이 살인자라는 것을 까맣게 모른 채……."

"그만하게."

재혁의 말을 듣고 있는 것이 괴로운 나머지 경식은 그의 말을 잘라 버렸다. 아비의 죽음 때문에 형사가 된 지우와 마찬가지로 동생의 죽음 때문에 그 또한 형사가 되었단 말인가.

"내 말을 들어 주는 형사가 단 한 명만 있었어도 형사 두 명이 세상을 떠나는 일도 없었을 겁니다."

그게 마치 당신 탓이라며 질타하는 양 들렸다. 자신 또한 동료를 잃는 슬픔을 얻었기에 그렇게 묻어 둔 일을 후회하고 있었다.

"사장님도 알고 계시죠?"

"무얼 말인가."

"강민석 형사 피살사건. 단순히 강도 때려잡다 죽은 게 아니란 걸요."

"……!"

경식은 다시 한 번 동공이 커지며 재혁을 바라보았다.

"누구 작품인지 알고 계실 겁니다."

"난 아무것도 모르네."

경식은 재혁의 집요한 시선을 피하며 단호한 말투로 말했다.

"모르신다구요?"

"난 아무것도 몰라."

경식은 재혁과 눈을 마주하게 되면 자신의 속내를 들킬까 봐 시선을 마주하지도 못했다. 그저 아무것도 모른다는 말만 되풀이할 뿐이었다.

"그자들이 입 막기 위해 한 짓이라는 걸 모르신다구요?!"

기어코 재혁의 언성이 높아졌고, 텅 빈 가게 안은 재혁의 분노에 가까운 목소리로 채워졌다. 주방에서 경식의 부인이 나왔지만 경식의 눈짓에 다시 주방으로 들어가 버렸다.

"가슴뼈 아래 중앙의 오목하게 들어간 곳. 구미(鳩尾)·심와(心窩)·심감(心坎)이라고도 하는 명치 부분을 한 번에 칼에 찔렸습니다. 집이나 털러 왔을 강도가 이런 것까지 아는 건 드문 일이라고 생각하지 않으십니까?"

"안다고 뭐가 달라질 것 같나? 이런다고 그자를 잡을 수 있을 것 같아? 진실을 안다고 뭘 할 수 있을 것 같나?"

"그래서 그만두신 겁니까?"

경식은 그동안 수없이 죄책감에 시달려 왔다. 동료를 잃고 사직서를 냈을 때 자신이 도망치는 것 같아서, 아무것도 할 수 있는 게 없었기에 먼저 간 동료들을 생각하며 죄책감이 들었다.

잠시 옛 동료 생각에 눈을 지그시 감았다가 뜬 경식은 힘없는 걸음으로 냉장고에서 소주 한 병을 들고 와 다시 의자에 앉았다. 뚜껑을 따더니, 경식은 고통스러운 얼굴로 소주 한 병을 들이켜다 탁, 소리가 나도록 테이블 위에 내려놓았다.

"피살된 강 형사의 사건도 재조사를 강력히 주장했지만 팀장님조차 허락해 주지 않았네. 강 형사가 강도를 뒤쫓다 살해된 건 그들의 덫이었어. 하지만 증거는 없었고, 강도를 쫓는 걸 본 목격자도 있었기에 재조사를 하긴 힘들었지. 난 아무것도 할 수 없었네."

"하……"

"위험한 일이네. 한충원 형사의 사건을 재조사하던 강 형사도 목숨을 잃었어. 자네도 그리될 수 있네."

경식은 그에게 충고를 해 줄 수밖에 없었다.

"생각보다 겁이 많으시군요."

"자네."

"겨우 스물한 살이었습니다. 예쁘고 착한 아이였습니다. 하나밖에 없는 동생을 처참하게 죽인 인간이 눈앞에 버젓이 살아 숨 쉬고 있는데, 그만두라니요? 그자의 짓이 확실한데 잡을 수 없었던 제 심정을 아십니까?"

악에 받친 목소리로 겨우겨우 말을 하는 재혁의 심정이 어떨지 경식은 알고 있었다. 하지만 그 심정이 자신이 생각했던 것 이상이라는 것을 알기에 감히 안다고 말할 수 없었다.

"하루하루 사는 게 지옥이지만 그래도 살아야 한다는 사명감을 가지고 살아가는 제 마음을 아십니까? 지금 제가 살아 있는 것처럼 보이십니까?!"

"……."

"죽는 것보다 사는 게 힘들다는 걸 처음으로 깨달았습니다."

재혁의 얼굴에서 지난 고통들이 언뜻 보이는 것 같았다.

"정말 자네."

"악을 품고 경찰이 되었는데도 사장님 말씀대로 할 수 있는 게 아무것도 없네요. 경찰이 되면 뭐든지 다 할 수 있을 줄 알았는데, 눈에 보이는 증거가 없으니……."

"어떤 마음으로 경찰이 되었는지 짐작하네. 그런 녀석이 한 명 더 있으니까."

"강지우 말입니까?"

경식은 다시 소주를 들이켰다.

"그때 목숨을 걸고서라도 재수사를 했어야 했는데."

"아니요. 그전에 제가 찾아갔을 때라도 누구라도 알아봐 주었다면 희생자는 없었을 겁니다. 원망했었습니다. 죽도록 억울했습니다. 왜 아무도 제 말을 들어 주지 않았습니까?! 왜!"

원망의 눈으로 경식을 바라보며 재혁은 절규했다. 원망하고 분노하며 형사가 되었지만, 형사가 된 이후로도 할 수 있는 것이 없어 원망만 쌓여 갔었다.

"그때까지만 해도 몰랐네. 이런 진실이 숨겨 있었다는 걸. 그래, 한 형사가 자기 딸의 목숨값과 진실을 맞바꿨다는 것을. 경찰로서 자부심을 갖던 한 형사가 그런 어마어마한 일을 했을 것이란 것을 말이네. 나도 강 형사가 죽고 나서야 알았으니까."

연거푸 쓴 소주를 들이켜며 경식은 사죄를 하듯 말을 이었다.

"지우 그 녀석에겐 비밀로 해 주게."

"무슨 말입니까?"

"그 녀석이 안다면 무슨 일을 저지를지 나도 장담 못 하네. 혹여라도 그자들이 지우 녀석에 대해 먼저 안다면 무사하지 못할 거야."

경식은 반쯤 열려 있는 가게 문을 바라보다 주변을 살피며 낮게 목소리를 냈다.

"제가 말하지 않는다고 해도 강지우는 알아낼 겁니다. 이미 서고에서 사건 파일을 찾고 있었으니까요."

"이런……. 내가 더 강경하게 말렸어야 했는데."

"그 녀석도 진실을 알 필요가 있다고 생각합니다. 적어도 자신의 아버지가 왜 목숨을 잃었는지는 알아야 하지 않겠습니까?"

"무모한 녀석이 무슨 짓을 할 줄 알고? 지우가 잘못되기라도 한다면 죽어서 강 형사 얼굴을 볼 면목이 없어."

재혁은 말없이 자리에서 일어났다. 역시 자신이 예상했던 대로 일이 돌아가고 있었다. 이미 예상했던 진실인데, 진실을 알고 난 후에도 자신의 마음은 편치만은 않았다. 몰랐으면 더 편했을까?

운전석에 탄 재혁은 운전대를 잡고 한동안 가게를 바라보았다. 경식이 유일하게 이 사건에 대해 알고 있는 사람일지도 모른다. 너무 많은 것을 알아 버린 기분이었다. 지우가 장례식장에서 목 놓아 울던 형사의 딸이었다니. 거기다 그녀도 자신처럼 진실을 찾기 위해 형사가 되었다는 것에서 자신과 닮은 구석이 많다는 것을 느꼈다. 그녀에게 진실을 말해 주어야 할까?

다음 날.

재혁은 오래된 상가건물을 흘깃 올려다보았다. 1층엔 슈퍼마켓이 있었고, 2층엔 '심부름센터'라는 낡아 빠진 간판이 붙어 있었다. 자신이 찾은 정보에 의하면 출소한 '꺽새'는 여기서 심부름센터를 운영하고 있는 걸로 되어 있었다. 말이 심부름센터지, 불법 흥신소나 다름없었다. 2층 계단을 올라간 재혁은 주먹으로 문을 두들겼다.

"의뢰하려고 왔습니다."

재혁의 말이 끝나자, 문이 열리는 소리가 들렸다. 재혁은 그대로 문고리를 있는 힘껏 잡아당겼다. 그러자 덩치 큰 놈이 앞으로 튕겨 나왔다.

"으악!"

덩치 큰 사내의 괴성을 듣고 나온 꺽새는 재혁을 보고 흠칫 놀란 표정으로 변했다.

"형님, 여긴 어떻게."

"형님? 내가 네 우두머리도 아닌데 무슨 형님이야?"

안으로 들어온 재혁은 내부를 살폈다. 책상 두 개에 컴퓨터 한 대, 그리고 탁자와 소파가 배치되어 있었고, 촌스러운 전화기가 놓여 있었다. 재혁은 자연스럽게 소파에 앉았다.

"꺽새, 요즘 사업 잘되나 보네?"

"그, 그냥 그렇죠, 뭐. 하하. 그런데 여긴 어쩐 일이십니까?"

잔뜩 긴장한 꺽새는 재혁 옆에 서서 착한 포즈를 취하고 있었다. 가지런히 포갠 양손을 배꼽에 대고 있었다. 검은 양복에 두꺼운 금목걸이를 하고 있는 겉모습과 사뭇 어울리지 않았다.

"어쩐 일은? 그런데 어째 심부름센터 홈페이지에서 대표자의 인적사항을 못 본 것 같다?"

"네? 그게 무슨 말씀이십니까?"

"거기다가 얼마 전에 사건 의뢰받고 계약금 오백만 원 받아 챙겼다며?"

재혁은 꺽새의 사업에 대해 은밀히 뒷조사를 했다. 역시 불법 흥신소를 운영하고 있었다. 거기다 홈쇼핑 개인 인적사항까지 빼돌렸으니 출소한 지 6개월도 안 돼서 다시 쇠고랑을 차게 생긴 셈이었다.

"손 털고 깨끗하게 살고 있습니다. 뭐하냐, 형사님 커피 한 잔 타 드리지 않고."

꺽새의 명령에 덩치 큰 사내는 잽싸게 일회용 커피를 타다 재혁에게 바쳤다. 재혁은 커피를 한 모금 마시며 꺽새를 쳐다보았다.

"손 털고 깨끗이 살고 있다고?"

"네네. 그럼요."

"그럼 한번 먼지 안 나오나 털어 볼까?"

커피를 탁자에 내려놓고 재혁이 일어나려는데 꺽새가 재혁의 팔을 붙잡고 늘어졌다.

"형사님, 한 번만 봐주십시오."

거의 울 듯한 얼굴로 꺽새가 재혁에게 매달렸다. 재혁은 '걸려들었다'는 얼굴로 회심의 미소를 지었다. 그리곤 점퍼 안주머니에서 사진 한 장을 꺼내 꺽새에게 보여 주었다.

"일주일 준다."

"설마……."

"조사 좀 해 줬으면 좋겠는데."

꺽새는 사진 속 남자를 자세히 쳐다보곤 놀란 표정으로 재혁을 바라보았다.

"전 못 합니다. 명성 장학재단 이사장 뒷조사라니요?"

"그럼 다시 친구들 곁으로 가고 싶어? 이제 슬슬 추워질 텐데."

"형사님, 그러다 저 잘못되기라도 하면……."

지난 지옥의 시간들을 떠올린 꺽새는 이도 저도 선택하지 못하는 처지가 되었다.

"걱정 마라. 너 잘못되게 내가 안 놔둔다. 약속한다. 일주일 뒤에 다시 보자고."

재혁은 덩치 큰 놈의 어깨를 두어 번 두들기곤 밖으로 나왔다. 자신이 직접 나서서 강두원과 강진만을 주시한다면 그들의 덜미를 잡게 될지도 모른다는 생각이 들었다. 꺽새라면 분명 그들에게 들키지 않고 자신이 부탁한 일을 해낼 것이라 재혁은 생각했다. 어쩌면 이미 그쪽에서 움직여 자신의 주변을 맴돌고 있을지도 모른다.

❖   ❖   ❖

어렵게 알아낸 한충원 형사의 부인 연락처와 주소가 적인 메모지를 바라보았다.

아버지의 이름을 말하면 그녀는 자신을 알아볼까? 병원에 입원 중인 딸이 있다고 예전에 얼핏 들은 기억이 났다. 그 아이 지금 어떻게 되었을까. 유서엔 심장이식자가 언제 나올지 몰라 죽음을 기다리고 있는 딸을 위해서라고 적혀 있었다. 딸을 위해서 한 형사가 무슨 일을 했는지 어쩌면 그 부인은 알고 있을지도 모른다는 판단을 했다.

고민 끝에 지우는 메모지에 적힌 주소를 찾아갔다. 오래된 집들이 무수히 많이 어우러진 주택가 골목 계단을 한참 올라간 끝에 지우는 집을 찾을 수 있었다. 막상 도착해 놓고 지우는 초인종을 누르려는 손끝에 잠시 힘을 뺐다. 하지만 곧 지우는 초인종을 누르곤 안에서 누가 나오길 기다렸다.

"누구세요?"

삐걱하고 대문이 열리자 예전에 보았던 그녀의 얼굴이 얼핏 보였다. 그동안의 노곤함이 그대로 얼굴의 잔주름에 나타난 듯했다.

하지만 정작 그녀는 자신을 알아보지 못하는 것 같았다. 그럴 만도 했다. 벌써 시간이 한참 지났으니. 아마 길거리에서 어깨를 스치고 지나갔다면 알아보지 못했을 것이다. 지우는 한참 뒤에서야 고개를 숙였다.

"안녕하세요. 강지우라고 합니다."

"강지우? 누구신지······."

"한충원 형사님이 남편 되시죠?"

남편의 이름을 듣자 그녀의 동공이 커졌다. 이미 오래전 세상을 떠난 남편의 이름을 듣는 게 괴로운 듯 보였다.

"이미 오래전 스스로 목숨을 끊는 사람은 왜 찾나요?"

"제가 뵈러 온 사람은 이진숙 씨입니다. 아주머니를 뵈러 왔어요."

"나를요?"

진숙은 의외란 듯 지우에게 반문했다.

"저희 아버지 성함은 강 민 자 석 자 되십니다. 한충원 아저씨의 동료였죠. 저희 아버지도 오래전에 돌아가셨구요."

"……강 형사님 딸이니?"

지우는 고개를 끄덕였다. 그제야 지우를 알아본 진숙은 한 손으로 입을 막은 채 눈시울을 붉혔다. 지우를 안으로 맞이하곤 따뜻한 차를 내왔다.

"정말 오랜만이구나."

"그러게요. 그동안 어떻게 지내셨어요?"

"그 사람 죽기 전까지 집안일만 하던 내가 할 줄 아는 게 뭐 있었겠니. 식당에서 설거지나 하는 것밖에."

그동안 고단했던 생활들을 떠올리며 진숙은 차를 들었다.

"따님이 있지 않으셨어요? 그땐 초등학생이었던 것 같았는데. 많이 컸겠어요."

"수정이 말이야? 벌써 고3이야. 야간자율학습 한다고 매일 밤늦게 와."

"고3이면 한창 공부할 때죠."

지우는 따뜻한 김이 나는 찻잔을 어루만졌다.

"그런데 어떻게 날 찾아올 생각을 했어?"

"그냥 문득 생각이 나서요. 아빠가 그리웠나 보죠, 뭐."

지우는 어색하게 미소 지었다. 그렇게 풍족하게 사는 것 같지 않지만 그래도 입에 풀칠은 하고 사는 듯했다. 그 아이가 벌써 열아홉 살이라니. 병원비도 없어서 쩔쩔매던 모습이 지금도 눈에 선한데, 막대한 수술비는 어떻게 마련했던 걸까.

"강도 잡다가 목숨 잃었다는 소식 들었어. 하지만 남편 잃고 병원에 입원 중인 딸 사이에서 제정신이 아니라 찾아가 보질 못했어."

"아주머니 마음 이해해요. 그런데 수정이는 심장이식수술받고 건강해진 거예요? 제 기억으론 심장이 안 좋았던 것 같은데."

"……으, 응. 그렇지."

지우의 시선을 피하며 진숙은 입술을 꾹 다물었다. 지우는 그 모습에 그녀가 무언가 숨기는 게 있다는 생각이 확고해졌다.

"뭐죠, 숨기는 게."

"숨기다니……."

"그래요. 어릴 적엔 아주머니가 너무 갑작스럽게 이사 가신 게 어떻게 보면 당연하다 생각했어요. 저 같아도 남편이 자살한 집에서 살 수 없었을 테니까요."

지우는 비장한 얼굴로 말을 이었다.

"그런데 참 이상하죠? 매달 병원비 체납 때문에 독촉받았던 아주머니 형편에 막대한 수정이 심장이식수술비는 어떻게 마련하신 거죠? 지금도 기억해요. 아빠가 한 형사님 아이가 아프다고 수술비 보태 쓰라며 봉투 드린 거."

지우의 말을 듣는 내내 눈물을 참기 힘든 표정으로 변했다.

"너도 내가 남편 이름으로 보험 들어 놓았다고 생각하니?"

"네?"

"아이 아빠 죽고 장례 치르는데 서랍에서 통장 하나를 발견했어. 어마어마한 돈이 들어 있더구나. 그리고 얼마 지나지 않아 수정이와 맞는 심장이식자가 나왔어. 당장 수술하지 않으면 남편 잃고 자식까지 잃게 생겼어. 그래, 그 사람이 어떻게 마련한 돈인지 중요하게 생각하지 않았어. 당장 수정이가 죽게 생겼으니까. 그 후로 동네에서 남편 이름으로 보험 들어 놓고 죽인 게 아니냐는 소문이 돌더구나. 그래서 한밤중에 도망치듯 이사했다."

손수건으로 눈물을 훔치며 진숙은 힘겹게 털어놓았다.

"아주머니……"

"내가 왜 이런 말까지 너에게 해야 되는지 모르겠다."

"통장이라고 하셨어요? 통장…… 이요?"

한충원 형사는 사건을 은폐하는 조건으로 딸의 목숨값을 받은 것이었을까. 딸을 살리기 위해서 해선 안 될 일을 한 것이 아닌가 하는 생각이 지우의 뇌리를 스쳤다.

"아저씨가 돌아가시기 전에 이상한 행동은 보이지 않았나요? 혹시 누굴 은밀히 만난다든가……"

"자세히는 기억 안 나지만 늦은 밤에 누구랑 전화 통화하는 것 같았어. 그리고 계속 미안하단 말만 되풀이한 걸 보니 자살하려고 마음먹고 미안해서 그랬나 싶어. 그런데 오래전 일을 갑자기 왜 묻는 거니?"

"혹시 아빠 죽음과 연관이 있지 않을까 싶어서요."

"강 형사님은 강도 잡다 그렇게 된 거 아니었니?"

지우는 씁쓸한 미소를 지었다. 아버지가 정말 강도를 잡다 목숨을 잃은 것이라면 좋았을 텐데, 라는 생각이 들었다. 그게 진실이었으면 이렇게 오래전에 아문 상처를 건드리지 않아도 될 테니 말이다.

"혹시 기억나시는 거 있으면 연락 주세요. 부탁드릴게요."

지우는 진숙에게 명함을 건넸다. 진숙은 인천 서부 경찰서 강력 2팀이라고 적혀 있는 명함을 보곤 놀란 얼굴로 지우의 얼굴을 바라보았다.

한충원의 집에서 나와 계단을 내려가는 지우는 긴 숨을 내쉬었다. 드디어 결국 한 걸음 내디뎠다. 겨우 알아낸 건 한충원 형사가 사건을 은폐하는 조건으로 누군가에게 수정이의 수술비 명목으로 거액의 돈을 받았다는 것뿐이었다. 이것을 알아내는 데 9년이란 시간을 허비했다.

앞으로 모든 일들이 다 잘될 것만 같아서 지우는 길거리에서 춤이라도 추고 싶은 심정이었다. 지우는 설희에게 전화를 걸었다.

"오랜만에 외식이나 할까? 막창에 소주 어때?"

―어쩌지? 나 오늘 야근인데……. 참, 네가 사건 제보해 준 덕분에 보너스 두둑이 받았으니까 주말에 삼겹살, 아니지 쇠고기로 기름칠 좀 하자구.

"정말? 잘됐네. 간만에 쇠고기로 기름칠할 생각하니까 신난다. 쉬엄쉬엄하고 이따 집에서 봐."

설희의 기사는 이미 인터넷 메인에 올라가 있었다. '몰카로 마사지 여손님 나체 촬영한 30대 사장 적발'이라는 기사 제목이었다. 오랜만에 편집장에게 받은 보너스가 기분이 좋은 모양인지 설희의 목소리가 평소보다 업되어 있었다.

야근이라는 설희의 말에 서운한 얼굴로 전화를 끊은 지우는 발길을 멈추었다. 경식이 떠올랐지만 아무렇지 않은 척 그의 가게에 가서 혼자 소주 한 병 사 마시자니 청승 떠는 것 같아 영 내키지 않았다.

그렇다고 집에서 마시자니 실연당한 여자 같아 싫었다. 택시 정류장에서 목적지를 정하기 위해 생각하던 중, 오늘 하루 종일 보이지 않았던 재혁이 떠올랐다. 파트너인 자신에게 가타부타 말도 없이 휴가를 낸 재혁이 영 괘씸하지만, 지우는 목적지를 재혁의 집으로 정했다. 그가 집에 있을지 없을지 장담 못 하지만 지우는 소주에 치킨을 사 들고 그의 집으로 향했다.

"아무도 없나?"

안에 인기척 소리도 들리지 않고 불이 꺼져 있는 걸 보니 날을 잘못 잡은 듯했다. 하기야 휴가를 내고 집에 있을 리 없었다. 연락이라도 미리 하고 올 걸, 하고 뒤늦은 후회를 하며 마루에 엉덩이를 붙이고 앉아 고개를 들고 하늘을 보았다. 캄캄하고 어두운 도심의 하늘엔 아무것도 보이지 않았다. 그렇게 남의 집 마루에 허락도 없이 앉아 혼자 하늘을 보고 있은 지 얼마나 지났을까. 누군가 계단 올라오는 소리가 들렸다.

"너 여기서 뭐하냐?"

지우를 보고 놀란 듯 재혁이 물었다.

"치킨 먹어요."

지우는 대답 대신 비닐봉지에서 치킨과 소주를 꺼냈다. 부스럭부스럭, 비닐을 벗겨 내고 소주 뚜껑을 따는 소리를 가만히 듣던 재혁은 마루에 걸터앉았다.

"왜 여기서 치킨을 먹는데?"

"혼자 먹으면 맛없으니까."

"혼자 먹나 둘이 먹나 치킨 맛은 똑같거든."

소주를 반쯤 따른 종이컵을 재혁에게 건네곤 지우는 먹음직스러운 치킨을 입에 물었다.

"궁합이 안 맞는데? 치킨엔 맥주지, 소주라니."

치킨과 소주를 번갈아 가며 보던 재혁이 인상을 구겼다.

"원래 치킨엔 소주가 제격이랍디다."

"네가 소주 마시고 싶은 건 아니었냐? 치킨도 먹고 싶고, 그렇다고 소주도 포기할 수 없고. 그런 상황 아니었냐고."

"귀신이네, 정말."

"오늘 휴가인 사람 집엔 왜 쳐들어왔어?"

재혁은 쓴 소주를 한 모금 마시며 물었다.

"아직 집 안은커녕 신발장 구경도 못 했거든요. 그저 마루 몇 시간 빌린다고 닳나?"

"여기까지 엄연히 내 공간이거든?"

"오늘 좋은 일이 있거든요. 그래서 설희랑 같이 술 한잔하려고 했더니 야근이라네요. 혼자 술 먹으면 술맛 떨어져서 싫어서요."

말론 좋은 일이라는데 표정은 그렇지가 않았다. 목소리가 축 가라앉아 있고, 여전히 지지 않으려고 꼬박꼬박 말을 받아치는데도 술을 삼키는 지우의 표정은 복잡 미묘했다.

"무슨 좋은 일인데? 나도 좀 알자."

"나중에 말해 줄게요. 지금은 아직 성과를 얻은 게 아니니까요."

재혁은 지우가 스스로 뭔가 일을 꾸미고 있다는 생각이 들었다.

"뭘 하는지 모르겠지만, 위험한 일은 하지 마라."

재혁의 말이 떨어지자 지우의 시선이 재혁의 얼굴에 닿았다.

"네 얼굴 굉장히 심각해 보여."

"마치 내 속에 들어왔다 나간 것처럼 말하네."

그녀의 얼굴에서 자신과 같은 상처가 보였다. 가족을 잃은 슬픔과 분노가 그대로 전해졌다. 지우는 벌떡 일어나 젓가락 한짝을 들고 입술을 떼었다.

"목이 메인 이별가를 불러야 옳으냐 돌아서야 이 눈물을 흘려야 옳으냐……."

아버지가 좋아하던 노래였다. 노래방에 가면 늘 어김없이 부르던 노래였다. 아버지가 보고 싶어 지우는 그 노래를 불렀다.

"분위기 침체되게 왜 이렇게 곡을 못 뽑나?"

금방이라도 눈물을 흘릴 것 같은 지우의 얼굴을 보고만 있을 수 없어 재혁이 젓가락을 들고 일어났다.

"잊지 못할 빗속의 연인, 그 여인을 잊지 못하네. 노오란 레인코트에 검은 눈동자 잊지 못하네."

다리 한쪽을 거들먹거리며 재혁은 김건모 흉내를 내고 있었다.

지우는 그 모습에 웃음이 터져 손뼉을 치며 웃어 댔다.
"명곡을 망치다니. 선배, 어디 가서 노래하지 말아요!"
지우의 말에도 재혁은 계속해서 김건모의 빗속의 여인을 열창했다. 노래엔 취미가 없는지라 사람 앞에 잘 부르지도 못하는 노래를 부르는 자신의 모습이 썩 개운치 않았지만, 지우의 웃는 모습에 재혁은 계속 노래를 부르고 있었다.

6
진실은

신고를 받고 출동한 사고 현장은 처참하게 불에 타 아무것도 남아 있지 않았다. 한 연립주택 4층 화재 신고를 받고 먼저 출동한 소방관의 말에 따르면, 안에서 아무런 인기척이 들리지 않아 결국 문을 부수고 안으로 들어갔는데 안방에 시신이 있었다고 했다.

고온에 오랫동안 노출된 시신의 근육이 수축하면서 일어나는, 일종의 열강직 현상이 나타났다. 보통 사람의 몸은 펴는 근육(신근)보다는 당기는 근육(굴근)이 더 발달해 있기 때문에 그만큼 열강직 현상도 당기는 근육에 많이 나타난다.

불에 탄 시신의 나이는 대충 30대로 추정이 되었다. 거기다 복부에 여러 번 칼에 찔린 흔적이 있는 것으로 보아 범인은 자신의 흔적을 지우기 위해 불을 낸 것 같았다.

"그런데 이 냄새는 뭐지?"

재혁은 아까부터 진동하는 화장품 냄새에 인상을 쓰고 있었다. 화재로 다 타 버린 집 안에 화장품 냄새가 진동한다는 게 뭔가 이상하기도 했다.

"여자 화장품 냄새인 것 같은데요."

지우가 냄새를 맡았는지 말을 받아쳤다.

"그니까 그 냄새가 왜 나는 거냐고."

"선배님, 이거인 거 같은데요?"

철민이 뚜껑이 열린 화장품을 재혁에게 건넸다.

"이거 곳곳에 뚜껑 열린 채로 있던데?"

감식반과 다른 곳을 조사 중이던 민수가 집 안으로 들어왔다.

"다른 곳에?"

"안방하고 작은 방, 그리고 거실에도 있던데."

"감식반에서 모두 수거했습니다."

재혁은 고개를 끄덕였다. 왜 이렇게 로션 뚜껑을 열어 놓은 걸까.

"문을 강제로 연 흔적이 없는 걸로 보아선 면식범에 의한 살인 아닐까요?"

"피해자와 아는 사람이거나 집 키를 가지고 있는 사람……."

재혁은 범인이 화재를 일으키고 유유히 현장을 빠져나갔다는 걸로 봐, 정상인이 아닐 거라 생각했다. 빌라가 꼭대기 층이라 옥상과 연결되어 있긴 하지만, 지붕이 너무 가파르고 위험해서 현관문 이외에 나갈 곳은 없다고 판단했다.

사건 현장 조사를 마치고 다시 사무실로 복귀해 사건 브리핑을 시작했다.

"이름 강지희, 올해 서른한 살, 직업은 회사원이구요. 가족이라고 해 봤자 결혼한 언니 한 명밖에 없었습니다."

사진 속 피해자는 화재로 훼손된 모습과는 달리 야무지고 똑똑하게 생긴 여성이었다. 서른한 살이란 젊은 나이에 숨진 여성에겐 무슨 사연이 있는 걸까.

"사건 현장에 놓여 있던 로션을 조사한 결과, 발화 지점에서 발견된 에틸알코올과 같은 성분입니다. 범인은 피해자를 흉기로 수십 번 찔러 살해한 뒤 흔적을 지우기 위해 에틸알코올이 들어간 화장품을 집 안 곳곳에 뿌린 뒤 불을 붙였습니다."

이제야 사건 현장에 진동하던 화장품 냄새의 원인이 밝혀졌다. 영악하게 에틸알코올 성품이 들어간 화장품을 집 안에 뿌려 불을 붙일 생각을 하다니.

"강제로 문을 연 흔적도 없었고, 옥상과 연결되어 있는 문이 있긴 하지만 지붕이 워낙 가파르고 높아서 옥상으로 나간 것 같진 않습니다. 피해자를 살해하고 집 안에 불을 붙인 뒤 문을 열고 나간 것이라면 면식범에 의한 살인일 거라 생각합니다."

"용의자는?"

김 팀장의 질문에 화면이 바뀌면서 두 사람의 모습이 나타났다.

"면식범이라는 가정하에서 현재 용의자는 두 명입니다. 피해자의 회사 선배 김문식, 피해자의 친구 윤미주입니다."

"이유는?"

"김문식은 피해자의 옛 회사 선배인데 끈질기게 피해자에게 구애를 했었다고 합니다. 피해자가 만나 주지 않자 집 앞에서 몇 시간씩

기다리는 등의 스토커 기질이 다분했습니다. 그리고 윤미주는 피해자의 대학 친구로, 몇 달 전 피해자에게 3천만 원을 빌렸다고 합니다. 전후 사정으로 볼 때 두 사람이 현재 가장 유력한 용의자라고 판단됩니다."

철민의 사건 브리핑이 끝나자 김 팀장이 입을 열었다.

"용의자 알리바이 하루속히 확인하고. 그나저나 아주 머리가 나쁜놈이군."

"무슨 말입니까, 팀장님."

"불을 낸다고 증거가 지워질 거라고 생각하다니."

범행 현장에 불을 지르는 범인들은 화재와 함께 증거가 될 만한 모든 것이 날아갈 것이라고 생각하는 경우가 많다. 하지만 오산이다. 방화든 실화든 화재 현장에 완전 연소가 일어나는 일은 드물다. 알코올이나 휘발유 등 인화성 물질도 바닥이나 벽 틈에 모두 연소되지 않은 채 남아 있는 경우가 많았다. 그리고 그 속에서 증거물이 고스란히 나오기 때문에 오히려 자신의 흔적을 남기게 되는 셈이었다. 역시 형사질 20년차인 김 팀장은 속일 수가 없었다.

"현재 피해자의 휴대폰을 추적 중인데 쉽지가 않습니다. 놈이 가져간 것 같은데 휴대폰 전원이 계속 꺼져 있습니다."

재혁의 말에 김 팀장은 깊은 숨을 내쉬었다.

"알았네. 용의선상에 오른 두 사람 외에 제3자일 가능성도 있으니 집 주변으로 탐문 조사 실시해."

"알겠습니다."

사건 브리핑이 끝난 후 회의실에서 나와 시간을 확인하자 점심시간이 다 되었다. 민수는 피곤한 얼굴로 재혁의 어깨를 쳤다.

"또 저번처럼 연쇄는 아니겠지?"

"속옷 몇 벌이나 미리 챙겨 와. 저번처럼 이틀씩 입지 말고."

재혁의 핀잔에 민수의 얼굴이 처참하게 구겨졌다.

"이러니 내가 지금까지 장가를 못 가는 거야. 박철민, 너도 잘 생각해라. 내 꼴 나지 말고."

"걱정 마십시오. 선배님들처럼 처량하게 혼자 외로이 늙진 않을 테니까."

그들을 번갈아 보며 이죽대는 철민의 모습에 민수는 그의 뒤통수를 냅다 갈겼다.

"이그, 저 자식을 그냥."

"가서 밥이나 먹고 시작하자고."

아옹다옹하는 철민과 민수의 등을 사무실 밖으로 떠밀며 재혁이 말했다. 지우는 사무실 책상 위에서 시끄럽게 울려 대는 휴대폰을 집어 들었다. 발신번호에 설희의 이름이 찍혀 있는 걸 확인하곤 전화를 받았다.

"응, 나야."

―나와. 점심 먹자.

보너스를 받았다는 말을 할 때와 같이 설희의 기분은 좋아 보였다. 그런데 다짜고짜 나오라니.

"경찰서 앞이야?"

―빙고. 십 분째 기다리고 있어. 바로 나와야 해.

지우는 전화를 끊곤 사무실 밖에서 기다리고 있는 재혁에게 미안한 얼굴을 했다.

"한 선배랑 같이 식사하세요. 지금 경찰서 앞에 친구가 와서 점심 먹고 올게요."

"그래, 그럼."

재혁은 먼저 지하 식당으로 내려간 민수와 철민을 뒤를 따랐다. 재혁은 계단을 내려가다 밖으로 뛰어나가는 지우의 뒷모습을 바라보았다.

"갑자기 무슨 바람이 불어서 연락도 없이 경찰서 앞까지 왔어?"

"취재 갔다가 사무실로 들어가는 길에 너랑 같이 점심이나 할까 해서 왔지."

지우의 팔짱을 끼고 설희가 웃었다.

"아침부터 사건 터져 돌아다녔더니 배고프다. 밥 먹으러 가자."

경찰서에서 얼마 떨어지지 않은 곳의 설렁탕집에 들어온 지우는 주인아주머니께 반갑게 인사하곤 자리에 앉아 설렁탕 두 그릇을 주문했다.

"그런데 또 무슨 사건?"

"이번엔 기사 안 줘, 안 돼."

점원이 갖다 준 물수건으로 손을 닦은 뒤 지우가 컵에 물을 따르며 단칼에 말을 잘랐다.

"기사 안 써."

"10년 우정을 걸고 맹세할 수 있어?"

"10년 우정뿐만 아니라 기자 명예를 걸고 맹세할 수 있어."

뜨거운 김이 모락모락 나는 설렁탕에 뿌리던 고춧가루를 설희에게 건네며 지우가 말했다.

"연립주택 4층에서 불이 났어. 그런데 안에 시신이 있더라구. 피해자에게는 흉기로 수십 번 찔린 흔적이 있고, 범인이 자신의 흔적을 지우기 위해 아무래도 화재를 낸 것 같아. 혼자 사는 여성을 노린 강도짓이 아닐까 생각했는데……."

지우는 의문이 풀리지 않은 얼굴로 설희를 바라보았다.

"생각했는데?"

"현관문을 억지로 연 흔적도 없고, 그렇다고 옥상 문으로 나가기엔 지붕도 워낙 가파르고 위험해서 화재를 내고 이성을 차리며 천천히 한 발 한 발 내딛으며 나갔을 리는 없어. 내가 범인이라면 허둥지둥 얼른 사건 현장에서 벗어나기 바빴을 테니 말이야."

"그럼 현관문으로 도망갔다는 얘기?"

"지금으로선 면식범으로 의견을 좁히긴 했는데 말이야. 저번처럼 또 연쇄일 리는 없겠지?"

피곤 가득한 얼굴로 지우는 설희에게 의견을 물었다.

"근데 범인 참 대범하다."

"대범하다니?"

설렁탕을 한입 떠먹으며 설희가 의아하다는 듯 물었다.

"사람을 죽이고 화재까지 일으킨 사람이 대범하게 현관문으로 도망쳤잖아."

"옥상은 아무래도 위험하니까."

"정말 현관문으로 도망쳤을까?"

설희는 마치 추리소설가처럼 사건을 추리하고 있었다. 의미심장한 설희의 말에 지우는 의문이 생겼다. 아니다, 분명 감식반도 그렇고 선배들도 현관으로 도주했을 거라고 했으니 더 이상 생각하지 않기로 했다.

"그런데 넌 기분 좋아 보인다? 고새 보너스를 또 받았을 리는 없고."

"드디어 해냈어!"

밥 먹던 수저를 들곤 설희는 감격에 젖은 표정을 하고 있었다.

"무슨 일인데? 승진했어?"

"아니, 아니, 명성 장학재단 이사장 인터뷰를 따냈다고!"

지우는 순간 얼어붙었다. 그리고 수저를 들고 있던 손에 저도 모르게 힘이 빠지는 걸 뒤늦게 느꼈다. 그녀는 떨어뜨린 수저를 뒤늦게 바닥에서 줍곤 애써 아무렇지 않은 척했다.

"누구 인터뷰?"

하얗게 질린 지우의 얼굴을 보며 설희가 걱정스런 목소리로 물었다.

"명성재단 이사장 말이야. 너 어디 안 좋아?"

"아, 아니야. 괜찮아. 명성 장학재단 이사장이라면 강……두원 이사장이었나?"

"응. 넌 유명한 명성 장학재단 이사장님이 누군지도 모르니?"

명성 장학재단 이사장이 여대생 피살사건의 유일한 용의자였다는 사실을 설희는 알고 있는 걸까. 비밀에 부친 사건이라면 아무리 기자라고 해도 설희가 알 리가 없었다.

"너 혹시 오래전 살인사건의 용의자가 강두원 이사장님이었다는 건 알고 있니?"

"아, 그 사건 말이야? 공원에서 여대생이 살해당했다지, 아마?"

설희는 아무렇지 않은 듯, 마치 재미있는 연예인 기사에 대해 떠들듯 입을 열었다.

"알고 있었어?"

"선배 말론 강 의원님을 음해하려고 다른 당에서 강 의원의 아들인 강두원 이사장님에게 죄를 뒤집어씌우려다 실패한 거라던데? 그때 당시 강두원 이사장님은 아마 명성 장학재단 이사장이 아니라 감사로 있었을 거야. 하지만 결국 증거불충분으로 불기소처분되고 미제 사건으로 남았다고 하던데? 강두원 이사장님 인터뷰한다고 사전 조사하느라 쥐꼬리만 한 월급 선배들 점심값으로 다 날아가 버렸다구."

설희는 씩씩대며 식은 설렁탕을 마저 먹었다.

"선배들한테 들은 얘기 확실한 거야?"

"모르긴 몰라도 나보다 오래 일한 선배들 얘긴데 확실한 거겠지? 나도 따로 이사장님에 대해 조사해 둬야지."

지우가 생각하는 것과 설희가 선배에게 들었다는 얘기는 강두원이 불기소처분되었다는 것 빼곤 달랐다. 강 의원을 음해하기 위해 강 의원의 아들 강두원에게 누명을 씌우려고 타 당에서 꾸민 일은 아닌 것 같았다. 거기다 유일한 용의자, 피해자에게 끈질기게 구해했다는 점. 뭐가 나오긴 나왔을 것 같았다.

"그런데 너도 이 사장님에 대해 좀 아네?"

"잘 알긴. 그냥 선배들 하는 얘기 엿들은 것뿐인데."

지우는 설희에게 시선을 돌리곤 말을 지어내기 바빴다. 사실을 털어놓자니 설희가 걱정할 것 같아 지우는 말하지 못했다.

 "인터뷰 안 하기로 유명한 분이라 아무리 인터뷰 요청을 드려도 거절하셨는데 갑자기 인터뷰 하겠다 그러더라. 해가 서쪽에서 뜨려나 봐. 선배들도 안 믿어. 나 너무 기분 좋은 거 있지?"

 "그래? 잘됐다."

 설희와 같이 기뻐하면서도 지우는 가슴 한 켠엔 불길한 기분이 자리 잡고 있었다. 도대체 9년 동안 감춰져 있는 진실은 무엇일까. 유일한 용의자, 강두원. 정말 명성 장학재단 이사장이 꾸민 짓일까? 여대생 피살사건의 진범이자 아버지의 입을 막기 위해 살해했다고 가정한다면 아귀가 맞아떨어진다. 그러나 현재 명성 장학재단의 규모와 이미지를 고려했을 때 섣불리 단정 짓기엔 무서운 존재였다.

※ ※ ※

 피해자의 옆집과 아랫집까지 탐문 조사를 실시했지만, 다들 피해자에 대해선 잘 모른다고 했다. 옆집은 가끔 피해자의 택배를 대신 받아 주는 사소한 일밖에 한 일이 없다고 했다. 성과 없이 빌라에서 나오는데, 앞쪽에 위치한 작은 세탁소가 보였다. 재혁과 지우는 세탁소 문을 열고 안으로 들어섰다. 60대 정도로 되어 보이는 부부가 옷 손질을 하고 있었다. 재혁은 형사증을 보여 주며 물었다.

 "어제 불이 난 402호 피해자 강지희 씨가 세탁소에 자주 왔었습니까?"

"자주 왔었지요. 이 동네에 세탁소라곤 여기뿐이니."

바지를 다리미질을 하며 중년 남자가 대답했다.

"강지희 씨 주변 사람들 중 최근에 다녀간 사람 혹시 아닙니까?"

"며칠 전엔 402호 아가씨의 언니가 다녀간 것 같았습니다. 저녁에 집에서 같이 나오는 걸 보았습니다."

"사건 당일 날엔 혹시 누군가와 같이 집에 들어가는 걸 본 적 없으시구요?"

지우의 질문에 중년 남성은 기억이 안 나는 듯 뒤에서 미싱을 하고 있던 부인에게 물었다.

"당신, 혹시 기억나?"

"그런 일까지 어떻게 일일이 기억해. 내 나이가 몇인데."

"잘 생각해 봐. 그래도 나보단 당신이 낫잖아."

남편의 독촉에 부인은 미싱을 멈추고 생각에 잠긴 듯했다.

"음……. 화재 난 날은 아닌 것 같고, 그전 날인가 어떤 남자가 계속 빌라 앞에서 전화를 했었지. 조금 있다가 402호 아가씨가 나와서 둘이 막 싸우는 소리가 들렸는데. 뭐라고 했었더라…… 아, 연락하지 말라고 했는데 왜 연락하냐고. 남자는 한 번만 만나 달라고 매달리고 있었어. 어찌나 큰 소리로 싸우는지 내가 둘이 말하는 것까지 다 기억하고 있네."

재혁은 반쯤 접은 종이를 부인에게 펼쳐 보였다.

"빌라 앞에서 피해자와 싸우던 남자, 이 사람 맞습니까?"

"맞네. 이 사람 맞아."

중년 남자도 종이를 보더니 부인의 말에 맞장구를 쳤다. 재혁과 지우는 세탁소에서 나왔다.

"면식범이라면 이 남자가 맞는 거 같죠? 피해자 전에 다니던 회사 선배."

"일단 더 조사해 봐야겠지."

재혁과 지우는 차가 주차된 곳으로 걸음을 옮겼다. 세탁소를 지나 걷고 있는데, 재혁의 귀를 괴롭히는 소리가 들렸다. 뒤에서 뭔가 빠른 속도로 돌진해 오는 소리에 재혁은 몸을 뒤로 돌렸다. 빠른 속도로 굉음을 내며 돌진해 오는 것은 오토바이였다. 재혁은 지우의 팔을 바짝 끌어당겨 안았다. 오토바이를 몰던 남자는 유유히 골목을 빠져나가고 있었다. 순간이었지만 자칫 잘못하다간 아찔한 사고가 발생할 수 있었다. 지우는 많이 놀란 듯 재혁의 품에 숨죽여 있었다.

"괜찮아?"

"……네. 괜, 괜찮아요."

뒤늦게 재혁의 품에서 나온 지우는 저도 모르게 얼굴이 화끈거렸다.

'왜 자꾸 자기 마음대로 안고 난리야.'

"운전을 저따위로 하면 어쩌자는 거야? 한 번만 나한테 걸리기만 해 봐라."

재혁은 씩씩대곤 놀랐을 지우의 안색을 살폈다.

"많이 놀란 것 같다."

'선배가 갑자기 안으니까 그렇죠.'

지우는 어색하게 웃으며 속말을 삼켰다. 보조석에 앉아 안전벨트를 매며 지우는 흘깃 재혁을 바라보다 시선을 뗐다. 갑자기 가슴이 쿵쿵, 뛰어 대기 시작했다. 피해자의 집 주변으로 탐문 수사를 마치고 다시 경찰서로 이동했다. 평소엔 조잘조잘 혼자 말을 잘하던 지우였는데 웬일로 서에 도착할 때까지 조용했다. 재혁은 시동을 끄곤 지우의 이마에 손을 대었다. 놀란 지우는 눈을 동그랗게 뜨곤 재혁을 바라보았다.

"열은 없는데."

"나 괜찮아요."

"근데 왜 이렇게 조용해?"

"난 뭐 아무 때나 시끄러운 줄 알아요?"

안색이 좋지 않아 몸이 안 좋은 거 아닌지 잠시 걱정했던 재혁은 그제야 안심인 얼굴로 변했다.

"난 잠깐 어디 들를 데가 있어. 먼저 들어가."

"어디 가는데요?"

호기심 가득한 얼굴로 묻는 지우를 향해 재혁이 기분 좋게 웃어 보였다.

"그걸 안 물어보면 진상이 아니지. 개인적인 볼일이야."

"일하다 말고 땡땡이치는 거네."

"신경 끄고 가서 일이나 해. 얼마 안 걸린다."

지우가 차에서 내리자 재혁은 액셀을 밟아 출발했다. 백미러의 지우 모습이 점점 작아져 갔다. 혹시 꺽새가 고새 사무실을 정리하고 다른 데로 내뺐을까 염려된 마음에 일주일이 채 지나기도 전에 다시 사무실에 가 보려던 참이었다. 20여 분 달려 사무실에 도착한 재혁은, 2층에 불이 켜져 있는 걸 확인하자 입가에 미소가 번졌다. 2층으로 올라가 초인종을 눌렀다.

"나다, 문 열어라."

재혁의 말이 끝나자 덩치 큰 사내가 문을 열어 주었다. 사무실은 별로 달라진 게 없어 보였다. 꺽새가 가식적인 웃음으로 반갑게 재혁을 맞이했다.

"형사님, 갑자기 어쩐 일이십니까?"

"지나가다 들렀다."

자연스럽게 소파에 걸터앉자 꺽새는 어찌할 바를 모르는 눈치였다.

"내가 시킨 일은 어떻게 됐어?"

"아직 일주일도 안 되었는데 벌써 찾으십니까?"

"대답이나 해."

귀찮다는 듯 재혁은 담배를 입에 물곤 대답을 재촉했다. 불을 붙이고 필터를 깊게 빨아 마시다 내뱉자 희뿌연 연기가 흩어졌다.

"아직 못 했습니다…… 라고 하면 꺽새가 아니지요!"

금니를 내보이며 꺽새가 야무지게 웃었다. 그리곤 부산스럽게 책상 서랍을 뒤지더니, 서류 봉투를 재혁에게 내밀었다. 재혁은 기대에 찬 얼굴로 서류 봉투를 열어 보았다. 그동안 강두원의 뒤를 밟으며 사진깨나 찍어 댄 모양이었다.

"눈치 못 채게 뒤 밟았겠지?"

"그건 저의 첫 번째 철칙이구요."

봉투 안엔 강두원의 사진이 수십 장 있었다. 차에서 내리는 모습,

차에 타는 모습 등 강두원에게 들키지 않고 일거수일투족을 담은 사진을 보며 꺽새가 이런 섬세함이 있는지 재혁은 처음 깨달았다. 진지한 표정으로 사진을 한 장, 한 장 넘기는 재혁의 눈매가 매섭게 변했다. 그러던 중 재혁은 한 사진을 뚫어져라 바라보았다. 그런 재혁의 모습이 의아했는지 꺽새가 호기심 어린 얼굴로 물었다.

"왜 그러십니까?"

경찰청장과 강두원이 만나는 사진이었다. 기름이 썩어 악취를 풍기는 듯했다. 분명 동생 사건을 덮는 데 경찰청장도 한몫했을 거라 재혁은 추측했다. 사진을 한 장 넘기자 '어린이집' 앞에 내려 인자한 얼굴로 어린이들을 품에 안은 모습이 보였다.

"이게 끝인가?"

한참을 사진만 넘기던 재혁이 꺽새에게 물었다. 꺽새는 재혁의 대답에 우물쭈물했다.

"저기…… 형사님."

"빨리 내놔."

"이건 제가 슬쩍한 게 아니라 주운 겁니다."

꺽새가 내민 건 강두원의 스케줄러였다. 그의 비서가 떨어뜨린 걸 꺽새가 주운 모양이었다. 재혁은 수첩을 펼쳤다. 이 수첩을 찾지 못하면 업무에 지장이 있을 정도로 빼곡히 스케줄이 기록되어 있었다. 사소한 점심 약속까지 말이다.

"정말 주운 거지?"

"네, 그럼요."

"이건 내가 가져간다."

스케줄러를 덮곤 재혁이 말했다. 아무래도 한 번 더 훑어본 다음 주인에게 돌려줘야 할 것 같았다.

"그런데 형사님."

"왜?"

"명성 장학재단의 이미지로 봐선 미심쩍어서 말입니다."

꺽새가 할 말 많은 얼굴로 입을 열었다.

"뭔데?"

"오래전에 살인사건 용의자였던데 그게 말이 됩니까? 사람들 모르게 기부를 꽤나 많이 하고 매주 고아원 가서 봉사활동에……. 사회적 위치와 전혀 매치가 안 됩니다."

짙은 눈썹을 씰룩거리며 어울리지 않게 진지한 얼굴로 꺽새가 말했다. 비밀에 부친 사건까지 알아내다니, 강두원 뒷조사를 꽤 열심히 한 모양이었다.

"이미지라……."

"여기저기 알아본 바론 강 이사의 부친, 강 의원을 모함하기 위한 정치적 쇼였다는 말도 있어서 말입니다."

"그래서?"

"그런데 담당 형사의 자살, 동료 형사가 타살되고, 사건 관련된 사람들은 이 세상 사람이 아니거나 종적을 감춰 버렸다구요!"

흥분을 감추지 못한 꺽새가 기어이 재혁의 얼굴에 침을 튀겼다. 재혁은 인상을 있는 대로 쓰며 형사 흉내를 내는 꺽새를 노려보았다.

"하고 싶은 말이 뭐야?"

"냄새가 난다구요. 냄새가. 완전 부패된 썩은 시궁창 냄새가."

"개 코도 아니고 짭새도 아닌 네가 그런 냄새도 맡을 줄 알아? 그리고 그런 냄새는 너한테도 나. 부패돼서 썩은 시궁창 냄새까진 아니지만."

"전 맡을 일에 책임감 가지고 최선을 다했을 뿐입니다."

"사건에 대해 관련된 사람도 증거도 없고……."

재혁은 한숨과 함께 혼잣말을 중얼거렸다. 아무런 단서도 못 찾는 건가.

"그리고 아는 놈이 지금 고급 술집에서 일하는데, 그 술집 VIP손님 중에 강 이사도 있답니다. 돈 많은 윗사람들하고 가끔 한잔하러 들르는데, 모델 급 여자들만 쳐다본답니다. 겉모습과는 달리 아주 지저분하게 논다고 그쪽에선 소문이 자자하답니다."

"자세히 말해 봐."

"며칠 전에 왔었는데 무슨 계약서 같은 데다 사인도 하고…… 얼핏 듣기론 보육원을 짓는 데 투자금 어쩌고 얘기했다고 하던데요."

연지가 죽은 후 강두원을 찾아낸 곳 또한 술집이었다. 여자들을 양쪽에 끼고 노는 꼴이 가관이었다. 그 모습이 떠오르자 재혁은 더러운 오물을 씹고 있는 기분이 들었다.

"더럽게 노는 건 여전하군."

"그런데 강 이사장에 대해서 알아보시는 이유가 뭡니까?"

"형사 흉내 그만 내라. 보고 있기 힘들다."

나지막이 으름장을 놓는 재혁의 행동에 꺽새는 마른침만 꿀꺽 삼켰다.

"그, 그냥 궁금해서……."

"여기 저기 떠벌리고 다니다 내 귀에 들어오면 알지?"

"알죠. 비밀 수사하시나 본데, 지퍼 제대로 잠그겠습니다."

왼쪽에서 오른쪽으로 지퍼 잠그는 시늉을 하며 꺽새는 넉살을 떨었다. 괜히 여기저기 쑤시고 다니다 강두원의 귀에 들어갈까 재혁은 조바심이 났다. 자신은 물론 꺽새까지 괜히 위험에 처할 수 있는 상황이니만큼 조심해야 할 필요성이 있었다.

"제가 한번 알아볼까요?"

"뭘?"

재혁은 또 어떤 식으로 형사 흉내를 내려는 건지 의심을 거두지 못한 채 물었다.

"제가 지금 하는 일이 뭡니까? 당연 심부름센터……."

"그것도 불법 흥신소지."

"아, 정말 형사님. 그러니까 제가 이 바닥 흥신소 아그들을 시켜서 종적을 감춘 부검의를 찾아볼까 이 말입니다."

생각 외의 꺽새의 말에 재혁은 귀가 솔깃해졌다. 하지만 괜히 허풍은 아닌가 하는 생각에 신용을 할 수 없었다.

"허튼소리 하는 건 아니겠지?"

"제가 하는 일이 바로 사람 찾는 거 아닙니까? 뭐 요즘엔 바람난 남편이나 내연녀 뒤를 캐내는 따분한 일만 맡긴 했지만, 그래도 찾을 수 있을 겁니다. 이 세상 사람이기만 하면."

큰 소리를 떵떵 치며 꺽새는 이 분야에 대해 나름 자부심을 가지고 있는 듯했다. 그래도 못마땅한 얼굴로 재혁은 재반문했다.

"너 왜 이렇게 나한테 호의적이냐? 그럴 이유가 없잖아. 난 며칠 전에 너한테 반협박을 한 사람인데. 거기다 난 널 깜방에 처넣은 사람이라고."

"잊으셨습니까?"

"뭘?"

"깜방에 있는 동안 한 달에 한 번씩 찾아와 주셨잖습니까? 철 되면 두꺼운 잠바에 속옷까지 챙겨 주시지 않았습니까?"

꺽새는 부끄러운 듯 홍조를 띠며 말했다. 재혁은 잊고 있었던 일이 꺽새의 입에서 나오자 다시금 생각하게 했다.

"그래서 은혜를 갚겠다고?"

"그럼요."

"대신 무리하게 알아보지 마. 못 찾겠다 싶음 거기서 멈추라고. 위험한 일 있으면 바로 나한테 연락하고."

재혁은 지갑에서 명함을 꺽새에게 건넸다. 부검의를 찾는다면 반은 성공한 거나 다름없었다. 강두원에게 뭔가 대가를 받고 사건을 은폐한 것이라면 나중에 강두원에게 살해당할 것이 두려워 증거를 가지고 있을 가능성이 있었다. 그것으로 강두원을 위협할 수 있는 또 다른 칼의 역할을 해 줄 테니 말이다. 재혁은 마지막 희망이라고 생각한 부검의가 살아 있기만 바랐다.

❖   ❖   ❖

용의자 두 명을 내일 취조하기로 했다. 전화할 당시 두 용의자 모두 자신은 아니라고 펄쩍 뛰었다. 그러나 지금 상황으로 봐선 두 사람이 유력한 용의자였다.

금방 볼일이 끝난다는 재혁은 퇴근 시간이 지나도 돌아오지 않았다.

"무슨 일 있어?"

민수가 지우의 안색을 살피며 걱정스러운 말투로 물었다.

"네? 아, 아니요."

"그런데 무슨 생각을 그렇게 해? 어디 아픈 거 아냐?"

"걱정 마세요. 너무 건강해서 탈이니까."

지우는 애써 씩씩한 척 웃으며 일어나 자판기 앞으로 갔다. 바지 주머니에 손을 집어넣곤 동전을 꺼내 그대로 자판기 안으로 넣었다. 달그닥, 동전 넘어가는 소리가 들렸다.

"한 선배 커피 한 잔 할래요?"

"좋지."

"박 형사님은요?"

"괜찮아요. 오후에 커피 두 잔 했더니 밤에 잠 안 올까 걱정입니다."

지우는 자판기 커피 두 잔을 뽑아 민수에게 한 잔 건네곤 남은 커피는 입으로 갖다 댔다. 그때 사무실 문이 열리더니 재혁이 들어왔다.

"선배, 땡땡이치고 지금 와요?"

"일이 좀 길어졌다."

"커피 한 잔 할래요?"

지우가 자판기 앞에 서서 물었다. 재혁은 손을 저었다.

"됐어. 저녁에 무슨 커피야. 진상, 넌 이만 퇴근해라."

"왜요?"

"지금 딱히 별일 없잖아. 용의자 나왔고 내일 부검 결과를 확인하고 자백만 받아 내면 돼."

의외로 이번 사건이 술술 풀릴 것 같은 예감이 들었다. 지우는 미안한 얼굴을 하며 커피 대신 코코아를 재혁의 책상 위에 올려놓았다.

"코코아예요. 이건 드시죠?"

재혁은 대답 대신 미소를 지었다. 지우는 가방을 챙겨 민수와 철민에게 인사하곤 사무실에서 나와 설희에게 전화를 걸었다.

―응, 지우야.

"퇴근했어?"

버스정류장으로 걸어가는 지우의 걸음이 왠지 모르게 무거웠다.

―응. 이제 막 퇴근하려던 참이었어. 강두원 이사장님 인터뷰 자료 조사하느라 정신이 없다.

"그래도 쉬엄쉬엄해. 몸 상하지 말고."

―알았어. 넌 퇴근했어?

"난 방금 사무실에서 나왔어."

―참, 조금 전에 명성 장학재단 이사장님 비서실장님한테 전화받았는데, 인터뷰 끝나고 같이 점심이나 하자고 하시네. 왠지 이번 기사 예감이 좋아.

설희의 들뜬 목소리를 듣고 있자니 마음이 계속 불편했다.

"저기 설희야, 나도 이사장님 한번 뵙고 싶은데 나도 같이 가면 안 될까?"

―한번 여쭈어 봐야 할 것 같은데. 갑자기 왜?

혹시나 설희가 이상한 낌새를 눈치채면 어쩌나 지우는 조마조마한 마음이 들었다.

"말은 안 했지만 예전부터 이사장님 존경했었거든. 모든 사람들의 존경받을 만하잖아."

―정말?

"안 되면 하는 수 없고."

―한번 물어보지 뭐.

"그럼, 집에서 보자."

무슨 생각이었는지 모르겠다. 머릿속이 뒤죽박죽이었다. 강두원 이사장을 만나도 그가 범인인지 아닌지 확인할 방법은 없었다. 그러나 그 사건의 용의자는 강두원 이사장뿐이 없었기에 한 번은 만나보고 싶었다.

※　　※　　※

"부검 결과 나왔습니다. 사인은 다발성 자창(刺創, 찔린 상처). 사망 추정 시간은 저녁 10시쯤이며, 그 후에 불을 낸 것으로 보입니다. 팔, 복부 등 모두 칼에 찔린 상처가 무려 스무 군데라고 합니다. 피해자에게 원한이 있거나, 혹은 범인이 당황해서 칼을 휘둘렀을 가능성이 있다고 합니다. 칼에 찔린 방향으로 봐선 범인은 오른손잡이라고 합니다."

철민이 팩스로 받은 부검 결과를 김 팀장에게 보고했다. 피곤한 기색이 역력한 얼굴로 커피를 한입 마신 후 입을 열었다.

"9월 5일 저녁 열 시쯤 살해하고 불을 질렀다. 원한 관계라면 용의자 두 명이 거의 확실하군."

"거기다 피해자 집 주변 세탁소 주인한테 들은 얘긴데요. 사건 일어나기 며칠 전에 김문식이 피해자 집 앞에 찾아왔었다고 합니다. 피해자가 나와서 언성이 오가고 했다는데…… 왜 자꾸 연락하냐며 피해자가 크게 화를 냈다고 합니다."

"확실한 증거가 필요해. 두 용의자 모두 철저하게 취조해."

지우도 김 팀장의 의견에 동의했다. 가장 먼저 해야 할 일은 용의자의 알리바이를 확인하는 것이다. 하지만 여전히 자신이 왜 취조를 받아야 하는 거냐며 김문식과 윤미주가 항의를 하고 있었다. 하지만 흉기로 피해자를 스무 번이나 찔렀다는 건, 어지간히 원한이 깊지 않고서는 쉽지 않은 일이다. 김 팀장의 매서운 시선은 철민에게 향했다.

"피해자의 휴대폰 추적은 어떻게 됐어?"

"추적 중입니다만 전원이 꺼져 있어서 확인할 길이 없습니다."

"젠장! 휴대폰은 왜 훔쳐 간 걸까……."

무언가 생각해 내려 김 팀장은 애썼지만, 도무지 생각해 낼 수가 없었다. 거기다 사용하지도 않을 휴대폰을 말이다. 김 팀장의 입에서 나지막이 욕지기가 흘러나오자 회의실 분위기는 침체되었다. 하기야 위에선 무능력하다며 김 팀장을 마구 비난할 테니 그럴 만도 했다. 오전 회의를 마치고 회의실에서 나온 지우는 재혁에게 시선을 돌렸다.

"김문식, 윤미주 지금 취조실에 있다는데 바로 시작할까요?"

"그래야지. 윤미주는 한 선배가 맡아."

수첩을 들고 사무실을 나가던 민수는 여유 넘치는 얼굴로 농담을 했다.

"난 여자한테 약한데 괜찮겠어?"

"한 선배가 여자한테 약하다는 걸 빨리 알았다면 선배랑 파트너 했을 텐데."

혀를 쏙 내밀며 지우는 재혁 보란 듯이 민수의 팔에 팔짱을 꼈다. 재혁은 눈꼴시다는 듯 시선을 돌리곤 그대로 지우의 뒷목을 잡아끌었다.

"여자한테 아량이라곤 눈곱만큼도 없는 나와 파트너라는 걸 늘 인지했으면 하는데."

"흥, 그래도 한 선배한테 뺏기긴 싫은 모양이죠?"

"그런 긍정적인 마인드가 너의 단점이지."

취조실 문을 열고 들어가자 사뭇 진지한 표정으로 앉아 있는 김문식이 보였다. 자신이 왜 이곳에서 취조를 받아야 하는지 항의했던 사람답게 불만이 가득한 얼굴이었다. 깔끔하게 빗은 머릿결에 어울리지 않은 검은 뿔테 안경, 마른형의 얼굴은 30대 중반의 얼굴이 아니었다. 나이보다 대략 다섯은 많아 보였다. 김문식은 힐긋, 지우와 재혁에게 잠시 시선을 던진 뒤 담담한 표정을 지었다.

"강력 2팀의 윤재혁 형사라고 합니다."

재혁은 명함을 꺼내 김문식에게 건넸다. 오른손을 뻗어 명함을 받는 김문식의 중지에 밴드가 붙어 있었다. 김문식이 오른손잡이라는 것을 확인한 재혁은 예의상을 가장해 질문을 던졌다.

"손을 다치셨나 봅니다."

"칼질을 하다 살짝 베었습니다."

밴드로 붙인 손가락을 쓰다듬으며 김문식이 침착한 어조로 대답했다.

"피해자 주변 인물 조사 중입니다. 형식적인 거니까 협조해 주십시오."

"빨리 끝내 주세요."

불쾌한 어조로 김문식이 말하자 재혁의 신경이 날카롭게 섰다. 재혁의 일그러진 표정을 보곤 팔꿈치로 툭툭 친 후, 지우는 김문식을 향해 물었다.

"피해자 강지희 씨 잘 아시죠?"

"네. 몇 달 전까지만 해도 같은 직장 동료였으니까요."

"그저 직장 동료가 아니었을 텐데요."

구렁이처럼 슬금슬금 피해 가려는 게 훤히 보였다. 재혁의 말에 고개를 숙이고 있던 김문식이 고개를 치켜들었다.

"피해자를 집요하게 따라다니지 않았습니까? 편지며 선물공세를 아끼지 않았다고 하던데요."

"네, 제가 좋아했었습니다. 그런데 좋아했다는 이유로 이런 취조까지 받아야 합니까?"

"하루에도 수십 번씩 전화를 걸 정도로 피해자에게 집착을 보였더군요. 거기다 피해자의 집까지 찾아간 적도 여러 번, 며칠 전엔 언성이 오갔다고 하던데 아닙니까?"

추잡한 변명 대신 그의 표정이 처참하게 변했다.

"한 번만 만나 달라고 사정했는데 만나 주지 않아서 매일 찾아간 겁니다. 저의 순수한 사랑을 스토커나 집착으로 매도하지 말아 주세요."

"그걸 집착이나 스토커라고 하는 겁니다. 잘 알고 계시네요."

지금 이 상황에서 순수한 사랑 어쩌고 하는 말이 지우는 우스울 뿐이었다. 본인은 순수한 사랑일지라도 상대방은 집착 내지는 스토커로 인식했을 것이다.

"9월 5일 밤 10시경에 뭐했습니까?"

"퇴근 후 직장 동료들과 어울려 술 한잔했습니다. 저녁 11시 넘어서 술집에 나온 걸로 기억합니다. 택시 타고 바로 집에 갔구요."

"김문식 씨 알리바이는 저희 쪽에서 알아보도록 하겠습니다. 혹시 사건이 일어나기 전 피해자에게 이상한 점은 없었습니까?"

재혁의 질문에 김문식은 생각에 잠긴 듯 말이 없었다.

"잘 모르겠습니다. 일방적으로 저 혼자 전화하고 쫓아다닌 거지, 만나 주진 않았으니까요."

"그렇군요."

실망한 얼굴로 대답한 재혁은 두 용의자 중 범인이 있을 거란 추측이 어긋난 것 같다고 생각했다. 그러자 머리가 지끈거렸다.

"평소 피해자의 성격은 어땠죠? 누군가에게 원한을 살 만한 사람이었나요?"

김문식이 범인이 아니라면 피해자한테 원한을 갖은 사람 중에 범인이 있을 가능성을 염두에 두고 지우가 김문식에게 물었다.

"친절하고 상냥했습니다. 거기다 일까지 똑 부러지게 잘하니 상사한테는 예쁨을 받는 직원 중 한 명이었습니다."

"그럼에도 직장을 옮긴 이유는 김문식 씨 때문이었나요?"

"믿고 싶지 않지만 그런 것 같습니다. 제가 고백한 이후로 회사에서도 인사도 안 하고 눈도 마주치지 않았으니까요. 팀장님이 계속 붙잡았는데도 소용없었습니다."

김문식에게 충분한 혐의점이 있었지만, 명확한 알리바이가 있으니 답답할 노릇이었다. 김문식의 취조를 끝내고 밖으로 나와 재혁은 담배를 입에 물었다. 일단 윤미주의 취조가 어떻게 되었는지 확인 후 다시 수사 방향을 바꾸어야 할 듯했다. 담배를 피우며 차를 몰고 경찰서를 빠져나가는 김문식의 차를 바라보다 시선을 돌렸다.

"윤미주 취조는 아직인가?"

"네."

"오래 걸리는군."

재혁이 담배를 깊게 내뱉을 때마다 희뿌연 연기가 공중에서 춤추듯 날아다녔다. 콜록거리며 기침을 하는 지우의 행동에 재혁은 저도 모르게 담배를 발로 짓이겼다. 늘 사내들과 일하다 보니 여자에 대한 배려심이 갑자기 생긴다는 건 어려웠다. 지우는 재혁의 팔을 잡아끌고 건물 안으로 들어갔다. 복도에 있는 자판기 앞에 서서 바지 주머니를 뒤적거리더니, 연달아 동전을 넣는 소리가 들렸다. 지우는 유자차 한 잔을 뽑아 재혁에게 건넸다.

"이거 드시면서 조금만 기다려요."

지우는 재혁에게 유자차 한 잔을 건넨 후, 제 것도 자판기에서 뽑아 호호, 불며 마시고 있었다.

"인내심 제로 아니랄까 봐."

지우가 하는 혼잣말을 들은 재혁이 그녀를 흘깃 쳐다보았다.

"늙은 노인이 귀는 또 젊은 나보다 밝아요."

"나 들으라고 하는 소리냐?"

"나보다 무려 다섯 살이나 많잖아요. 늙은 거 맞네."

"그래, 너보다 무려 다섯 살이나 많은 노인인 날 존중해 주지 못할망정."

티격태격 말씨름을 하고 있는 사이, 취조실 문이 열리면서 민수와 철민이 나왔다. 용의자 윤미주에게 명함을 건넨 후, 그녀를 내보고 있었다.

"왜 그냥 내보내?"

다 먹은 유자차 종이컵을 쓰레기통에 버리곤 재혁이 철민에게 다짜고짜 물었다.

"알리바이 확실한 것 같습니다."

"무슨 소리야?"

"피해자에게 빌린 돈, 어머님 수술비 때문이랍니다. 그 수술비 갚으려고 낮엔 직장 다니고 저녁엔 아르바이트한다고 하네요. 확인해 보랍니다."

"젠장!"

어느 정도 예상은 했지만 두 용의자 모두 알리바이가 확실하다면 면식범의 소행이 아닐지도 모른다는 생각이 들었다.

"거기다 피해자와 오래된 친구이기도 하고, 윤미주 씨가 빌려 달란 말도 안 했는데 선뜻 돈을 빌려 줬다고 합니다. 알리바이까지 확실하다면 윤미주는 아니에요."

"김문식은 어떻게 됐는데?"

민수의 시선이 재혁에게 향했다.

"퇴근 후 직장 동료들과 술 한잔했대. 술집에서 11시쯤 나와 바로 집에 갔다니까 거짓말이 아니라면 확실한 거지."

"이거 또 며칠 밤새야 되는 거 아니냐?"

덥수룩한 머리를 짜증스럽게 넘기며 민수가 말했다.

"우선 박 형사는 김문식, 윤미주 알리바이 확실한지 확인해 봐. 난 다시 사건 현장으로 가서 단서가 남아 있는지 확인해 볼게."

"이미 감식반에서 다 조사했잖아."

민수의 만류에도 불구하고 재혁은 고개를 내저었다. 면식범의 소행이 아니라면 단서가 남아 있을 것이란 추측이 앞섰다. 경찰서 복도를 뛰어 그대로 밖으로 나온 재혁의 뒤를 지우가 쫓았다.

"넌 왜 따라와?"

"따라가는 게 아니라 같이 가는 거죠!"

어느새 보조석에 올라타 익숙한 손놀림으로 안전벨트까지 하고선 빨리 출발하라는 시선으로 재혁을 바라보고 있었다.

"이를테면 바늘과 실, 라면엔 김치, 권총엔 수갑, 윤재혁과 강지우…… 란 말이죠."

귀찮다는 듯 재혁은 시동을 걸곤 차를 출발시켰다. 지우와 쓸데

없는 일로 시간 낭비할 시간이 없었기 때문이다.

"그런데 사건 현장엔 왜 다시 가는 거예요?"

"아까 뭐 들었냐?"

"단서 남았는지 확인하겠다고……."

대답을 하면서도 지우는 민수가 한 말이 떠올라 말꼬리를 흐렸다.

"알면서 왜 물어?"

"그냥 곱게 말해 주면 안 돼요?"

"어쭈? 이제 막 기어올라? 선배를 우습게 알지?"

'이런 사람이 무슨 선배라고.'

지우는 이렇게 대답을 하려다 참았다. 재혁이 운전 중이라는 것을 감안하며 신경을 건드리지 않기로 하고 괜히 입술만 삐쭉거렸다. 피해자의 집에 도착한 지우와 재혁은 차에서 내려 안으로 들어갔다. 겉 표면만으로는 얼마나 불이 번졌는지 알 수 있었다. 시커먼 그을음이 창문 주변으로 지저분하게 번져 있었다.

폴리스 라인이 쳐져 있는 집 안 내부로 들어가 다시 사건 현장을 샅샅이 뒤져 보기로 했다. 감식반에서 조사를 다 마쳤지만 그래도 마음에 걸리는 게 있었다. 지금까지 범인은 현관문으로 도주했을 것이라고 생각하고 피해자 주변 인물들을 색출해 냈는데, 알리바이가 명확하다면 현관문이 아니라 다른 통로로 도주했을 것이란 생각이 들었다.

"다시 봐도 무섭게 불이 번진 것 같다는 생각이 드네요. 자칫 잘못해서 다른 집까지 번졌을 걸 생각하니, 아찔하네요."

바스락거리며 집 내부를 돌아다니며 지우는 단서가 될 만한 것들이 없는지 찾아보았다. 재혁도 마찬가지로 집 내부와 연결되어 있는 옥상 계단으로 올라가 창문으로 고개를 빼 보았다. 위험을 무릅쓰고 옥상으로 도주한 것일까? 가파른 옥상 지붕을 둘러보다 미세하게 찍힌 발자국이 재혁의 눈에 띄었다. 빌라 내부인이 옥상에 올라올 일은 없고, 아무래도 수상한 발자국이었다.

"선배, 거기서 뭐해요?"

아래에서 지우의 목소리가 들려왔다.

"뭔가 있는 것 같아."

올라올 필요 없어, 라고 말하려는데 사다리를 올라오는 소리가 들렸다. 하는 수 없이 재혁은 다시 아래로 내려가기 시작했다. 위험하게 옥상 밖으로 나가서 확인해 봐야겠다고 오버할 수도 있는 지우를 막기 위해서였다.

워낙 좁은 사다리 식 계단이라 엉금엉금 한 발짝씩 계단을 내려가고 있었다.

"아야!"

"너 뭐야?"

고개를 뒤로 돌리니, 머리를 만지며 울상을 짓고 있는 지우가 보였다.

"선배, 엉덩이 치워요!"

"빨리 내려가. 여긴 더 볼 거 없어."

재혁의 말에 지우가 계단으로 다시 내려가고 있었다. 그런데 계단이 미끄러워 그만 발을 헛디디고 말았다. 그녀의 외마디 외침에 놀란 재혁이 몸을 날려 지우의 몸을 감싸 안았다. 그리 높은 데가 아니어서 큰 충격은 없었지만 등으로 전해 오는 고통은 이루 말할 수 없었다. 지우는 재혁의 품에 안겨 있다 꼭 감은 눈을 떠 고통스러운 표정을 짓고 있는 재혁을 보고 놀란 표정이 되었다.

"선, 선배! 괜찮아요?"

"으, 응."

"머, 머리 다친 거예요?"

뒤통수를 손으로 감싼 채 고통스러운 표정을 짓고 있는 재혁을 보며 지우는 어쩔 줄 몰라 했다.

"좀 비켜. 무거워 죽겠어."

그제야 자신이 그의 몸 위에 있다는 사실을 눈치챈 지우가 그의 품에서 빠져나와 부축했다.

"그니까 옥상은 왜 올라가 가지고……."

"거기서 왜 발을 헛디뎌, 헛디디긴. 걸음마부터 다시 배워라."

"선배!"

꽥, 소리를 지르는 지우의 목소리에 재혁은 인상을 구겼다. 지우는 자신을 노려보는 재혁에게 화를 내려다 우물쭈물 쑥스러운 듯 그를 바라보았다.

"고, 고마워요."

'저번에 오토바이 사고 날 뻔했을 때도요.'

지우는 속말을 삼키며 재혁을 바라보았다. 갑자기 심장이 두근거려 뒷말을 이을 수 없었다. 재혁은 자신을 부축하는 지우의 손을 보자 이상한 기분이 들었다. 그저 위험에 처해 있기 때문에 도와준 것뿐인데 묘한 기분에 휩싸였다.

"병원 가야 되는 거 아니에요?"

"이 정도 가지고 병원 신세까지."

"아무리 그래도……."

지우는 미안한 표정으로 재혁을 바라보았다. 자신이 미안해할까 봐 애써 괜찮은 척하는 건 아닌가 싶은 마음이 들었다.

"옥상에 발자국이 있어."

"발자국이요?"

"아무래도 범인의 흔적 같은데. 용의자 모두 알리바이가 확실하다면 제3자의 가능성이 있어."

바닥에 부딪힐 때 생긴 고통이 채 가시지 않았음에도 재혁은 범인의 또 다른 흔적이 있는지 찾고 있었다.

"그렇다면 또 다른 흔적이 있을 수도 있다는 거네요."

"응. 감식반에서 찾지 못했을 수도 있으니까."

"현관문은 확인해 보셨어요?"

지우의 말에 재혁은 무언가 번뜩였다.

"안전핀?"

확인 결과 현관문의 안전핀은 올라가 있었다. 안전핀이 올라간 상태라면 밖에서 열쇠로 문을 열 수가 없다. 다시 말해 피해자는 현관문 안전핀을 올린 상태에서 문을 잠그고 있다는 것이고, 범인은 옥상으로 이 집에 들어와 피해자를 해친 후, 안전핀이 올라간 상태에서 밖으로 나갈 수 없어 당황했을 것이다. 위험을 감수하고서 옥상으로 도주할 수밖에 없었던 것이다.

"나야. 박 형사, 감식반 다시 와서 확인 좀 해 달라고 해. 피해자 집인데 현관문 안전핀이 올라가 있어. 옥상엔 발자국 흔적이 있고. 아무래도 옥상으로 도주한 것 같아."

전화를 끊고 얼마 지나지 않아 감식반 몇 명이 나타났다. 재혁은 옥상 발자국과 현관문 안전핀에 대해 설명해 주었다. 역시 재혁의 예상대로 범인은 제3자였다.

감식반이 조사를 끝나자, 다시 경찰서로 이동하고 있었다.

지우는 휴대폰 전화벨 소리에 가방에서 휴대폰을 꺼냈다.

"응, 설희야."

―방금 이사장님과 인터뷰 끝났어. 이사장님한테 친구가 이사장님 뵙고 싶어 한다고 했더니 흔쾌히 허락해 주셨어. 식당 주소와 이름은 문자로 보낼게.

"알았어. 바로 갈게."

지우는 의외의 전화에 놀란 표정으로 변했다. 전화를 끊고 지우는 재혁을 바라보았다.

"선배, 저 친구랑 점심 약속이 생겨서요. 저 앞에서 세워 주세요."

"또 친구랑 점심 약속이야?"

"제가 부탁한 일이 있어서요. 점심 먹고 바로 들어갈게요."

"농땡이 부리지 말고 빨리 들어와라."

"봐서요. 이따 사무실 들어갔을 때 괜히 허리 붙잡으면서 진단서나 내밀면 재미없을 줄 알아요."

지우는 단단히 재혁에게 경고를 준 후, 도보 옆에 차를 세워 주자마자 스프링 튕기듯 내리며 짓궂은 얼굴로 혀를 내밀곤 택시로 갈아탔다.

❖   ❖   ❖

고급스러움이 물씬 풍겨 오는 한식당에 들어섰다. 그리고 직원의 안내를 받으며 설희와 강 이사장이 있는 방으로 향했다. 안에서 설희의 웃음소리와 기품이 묻어나는 남자의 목소리가 들려왔다.

직원이 노크를 하곤 지우가 들어갈 만큼 문을 열어 주었다. 지우는 신발을 벗곤 방 안으로 들어갔다. 지우의 시선에 너털거리는 웃음을 입에 머금고 있는 명성 장학재단 강두원 이사장이 들어왔다. 지우는 고개를 숙여 인사했다.

"처음 뵙겠습니다. 강지우라고 합니다."

오른손을 내밀며 강두원이 악수를 청해 왔다. 지우는 어색한 미소로 강두원의 손을 마주 잡았다.

"이렇게 예쁜 아가씨가 날 만나고 싶어 하다니 영광이군요."

"예전부터 한번 뵙고 싶었습니다. 무례한 부탁을 들어주셔서 감사합니다."

지우는 설희의 옆에 놓은 방석에 엉덩이를 대고 앉았다. 문이 열리며 직원이 한가득 음식을 내왔다. 푸짐하게 차려진 상을 보며 강두원이 먼저 수저를 들자 지우도 수저를 들었다.

"내가 자주 오는 데라 여기로 안내했는데, 음식 맛이 입에 맞을지 모르겠군요."

"맛있는데요. 그치?"

설희가 지우의 팔을 툭 치며 동의를 구했다. 지우도 고개를 끄덕였다.

"맛있어요. 걱정 안 하셔도 되겠는데요."

"다행이군. 어서 들어요."

지우는 밥을 한 수저 뜨며 설희의 맞은편에 앉아 있는 강두원을 바라보았다. 신문이나 뉴스에서 본 것보다 훨씬 젊어 보였다. 마흔이란 나이에 벌써 장학재단 이사장 자리에 오를 수 있었던 건, 아버지의 입김이 한몫했던 걸까. 거기다 마흔의 나이에도 불구하고 아직 결혼도 하지 않았다. 몇 년 전 잡지에 실린 인터뷰 기사에서 일에 치여 그동안 결혼을 생각하지 못했지만 좋은 인연이 생긴다면 하고 싶다고 그가 말했었다. 웃는 모습이 인품이 뛰어나 보이지만, 짙은 눈썹에 날카로운 눈매는 매서워 보였다.

"여자분이 형사를 한다니, 힘들지 않습니까?"

"많이 고되지만, 괜찮습니다."

"그런데 어떻게 하다가 형사가 되었는지 궁금하네요."

냅킨으로 입 주변을 닦아 내며 강두원이 지우에게 물었다.

"CIF, 화이트 칙스, FBI 이런 거 즐겨 보다가요."

"하하하. 실제론 어떤가요?"

지우의 농담에 시원한 웃음소리를 내며 강두원이 물었다.

"현실은 참혹하죠. 실제론 드라마처럼 멋지게 사건을 해결하지는 못하더라구요. 밤샘은 기본이고 야근이다 잠복이다 하다 보니 다크서클이……. 이러다간 노처녀로 외롭게 늙는 건 시간문제겠어요."

"저런, 저보다 더 불쌍한 분이 있었군요."

겉으론 화기애애한 분위기를 풍겼지만, 지우의 속은 애가 타고 있었다. 겉으로 보기엔 살인 용의자라고 불릴 만큼 특별한 건 없었다. 다르다, 라는 게 느껴지지 않았다.

"이사장님은 저처럼 밤샘도, 잠복도 안 하니, 저와 같은 부류는 아니죠. 실례되는 질문입니다만, 숨겨 둔 애인 있으신 건 아니세요?"

"숨겨 둔 애인이라……."

그녀의 질문에 당황한 듯 강두원은 말끝을 흐리며 지우를 바라보았다.

"직접 뵈어 보니 너무 근사하신 분이라 의외란 생각이 들어서요."

"제가 무슨 연예인도 아니고 숨기면서까지 연애할 필요가 있습니까? 하하. 그저 일에 치이다 보니 여직 인연이 없는 거겠지요."

실례되는 질문을 하고 나서 어찌할 바 모르는 지우를 배려해 강두원은 호탕한 웃음을 선사했다.

"잠시만 자리 좀 비울게요."

그때, 설희가 울려 대는 휴대폰을 가지고 방에서 나갔다. 설희가 전화를 받는 목소리가 작게 메아리치는 것처럼 들려다가 사라졌. 강두원과 둘이 있는 공간, 지우는 왠지 모르게 더욱 긴장이 되었다.

"어서 마저 식사하세요."

"네."

"우리 언제 본 적 있던가요?"

뜬금없는 그의 질문에 지우는 당황한 기색으로 강두원을 바라보았다. 그를 티브이나 신문 같은 매개체에선 몇 번 보긴 했지만, 지금처럼 개인적인 만남은 처음이었다. 길가다 옷깃을 스친 적도 없었다.

"아, 아뇨. 그건 왜 물으시죠?"

"낯이 익은 것 같았는데 아닌 것 같군요."

"제가 좀 흔한 얼굴이긴 해요."

지우는 수저를 들고 밥을 한 숟갈 떠서 입속에 넣었다. 강두원과 어디선가 마주친 적이 있었는지 생각해 보았다. 역시 그와 마주친 적은 없었다. 지우는 어색한 분위기에 무언가 대화의 전환이 필요할 거 같다는 생각이 들었다.

"젊은 나이에 장학재단 이사장까지 하시다니, 능력이 너무 대단하신 거 같아요. 거기다 한 달에 한두 번은 보육원에 가서 봉사활동도 하시고, 남몰래 기부도 많이 하셨던데……. 정말 존경스러워요."

"남들은 부모 빽이라던데요? 하하."

"그런 의도로 말한 건 아니었는데."

"괜찮아요."

별로 신경 쓰지 않는다는 말투로 강두원은 말을 하곤 식사를 다 마쳤는지 수저를 내려놓았다. 그리고 냅킨으로 입 주변을 닦았다.

"보육원에 가서 부족한 일손 돕는 것도, 아이들과 같이 놀아 주는 것도 그렇게 어렵지 않습니다. 마음만 있다면 누구나 가능한 일이죠."

"누구나 한 번쯤은 생각할 법한 일이지만 행동으로 옮기는 게 어려운 일인 것 같아요."

"그렇죠. 처음이 어려운 법이지. 한 번 하면 두 번은 쉽고, 세 번은 자연스러워져요. 한번 해 보세요."

사뭇 진지하게 말하는 강두원의 태도에 당황한 지우는 저도 모르게 고개를 끄덕였다. 식사를 마치고, 점원이 상을 치운 후 시원한 매실차 세 잔을 내왔다. 달콤하고 새콤하기까지 한 매실차를 한 모금 마신 지우의 표정이 한결 부드러워졌다.

"차까지 맛이 좋네요."

"전 이 매실차 때문에 자주 옵니다."

"저도 자주 오고 싶어질 것 같아요."

찻잔을 만지작거리며 지우가 대답했다. 보육원에서 봉사활동을 하고, 남몰래 기부 또한 아낌없이 하는 이 사람, 거기다 그런 일을 별 대수롭지 않다는 듯 말하는 이 사람이 정말 살인자인 걸까? 여대생을 살해하고, 자신의 아버지 또한 살해한 살인자가 맞는 걸까? 지우는 강두원을 직접 만나 보고 이런 의문이 생겼다. 그래서 위험할지도 모르는 주사위를 던지기로 했다.

"실은 돌아가신 아빠도 형사셨어요. 그래서 저도 형사가 되기로 한 거구요. 아빠만큼 훌륭한 형사가 되는 게 목표예요."

찻잔을 들던 강두원의 손이 멈칫하다가 다시 움직였다. 표정은 여전히 읽을 수 없도록 철갑을 두른 것처럼 무표정이었다. 잠깐 그의 짙은 눈썹이 움직이는가 싶더니 미소를 지어 보였다.

"그렇군요."

"아직은 아빠를 따라잡으려면 한참 먼 신참이지만 언젠간 아빠를 따라잡을 수 있겠죠?"

"분명 훌륭한 우리나라 형사가 될 겁니다."

'설마 내 의도를 눈치챈 건 아니겠지?'

범인이라면 분명 표정의 변화가 있을 것이다. 그저 눈썹을 살짝 찡그린 것 빼곤, 찻잔을 들던 손이 멈칫한 것 빼곤 이상한 점은 없었다. 범인이라는 가정하에서 저렇게 담담할 수 있는 건 설사 자신이 안다 해도 아무것도 할 수 없기 때문일까, 아님 대단한 자신감 때문일까. 아무리 그의 속내를 꿰뚫어 보려고 해도 알 수 없었다.

"열심히 하십시오. 응원……하겠습니다."

"감사합니다."

뒤늦게 설희가 방 안으로 들어왔다. 조금만 더 늦었다면 자신이 뭐라고 했을지 지우는 상상할 수가 없었다.

"죄송해요. 사무실에서 급한 전화가 와서요."

"괜찮습니다. 이거 어쩌죠? 벌써 상을 다 치워서."

"어차피 다이어트 중이었는걸요. 신경 쓰지 마세요."

강두원의 배려에 설희는 손을 내저었다.

"그럼 일어날까요?"

지우와 설희는 가방을 챙겨 자리에서 일어났다. 계산은 이미 비서실장이 끝낸 모양이었다. 가게 밖으로 나와 설희는 분주하게 몸을 움직였다.

"이사장님 오늘 즐거웠습니다. 다음엔 제가 대접해 드릴게요."

"그럼 기대하고 있겠습니다."

"제가 이 근처에 취재가 있어서요. 먼저 실례하겠습니다."

설희는 강두원과 지우에게 인사를 하곤 급하게 자리를 떴다.

"저도 점심 잘 먹었습니다. 오늘 만나 뵙게 돼서 영광이었어요."

"가는 길까지 데려다 드릴 테니 타세요."

"아, 아닙니다."

"여기까지 일부러 온 것 같은데 데려다 드릴 테니 사양하지 마세요."

지우는 정중한 태도에 더 이상 거절 못 하고 강두원과 같이 뒷좌석에 탔다. 운전석엔 기사가, 그 옆엔 비서실장이 탔다.

"어디서 세워 드리면 됩니까?"

"인천 서부 경찰서 앞에 세워 주시면 돼요."

지우의 말이 끝나자 비서실장이 기사에게 그쪽으로 출발하라고 지시했다. 지우는 애먼 손톱만 물어뜯으며 어색한 분위기 때문에 어쩔 줄 몰라 했다. 거기다 오늘 그를 만나고 혼란스러웠기에 지우는 강두원에게 말을 시킬 여유가 없었다. 잠시 후, 경찰서 앞에 도착했다. 지우가 차에서 내리자, 강두원도 따라 내렸다.

"그럼 들어가십시오."

"네, 살펴가세요."

고개를 숙여 인사하곤 경찰서 안으로 들어가는 지우의 시선에 재혁이 보였다.

"선배."

재혁은 지우의 부름에 고개를 돌리다, 강두원을 보고 표정이 험상궂게 변했다. 그리곤 와락 지우의 손목을 잡아챘다.

"친구와 약속 있다고 하지 않았어?"

"네. 친구랑 명성 장학재단 이사장님이랑 식사했어요."

지우는 이유도 모른 채, 화가 나 있는 재혁에게 저도 모르게 곧이곧대로 말해 버렸다.

"그런데 무슨 일 있어요? 화나신 거 같아요."

재혁은 지우의 말은 안중에도 없었다. 그저 지우의 등 뒤로 자신을 비웃듯 쳐다보고 있는 강두원을 태워 죽일 듯한 이글거리는 눈동자로 바라볼 뿐이었다. 어떻게 자신의 아버지를 죽인 살인자와 아무것도 모른 채 같이 식사를 할 수 있단 말인가. 그녀가 나중에 알게 된다면 충격받을 일이었다. 거기다 지우가 강두원에 대해 알아보고 있다는 것을 안다면, 그녀를 가만두지 않을 것이 분명했다.

"진상 너……."

"왜, 왜요?"

뭐라고 둘러대야 할까? 강두원과 멀리하라고 어떻게 말해야 할까.

"강두원 이사장 어떤 사람인 것 같냐?"

"호탕하고 배려심 깊고 매너 좋고."

"얼씨구."

재혁은 할 말을 잃은 얼굴로 지우를 바라보았다.

"날 어디선가 본 것 같다고 하더라구요. 그건 여자 꼬실 때 바람둥이나 쓰는 말인 줄 알았는데."

'설마 눈치챈 건가? 지우가 강민석 형사의 딸이라는 걸.'

재혁은 덜컥 가슴이 내려앉는 것 같았다.

"근데 아무리 생각해 봐도 초면인 걸요? 나중엔 내가 잘못 본 거 같다고 하긴 했어요."

"또 무슨 말 했어?"

"그냥 별 얘기 안 했어요. 사소한 것들이에요."

'다행이군.'

재혁은 속말을 저도 모르게 밖으로 내던질 뻔했다. 그 말 한마디에 많은 의미가 담겨 있었다. 그녀에 대해 강두원이 눈치채지 못해서 다행이고, 자신이 발견해서 다행이었다. 그나저나 그녀에게 사실을 말해 줘야 하나 싶었다. 아무 이유 없이 강두원을 다시는 만나지 말라고 말할 수도 없는 노릇이었다.

"선배, 나한테 너무 관심이 많은 거 아니에요?"

"뭐?"

"그렇잖아요. 무슨 대화를 했는지 꼬치꼬치 캐묻는 거 보면 말이에요."

"당연한 거 아니냐? 괜히 사건에 대한 얘기 떠들고 다닐까 봐 걱정돼서 그러지."

재혁은 팔짱을 낀 채로 가자미눈을 하곤 지우를 노려보았다.

"또 다른 얘긴 안 했겠지?"

"그런 질문 상당히 불쾌하거든요."

"뭔가 켕기는 게 있는 거 아니고?"

자꾸 앞에서 깐죽대는 재혁의 모습에 지우는 저도 모르게 그의 발을 있는 힘껏 밟았다. 재혁은 끙끙거리며 발을 부여잡고 고통스러

진실은 279

운 신음 소리만 냈다.

"이제야 속이 좀 시원하네."

"야, 야……. 너 거기 안 서!"

"흥, 내가 정신줄 놨어요, 서게?"

지우는 얄밉게 재혁을 잔뜩 골려 주곤 경찰서 안으로 들어갔다. 재혁은 한 발자국도 움직이지 못하고 바닥에 주저앉아 버렸다.

※　　※　　※

"피해자 휴대폰 찾았습니다!"

비닐에 담겨 있는 휴대폰을 보여 주며 철민이 재혁에게 말했다. 재혁은 지우에게 응징당한 발 때문에 제대로 절뚝거리며 철민이 건네는 피해자의 휴대폰을 받아 들었다.

"어디서 찾았어?"

"전철역 근처에 있는 공원 쓰레기통에서요."

"용케 찾았군."

휴대폰을 얼마나 써 댔는지 전원을 켜자마자 다시 꺼져 버렸다. 철민이 USB케이블을 연결하고 전원을 누르자 휴대폰이 켜졌다. 통화 기록을 보자 철민은 더욱 놀란 말투로 재혁에게 말했다.

"주로 밤 12시부터 휴대폰을 사용했는데요."

"수사망을 피하기 위해서군."

재혁의 말을 지우가 거들었다.

"전원이 켜진 상태여야만 위치 추적이 가능하다는 걸 알고 있는 거 아닐까요? 우리들의 눈을 피하기 위해 주로 밤에 전화한 거군요."

"주변 CCTV는 확인했어?"

"그게 하필 그쪽엔 CCTV가 설치되어 있지 않답니다. 휴대폰을 버린 사람의 얼굴을 본 목격자도 없구요."

철민은 아쉬운 얼굴로 재혁의 물음에 답했다. 이제야 겨우 휴대폰을 찾고 실마리를 잡은 듯싶더니 또다시 제자리걸음을 하는 기분이 들었다. 휴대폰 통화 목록엔 거의 대부분이 '080'이나 '070'으로 시작하는 번호뿐이었다. 번호를 조회해 보니 역시 예상했던 대로 음란성 유료 전화였다. 재혁은 황당하다는 표정으로 변했다. 사람을 죽이고 피해자의 휴대폰을 훔쳐 겨우 폰팅이나 즐겼다는 생각에서였다.

"이거 완전 미친 사람인데요."

"하루에 폰팅 건수가 열 건이 넘어요. 중독 수준이에요."

철민과 지우의 말에 재혁도 동감했다. 피해자를 죽이고 경황이 없어서 휴대폰을 가지고 나온 것이 아니라, 의도적으로 폰팅을 즐기기 위해 휴대폰을 훔친 것 같았다. 수사망을 피하기 위해 새벽에만 휴대폰을 사용했다는 추측도 한몫했다.

"혹시 다른 통화 기록 없는지 잘 살펴봐."

재혁은 다시 차 키를 가지고 사무실에서 나갔다. 지우가 재혁의 뒤를 쫓으며 팔을 잡아 세웠다.

"또 어디 가요?"

"어디긴. 휴대폰이 발견된 곳이지. 주변을 다시 뒤져 봐야겠어."

"CCTV도 없고 목격자도 없었다고 했잖아요."

"휴대폰을 주운 사람이라면 공원 관리소에 소속된 사람 중 한 사람이겠지. 청소부 말이야. 만나 봐야지."

재혁은 이미 운전석에 올라탄 상태였고, 지우도 안전벨트를 착용을 마치고 출발을 기다리고 있었다.

"괜히 허탕치는 거 아닐까요?"

"뭐, 이 일이 원래 허탕 전문인데."

"그래도 오전에 선배 덕분에 피해자의 집 가서 최고의 단서를 찾았잖아요."

힘내자는 말 대신 지우는 재혁을 추켜세워 주었다.

"넌 사고나 쳤잖아. 발발대면서 따라다니지나 마."

"내가 개예요? 발발거리게?"

기분 나쁜 얼굴로 지우가 따져 물었다. 재혁은 한쪽 귀를 후비는 시늉을 하며 인상을 써 댔다.

"누구 덕분엔 난 계단에서 떨어져서 전치 4주의 진단을 받았는데, 이래도 시치미야?"

"전치 4주? 하! 완전 나이롱환자 저리 가라네."

지우는 비아냥거리며 시선을 창밖으로 던졌다.

"나이롱환자라니?"

"사기꾼이라고 해 줄까요?"

"걸어갈래?"

완벽한 저음을 깔며 재혁은 지우에게 협박했다. 차 없는 설움에 지우는 재혁의 코를 납작하게 해 줄 삐까번쩍한 새 차를 구입하고 싶어졌다.

"치사해."

"이제 막 반말까지?"

"……요!"

마지막 자존심을 챙기듯 지우는 마지막 자에 힘주어 고래고래 소리를 질렀다.

❖   ❖   ❖

공원의 나뭇잎들은 가을의 옷을 갈아입고 속절없이 바람에 흩날리고 있었다. 그 모습을 감상하는 사람들이 삼삼오오 모여 있었다. 유치원에서 나온 모양인지 저쪽에선 단체 사진을 찍고 있었다. 공원 내부 주차장에 차를 세워 두곤 재혁과 지우는 공원 관리 사무소 안으로 들어갔다. 1층 로비엔 분주하게 쓰레기통을 비우는 아주머니가 있었다. 지우와 재혁은 청소부 아주머니께 다가가 형사증을 보여 준 후 입을 열었다.

"혹시 공원 쓰레기통에서 휴대폰을 발견하신 분이 맞습니까?"

"난 아닌데……. 저쪽으로 들어가 보세요."

말을 마친 아주머니는 하던 일에 몰두하고 있었다. 재혁과 지우는 아주머니가 손으로 가리킨 '관리자 외 출입금지 구역'이라고는 팻말이 붙어 있는 문을 열었다. 안에는 청소부 아주머니들이 모여 쉬고 있는 듯했다.

"경찰서에서 나왔습니다. 혹시 쓰레기통에서 휴대폰 주운 분 계십니까?"

재혁의 말이 끝나자 곱슬머리에 모자를 쓴 아주머니가 입을 열었다.

"전데요."

"뭐 좀 물어볼 게 있어서 찾아왔습니다. 잠깐 시간 좀 내주시죠."

재혁은 그곳에서 나와 복도 끝에 있는 벤치로 이동했다.

"휴대폰을 버린 사람 혹시 못 보셨습니까?"

"글쎄요. 공원에 워낙 사람들이 많아야지요. 요즘 가을단풍 보러 사람들이 많이 와요. 그런데 어떻게 사람들을 다 기억하겠어요."

아주머니는 뒷덜미를 긁적이며 난감한 표정을 지었다.

"한 번만 더 생각해 보시겠어요?"

"휴대폰을 버린 게 아니라 떨어뜨린 줄 알고 주변을 살펴보았지만 아무도 없었어요. 이미 버리고 간 지 한참 지난 후였다구요."

마지막 기대를 저버리는 아주머니의 말에 체념한 얼굴로 한숨만 내쉬었다. 아주머니는 바쁘다며 황급히 자리를 떠났다.

"이젠 어쩌죠? 휴대폰을 찾아도 범인의 단서조차 없으니."

"단서라곤 유료 전화에 미친 중독자라는 것뿐이고……."

재혁과 지우는 벤치에 앉아 맥없이 음료수만 들이켰다. 처음엔 용의자 중 한 명이 범인일 것이라고 생각했지만, 아니었다. 술술 풀리기는커녕 심하게 엉킨 실타래를 풀고 있는 것 같은 기분이 들었다. 재혁은 바지 뒷주머니에 넣어 둔 휴대폰 진동음에 전화를 받았다.

"박 형사."

―선배님, 피해자 휴대폰 중에 114 안내 번호가 있길래 확인해 봤거든요. ○○모텔 전화번호 물어보는 전화였더라구요.

"뭐, 모텔?"

―네. 지금 그곳에서 묵고 있는 것 같아요.

"바로 그 모텔로 출발할 테니까 문자로 위치 보내 줘."

전화를 끊고 심각한 표정을 하고 있는 재혁에게 지우가 물었다.

"범인이 묵고 있는 모텔 확인된 거죠?"

"얼른 가자고. 이러다 놓치겠어."

지우와 재혁은 철민이 문자로 보내 준 모텔로 이동했다. 유흥가 뒤로 모텔이 많이 보였다. 재혁과 지우는 모텔 간판을 보며 그곳을 찾고 있었다. 아직 해가 채 저물지 않았는데도 모텔에 들어가는 연인들이 종종 보여 지우는 시선을 어디로 둬야 할지 난감했다.

"○○모텔 어디 있는 거야!"

재혁은 모텔을 찾다 길가에서 버럭 소리를 질러 버렸다. 그 바람에 지나가던 사람들의 이목이 주목되었다.

"여기 근처인 것 같은데. 너도 좀 찾아봐."

"선배, 요즘 모텔도 호텔 수준이네요?"

모텔 건물 앞에 붙여진 내부 사진을 보며 지우가 감탄사를 연발했다.

"우리가 지금 놀러가냐? 감탄하고 있게."

"알아요. 가서 한 방에 해치워 버리자구요."

"들어가자마자 끝내고 나오면 너무 시시한가?"

"시간 끄는 건 질색이에요. 정신 못 차리게 덮쳐 버려요."

"갈 때까지 놈이 잘 있다면 말이야."

"선배, OO모텔 저기요!"

지우가 긴 손가락으로 OO모텔을 가리켰다. 워낙 넓은 모텔촌이라 OO모텔을 찾는 데 시간이 걸린 듯했다. 지우와 재혁의 대화를 잘못 이해한 지나가던 행인들은 혀를 차며 쳐다보고 있었다. 모텔 내부로 들어서자 카운터에 앉아 있는 남자가 재혁에게 물었다.

"쉬다 가실 건가요?"

재혁은 괜히 헛기침을 하며 형사증을 남자에게 보여 주었다.

"혹시 최근에 며칠씩 묵는 남자 없습니까?"

"네?"

남자가 적잖게 당황한 얼굴로 반문했다.

"지금 살인 용의자를 쫓고 있습니다. 여기 모텔에 114 안내로 전화 건 내역이 있는 걸로 보아선 여기에 묵고 있는 것 같습니다."

"살, 살인 용의자요?"

"혹시 최근 수상한 사람 못 보셨습니까? 혹시 혼자 묵는 남자 손님이라던가."

직원은 생각에 잠긴 듯하다가 이내 입을 열었다.

"혼자 묵는 손님이 세 명 있습니다. 최근 한 달 치를 선불로 결제하신 분이 있구요."

"한 달 치를 선불로 결제했다는 사람 언제쯤 왔었습니까?"

흥분한 목소리로 재혁이 물었다. 직원은 노트 안에 적힌 메모들을 확인하고 있었다.

"4일 전에 오셨습니다. 밤늦게 와서 한 달 정도 묵을 거라고 했어요."

4일 전이라면 사건이 발생한 날이었다. 그는 바로 집으로 들어갈 수 없어 모텔로 피신한 것 같았다.

"지금 안에 있습니까?"

"아니요. 아침에 일하러 나간 것 같아요."

"그럼 안을 좀 살펴봐야겠습니다."

직원은 키를 가지고 지우와 재혁을 안내했다. 엘리베이터를 타고 5층을 누른 후, 긴 복도 끝 방에서 멈춰 키로 방문을 열었다. 지우와 재혁은 방 안으로 들어갔다. 한쪽 구석에 있는 검은 가방이 눈에 들어왔다. 지우는 가방 지퍼를 열고 안을 확인했다.

"선배."

피가 묻은 구겨진 셔츠였다. 셔츠에 묻은 피는 피해자의 혈흔이 분명했다.

"제대로 찾아왔군."

"선배, 여기 흉기도 있어요."

검은 비닐에 싸여 있는 물건은 과도 칼이었다. 피는 묻어 있지 않았지만 루미놀 반응을 확인해 본다면, 분명 반응을 보일 것이다.

"어떻게 할까요?"

"놈이 올 때까지 기다려야지."

재혁은 카운터로 전화를 걸어 놈이 나타나거든 방으로 전화를 해 달라고 부탁했다. 철민과 민수에게 지금 상황을 알려 주곤 놈이 도망갈 때를 대비해서 모텔 밖에서 잠복하고 있기로 했다. 방 안에 단서가 될 만한 것은 피 묻은 셔츠와 과도 칼이 전부였다. 전원이 켜져 있는 컴퓨터를 확인해 보자 그새 다운받은 야동만 해도 수십 개였다.

"아주 신나게 즐기고 계셨군."

사람을 죽이고 음란성 유료 전화에 야동을 다운받아 즐기고 있었다는 것을 확인하자, 정상은 아니란 생각이 들었다. 재혁은 창문 밖을 내다보았다. 이 근처를 지나가는 수상한 남자는 보이지 않았다. 직장인이라면 보통 일곱 시에서 여덟 시 사이에 들어올 것이라 예상했다.

지우와 재혁은 침대 옆 소파에 마주앉아 놈이 오길 기다리고 있었다. 연인도 아니고, 직장 동료와 모텔에 처음 방문이라니 썩 달갑지 않았다. 방 내부는 아기자기한 작은 원룸을 연상시켰다. 더블 침대와 컴퓨터 두 대가 나란히 있었고, 옷걸이도 있었다. 투명 유리문으로 되어 있는 욕실도 보였다. 이런 곳에서 재혁과 앉아 있다는 사실이 왠지 모르게 긴장이 되었다.

"표정이 왜 그래?"

"내, 내 표정이 왜요? 맘에 안 들어요?"

"어울리지 않게 긴장한 거냐?"

그가 풍선에 바람 빠지는 소리를 내며 웃었다. 지우는 자신의 얼굴을 만지며 변명을 해 댔다.

"당연하죠."

"한두 번 잡는 범인도 아닌데 새삼스럽게 긴장은."

지우가 긴장한 이유를 잘못 이해한 재혁은 애써 그녀의 긴장을 풀어 주려고 했지만 역시 소용없었다.

'범인의 마음은 잘도 알아내면서…… 정작 여자 마음은 왜 모르는 거예요? 순 엉터리.'

재혁을 바라보는 지우의 시선이 이렇게 말하고 있었다. 재혁은 손목시계로 시간을 확인하며 긴장을 늦추지 않고 있었다. 7시가 넘었을 무렵 전화벨이 울렸다.

―지금 왔습니다. 엘리베이터 타고 올라갔습니다.

직원의 전화를 끊고 재혁은 철민에게 전화를 걸었다.

"범인이 모텔에 들어왔다. 혹시 밖으로 도망치는 남자 있으면 놓치지 말고 잡아."

전화를 끊자마자 열쇠로 방문을 여는 소리가 들렸다. 지우와 재혁은 한쪽 벽에 기대 놈이 들어오길 기다렸다. 달그닥 소리 뒤로 문이 열리고 누군가 안으로 들어오고 있었다. 그런데 뭔가 수상한 기척을 느낀 모양인지 신발을 벗던 남자는 다시 밖으로 뛰쳐나갔다.

"제기랄!"

재혁의 뒤를 따라 지우도 범인의 뒤를 쫓았다. 하지만 어찌나 재빠른지 벌써 2층까지 성큼성큼 뛰어 내려가고 있었다. 이미 철민에게 언질을 해 놓았지만 놈을 놓치면 어쩌나 걱정이 되었다. 놈이 모텔 밖으로 뛰쳐나가자 재혁이 소리쳤다.

"저놈 잡아!"

철민과 민수가 모텔 밖에서 대기하고 있다가 쫓았다. 결국 한참 동안 발악하는 남자를 잡을 수 있었다. 놈은 20대 중반쯤 되어 보이는 젊은 남자였다.

"이거 놔!"

"잠자코 있어라. 다치니까."

재혁의 무시무시한 협박에 놈은 찍소리 없이 차에 올라탔다. 경찰서에 도착하자마자 취조실에서 한 시간이 넘는 취조가 시작되었고, 확실한 증거물에 놈은 순순히 자백을 했다. 2년 전부터 카드값에 시달리면서 신용불량자가 되었고, 취직도 어려워 막노동을 하며 지내다 범행을 계획했다고 했다. 피해자의 집에 몰래 침입에 성공했지만, 여자에게 들켜 자기도 모르게 칼을 휘둘렀다고 진술했다.

※   ※   ※

"왠지 헤어지기 아쉬운데 한잔 더 해요. 제가 쏠게요!"
"벌써 2차까지 왔잖아. 이제 순순히 집에 가시지."

또다시 3차를 외치는 지우의 목덜미를 잡아끌어 그대로 보조석에 밀어 넣었다. 민수는 철민의 집에서 간다며 같이 택시를 잡아탔다. 왠지 분위기가 심상치 않아 술을 입에 대지 않고 있던 재혁이 지우를 도맡았다. 보조석에 밀어 넣자마자 언제 3차를 외쳤나 싶게 코를 골며 잘도 자고 있었다. 하긴, 하루 종일 자신을 따라다니느라 피곤할 법도 했다. 천진난만하게 잠들어 있는 지우를 보자 불안감이 엄습했다.

강두원과 같이 차에서 내릴 때 재혁은 가슴이 얼마나 철렁했는지 모른다. 자상하고 인자한 모습으로 치장한 살인마라는 것을 제일 잘 알기에 재혁은 지우의 뒤에서 자신을 조롱하듯 비웃는 그 모습에 포를 느꼈다. 자신의 동생처럼 지우를 죽음으로 이끌고 가는 것은 아닐까 하는 막연한 두려움도 내포되어 있었다. 끝까지 지켜 주지 못했던 연지를 떠올리며 자신이 지우를 지켜 줄 수 있을까 하는 생각이 들었다.

"잠자코 있어. 사고 치지 말고."

재혁은 긴 한숨을 내뱉으며 시동을 켜곤 출발했다. 잠시 후, 지우의 휴대폰 진동음이 요란하게 들렸다. 어찌나 끈질기게 전화를 하는지 결국 지우가 몸을 뒤척이며 잠에서 덜 깬 목소리로 전화를 받았다.

"여보세……."

―지우야, 지금 어디야! 집에, 집에…… 집에…….

다급한 설희의 목소리에 지우는 설희에게 무슨 일이 있다는 걸 직감했다.

"무슨 일이야? 차근차근 말해 봐."

―집에 도둑이 들었어. 집에 오니까 누군가 들어와서 여기저기 뒤졌는지 난장판이야.

"도둑이 들었다고? 넌 괜찮고?"

지우는 찬물을 얼굴에 끼얹은 것처럼 화들짝 놀란 목소리로 반문했다.

―응. 난 괜찮아. 집에 들어가기 무서워서 집 앞에 나와 있어. 지우야, 어디야?

"지금 집에 가고 있으니까 조금만 기다려."

―알았어. 빨리 와.

울먹이며 설희는 전화를 끊었다. 혹시 도둑이 집을 뒤지다가 설희를 보고 무슨 짓을 할지 모르는 일이었기에 빨리 집에 가야 했다.

"집에 도둑이 들었어? 친구는 다친 데 없데?"

"다친 데는 없는 것 같아요. 빨리 좀 밟아요."

지우의 초조한 목소리에 재혁은 속력을 높였다. 집 앞에 도착하자 지우를 기다리고 있는 설희가 눈에 띄었다. 지우는 차에서 내려 설희의 손을 잡았다.

"정말 괜찮은 거지? 그렇지?"

"응. 얼마나 무서웠다구."

눈물을 터뜨릴 듯 설희는 울상을 지으며 지우의 손을 잡았다. 뒤늦게 재혁을 본 설희가 고개를 숙여 인사했다.

"집에 들어가서 없어진 물건이 있는지 확인부터 해 봐."

재혁의 말에 지우와 설희는 집 안으로 들어갔다. 설희의 말대로 누군가 들어온 흔적이 고스란히 있었다. 서랍장 문은 열려 있고, 옷장의 옷은 바닥에 널브러져 있었다. 화장대 밑의 서랍도 예외는 아니었다. 지우와 설희는 없어진 물건이 있는지 서랍장을 확인했다.

"없어진 물건은 없어. 목걸이랑 귀걸이, 그리고 통장 모두 잘 있는데."

"그러게. 나도 잘 있어."

'어떻게 된 거지?'

없어진 물건이 없다는 지우의 말에 재혁은 의아한 생각이 들었다. 집을 털러 온 도둑이 돈이 될 만한 귀금속을 그대로 두고 사라지다니 말이다. 버젓이 눈에 띄는 곳에 있었던 만큼 찾지 못했다는 건 말이 안 되는 일이었다.

"정말 없어진 물건 없어? 나중에 딴소리하지 말고 잘 찾아봐."

"정말이에요. 없어진 물건이 없어요."

이걸 다행이라고 해도 될까. 재혁은 이상하게 헛웃음이 나왔다. 불안한 기분이 계속 감돌았지만 뭐라고 확신할 수는 없었다. 괜히 지우와 설희가 공포에 떨지도 모르는 일이었기에 재혁은 잠자코 집 안을 정리하는 것을 거들어 줄 뿐이었다.

"선배, 늦었는데 그만 가요."

"됐으니까 빨리 정리나 해."

재혁은 바닥에 떨어진 책으로 지우의 머리를 살짝 때리곤 책들을 책장에 끼워 넣었다. 책장 위에 걸려 있는 지우 아버지의 사진을 재혁은 한참 뚫어지게 바라보았다. 왜 그렇게 한충원 형사의 장례식장에서 억울하다는 듯 울었는지 이제야 그 이유를 알았기 때문이다. 죄책감에 못 이겨 결국 자살을 선택해야만 했던 동료 형사의 안타까운 사연이 숨어 있을 줄이야. 자신도 한충원 형사와 같은 처지였다면 그들의 세 치 혀에 놀아났을지도 모르는 일이었다.

"이왕 도와줄 거면 확실히 도와주라구요."

"하고 있어, 인마."

재혁은 다시 허리를 구부려 무거운 책들을 정리해 나갔다. 무엇을 찾고 있었던 것은 아닐까? 귀중품을 훔치러 온 도둑이 책장까지 뒤졌다는 게 역시 꺼림칙했다.

"혹시 귀중품 말고 다른 건 없어진 거 없어?"

정리를 마쳤는지 제법 집 안이 깨끗해진 모양새였다. 지우는 손을 탈탈 털곤 고개를 끄덕였다.

"없어요."

"우선 사건 접수부터 하지그래?"

"없어진 것도 없는데요, 뭘."

"나중에 또 들이닥치면 어쩌려고 큰 소리야?"

"뭐 그땐 이 발차기로 면상을 갈겨 주겠어요! 얍!"

지우는 기다란 발을 쭉 뻗으며 여전히 큰 소리를 떵떵 쳤다. 재혁은 왠지 모르게 강한 척하는 것 같아서 기분이 좋지 않았다.

"어련하시겠어. 난 그만 간다."

미련 없이 집에서 나가는 재혁의 모습에 지우는 실망감을 감추지 못했다. 여자 둘이 사는 집에 도둑이 들었다는데 걱정은커녕 이젠 알아서 하란 듯 가 버리니 말이다.

"가게요?"

"그럼 여기서 잘까?"

"아, 아니요."

재혁은 지우의 집에서 나와 주변을 살폈다. 찾고 있는 물건을 손에 넣지 못했다며 분명 다시 오지 않을까 하는 생각이 들었다. 다행히 아직 집 주변을 어슬렁거리는 수상한 그림자는 보이지 않았다. 재혁은 차에 올라타 라디오를 켠 채로 백미러를 바라보고 있었다. 지우에겐 집에 간다고 했지만, 역시 그냥 지나칠 수 없었다. 시간은 자정을 한참 넘긴 뒤였다.

"오늘도 밤샘인가."

커다랗게 하품을 한 재혁은 오늘 술자리에서 술을 입에 안 댄 것이 다행이란 생각이 먼저 들었다. 술에 취한 상태였다면 집을 지키고 있는 게 어려웠을지도 모르는 일이었기 때문이다.

그렇게 한참을 지우의 집을 지키다 깜박 잠이 든 모양이었다. 재혁이 잠에서 깼을 땐 새벽 다섯 시가 다 되어 가고 있었다. 다행히도 지우의 집엔 또다시 도둑이 든 일은 없었던 모양이다. 재혁은 지우의 집을 바라보다 시동을 켜곤 집으로 이동했다.

집에서 대충 샤워하고 옷만 갈아입고 다시 경찰서에 도착한 재혁은 아무 탈 없이 출근한 지우의 모습에 반가웠다.

"이제 출근하냐?"

"네. 밤새 너무 무서워서 뒤척였더니 잠을 못 잤어요."

"또 도둑이 들진 않은 모양이네."

"왜요? 또 도둑 들면 잡아 주게요? 여자 둘 남겨 두고 집에 가서 잠이 오던가요?"

잔뜩 골이 난 모양인지 쥐 잡듯 따져 대는 지우의 모습에 재혁은 난감한 표정을 지었다. 정말 밤새 잠을 못 잔 사람은 바로 자신이었다. 베개만 주면 그대로 곯아떨어질 지경이었다.

"이거 왜 이래?"

"왜긴요. 본인이 더 잘 알면서."

"그럼 여자 둘이 있는 집에서 자고 갔어야 했나?"

머리를 긁적이며 재혁이 지우의 성질을 건드렸다.

"어휴, 내가 말을 못 해."

"나도 누구처럼 귀한 몸이라 침대 체질이란 말이야."

"이 늑대, 변태!"

지우는 재혁의 정강이를 힘껏 걷어차곤 냅다 뛰었다. 재혁은 지우의 난데없는 공격에 무방비 상태로 당해, 다리를 붙잡고 낑낑댔다.

"그, 그냥 해 본 소리란 말이…… 윽!"

❋ ❋ ❋

오늘 하루도 어떻게 지나갔는지 모르게 업무에 시달린 재혁은 피곤한 얼굴로 차 키를 가지고 나왔다. 차 안에서 거의 밤새다시피 했으니 피곤은 평소보다 더 깊었다. 하지만 재혁은 여전히 지우의 집에 도둑이 든 것이 마음에 걸렸다. 혹시 또 오늘 들이닥칠지도 모른다는 생각에 재혁은 지우를 집까지 데려다 줘야 마음이 놓일 것 같았다.

재혁은 사무실에서 막 나오는 지우를 불러 세웠다.

"집에 데려다 줄게."

의외란 시선으로 자신을 바라보는 지우를 느낀 재혁이 다시 입을 열었다.

"왜 도끼눈이야? 어제도 널 집까지 데려다 준 사람이 바로 나거든."

"이제 보니 생색내려는 거였네."

어쩌다 보니 정말 자신이 생색내는 꼴이 되어 버린 것 같았다. 그렇다고 이제 와서 솔직히 걱정이 된다는 말을 하자니, 온몸이 간질거려 입이 떨어지지 않았다. 괜히 어울리지 않는 친절을 베푼 것 같은 생각에 후회가 들었다.

"이미 생색냈으니 얻어 타고 가죠, 뭐."

"생색이 아니라 사실이거든."

재혁은 차 문을 열고 운전석에 앉자 지우도 따라서 앉았다.

"요 근래에 집 주변에 수상한 사람 없었어?"

"글쎄요. 없었던 것 같은데. 집에 들어갈 때쯤이면 완전 녹초가 되는데, 집 주변 수상한 사람이 있는지 없는지 어떻게 신경 써요?"

재혁은 걱정이 담긴 한숨이 저절로 터져 나왔다.

"이렇게 둔해서야."

"둔한 게 아니라 예민하지 않은 거죠."

"근래에 너 따라다니던 사람은 있었어?"

"음……."

깊은 생각에 잠긴 지우의 모습에 재혁은 고개를 내저었다.

"생각이 날 리가 없지."

"아무것도 훔쳐 가지 않은 걸 보면 날 따라다니던 스토커 짓일까요?"

"따라다니는 사람이 있었는지 없었는지도 기억 못 하면서."

"눈치 못 챈 것일 수도 있죠."

지우의 생각대로 그런 것일까? 하지만 그녀를 집에 몇 번 데려다 주었을 때 스토커의 느낌은 못 받았었다. 역시 스토커 짓도 아니었다. 고민하는 사이 지우의 집까지 도착했다. 재혁은 차에서 내려 집 주변을 살펴보았다. 딱히 누군가 지우를 노리는 것 같진 않았다.

"라면이나 드시고 갈래요?"

"라면?"

"어차피 선배도 집에 가 봤자 나처럼 외롭게 라면이나 끓여 먹을 거 아녜요. 청승 떨지 말고 나랑 같이 먹자구요."

재혁은 기가 막혀 그저 웃음밖에 나오지 않았다. 재혁은 먼저 집으로 들어가 버린 지우의 뒤를 따라 집으로 들어갔다. 언제 도둑이 들었나 싶게 집 안은 저번에 왔던 것처럼 깨끗했다. 방석에 앉아 분주한 몸짓으로 라면.을 끓이며 콧노래까지 흥얼거리는 지우를 보던 재혁은, 저도 모르게 지우와 같은 미소가 입가에 번지고 있다는 것을 뒤늦게 깨달았다.

어느새 라면을 다 끓인 모양인지 냄비와 그릇을 가지고 야무진 모습을 나타났다. 매콤하고 맛있는 냄새가 재혁의 입맛을 다시게 만들었다. 냄비 뚜껑을 열자 뜨거운 김이 모락모락 피어오르고 있었다. 지우는 자신이 끓인 라면을 흡족한 모습으로 바라보며 휴대폰으로 사진을 찍어 댔다.

"갑자기 사진은 왜 찍어?"

"내 퍼펙트 요리 실력을 사진으로 남겨 두려구요. 어서 드세요."

재혁은 젓가락으로 면발을 휘이 저은 뒤 그릇에 담아 호호 불어 먹었다. 매콤한 냄새의 정체는 매운 청양고추인 듯싶었다.

"켁켁. 청양고추 먹었어."

지우가 물 컵을 재혁에게 건넸다.

"천천히 좀 먹어요. 안 뺏어 먹어."

"참, 혹시나 해서 여자만 사는 집 털던 전과자 놈들 리스트 뽑아 놓은 걸 차에서 안 가지고 왔네. 잠깐 기다려."

"내가 가지고 올게요. 키 줘요."

"뒷좌석 봉투에 있어."

"오케이."

지우는 재혁에게 받은 차 키를 가지고 집에서 나왔다. 시원한 바람이 지우의 뺨을 스치고 지나갔다. 집 앞에 세워 둔 재혁의 차 문을 열곤 뒷좌석을 살폈다. 서류 봉투 두 개가 보였다.

"어떤 거지?"

지우는 봉투 두 개를 집어 들곤 그중 앞에 있는 봉투를 열어 내용물을 살펴보았다.

'사진?'

지우는 무수히 많은 강두원 이사장의 사진을 보고 깜짝 놀랐다. 한, 두 장도 아니고 몇 십 장은 되어 보였다. 마치 최근 그를 미행한 것 같았다. 지우는 그대로 차 문을 닫곤 집으로 들어갔다.

"선배, 이게 뭐예요?"

지우가 내민 건 뜻밖의 물건이었다. 강두원의 사진이 든 봉투를 들고 놀란 표정으로 자신의 대답을 기다리고 있었다.

"그걸 어떻게……."

"왜 강 이사장님 사진이 봉투 안에 있는 거예요? 우연히 찍혔다고 하기엔 사진이 너무 많아요. 무슨 일이에요?"

뭐라 변명의 해야 했지만, 재혁의 머릿속은 백지장이 되어 있어 어떤 변명도 할 수 없었다. 사진을 들고 있는 지우의 오른손이 미세하게 떨고 있었다.

"아무것도 아니야."

사진을 빼앗으려고 하는 재혁의 손을 지우가 재빠르게 피해 버렸다. 그저 제발 자신의 말을 믿고 이 순간을 그냥 넘어가 주길 재혁은 바랐다.

"아무것도 아니라니요? 거짓말 마세요."

"내 개인적인 일이야. 남의 물건에 손을 대다니 손버릇이 꽤 나쁘네."

"선배!"

"관심 꺼."

"어떻게 관심을 꺼요!"

지우의 목소리가 울음에 잠겨 있는 것 같았다. 무언가 말하고 싶은데 말하지 못하는 것처럼 아랫입술을 깨물고 있었다.

"혹시 9년 전 여대생 피살사건과 관련된 건가요?"

"관심 끄라고."

"유력한 용의자였던 강두원 이사장은 그 당시 증거불충분을 불기소처분되었던……."

"그만해."

재혁은 자신에게 상처였던 동생의 사건을 지우의 입에서 듣자 미치도록 괴로웠다. 시간이 많이 지났음에도 여전히 그에겐 무거운 죄책감이었다.

"네가 알려고 하는 거, 하려고 하는 행동 모두 거기서 멈춰. 널 위해서 하는 말이야."

지우의 대해 모든 걸 알고 있었음에도 사실을 말하지 못하고 재혁은 지금껏 고민해 왔다. 진실을 알고 난 후 지우가 받을 충격과 상처, 그리고 배신감까지 그녀가 감당할 수 있을까 걱정이 되었다.

고민하는 사이 결국 이 사단이 나 버리고 말았다. 지우는 그저 재혁이 하는 말을 잠자코 듣다 이내 실없이 웃어 버렸다.

"……알고 있었어요?"

"……."

부정도, 긍정도 없이 무표정으로 일관하는 재혁의 모습에 지우는 실소를 터뜨렸다.

"지금까지 숨기고 있었던 거예요?"

"타이밍이 좋지 않았을 뿐이라고 해 둘게."

"선배가 어떻게 알고 있는 거예요?"

믿기지 않는다는 모습으로 지우는 재혁에게 질문을 쏟아 냈다. 재혁은 담담한 모습으로 지우의 질문에 대답했다.

"내가 그 여대생의 유일한 가족이니까."

"뭐, 뭐라구요?"

"일부러 네 뒷조사를 하고 다닌 건 아니었어. 그저 난 내 동생을 죽인 진범을 찾고 있었을 뿐이니까. 일전에 너희 아버지 사진을 보고 낯익다고 생각했었어. 사건을 맡았던 한충원 형사와 동료였다는 걸 그때 알아차렸다."

지우는 재혁의 입에서 쏟아져 나온 말들을 듣다 잠시 휘청거렸다. 재혁이 부축하는 손길을 지우는 매섭게 쳐 냈다.

"거짓말. 말도 안 돼."

"네가 강민석 형사의 딸이었다는 걸 알고 나도 많이 놀랐다."

"그동안 천연덕스럽게 절 잘도 속이셨네요."

동생의 죽음이 그에게 상처이듯, 아버지의 죽음이 자신에게 어떤 의미인지 잘 알고 있었음에도 지금까지 속였다는 생각에 지우는 분노가 가시지 않았다. 그동안 아무렇지 않게 지내 왔던 모습이 마치 오래된 영화처럼 지나가자, 자신이 그동안 얼마나 우스웠는지 깨달았다.

"속인 게 아니다. 변명은 하지 않을게."

"다 말해요. 속 시원하게! 누가 우리 아빠를 죽인 건지 알고 있죠? 그래서 더 이상 아무것도 알려고 하지 말라는 거잖아요!"

"강지우!"

"혹시 강두원 이사장이에요? 설마 혼자 한 짓은 아니겠죠? 강진만 의원까지 합세한 거죠? 그렇죠?"

"그자들이 범인이라고 한들 어떻게 할 수 있을 거 같아? 아무런 증거가 없어. 담당 형사였던 한충원 형사는 자살을 했고, 너희 아버지마저 죽임을 당했다. 그래, 운이 좋아 부검의가 살아 있다 치더라도 그자를 찾을 수 있을 거 같아? 괜히 여기저기 들쑤시고 다니는 걸 강두원이 안다면 널 가만두지 않을 거야. 경찰 내부에도 그들과 한패인 사람들이 있을 가능성이 아주 농후해. 어쩌면 우리가 상상하지 못할 윗선까지 말이야. 그러니까 이만 손 떼."

"시끄러워요. 선배나 내 일에 관심 꺼요. 더 이상 끼어들지 말라구요."

"이성적으로 판단해."

재혁의 양손이 지우의 단단한 어깨를 꽉 붙잡았다. 하지만 지우는 결심에 흔들림이 없었다. 지금까지 그들을 잡기 위해 이 악물고 형사가 된 자신에게 포기란 있을 수 없는 일이었다.

"내 일은 내가 알아서 해요."

분노로 가득한 표정으로 지우는 자신의 어깨를 잡고 있는 재혁의 손을 밀어내곤 집 밖으로 나갔다. 재혁이 뒤쫓았지만 이미 지우는 저 멀리 어둠 속으로 사라진 후였다.

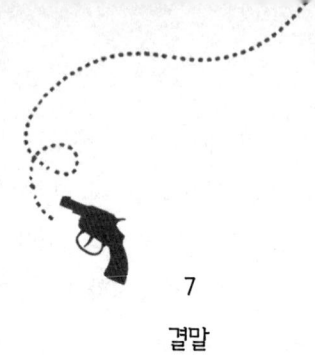

7
결말

"강 형사 출근 아직인가?"

김 팀장의 시선이 재혁에게 향했다. 지금까지 지각 한 번 없던 성실한 녀석이었기에 김 팀장이 걱정하는 모습이 눈에 보였다.

"몸이 좀 안 좋은 모양입니다."

"그렇군. 몸조리 잘하고 내일은 출근할 수 있도록 하게."

"네."

평소 안 하던 거짓말을 하려니 김 팀장이 눈치채는 건 아닌지 재혁은 조마조마했다. 회의실에서 나온 재혁의 뒷덜미를 민수가 잡아챘다.

"아프다니? 그게 무슨 소리야?"

"한국말 못 알아들어?"

재혁은 민수의 손을 뿌리치곤 그의 눈치를 살폈다.

"팀장님은 속여도 난 못 속인다. 무슨 일이야?"

"그 자식이랑 연락이 안 돼. 전화도 안 받고. 그냥 모른 척해."

"무슨 일 있는 거 아냐?"

재혁의 말에 민수가 놀란 얼굴로 물었다.

"안 그래도 이따 집에 찾아가 보려고."

"아무래도 불안한데."

어제 그렇게 가 버린 후 집 앞에서 한참을 기다렸지만 지우는 돌아오지 않았다. 새벽이 되어서야 집으로 발길을 돌리는 재혁의 다리는 무거운 추를 달아 놓은 것마냥 쉽게 떨어지지 않았다.

언젠간 그녀에게 진실을 말해 줘야겠다고 생각은 하고 있었지만, 그녀가 받을 상처와 충격을 생각하니 쉽게 입을 뗄 수가 없었다. 그런데 지우가 자신의 말을 듣고 결근까지 할 줄은 몰랐다. 형사였던 아버지의 자부심이 대단했기에 아버지의 이름을 더럽힐 일은 하지 않을 거라 생각했다. 자신은 감히 상상조차 할 수 없는 충격이었던 것일까. 자신에 대한 배신감 때문이었을까.

재혁은 다시 통화 버튼을 눌러 지우에게 전화를 걸었지만 집요한 신호음 끝에 결국 전화가 끊겨 버렸다. 설마 무슨 일이 있는 것은 아닐까. 오늘은 기필코 지우를 찾아서 내일부터는 출근하도록 해야 했다. 재혁은 퇴근하자마자 지우의 집으로 향했다.

흰색 도색을 한 건물 2층을 바라보다 계단을 올라갔다.

띵동—

초인종 소리가 길게 울렸다 사라졌다. 하지만 안엔 아무런 소리가 들리지 않았다. 재혁은 손끝에 힘주어 다시 한 번 초인종을 눌렀다. 아무런 인기척 소리가 들리지 않자 급기야 문을 두들겼다.

"강지우! 안에 있으면 대답 좀 해 봐!"

쾅. 쾅. 쾅.

문이 부서질 듯 세게 여러 차례 두들겼지만 여전히 안은 쥐 죽은 듯 조용했다. 안에 없는 것일까? 다시 문을 두들기려고 하는데 옆집 문이 벌컥 열렸다.

"조용히 좀 하세요! 우리 애가 공부를 못 하잖아요!"

중년 여성의 신경질적인 목소리에 재혁은 어색하게 한 번 웃곤 뒷덜미를 긁적였다. 중년 여성이 문을 닫으려는 찰나, 재혁이 현관문을 잡아챘다.

"혹시 옆집 아가씨 못 보셨나요? 키 크고 머리 질끈 묶고 다니고, 옷도 막 남자처럼 입고 다니는……."

"그 아가씨 말고 다른 아가씨는 아침에 출근하는 거 봤는데 머스마같이 생긴 아가씨는 못 봤어요. 어쨌든 조용히 좀 해 줘요."

"잠, 잠깐만……."

재혁이 붙잡을 새도 없이 현관문은 찬바람을 내며 굳게 닫혀 버렸다. 재혁은 계단을 내려와 밖에서 줄곧 담배만 피워 댔다. 어쩔 수 없이 그녀가 나타날 때까지 기다리는 수밖에 없었다. 한참을 집 앞을 두리번거리며 지우를 찾다가 동네 한 바퀴를 돌다, 다시 차 안에 들어가 기다리기를 반복했다.

속절없이 몇 시간이 흐른 뒤, 저 멀리서 낯익은 여자가 눈에 들어왔다. 자세히 보니 지우와 같이 사는 기자 친구였다. 재혁은 범인을 찾았을 때보다 반가운 얼굴로 차에서 내려 설희의 앞을 가로막았다.

"안녕하십니까?"

재혁을 알아보곤 설희의 눈동자가 커졌다.

"안녕하세요. 여긴 어쩐 일이세요?"

"강지우, 오늘 결근했습니다."

"결근이라니요? 어제 분명 지우 신발이랑 가방이 집에 있었는데. 사건 때문에 혹시 다시 출근했나 싶었는데."

걱정 가득한 표정으로 말하는 설희에게 뭐라고 말해야 할지 난감했다.

"전화해도 받질 않고 집에 아무도 없는 모양인지 초인종을 눌러도 조용하더군요. 혹시 외출했나 싶어 지금까지 기다리고 있었는데……. 그럼 집에도 없다는 말입니까?"

"지우에게 무슨 일이 생긴 건가……."

빠른 걸음으로 계단을 올라가는 설희는 두 다리가 후들거렸다. 가방 안에 있는 열쇠가 오늘따라 보이지 않아 설희는 한참 후에 열쇠를 찾아 열쇠 구멍에 키를 넣고 돌렸다. 집안은 자신이 집에서 나올 때 그대로 너저분했다. 어제 보았던 지우의 신발과 가방은 그대로였다. 설희는 그대로 바닥에 털썩 주저앉았다.

"괜찮으세요?"

"우, 우리 지우에게 무슨 일이 있는 건 아니겠죠?"

울먹이며 설희는 재혁의 부축을 받으며 집 안으로 들어갔다. 설희는 가방에서 휴대폰을 꺼내 지우에게 전화를 걸었지만 이젠 아예 배터리가 나간 후였다.

"어떻게 해요? 정말 무슨 일이 있나 봐요."

"아직 아무것도 확인된 게 없으니까 걱정 마세요."

"갑자기 무슨 일일까요?"

양손으로 휴대폰을 부여잡고 덜덜 떨며 설희가 조심스럽게 재혁에게 물어왔다.

"혹시 그 자식 아버지의 죽음에 대해 알고 있습니까?"

재혁의 말이 떨어지자 설희의 눈빛이 흔들렸다. 마음을 가다듬곤 설희는 뒤늦게 고개를 끄덕이는 것으로 대답을 대신했다. 재혁은 어제 있었던 일을 설희에게 말해 주었다. 그동안 지우 아버지의 죽음에 대한 내막을 알고 있음에도 숨기고 있었다는 말을 하고 나자, 재혁은 그녀가 사라진 게 자신의 탓인 것만 같아 죄책감을 느꼈다.

재혁의 말을 전부 들은 설희는 양손을 입으로 가린 채 놀란 모습을 감추지 못했다. 자신이 알고 있는 9년 전 여대생 살인사건의 배후가 강두원과 강진만이라는 사실에 지우는 경악을 금치 못했다. 사건의 전말이 어떻게 해서 왜곡되었는지 설희는 짐작했다. 거기다 그 사건으로 인해 목숨을 잃은 피해자의 가족이 재혁이라는 것과 사건을 파헤치다 죽임을 당한 형사가 지우의 아버지라는 사실에 또 한 번 놀랐다. 두 사람이 같은 이유, 같은 목적으로 형사가 되어 만났으니 이보다 더 큰 인연이 어디 있단 말인가.

"말도 안 돼. 강두원 이사장님이······."

"지금 제가 한 말 못 들은 걸로 해 주십시오. 설희 씨가 모든 걸 알고 있다는 걸 강두원이 안다면, 가만두지 않을 겁니다."

"네, 알겠어요. 그나저나 지우는 집을 나가서 도대체 어딜 간 걸까요? 전화도 안 받고. 정말 무슨 일이 생긴 건 아닌지 걱정이에요."

"제 잘못입니다."

재혁은 설희에게 뭐라 할 말이 없었다. 제발 그녀가 무사하게 돌아와 준다면 더 이상 바랄 것이 없었다.

"실종신고라도 해야 하나요?"

"잠깐 바람 쐬러 나간 것일 수도 있으니 조금만 더 기다려 보도록 하죠. 혹시 그 자식이 갈 만한 데 있습니까?"

"글쎄요. 오늘처럼 갑자기 사라진 적이 없어서요."

재혁은 깊은 숨을 내쉬었다. 어디서 어떻게 지우를 찾아야 할지 막막했다. 초조한 모습으로 지우가 갈 만한 곳을 생각해 내려고 애쓰던 설희가 다시 입을 열었다.

"지우 아버지와 동료였던 아저씨가 있는데, 혹시 알고 계실지도 모르겠어요."

재혁은 설희의 입에서 나온 '지우 아버지의 동료'의 얼굴이 떠올랐다. 무뚝뚝한 말투로 지우를 챙기던 모습이 떠올랐다. 거기다 지우는 아버지 같은 존재라고 소개하기까지 했으며, 그의 입에서 모든 진실을 듣기도 했었다. 지우가 사라진 것을 안다면 가만히 있을 성격이 아니었다.

"제가 한번 가 보겠습니다. 혹시 그 녀석에게 연락 오면 저에게 연락 주십시오."

재혁은 명함을 설희에게 건네주곤 집에서 나왔다. 재혁은 초조한 마음에 경식이 운영하는 가게까지 어떻게 운전했는지 기억이 나지 않을 정도였다. 다행히 늦은 시간임에도 가게 불은 켜져 있었고, 손님도 있었다. 재혁은 가게 문을 벌컥 열곤 분주하게 몸을 움직이는 경식에게 다가갔다.

"사장님."

재혁을 바라본 경식의 표정이 좋지 않았다. 경식은 사색이 되어 자신을 붙잡는 재혁과 가게 밖으로 나왔다.

"또 어쩐 일로 자네가 날 찾아왔는가."

느릿한 손길로 주머니에서 담배를 꺼내 입에 물곤 불을 붙이려던 순간이었다.

"그 자식이 없어졌습니다."

재혁의 말이 떨어지자 경식의 손에서 힘이 빠지면서 담배가 바닥에 나뒹굴었다. 경식은 동공이 커지며 말문이 막힌 표정으로 반문했다.

"무슨 말인가?"

"강지우, 지금 연락이 안 됩니다. 오늘 결근했고 집에도 없습니다."

"갑자기 그게 무슨 말이야!"

경식은 서둘러 휴대폰을 꺼내 지우의 번호를 눌렀다.

"소용없습니다. 이미 전원이 꺼져 있습니다."

"언제부터 연락이 안 되었던 거야? 갑자기 사라질 이유가 없지 않은가!"

"저 때문입니다. 어제 그 자식이 낌새를 눈치채고 집요하게 묻기에 손 떼라고 사실을 말해 버렸습니다. 그 뒤로 집으로 나가서 들어오지 않았습니다."

경식은 망연자실한 얼굴로 그저 재혁을 바라볼 뿐이었다. 모든 사실을 알았다고 결근까지 하고 집에 들어오지 않을 사람이 아니라는 것을 경식은 알고 있었다. 아버지를 쏙 빼닮아 책임감과 성실함 하나는 따라올 자가 없었다.

"어쩌자고 그 사실을 말했는가. 어쩌자고……."

"그 자식 지금 어디 갈 만한 데 있습니까?"

재혁은 온통 지우의 걱정뿐이었다. 질타와 책망은 지우를 찾은 뒤에 죽을 때까지 들어도 좋았다. 지금은 지우를 찾은 것이 우선이었다.

"그렇게 무책임한 녀석이 아닌데……."

"저도 뭔가 이상한 것 같습니다. 무슨 일이 생긴 건 아니겠지요?"

"확신할 수 없네만, 휴대폰 전원도 꺼져 있는 것도 그렇고……. 요즘 별일 없었나?"

경식의 물음에 재혁의 표정은 굳어져 버렸다.

"이틀 전에 그 자식 집에 도둑이 들었었습니다."

"도둑?"

경식의 두꺼운 눈썹이 샐쭉하게 올라갔다.

"그런데 우습게도 없어진 게 없었습니다. 금품을 가져가지는 않고 집 안만 쑥대밭으로 만들었습니다. 금품을 노린 게 아닌 것 같았습니다. 책장까지 모두 뒤졌으니까요."

"그렇다면……."

"그리고 며칠 전에 지우가 강두원을 만났습니다. 물론 사실을 알기 전이었습니다. 아마 강두원을 만나 뭔가 알아보려 했던 거겠죠.

이미 사건 기록까지 다 본 상태이니 강두원이 유일한 용의자라는 것을 알고 접근한 것 같았습니다."

경식은 이마를 짚곤 바닥에 쓰러지듯 주저앉았다. 재혁이 경식을 부축했다.

"내가 그렇게 일렀건만. 그만하라고, 위험하다고 말이야."

"왜 그러십니까."

"그자들이 움직였을 가능성도 배제할 수 없어."

경식은 침통한 표정으로 말을 마쳤다. 경식의 말이 무슨 뜻인지 알기에 재혁은 대꾸를 하지 못했다.

"사장님."

"그자들은 무언가 찾고 있었던 거야."

"도대체 무엇을요?"

"그건 나도 모르네. 하지만 9년 전 사건과 관련된 증거물을 지우가 가지고 있다고 생각한 것일 수도 있어. 지우의 정체를 눈치채곤 집 안을 뒤졌지만 찾지 못한 게지."

"아직 확신할 수 없잖습니까."

재혁은 제발 아니길 바라고 또 바랐다. 하지만 경식의 얼굴은 참혹하리만큼 어두웠다.

"우선 이러고 있지 말고 찾아봐야겠습니다."

"나도 같이 가겠네."

경식은 가게 안으로 들어가서 앞치마를 벗어 던지곤 다시 밖으로 나왔다. 재혁과 경식이 제일 먼저 찾은 곳은 그녀가 오랫동안 근무했던 지구대였다. 아직 야간 근무 중인 순경에게 지우의 소식을 물었지만 요 근래 연락을 하지 않았다고 했다. 그리곤 그녀가 다녔던 도장에 가 보았지만 이미 문은 굳게 잠겨 있었다.

"젠장."

저절로 입에서 험한 말이 터져 나왔다. 재혁은 답답한 마음에 소리라도 지르고 싶은 심정이었다. 자정이 한참 넘은 시간이 돼서야 그녀가 갈 만한 곳을 모두 뒤진 후였다.

경식의 말대로 재혁의 마음도 점차 기울어지고 있었다. 그렇게 집에서 뛰쳐나가도록 하지 말았어야 했는데. 그녀를 빨리 붙잡았어야 했는데. 좀 더 다정한 말로 그녀를 설득했어야 했는데. 재혁은 그날 일이 모두 후회스러웠다. 별 소득 없이 새벽이 지나가 버리고 재혁은 뜬눈으로 아침을 맞이해야 했다. 새벽녘에 경식과 헤어지고 재혁은 다시 주변을 살펴보았지만 헛수고였다.

'강지우, 도대체 어디 있는 거냐. 설마 아니겠지?'

그자들에게 납치당한 것이라면 어쩌면 벌써 이 세상 사람이 아닐지도 모른다는 생각이 들었다. 9년 전 동생의 사건처럼 나중에 싸늘한 시신으로 발견되는 것은 아닌지 재혁은 점점 미칠 지경이었다. 어디서 어떻게 그녀를 찾아야 할지 막막했다. 이쯤 되면 그녀가 실종된 것이라고 봐야 했다. 당장 서로 들어가서 그녀의 행방을 찾는 수사를 해야 했다.

"강 형사는?"

출근하자마자 민수가 걱정 어린 시선으로 재혁에게 물어왔다. 철민도 옆에서 재혁의 대답을 기다리고 있었다.

"아무래도 정말 무슨 일이 생긴 거 같아."

결말 313

"어제 강 형사님 집에 가셨을 때 무슨 일이 있었어요?"

채근하듯 철민이 물었다.

"같이 사는 친구 말론 집에도 들어오지 않았다고 하더군. 거기다 휴대폰 전원도 꺼져 있고. 어제 집 주변도 살펴보고, 그 자식이 갈 만한 데는 다 찾아봤는데 없어. 계속 연락 안 되는 거 보면 무슨 일이 생긴 것 같아."

"그럼 실종신고하고 빨리 강 형사 찾아야지."

"그런데 어디서 어떻게 찾아야 할지 모르겠다."

양손으로 머리를 헝클어뜨리며 재혁은 답답한 표정을 지었다. 수많은 사건을 해결하고 수사하면서 어렵지 않은 적은 없었다. 그러나 지우의 실종은 지금까지 맡아 왔던 사건보다 더 풀기 어려운 숙제였다.

"너답지 않게 왜 이래? 정신 차려."

"하루라도 빨리 찾아야죠."

재혁은 고개를 끄덕이며 회의실 안으로 들어갔다. 김 팀장에게 지우에 대해 사실대로 말하고 수사를 해야 할 듯싶었다. 재혁의 말을 들은 김 팀장은 분개한 얼굴로 서류 끄트머리를 구기며 분노를 삭였다.

"거짓말한 것에 대해서는 강 형사를 찾고 나서 책임을 묻도록 하지. 일단 강 형사를 찾는 게 우선이니까. 주변 탐문 수사해서 목격자 있는지 파악하고 CCTV도 전부 수거해."

재혁은 입이 열 개라도 할 말이 없었다. 우선 지금은 그녀를 찾는데 주력하는 수밖에 없었다. 김 팀장의 수사 명령이 떨어지자 모두 회의실에서 나와 분주해졌다. 막 사무실에서 나가던 찰나 재혁의 휴대폰이 울려댔다.

"윤재혁입니다."

―저 김설희예요. 지우와 같이 사는 친구요!

"혹시 연락이 왔습니까?"

재혁은 마른침을 삼키며 설희의 대답을 기다렸다.

―지구대에서 지우의 휴대폰을 가지고 왔어요. 휴대폰을 주운 사람이 지구대에 맡긴 모양이더라구요. 다행히 지우가 근무했던 지구대라 휴대폰 전원을 켜곤 지우 휴대폰이라는 걸 알았나 봐요.

"알겠습니다. 일단 그쪽으로 가겠습니다."

재혁은 전화를 끊고 지우의 집으로 이동했다. 어쩌면 목격자가 있을지도 모른다는 생각이 들었다.

강력 2팀의 팀원들이 지우의 집 안으로 들어가 설희에게 지우의 휴대폰을 받았다. 통화목록이나 문자 메시지엔 별 특별한 것이 없었다. 설희의 말론 오늘 오전에 지구대에서 집으로 찾아와 지우의 휴대폰을 건네주고 갔다고 했다.

재혁은 지구대로 가서 형사증을 보여 주며 이 순경을 찾았다.

"제가 이 순경입니다. 무슨 일이시죠?"

"강 형사 휴대폰을 찾아 주셨다고 들었습니다."

"네, 그렇습니다."

"강 형사 휴대폰을 주운 사람 연락처 기록되어 있습니까?"

재혁의 사뭇 진지한 표정에 이 순경이 물었다.

"혹시 선배한테 무슨 일이 있는 겁니까? 목격자 말론 큰길 사거리에 휴대폰이 떨어져 있는 걸 보고 가져왔다고 했습니다."

"강지우 형사, 지금 실종되었습니다."

재혁의 말이 떨어지자 이 순경이 놀란 표정이 되었다.

"실종이라니요?"

"이틀 전부터 연락이 되지 않고 있습니다. 지금 수사 중입니다. 휴대폰을 주운 사람에겐 별다른 말은 없었습니까?"

"네. 그냥 휴대폰을 주워서 가져왔다고만……."

많이 놀랐는지 이 순경과 지구대 안이 술렁거렸다. 다들 지우와 한솥밥을 먹은 지 오래된 동료였기에 충격이 컸을 것이다.

"혹시 이 주변이 많이 소란스럽다거나, 수상한 사람은 못 보셨구요?"

"네. 딱히."

휴대폰을 주운 사람이 어쩌면 목격자일지도 모른다는 생각을 했었지만, 이미 지우가 납치당하고 난 뒤에 떨어져 있는 그녀의 휴대폰을 주운 모양이었다. 단서도 목격자도 없는데 어떻게 그녀를 찾는단 말인가. 재혁은 자신의 명함을 이 순경에게 건네주며 혹시 무슨 단서라도 찾게 된다면 연락을 부탁했다.

지구대에서 나와, 지우의 휴대폰 통화 목록 중 부재중 전화로 처리된 밉상이란 단어를 한참 동안 바라보았다.

※ ※ ※

'여기가 어디지?'

어디선가 불어오는 시원한 바람에 눈을 뜬 지우는 어두침침한 분위기가 물씬 풍기는 주변을 둘러보았다. 폐가인 것 같기도 하고 공사장인 것 같기도 했다. 움직이려 하자 손목에 느껴지는 통증에 자신의 모습을 자세히 보니, 양손을 뒤로해 의자와 단단히 묶어 놓은 것을 확인할 수 있었다. 움직일 수 있는 것이라곤 두 다리뿐이었다.

지우는 자신이 왜 이곳에 있는지 이틀 전 일을 떠올렸다. 재혁에게 모든 사실을 들은 자신은 집에서 뛰쳐나왔었다. 재혁에게 변명이나 어설픈 충고를 듣고 싶지도 않았다. 그도 경식처럼 포기하라고 할 것이 뻔했다. 그가 9년 전 사건의 피해자 가족이라는 사실이 충격으로 다가왔고, 자신에 대해 알고 있었음에도 지금까지 묵인한 그가 용서가 되지 않았다. 집에서 나와 한참 주변을 서성거리다 집으로 돌아가는데, 어떤 검은 승용차가 멈추더니 사내들이 우르르 쏟아져 나왔다. 그리곤 저항할 틈도 없이 그들의 힘에 못 이겨 억지로 차에 올라탔고, 얼마 지나지 않아 정신을 잃은 듯했다.

도대체 누가 왜, 어떤 목적으로 자신을 납치한 것인지 지우는 짐작도 하지 못했다. 주변을 둘러보니 뒤쪽에 작은 창문 하나가 보였다. 보기 싫게 깨진 창문 틈으로 바람이 들어와 지우의 목덜미를 간질이고 있었다. 지우는 일어나서 창문으로 고개를 내밀어 보았다. 온통 빨간색으로 '폐가'라고 써 놓은 글씨들에 무서운 느낌이 들었다. 닫혀 있는 문고리를 잡아 돌려 보았지만, 역시 굳게 잠겨 있었다.

이런 곳에 자신 혼자 남겨 둔 채 자신을 납치한 사람은 어디 간 것인지 의문이 증폭되었다. 얼마나 시간이 지난 것인지, 또 이곳은 어디인지. 지우는 점점 공포감에 휩싸였다. 집에서 나올 때까지만 해도 가지고 있던 휴대폰은 없었다.
 "방법이 없을까……."
 주변에 쓰레기만 가득할 뿐 자신이 여기 있다는 것을 사람들에게 알릴 방법이 없었다. 휴대폰도 없고 밖에 나갈 수도 없으니 말이다. 지우는 지그시 눈을 감았다. 아버지의 얼굴과 재혁의 얼굴이 떠올랐다. 그라면 자신을 찾을 수 있을지도 모른다.
 '선배……'
 그에게 너무 심한 말을 내뱉은 것만 같아 미안했다. 만약 그날이 마지막일 줄 알았다면 그러지 않았을 것을. 병원에서 아버지의 사망 소식을 듣던 날도 그러했다. 아버지에게 심한 말을 내뱉은 것이 내내 마음에 걸렸는데, 결국 마음에도 없는 말이었다는 구차한 변명도 못 하고 아버지를 보냈으니 말이다. 과연 여기가 끝인 것일까.
 얼마나 시간이 흘렀을까. 잠깐 잠이 들었다 깼을 땐 어두컴컴한 밤이 내려와 있었다. 구슬프게 들려오는 귀뚜라미 우는 소리가 창문 밖에서 윙윙대고 있었다. 지우의 입술은 바짝 말라 혈색을 잃어버린 지 오래고, 얼굴 또한 창백했다. 초가을이긴 했지만 이따금씩 부는 바람이 지우의 어깨를 오그라들게 만들었다.
 잠시 후, 문을 여는 달그닥 소리가 지우의 귀를 번쩍 뜨이게 만들었다. 하지만 며칠 사이 지친 터라 지우는 이곳에 들어오는 남자의 얼굴을 확인할 기운이 없었다. 그저 터벅터벅 걸어오다 이내 멈춘 남자의 구두코부터 천천히 위로 훑어볼 뿐이었다. 다소 거칠어 보이는 남자의 얼굴엔 자신을 풀어 줄 일말의 아량도 없어 보였다.

"그동안 많이 피곤했나 보군."

"당신이 대가리야?"

바지 주머니에 손을 넣고 지우를 내려다보던 남자의 얼굴에 짐짓 비열한 미소가 번졌다.

"형사님이 그런 거친 단어를 쓰다니. 의외군."

"당신이 대가리냐고 물었어."

"그건 알아서 뭐하게? 어차피 하루살이 목숨인데 알 필요 없잖아."

'날 없앨 생각인 건가?'

지우는 흠칫했지만 최대한 내색하지 않으려고 부단히 애를 썼다. 그저 단순히 자신을 없애기 위해 납치를 한 것이란 말인가? 그렇다면 자신을 본 즉시 없앨 수 있었을 텐데 왜 이곳에 자신을 가둔 것인지 지우는 의아한 생각이 들었다.

"날 없애는 게 네놈들 목적이라면 왜 죽이지 않은 거지?"

"아직 형사님은 쓸모가 있으니까."

"그게 무슨 말이야?"

지우는 남자의 의미심장한 말에 고개를 치켜들었다.

"넌 쥐새끼 같은 놈도 같이 처치할 수 있는 아주 쓸 만한 미끼니까 그때까지만 살려 두는 거다. 그때까지 천국에 갈 수 있도록 무의미한 기도나 하든지."

지우의 물음에 남자는 이죽거리며 대답했다. 하지만 지우는 남자가 말한 '쥐새끼 같은 놈'이 누군지 짐작조차 하지 못하고 있었다. 자신 말고 또 누군가를 처치할 생각이라는 것만큼은 확실했다.

"거기다 아직 너에게 용건이 있어."

허리를 굽힌 남자는 지우의 얼굴을 마주하며 역겨운 담배 냄새를 풍겼다. 지우는 인상을 찡그리며 그의 시선을 피했다.

'도대체 무슨 꿍꿍이인 거지?'

뒤로 묶은 끈을 풀어 보려고 했지만, 단단히 묶은 끈은 도통 풀릴 기미가 보이지 않았다. 괜한 에너지 소모로 지친 지우는 남자를 노려보았다.

"왜? 안 풀어지나?"

"당장 풀어!"

"지금 자신이 처한 입장도 인식 못 하고 큰 소리라니."

주머니에서 담배를 꺼내 입에 물곤 불을 붙였다. 훅, 하고 숨을 내뱉자 뿌연 연기가 지우의 코와 입속에 들어왔다. 고통스러운 얼굴로 기침을 하는 지우의 모습이 재미있다는 듯 내려다보다 남자는 담배를 바닥에 짓이겨 껐다.

"용건……. 나한테 있다는 용건이 뭐야?"

"그건 조금 있다가 다시 얘기하자고."

"내가 만약 당신네들 요구를 들어주지 않는다면 어쩔 거지?"

지우의 말에 남자는 무표정으로 변했다. 표정을 보아하니 중요한 것이 틀림없었다. 그때까진 자신을 살려 둘 것이 분명했다.

"어차피 당신네들 요구를 들어주나 들어주지 않나 날 죽일 건 뻔하잖아."

"지금 나랑 흥정을 하자는 건가? 이거 참 재미있군."

"어차피 죽을 목숨, 당신네들 용건은 내가 알 바가 아니니까."

지우는 남자와 대화로 시간을 끌며 열려 있는 틈으로 밖을 내다보았다. 이 남자 말고도 사내들이 여럿 있는 모양이었다. 밖으로 나갈 수 있는 뭔가가 있지 않을까 생각해 보았지만 역시 무리였다. 뒤로 나 있는 창문은 너무 작아 자신이 나가기엔 역부족이며, 지금 남자를 밀치고 밖으로 나간다 해도 그리 멀리까지 도망가지 못할 것이 자명했다.

"순순히 우리의 요구를 들어준다면 고통 없이 보내 주려고 했건만. 그래, 조금 이따 회장님을 만나고도 지금처럼 여유 부릴 수 있는지 보자고."

남자는 그녀에게 등을 보이곤 밖으로 나갔다. 문은 다시 굳게 닫히고 말았다. 지우는 절망한 얼굴로 아랫입술을 깨물었다.

"문 열어! 개자식들!"

뒤늦게 소리를 질렀지만 아무 소용없었다. 정말 이대로 자신은 죽는 것일까? 남자가 말한 회장님은 누구일까? 그렇다면 저 남자 위로 조직을 다스리는 회장이 있다는 얘기다. 캄캄하게 내려앉은 어둠이 자신을 집어삼킬 것 같아 지우는 두려움에 몸을 떨었다. 지금쯤 경찰서는 한바탕 뒤집혔을 것이다. 자신을 찾으러 수색하고 있을 것이 분명했다. 과연 자신이 죽기 전에 찾아낼 수 있을까?

"선배."

지우는 눈물을 삼키며 재혁을 떠올렸다.

❖   ❖   ❖

사무실 안은 금연이라는 것을 잊은 채 재혁은 줄기차게 담배만 피워 댔다. 재떨이에 수북이 쌓인 담배꽁초로 그가 얼마나 마음을 졸이고 있는지 알 수 있었다. 그녀가 실종된 지 삼 일이나 되었지만 아무런 단서도 없었다. 주민들을 상대로 탐문 수사를 했지만 별 소득 없었다. 사람들이 많이 다니지 않는 한적한 동네이다 보니 목격자가 없는 듯했다. 철민이 비디오실에서 수거해 온 CCTV를 확인하고 있지만 아직까지 이렇다 할 증거는 나오지 않았다.

시간이 지날수록 인질의 안전을 보장할 수는 없는 상태가 되어 간다는 것을 알기에 재혁은 초조해져만 갔다. 제발 자신이 찾을 때까지 무사하길 바라는 수밖에 없었다. 이미 동네엔 실종자 전단지를 뿌린 상태지만, 그녀를 찾을 수 있을 거란 기대치는 별로 높지 않았다. 재혁은 속이 새까맣게 타들어 가는 기분에 찬물만 들이켰.

그때였다. 책상 위에 올려 둔 휴대폰이 진동음을 내며 움직이고 있었다.

"윤재혁입니다."

―형사님, 저 꺽새입니다. 김복민 부검의 찾았습니다.

"정말이야? 허튼소리 하는 거면 가만 안 둬."

―허튼소리라뇨? 제 인맥을 총동원해서 어렵게, 어렵게 잠도 설쳐 가며 찾았는데 너무 섭섭한 말씀하십니다. 그나저나 그 부검의 거처를 계속 옮겨 다니는 모양이더라구요.

여유 넘치는 꺽새의 목소리에 재혁은 그가 정말 부검의를 찾았다는 확신이 들었다.

"거처를 옮겨 다닌다고? 빨리 가 봐야겠어. 주소 문자로 보내 줘."

한시라도 빨리 부검의를 찾아야 했다. 자주 거처를 옮겨 다니는 거라면 생명의 위협을 느끼고 있는 것이 분명했다. 이번에 놓치면 부검의를 언제 또 찾을지 미지수였다. 어쩌면 그가 찾았을 땐 차디찬 시신으로 남아 있을지도 모르는 일이었다.

거기다 지우를 납치한 자가 강두원이라면, 어쩌면 부검의가 지우가 있는 곳을 알지도 모른다는 생각이 들었다. 지금이야 혼자 은둔 생활을 하고 있지만, 예전엔 강두원과 한배를 탔던 사람이었으니 말이다. 9년 전 사건을 해결할 수 있는 열쇠이기도 하니 그를 꼭 찾아내야 했다.

재혁은 차 키를 가지고 사무실을 급하게 뛰어나갔다. 차에 올라타 시동을 걸자 꺽새에게서 문자가 도착했다. 경기도 양평군으로 시작하는 주소였다. 재혁은 꺽새가 보내 준 주소를 내비게이션에 검색하곤 곧 그 경로대로 운전을 하기 시작했다.

─경로 안내를 종료합니다.

안내음이 종료되자 재혁은 시동을 끄고 차에서 내렸다. 어릴 적에 어머니와 동생 연지와 함께 외가댁에 갔었던 기억이 연상될 만큼 자그마한 시골 동네였다. 개가 짖는 소리와 시골 특유의 냄새에 재혁은 한동안 주변을 살펴보았다. 크고 작은 논과 밭 주변으로 우뚝 선 나무들이 의젓해 보이기까지 했다. 이 동네 어딘가 자신이 찾는 부검의가 있을 것이란 생각에 한시라도 빨리 그를 만나고 싶었다.

초가지붕이 즐비한 동네 골목으로 들어선 재혁은 가까이 있는 집 앞에 서서 초인종을 눌렀다. 잠시 후, 40대 정도 되어 보이는 중년 여자가 나왔다.

"실례합니다. 사람을 찾고 있는데 혹시 어디 사는지 아십니까? 이름은 김복민이구요."

30대 초반 정도 되어 보이는 부검의 사진을 보여 주며 재혁이 물었다. 한참을 사진을 보던 여자는 고개를 절레절레 흔들었다. 9년이면 아무래도 생김새가 많이 변했을 것이고, 알아보지 못할 가능성이 컸을 것이다. 재혁은 다시 사진을 보여 주며 재차 확인해 달라고 부탁했지만 중년 여성은 여전히 고개를 절레절레 흔들었다.

같은 방법으로 여러 집을 돌아다니며 부검의 김복민을 찾으러 다녔다. 여기까지 왔는데 절대 포기할 수 없었다. 골목 끝까지 다다랐을 때 파란색 대문의 집이 보였다. 재혁은 다시 초인종을 누르곤 안에서 누군가 나오길 기다렸다.

"누구슈?"

허리를 굽힌 노파가 지팡이를 짚고 나왔다.

"실례합니다. 할머님, 혹시 이런 사람 아시나요?"

사진을 보여 주자 눈이 침침한 모양인지 실눈을 뜨곤 오랫동안 사진을 바라보았다.

"그 양반 오래전 사진인가 보네."

"누군지 아시겠어요?"

"여기에 살고 있는데. 안으로 들어오겠소?"

"그럼 실례하겠습니다."

재혁은 고개를 까닥하곤 안으로 들어섰다. 노파는 김복민이 거처

하는 방 앞에서 오래되어 보이는 문을 손으로 두어 번 쳐 댔다.

"총각, 나와 봐. 누가 찾아왔어."

노파의 부름에 잠시 후, 김복민이 부스스한 얼굴로 밖으로 나왔다. 강두원에게 거액의 돈을 챙겨 호화스러운 생활을 하고 있을 것이라고 생각했던 재혁의 예상과는 달리 너무 허름한 단칸방에서 생활하고 있었다. 그것이 의외였다.

"누구십니까."

"안녕하십니까. 인천 서부 경찰서 윤재혁 형사라고 합니다."

"무슨 일로……"

"9년 전, 여대생 피살사건과 강도사건으로 사망한 강민석 형사 부검했던 부검의 김복민 맞으십니까?"

재혁의 말이 끝나자 김복민의 안색이 하얗게 질려 가고 있었다. 파도처럼 흔들린 김복민의 눈동자는 급기야 재혁의 시선을 피한 채 등을 돌렸다.

"사람 잘못 찾아오셨습니다."

"제대로 찾아왔습니다. 여기서 소란 피우는 꼴 보기 싫으면 얘기 좀 하시죠."

"왜 이러십니까! 아니라고 하지 않습니까!"

처음부터 순순히 응할 것이라는 기대는 하지 않았던 재혁이었지만, 자신의 죄도 모르고 큰 소리를 쳐 대는 김복민을 보자 저도 모르게 주먹을 꼭 쥐었다. 말로 해서 듣지 않는다면 폭력을 가해서라도 그에게 자백을 받고야 말겠다는 생각이 들었다.

"여기서 제가 소란 피우면 또다시 거처를 옮기셔야 할 텐데요."

"지금 협박하시는 겁니까?"

"따라나오시죠."

재혁은 찌를 듯한 눈동자로 김복민을 노려보곤 집 밖으로 나왔다. 잠시 후 김복민은 겉옷을 껴입고 밖에서 기다리고 있는 재혁의 앞에서 섰다.

"당신 누구요? 누군데……."

"그 사실을 어떻게 알고 있냐고 묻고 싶은 겁니까?"

김복민은 입술을 굳게 다물고 재혁의 대답을 기다렸다.

"제가 피살자 윤연지의 가족입니다."

"뭐, 뭐라……."

마치 귀신을 본 것처럼 놀란 얼굴로 부검의는 한 걸음 뒤로 주춤 물러섰다.

"뭘 그리 놀라십니까?"

"……."

김복민은 주머니에서 담배를 찾아 덜덜 떨리는 손으로 불을 붙였다. 충격 때문에 변명할 새도 없었다. 훅, 하고 담배 연기를 내뿜더니 진정이 된 얼굴로 재혁을 바라보았다.

"날 찾아온 이유가 뭐요?"

"당신은 돈에 눈이 멀어 그때 부검을 거짓으로 했어. 분명 연지의 몸에서 나온 DNA와 강두원의 DNA가 일치했을 거라고."

"무, 무슨 말을 하는 건지."

"잡아떼도 소용없어. 당신은 9년 전 사건이 내 입에서 나오자 마치 헛것을 본 것처럼 놀라더군. 그래, 그 사건은 당신과 강두원이 무덤까지 가지고 가야 할 비밀이었겠지."

김복민은 피고 있던 담배를 손에서 떨어뜨렸다. 재혁은 김복민의 멱살을 움켜쥐곤 한 대 칠 기세로 덤벼들었다.

"내가 알고 있는 게 놀랄 만도 하겠지. 하지만 9년 전 내가 강두원을 찾아갔을 때 술이 떡이 돼서 자신이 한 짓을 내게 털어놨어."

"뭐, 뭐라고?"

"보고서를 조작하는 대신 강두원에게 막대한 돈을 받지 않았나? 어째서 이런 시골 바닥에 처박혀 있는 거지? 도망자처럼 수시로 거처까지 바꾸면서 말이야."

김복민의 멱살을 잡은 손에 재혁은 힘을 가하며 김복민을 죽일 듯 노려보았다. 김복민은 숨이 막힌 모양인지 제대로 숨을 쉬지 못하고 있었다.

"내가 맞춰 볼까? 그때 그 일을 아는 자들, 알려고 하는 자 모두 죽자 당신은 겁이 났던 거야. 그래서 거처를 바꿔 가며 촌구석에 묵고 있는 게 아닌가? 당신이 목숨도 얼마 남지 않은 것 같군."

고통스러워하는 김복민을 노려보다 재혁은 멱살을 잡고 있던 손에 힘을 뺐다. 김복민은 숨을 몰아쉬며 바닥에 주저앉아 버렸다.

"지금 당장 당신을 죽이고 싶지만 살려 두는 이유는 단 한 가지야. 당신은 이 사건을 풀어 줄 유일한 열쇠라는 것."

"내, 내가 도와줄 것이라고 생각하나?"

"선택은 당신이 해. 강두원이 살아 있는 한 당신의 명이 그리 길지만은 않을 테니까. 지금이라도 자백하고 죗값을 받고 남은 인생을 부끄럽지 않게 사는 게 나을 것 같은데? 인간답게."

"인간답게라."

김복민은 이죽거리며 바닥에서 일어났다.

"난 이미 오래전 인간이길 포기한 사람이야. 괜한 헛걸음한 것 같군."

"강도사건으로 가장해 죽인 강민석 형사의 딸도 지금 놈들에게 납치됐어. 확실한 증거가 없어서 잡을 수도 없다고! 또 다른 희생자를 만들 건가? 최소한의 죄책감이 남아 있다면 자백해. 다음 표적은 당신일지도 모르니까."

재혁은 명함을 김복민의 손에 억지로 쥐여 주었다. 주춤하던 김복민의 시선은 명함에서 재혁의 얼굴로 옮겨졌다.

"기대는 하지 마시오."

"난 저 앞에 보이는 민박집에 묵을 예정이니 생각이 바뀌거든 날 찾아오십시오. 난 인내심이 없어서 오래 기다리진 못합니다. 납치된 여자가 잘못되기라도 한다면 당신을 가만두지 않을 겁니다. 지금도 당신 죽여 버리고 싶으니까."

재혁은 김복민에게 마지막 경고를 한 뒤 그를 지나쳐 갔다.

※　　※　　※

당분간 출근하지 않고 밖으로 지우를 찾겠다고 연락을 했다. 당연히 노발대발했지만 재혁의 고집을 꺾을 순 없었다. 이대로 다시 인천으로 올라간다면 강두원을 잡을 기회도, 지우를 찾을 수도 없게 분명했다. 재혁은 한숨도 제대로 자지 못한 채 꼬박 밤을 샜다.

납치되어 어떻게 되었을지도 모르는 지우를 생각하니 다리 뻗고 잠을 잘 수가 없었다. 한시라도 빨리 그녀를 찾아야 했다. 그러기 위해선 김복민의 도움이 절실했다.

재혁은 대충 씻고 민박집에서 나섰다. 김복민에게 다시 가 볼 참이었다. 이대로 앉아서 김복민의 선택을 여유 있게 기다릴 처지가 아니었다. 김복민이 묵는 집에 도착하자 노파가 문을 열어 주었다. 안으로 들어가려고 하는 사이, 검은 양복을 입은 사내 몇 명이 근처 집을 돌아다니며 누군가 찾고 있는 모습이 포착되었다.

'강두원이 보낸 건가? 김복민을 찾으려고?'

재혁은 서둘러 안으로 들어가 방문을 벌컥 열었다. 갑자기 문이 열리자 놀란 김복민이 자다 벌떡 깨 부스스한 얼굴로 재혁을 바라보았다.

"어서 여기서 나가야 해요. 지금 당신을 찾는 사람들이 여기 깔렸습니다! 어서 당장 나가요!"

재혁의 말에 김복민은 옷을 갈아입을 새도 없이 가방에서 서류 봉투를 챙겨 방에서 나왔다. 아직까지 이 근처까진 오지 않은 모양이었다.

"이쪽에 뒷문이 있습니다."

김복민의 말에 재혁은 그를 따라 뒷문으로 집에서 나왔다. 뒷산까지 연결된 길이 있었다. 꽤 멀리까지 도망친 재혁과 김복민은 바닥에 주저앉아 숨을 고르고 있었다. 꽤 지쳐 보이는 김복민은 손등으로 이마에 맺힌 땀을 닦아 냈다.

"생각보다 빨리 움직였군요."

"설마 여기까지 찾아올 줄은 몰랐는데……."

"이제 어쩔 겁니까? 당신을 찾는 것도 이제 시간문제인 것 같은데."

집에서 도망칠 때 챙긴 서류 봉투를 김복민은 겉옷 안에서 꺼내 재혁에게 건네주었다. 그는 강두원의 손에 잡히는 것이 시간문제라고 판단한 듯싶었다.

"자신 있소?"

"네."

"부검 보고서 원본이요. 그건 내가 보관하고 있었지. 그들이 내 목숨을 언젠간 위협해 올 것 같아서 늘 불안했어. 내 죗값은 치르리다."

재혁은 봉투를 열어 서류를 꺼냈다. 역시 자신의 생각이 맞아떨어졌다. 연지의 몸에서 발견된 DNA와 강두원의 DNA가 일치한다고 되어 있었다. 거기다 테이프까지 있었다.

"이건 뭡니까?"

"그자가 말한 걸 녹음해 놨소. 도움이 될 거요."

재혁은 한시라도 빨리 서에 들어가 증거를 제출하고 강두원을 소환해야 했다. 그들은 재혁이 머무는 민박집으로 향했다. 그리곤 차를 타고 서둘러 동네를 빠져나왔다. 재혁은 민수에게 전화를 걸었다.

"형, 지금 명성 장학재단 이사장 위치 파악하고 소환할 준비해."

―뜬금없이 그게 무슨 소리야? 알아듣게 말하라고.

"연지 사건에 대한 증거를 찾았어. 그리고 그 사건을 맡았던 동료 형사를 강도사건으로 위장해 죽인 자가 바로 강두원이야. 그자가 강지우까지 해치려고 하고 있다고! 한시라도 빨리 소환하지 못하면 그 자식 목숨이 위험해!"

―가, 가만 있어 봐. 그래, 그때 그 사건의 범인이 강두원 이사장이라 쳐. 그런데 무엇 때문에 강 형사를 해친다는 거야? 말이 안 돼…….

"연지 사건을 맡았던 형사의 동료가 바로 그 자식 아버지라고!"

―……뭐, 뭐라고?

재혁의 말을 알아들은 민수는 믿기 어려운 듯 반문을 했다.

❖　　　❖　　　❖

비밀리에 강두원을 소환한다고 했지만, 이미 그 얘기는 무시무시하게 퍼져 나가고 있었다. 무표정으로 일관하며 강두원은 여전히 여유를 부리고 있었다. 재혁은 김복민과 함께 팀장실로 들어가 김 팀장에게 서류와 그간의 자초지종을 설명했다. 김 팀장은 녹음 테이프와 서류를 훑어보며 눈을 가늘게 떴다.

"강 형사를 납치한 사람이 강두원 이사장이란 증거는?"

"증거는 이것만으로 충분하다고 생각합니다. 9년 전 강도사건을 가장해 죽인 강지우 아버지 강민석 형사가 그 증거입니다. 그리고 강두원이 사람을 보내 김복민 부검의까지 해치려고 했습니다."

김 팀장의 시선이 김복민에게 향했다. 김복민은 고개를 끄덕이며 결심한 듯 입을 열었다.

"죗값을 치르러 왔습니다. 저놈들 손에 죽느니, 차라리 감옥에서 죗값을 받는 편이 낫다고 생각했습니다. 테이프와 서류를 보면 알겠지만, 강두원 이사장이 여대생을 살인하자 강진만 의원이 사건을 덮기 위해 제게 부탁했습니다. 그 후에 담당 형사가 자살을 하고 얼마 지나지 않아 동료 형사가 강도사건으로 부검대에 오르기도 했었습니다. 그것 또한 그자들이 한 짓입니다."

김 팀장은 어마어마한 사건에 한숨과 함께 서류만 훑어보았다. 오래전 사건에 대한 증거물은 명백하지만, 지우의 행적과 연관성이 있다고 판단하기엔 어려웠기 때문에 난감했다. 하지만 9년 전 사건의 조작이 밝혀진 이상 강두원을 용의자라고 판단하고 취조하는 수밖에 없었다. 재혁은 겉옷 주머니에서 울려 대는 진동 소리에 김 팀장 방에서 나왔다.

"윤재혁입니다."

―저 설희예요. 지금 경찰서 앞인데 잠깐 나오실 수 있겠어요? 지우 가방에서 찾은 건데 보여 드려야 할 거 같아서요

재혁은 전화를 끊고 바로 경찰서 밖으로 나왔다. 며칠 사이 설희의 안색이 별로 좋지 않았다. 금방 지우를 찾을 수 있을 테니 걱정 말란 위로의 말은 질리도록 했으니 별 소용이 없을 터였다.

"뭡니까?"

"이거요."

설희는 가방에서 흰 봉투를 건넸다. 재혁은 설희의 얼굴을 바라보다 봉투 안에 있는 종이를 꺼내 보았다. 피 묻은 종이는 손으로 쓴 편지였다.

"유서 같아요. 혹시 지우 가방에 뭔가 나올까 싶어 뒤져 봤는데, 이게 있더라구요. 지우 아버지한테 쓴 것 같아요."

자살했던 한충원 형사의 유서였다. 그것을 어째서 그녀가 가지고 있었던 것일까? 재혁은 지우가 납치당하기 전날 집에 강도가 든 게 생각이 났다.

'설마······. 이걸 찾으려고?'

재혁은 급히 경찰서 안으로 들어갔다. 한충원 형사의 유서를 꼭 쥔 채 취조실 문을 벌컥 열었다. 취조를 기다리고 있던 강두원은 느긋한 표정으로 재혁을 올려다보았다.

"사람을 이렇게 기다리게 해도 되는 거요?"

"훗. 이걸 찾았던 건가?"

재혁은 봉투에서 유서를 꺼내 강두원에게 보여 주었다. 피범벅이 되어 있는 유서를 보면서도 여전히 여유를 잃지 않고 있었다.

"무슨 말인지 모르겠군."

"당신 이제 끝났어. 당신이 찾아 죽이려고 했던 부검의 김복민은 내가 먼저 찾았다고. 모든 증거물이 진범이 당신과 당신 아버지라고 지목하고 있더군."

"그래서?"

재혁은 강두원의 멱살을 움켜쥐었다.

"말해. 강지우 어디 있는지 말하라고!"

"내 짓이라는 증거 있나?"

"뭐?"

자신을 조롱하듯 강두원은 입가에 미소까지 띠고 있었다.

"그 형사 납치당한 모양인데 내 짓은 아니니까 딴 데 가서 알아보지그래."

"바른대로 말해. 말하라고!"

"어디서 이따위로 수사하나?"

강두원은 자신의 멱살을 세게 움켜쥐고 있는 재혁의 손을 떼어 내곤 옷을 털었다.

"시간이 없을 텐데."

"무슨 말이야? 무슨 말이냐고! 개자식아!"

흥분한 재혁은 강두원의 멱살을 움켜쥐고 욕설까지 내뱉었다. 하지만 여전히 그는 재혁을 조롱하듯 비열한 미소만 걸치고 있었다. 어쩔 수 없이 민수가 재혁을 취조실에서 끌고 나왔다.

"왜 이래! 흥분하지 말고 이성적으로 판단해!"

"그 자식 이미 어떻게 됐을지도 몰라! 그런 상황에서 이성적인 판단이라니!"

"부정적으로 생각하지 마, 인마. 우리도 강 형사 걱정하고 있다고. 분명 찾을 수 있을 거야."

"저 새끼가 납치한 게 틀림없어. 틀림없다고!"

다시 취조실 안으로 들어가기 위해 몸부림을 쳤지만, 민수와 철민이 재혁을 막아섰다. 흥분한 재혁이 일을 더 그르칠 수 있기 때문이었다.

"선배님, 일단 앉아 계세요. 저와 한 선배님이 취조할 테니."

휴게실로 끌려온 재혁은 철민이 손에 쥐여 준 음료수를 바라보다 이내 바닥에 던져 버렸다. 아버지보다 더 훌륭한 형사가 되겠다던 그녀, 언제나 밝고 명랑했던 그녀였다. 유서를 지금껏 어떤 마음으로 간직했는지, 고통스러움이 자신에게 전해지는 듯 가슴이 아려 왔다. 얼마나 힘들었을까. 얼마나 외로웠을까. 선배, 하고 웃던 그녀의 모습이 떠올라 괴로웠다.

"강지우, 제발 살아만 있어라."

재혁은 양손을 붙잡고 간절한 목소리로 중얼거렸다. 제발, 그렇게 집을 뛰쳐나가던 뒷모습이 마지막이 아니길, 그녀의 웃는 모습을 다시 볼 수 있기를 바랐다. 연이어 담배만 피워 대다 재혁은 휴게실 밖으로 나왔다. 취조실 앞에서 서성거리던 재혁은 진땀을 흘리며 밖으로 나오는 민수를 붙잡았다.

"어떻게 됐어?"

"변호사랑 얘기하란다."

"뭐?"

"끄덕도 안 해. 이런, 젠장. 저런 놈이 장학재단 이사장이라니."

허탈한 표정으로 민수는 험한 말을 쏟아 냈다. 호락호락하지 않을 것이라는 것은 이미 직감했지만 재혁의 속은 새까맣게 타들어만 갔다.

"팀장님은 뭐라서?"

"지금 팀장님도 제정신 아닐 거다. 어떻게 냄새를 맡았는지 인터넷 기사 벌써 뜨고, 수화기 내려놓기 무섭게 전화 온다. 지금 청장실에 불려 가셨어."

"가만히 있을 순 없잖아. 협박을 해서라도 그 자식이 있는 곳을 알아내야 한다고."

"일단 팀장님 오면 어떻게 할지 다시 정하자고. 뭐가 있어야 불라고 하지. 아무리 압박을 줘도 묵비권 행세니, 원."

이 지경까지 왔는데 느긋하게 여유를 부리고 있다니. 지금 모든 것을 자백하는 편이 자신에게 유리하다는 것을 진정 모르는 것일까? 아니면 다른 꼼수라도 있는 것일까? 재혁은 도통 강두원의 속내를 알 수가 없었다. 민수와 철민은 잠깐 쉬다 다시 취조실 안으로 들어갔다. 재혁은 사무실에서 김 팀장이 오기만을 기다렸다. 똥 마려운 강아지마냥 재혁은 앉아 있지 못하고 사무실을 휘젓고 다니며 그녀가 어디에 있을지, 어떻게 하면 강두원이 모든 것을 순순히 자백할지 생각에 빠져 있었다.

그때, 사무실 문이 열리면서 강력 1팀 김 형사가 들어왔.

"소포 왔습니다."

소포 박스엔 보낸 사람 이름과 주소가 적혀 있지 않았다. 받는 사람 주소와 이름만 적혀 있을 뿐이었다. 뭔가 수상했다. 보통 소포를 보낼 때 보낸 사람 이름도 적지 않는가. 재혁은 일단 겉 표면의 테이프를 뜯어보았다. 박스 안엔 CD 한 장과 메모지 한 장이 있었다. 우선 비디오실로 가서 CD를 넣고 확인해 보았다. 검은 화면 뒤로 밧줄에 묶여 아등바등대며 고통스러워하는 지우의 모습이 고스란히 담겨 있었다.

"강지우!"

금방이라도 무너져 내릴 듯한 건물 내부였다. 공사장 같기도 하고, 곧 철거가 될 건물 같기도 했다. 1분도 채 되지 않는 짧은 동영상 속엔 그저 고통스런 신음을 내뱉고 있는 지우의 모습만 보였다.

재혁은 반 접혀 있는 종이를 펼쳐 보았다.

이 여자를 구하고 싶다면 당장 00빌딩으로 혼자 와야 한다. 만약 오지 않으면 이 여자는 오늘 중으로 죽을 것이다.

끔찍한 내용의 협박편지였다. 재혁은 분노 가득한 얼굴로 종이를 구겨 버렸다. 현재로선 김 팀장의 지시를 받아야 하나, 마냥 앉아서 기다릴 수 없었다. 강두원이 한 말이 이 뜻이었나? 시간이 없다는 말, 도대체 무슨 뜻일까?

재혁은 차 키를 가지고 급하게 사무실에서 나왔다. 한시라도 빨리 그곳으로 가야 했다. 경찰 조직 내에서 단독행동이란 있을 수 없는 일이나, 상황이 상황인 만큼 혼자 가야 했다. 팀을 꾸리고 계획을 세워 그녀를 구하러 가기엔 턱없이 부족한 시간 때문이었다.

재혁은 종이에 적힌 00빌딩의 위치로 이동했다. 자신이 생각한 곳이 맞다면, 빌딩이 있는 곳은 현재 재개발로 인해 공가와 폐가들이 즐비해 있었다. 당장 내일 철거가 된다 해도 이상하지 않을 법한 꽤 으스스한 동네였다. 도대체 그런 곳에서 무슨 일을 벌이고 있는 것인가. 벌써 해가 저물어 동네에 들어섰을 땐 평소보다 더욱 을씨년스러웠다. 재개발한다고 상인들을 모두 억지로 내보내서 한동안 시끄러웠던 것이 떠올랐다.

"여긴가?"

건물 앞에 차를 세워 놓곤 짙은 어둠이 내려앉아 있는 빌딩을 올려다보았다. 건물 안으로 들어서자 검은 양복을 입은 사내들이 재혁의 앞을 가로막았다.

"원하는 게 뭐지?"

"휴대폰과 총을 주시죠."

잇새로 작은 욕지기가 흘러나왔으나 현재로선 그들이 원하는 대로 해 주는 수밖에 없었다. 재혁은 휴대폰과 총을 사내에게 건네주었다. 사내들은 재혁의 양팔을 붙잡고 지하로 끌고 내려갔다. 굳게 닫힌 문을 열자 조폭의 두목으로 보이는 사내가 고개를 까닥하는 것이 보였다. 그리고 그 앞엔 양손이 묶이고 입까지 틀어 막혀 고통스러운 신음을 내뱉고 있는 지우가 보였다.

"강지우!"

동그랗게 커진 지우의 눈에선 쉴 새 없이 굵은 눈물이 떨어져 내렸다. 지우는 고개를 흔들며 재혁에게 소리치려 했으나, 테이프로 입을 막은 탓에 목소리가 나오지 않았다. 재혁은 두목에게 소리를 쳤다.

"이 여자 풀어 줘! 원하는 게 뭔지 말하라고!"

"어리석은 영웅심이 불타 혼자 오셨군."

남자는 바지 속에 손을 찔러 놓곤 비아냥대며 입을 놀렸다.

"이미 네놈들에게 이런 짓을 시킨 강두원은 이미 경찰 조사를 받고 있다. 네놈들이 더 이상 시간을 끌어 봤자 득 되는 게 없을 텐데."

"어차피 우린 시킨 일만 처리하고 약속한 돈만 받으면 그만이야. 그리고 우린 이곳을 떠날 테니까 말이야."

"그게 무슨 말이지?"

재혁은 심상치 않은 분위기를 감지하곤 의기양양한 얼굴로 여전히 큰소리치는 남자에게 물었다. 남자가 대답 대신 부하에게 고갯짓을 하자, 부하가 재혁에게서 뺏은 권총으로 지우의 머리를 겨냥했다. 재혁은 흥분한 목소리로 남자에게 소리쳤다.

"무슨 짓이야!"

"그러니까 조용히 살았어야지. 오래전 케케묵은 일은 왜 들쑤셔서 이 사단을 만드나? 나도 이 여자 아비를 죽이고 꽤 죄책감이 시달린 사람이라고."

"……뭐?"

"이게 끝이길 나도 바라는 바야."

양복 안주머니에서 담배를 꺼내 입에 물자 옆에 있던 부하가 능숙하게 라이터를 켰다. 뿌연 담배 연기를 내뱉으며 입가엔 비릿한 미소를 머금고 있었다. 재혁은 여전히 지우의 머리에 총을 겨냥하고 있는 부하에게서 시선을 떼지 못하고 있었다.

"이제 죽어 줘야겠어."

입에 물고 있던 담배를 바닥에 떨어뜨리자 사내들이 재혁을 둘러쌌다. 그리곤 누가 먼저랄 것도 없이 들고 있던 강목으로 재혁의 몸을 내려쳤다. 재혁은 반항하지 못하고 그대로 모든 것을 받아 내야만 했다. 재혁이 사내의 강목을 빼앗고 맨주먹으로 얼굴을 내려쳤지만, 다섯 명을 당하기엔 역부족이었다.

퍽. 퍽.

둔탁한 소리가, 재혁의 몸을 세게 내려치는 소리가 지하 건물 안에서 메아리치고 있었다. 재혁은 비틀거리면서도 쓰러지지 않으려

안간힘을 썼다. 지우를 구하러 여기까지 달려왔는데 허무하게 무너질 수 없다는 생각밖에 나지 않았다. 바닥에 무릎을 꿇으며 점차 흐릿해지는 지우를 바라보았다. 뭐가 그렇게 슬픈지 눈물이 범벅이 된 얼굴이었다.

'여기까지가 한계인가.'

재혁이 바닥에 쓰러지자 사내들은 강목을 바닥에 던지곤 밖으로 나왔다. 바닥에 널브러진 강목 중 보기 싫게 반이 부러진 것도 있었다. 지우는 죽은 듯 바닥에 쓰러져 미동 없는 재혁에게 달려갔다. 뒤로 묶인 손으로 재혁의 뺨을 쓸며 지우는 그에게 일어나라는 신호를 보냈다. 재혁은 힘겹게 손을 뻗어 지우의 손목을 단단히 묶고 있던 끈을 풀어 주었다. 그러자 지우는 입에 붙은 테이프를 떼어 내곤 재혁의 상체를 일으켰다.

"선배, 정신 차려요!"

"너라도 멀쩡해서 다행이다."

말하는 것조차 재혁은 힘에 부친 듯했다. 결국 입에서 붉은 피를 토해 냈다.

"겁도 없이 이런 곳에 왜 혼자 와요!"

지우는 저도 모르게 소리를 질렀다. 자신이 재혁의 죽음을 재촉한 것 같아 지우는 미안함이 커졌다. 문은 단단히 닫혔고, 지하실이라 창문조차 없었다. 거기다 이 건물은 곧 철거가 진행될 예정이라 했다. 이곳에서 사고사로 위장해 죽일 작정인 것이다.

"미안하다는 말 하고 싶었다. 그렇게 네가 집에서 뛰쳐나가지 못하게 붙잡았어야 했는데."

"지금 그런 말이 나와요. 곧 죽게 생겼는데……."

지우는 티셔츠 위에 입은 셔츠를 벗어 재혁의 얼굴에 흐르는 피를 연신 닦아 주었다. 어떻게 해서든 이곳에서 빠져나가야 한다는 생각밖에 들지 않았다.

"빨리 이곳에서 나가야 해요. 이 건물은 조금 있으면 철거가 될 거란 말이에요."

"너라도 가."

"그런 말이 어디 있어요! 선배 두고 한 발자국도 나가지 않을 거예요!"

지우는 재혁을 꼭 안고 소리쳤다. 겨우 그와 다시 만났는데 어떻게 그를 놓고 혼자 도망친단 말인가. 나갈 곳도 없지만, 재혁을 두고 혼자 나갈 수는 없는 일이었다. 겨우 알았다. 자신의 진심을. 납치되어 혼자 며칠 동안 감금되어 있는 동안, 그리고 기적처럼 그가 이곳에 걸어 들어오는 것을 보며 지우는 깨달았다. 자신이 재혁을 얼마나 보고 싶어 했는지를. 죽음을 눈앞에 두고 재혁의 얼굴밖에 떠오르지 않았었다. 지우는 재혁을 바닥에 눕히곤 굳게 닫힌 문고리를 흔들었다.

"여기 사람이 갇혔어요! 누구 없어요!"

어떻게든 살아야겠다는 생각 하나로 지우는 주먹으로 힘껏 문을 쳐 댔다. 제발 누군가 구하러 와주길 간절히 바라는 마음으로 문을 두들겼다.

'나가야 해. 이제 겨우 알았는데 여기서 주저앉을 수 없어.'

얼마나 지났을까. 결국 지우도 지쳐 바닥에 주저앉아 버렸다. 그때였다. 어디선가 물이 흐르는 소리가 들렸다. 지우는 물 흐르는 소리가 나는 쪽으로 걸어갔다. 벽 한쪽 구석이 부서져 있는 것이 보였다. 그리고 그 안엔 물이 흐르고 있었다.

'이곳으로 나가면 살 수 있어.'

확신에 찬 얼굴로 지우는 재혁의 상체를 일으켰다.

"선배, 나갈 수 있어요. 하수구와 연결된 통로가 있어요."

"하수구?"

"저곳으로 가면, 분명 밖으로 나가는 통로와 연결되어 있을 거라구요. 조금만 힘을 내요."

재혁은 조금 전, 강목으로 얻어맞아 움직일 수가 없었다. 상체를 일으키는 것조차 힘에 부쳐 지우의 도움으로 결국 한참만에 일어날 수 있었다.

하지만 하수구와 연결된 구멍이 너무 작았다. 어린아이가 기어들어갈 정도였다. 지우는 사내들이 버리고 간 강목을 들고 통로를 넓혔다. 재혁도 강목을 들고 지우와 같이 시멘트를 부쉈다. 얼마나 낡은 건물인지 시멘트가 힘없이 부서져 내리고 있었다.

"이제 됐어."

지우가 희망의 빛을 본 것처럼 고개를 끄덕였다. 재혁이 먼저 통로로 들어가 지우에게 길을 내주었다. 재혁은 손목시계로 라이트를 켜곤 통로를 빠져나왔다. 그리곤 지우의 손을 잡고 끝이 보이지 않은 길을 건넜다. 곧 밖으로 나가는 사다리가 보였다.

쾅. 쾅.

사다리를 올라가려는데, 갑자기 어디선가 둔탁한 소리가 들렸다.

재혁은 놀란 얼굴로 지우를 바라보았다.

"철거가 시작됐나 봐요."

"벌써?"

"여기서 선배와 사고로 죽게 할 생각이니, 서두르는 거겠죠."

지우의 말을 듣자 재혁은 온몸에 소름이 돋았다.

"빨리 나가자."

재혁이 먼저 사다리를 타고 올라가 맨홀 뚜껑을 열었다. 그제야 재혁은 살았다는 안도감이 들었다. 밖으로 나온 재혁은 사다리를 올라오고 있는 지우의 손을 잡고 힘껏 끌어당겼다. 지우는 뺨을 스치고 지나가는 바람에 그만 울음을 터트렸다. 얼마 만에 밖에서 이렇게 바람을 맞는 것인지. 그동안 공포스러웠던 시간들이 머릿속을 지나가자 재혁의 품에서 눈물을 쏟아 냈다.

"이제 끝났어."

"네. 우리가 살아 있다는 게 그 증거겠죠."

재혁은 지우를 품에 꼭 안았다. 살아 있다는 기쁨이 이런 기분인 줄 몰랐다. 하지만 재혁은 곧 정신이 희미해지더니 그대로 쓰러져 버렸다.

"선배!"

❖   ❖   ❖

'여기가 어디지?'

재혁은 힘겹게 눈을 떴다. 하얀 천장의 형광등이 유난히도 눈이 부시는 듯했다. 재혁은 다시 한 번 눈을 감았다 떴다. 머리가 지끈거리고 온몸이 욱신거려 움직일 수가 없었다.

"정신이 들어요?"

환자복을 입고 걱정스러운 눈으로 자신을 내려다보고 있는 지우의 모습이 눈에 들어왔다. 그러자 정신을 잃기 전 일들이 번뜩 떠올랐다.

"강지우."

"저예요. 알아보겠어요?"

재혁은 힘겹게 고개를 끄덕였다. 그녀를 구하러 지하에 들어갔을 땐 미처 몰랐는데, 지금 다시 보니 야윈 얼굴이 말이 아니었다. 잠시 후, 병실 문이 열리면서 민수와 철민이 들어왔다. 한심하다는 듯 혀를 찬 후, 재혁을 내려다보며 민수가 입을 열었다.

"건물에 파묻혔으면 어쩔 뻔했냐?"

"선배님, 정말 천만다행입니다."

재혁은 두 사람의 잔소리가 이내 귀찮은 듯 인상을 찌푸렸다.

"어떻게 됐어?"

"뉴스에 온통 강두원 이사장 얘기다. 하긴, 보통 충격이겠어. 나도 처음에 듣고 기절할 뻔했는데."

지우는 리모컨으로 티브이를 켰다. 티브이에서 강두원과 강진만에 대한 특보가 흘러나오고 있었다. 두 사람이 검찰에 출두하는 장면이 지우의 시선에 들어왔다.

―명성 장학재단 강 이사장이 살인 및 폭력 혐의로 법의 심판을

받게 되었습니다. 강 이사장은 9년 전 여대생 피살사건으로 유력한 용의자였지만 증거불충분으로 불기소처분된 전과가 있었습니다. 그 후에 담당 형사의 자살과 동료 형사의 피살 등 사건이 끊이지 않았는데요. 사건을 맡았던 한 형사는 강 이사장의 요구를 들어주는 대신 막대한 병원비를 받은 것으로 드러났습니다. 그리고 죄책감에 시달려 자살한 것으로 보고 있습니다. 거기다 동료 형사였던 강 형사 또한 강 이사장이 입을 막기 위해 강도사건으로 가장해 살인한 것이 드러났습니다. 당시 부검을 맡았던 부검의가 자백을 하면서 사건이 드러났는데요. 현재 국민들의 존경받던 명성 장학재단의 이사장의 죄가 드러나면서 충격을 주고 있습니다.

다른 채널 역시 특보로 사건을 내보내고 있었다. 지우는 티브이를 끄고 재혁을 바라보았다. 그동안 힘겹게 달려왔던 시간들이 종지부를 찍게 되었다. 쉬지 않고 마라톤을 하다 목적지까지 도착한 기분이었다.

"강 형사랑 너랑 죽이려고 했던 조직폭력배 놈들도 싹 다 잡았어. 그동안 그놈들이 뒤처리를 해 준 모양이야."

"그런데 어떻게 알고 왔어?"

"선배님 없어졌길래 경찰서 안을 뒤지다 비디오실에 들어갔는데, 강 형사님 협박 동영상이랑 편지가 있더라구요. 바로 출동했죠."

썩 개운치 못한 한숨이 입에서 터져 나왔다. 그래도 민수와 철민이 늦지 않게 출동해서 다행이었다.

"어떻게 맨홀 뚜껑에서 기어 나올 생각을 했어?"

"지하 건물 안에 바닥이 뚫린 데서 물 흐르는 소리가 나더라구요. 그래서 아, 여기로 들어가면 살 수 있겠다 싶더라구요. 본능적으로."

지우가 뿌듯한 목소리로 민수에게 대답했다.

"그래도 너보다 강 형사가 낫네. 넌 얻어터지다 저세상으로 갈 뻔했잖아. 총까지 뺏기고."

"그나저나 복직하자마자 시말서 쓸 준비하세요, 선배님."

"시말서로 끝난 게 다행이지. 난 뭐 징계라도 받을 줄 알았는데 말이야. 몇 년간 승진, 승급 시험 못 보게 말이다. 김 팀장님 마음도 넓으셔."

민수는 제 맘대로 몸을 움직이지도 못하고 누워 있는 재혁을 잔뜩 골려 주었다.

"그만 좀 나가지?"

"안 그래도 그럴 참이다. 강 형사 몸조리 잘하고 복직하길 기다릴게."

민수가 지우의 어깨를 툭툭 치며 응원의 말을 아끼지 않았다. 철민도 민수의 말을 거들며 지우에게 하루빨리 복직하길 기다리겠다는 말을 남기고 병실을 나갔다. 한바탕 시끄러웠던 병실에 지우는 재혁과 단둘이 남게 되었다.

"선배, 고마워요."

"뭐가?"

"나 구하러 와 줘서. 나 정말 그때 죽는 줄 알았거든요. 원래는 다른 데 감금되어 있었는데, 그날 그 건물로 다시 감금된 거예요.

그때 진짜 여기서 죽는구나, 싶었어요."

재혁은 터진 입술 사이로 픽, 하고 웃는 소리를 냈다.

"가서 얻어터지기만 했는데 뭘. 날 구해 준 건 오히려 너잖아."

"선배가 안으로 들어오는 순간, 살았구나 싶었어요. 희망의 빛 같은 게 보였다구요."

재혁은 지우의 과한 칭찬에 쑥스러워 어쩔 줄 몰라 했다. 그저 이렇게 다시 그녀와 마주 보고 얘기를 할 수 있어 다행이라는 생각밖에 들지 않았다.

"그래도 다행이다. 이렇게 살아 있어서."

"그러게요."

지우는 재혁 옆에 있는 침대로 가서 누웠다. 그동안 영양부족으로 당분간 링거를 맞고 있어야 했다. 지우는 가만히 누워 재혁을 바라보며 손을 내밀었다. 재혁은 가만히 지우의 손을 바라보다 살며시 잡았다.

"넌 이제 어쩔 거야? 강두원 잡았으니 형사 때려 칠 건가?"

"아뇨. 아버지 뛰어넘는 멋진 형사가 돼야죠. 아직 그건 달성 못 했으니까요."

"너답다."

놈들에게 얻어맞아 온몸이 쑤셨지만 재혁은 침대에 누워 천장을 바라보며 지우를 다시 볼 수 있어 다행이라고 생각했다.

"있잖아요, 선배. 진짜 죽는다는 기분이 들었을 때 선배가 제일 먼저 떠올랐어요."

"……"

"영화에서 남자 주인공처럼 멋지게 선배가 날 구하러 와 줬으면 좋겠다고 생각했죠."

"……."

"그때 깨달았어요. 내가 지독히도 못돼 처먹은 인간을……."

지우는 천장을 바라보다 재혁에게 시선을 돌렸다. 재혁은 묵묵히 지우의 옆모습을 바라보았다.

"아주 많이 좋아하고 있구나. 죽기 전에 고백해야겠다고."

"강지우……."

"건물 안으로 들어와서 내 이름 부른 거 처음이었을 걸요. 다신 못 듣는 줄 알았는데."

"바보 같긴."

재혁은 대답 대신 지우의 손을 꼭 쥐었다. 그리고 행복한 미소로 지우를 바라보았다.

❋　　❋　　❋

"죄송합니다."

재혁은 시말서를 김 팀장에게 내밀며 고개를 숙였다. 퇴원 후 바로 시말서를 가지고 복직한 재혁은 자신을 바라보는 김 팀장의 매서운 시선에 기가 죽어 버렸다.

"다신 자네 입에서 그런 말 듣지 않길 바라네. 두 번 봐주는 일은 없으니까 앞으로 조심해. 그땐 징계위원회에 자네 이름을 올릴 테니까. 나가 봐."

재혁은 다시 한 번 고개를 숙이곤 김 팀장 방에서 나왔다. 방에서 나가는 재혁의 뒷모습을 바라보던 김 팀장의 시선은 지우에게 향했다.

　"몸은 좀 어떤가?"

　"많이 좋아졌습니다."

　씩씩한 목소리로 지우가 대답했다.

　"조금 더 쉬어도 되는데."

　"일주일이면 많이 쉰 거죠. 계속 병실에서 천장만 보고 있자니 온몸이 쑤시던걸요."

　"그래, 그럼. 무리하지 말고."

　안색이 좋지 않아 걱정했던 김 팀장은 밝은 미소로 대답하는 지우의 모습에 한시름 놓은 얼굴로 고개를 끄덕였다. 지우는 김 팀장 방에서 나와 재혁을 찾았다. 밖으로 나와 보니 담배를 물며 투덜거리고 있었다.

　"혼자 뭐라고 구시렁대요?"

　"내가 독단적으로 행동한 건 백 번 잘못한 거지만, 그게 이 나라의 안녕과 평화를 위해서 내가 희생한 일이었다고."

　"팀장님 앞에선 한 마디도 못 하던 인간이."

　"뭐?"

　"왜, 내가 전해 줘요? 선배가 이 나라의 안녕과 평화를 위해 희생한 거라며 시말서 쓴 거에 대해 엄청나게 불만을 토로하고 있다구요. 팀장님 생각은 어떠하시냐구요."

　얄밉게 자신을 놀려 대며 지우는 정말로 그대로 전할 기세로 다시 사무실로 향하고 있었다. 재혁은 다급하게 지우의 팔을 붙들곤 밖으로 나왔다.

"왜요?"

"날 아주 죽이려고 작정했구나!"

"이제 알았어요?"

지우는 까르르 웃음소리를 내며 박장대소를 했다. 붉으락푸르락 변한 얼굴이 예술이었다. 민수와 철민도 봤으면 좋았을걸, 하고 아쉽기까지 했다.

"좋다고 웃지?"

"선배."

"왜?"

"선배 동생 궁금해요."

잠깐의 침묵이 두 사람 사이에 흘렀다. 재혁은 자신 때문에 죽은 것 같아 죄책감이 아직까지 남아 있었다.

"선배의 하나뿐인 동생이니까."

"그래, 보러 가자."

자주 연지를 보러 가지 못했었다. 동생을 볼 면목이 없어서 연지가 있는 곳에 가도 납골당 안으로 들어가지 못했던 재혁이었다. 하지만 이젠 연지를 볼 수 있을 거 같았다. 자신 옆엔 지우가 있으니까 말이다.

그날 저녁 경식이 운영하는 삼겹살집에서 김 팀장을 뺀 나머지 강력 2팀 팀원들이 지글지글 불판에 구워지고 있는 돼지 껍데기를 안주 삼아 걸쭉하게 한 잔씩 들고 있었다.

"강 형사 없으니까 어찌나 사무실이 텅 빈 것 같던지. 내가 출근하면서 강 형사 걱정 많이 한 거 알지?"

민수가 술병을 기울이며 지우의 잔에 술을 따라 주었다. 민수의 능글스러운 말투에 지우는 빙그레 미소를 지었다.

"그럼 알다마다요."

"강 형사가 한 사람 인생을 구제했지."

민수의 날카로운 시선은 고추를 한입 크게 베어 먹고 있는 재혁에게 향했다.

"뭘 그렇게 기분 나쁘게 쳐다봐?"

"저 자식 강 형사 사라지고 반 폐인으로 찾아다녔다는 거 아냐."

"그, 그럼 사람이 없어졌는데 가만히 있어?!"

재혁은 저도 모르게 버럭 소리를 지르고 말았다. 괜히 쑥스러워 재혁은 술을 홀짝대며 죄 없는 민수를 노려보았다.

"둘이 예전보다 더 가까워진 것 같네."

"가까워지긴요. 하하. 한 잔 받으세요."

지우는 민수의 잔에 술을 따라 주며 괜히 어색하게 웃어 댔다. 여전히 손님들이 많은 가게에서 서빙을 하고 있던 경식은 흘깃 지우를 바라보았다. 저렇게 다시 웃는 모습을 봐서 얼마나 다행인지, 지우가 사라지고 난 후부터 잠도 한숨 자지 못했던 경식이었다. 경식은 고기를 툭, 테이블에 던지듯 내려놓고 주방으로 가 버렸다.

"아저씨 안 시켰는데."

"술만 먹지 말고 고기 좀 먹으라고, 인석아."

"이거 서비스죠! 이거 빼고 계산할 거예요~"

시끌벅적한 가게 안을 휘젓는 우렁찬 지우의 목소리에 경식의 입엔 미소가 저절로 번졌다. 살아 있어서 정말 다행이라고, 이제야 두 다리 뻗고 겨우 잠잘 수 있겠다고 생각하며 경식은 먼저 간 한충원과 강민석을 떠올렸다.

"한 선배, 아까 한 얘기마저 해 봐요. 나 없어졌다고 성질 고약한 이 사람이 어쨌다구요?"

"혼비백산이 돼서는 아주 제정신이 아니더라니까. 이 자식 저러는 거 진짜 처음 봐."

그 말에 재혁은 얼굴이 새빨개져서는 민수의 입을 틀어막았다.

"술을 너무 많이 마셔서 제정신이 아닌가 보네."

"인마, 나 이제 한 잔 마셨어!"

민수가 발버둥 치는데도 불구하고 재혁은 억지로 그의 입을 틀어막고 밖으로 끌고 나갔다. 지우는 그런 두 사람을 쿡쿡 웃으며 쳐다보다 고기 한 점을 입에 넣었다.

"그러고 보니 강 형사님과 윤 선배님 기막힌 일이네요."

반쯤 남은 소주를 입에 털어 넣으며 철민이 입을 열었다.

지우는 미소로 대답을 대신했다.

"9년 전 그 사건의 피해자 가족들이 다시 만나다니."

"그러게요. 악연은 아니겠죠."

"잘 해결되었으니 악연은 아니죠."

지우는 씁쓸한 표정으로 웃었다. 강두원과 강진만은 이제 곧 재판을 하게 될 것이다. 강두원은 사형이나 무기징역을 피하기 어렵게 되었다. 9년 전 사건을 은폐하고, 또다시 살인미수로 잡혔으니 최고

형을 면치 못하게 되었다. 밤이 깊어 가는 줄도 모르고 지우는 경식의 삼겹살집에서 오랫동안 자리를 지키고 앉아 있었다.

　지우는 아침부터 분주하게 움직였다. 일찍 일어나 샤워를 하고 외출 준비를 끝마칠 때쯤 설희가 잠에서 덜 깬 얼굴로 침대에서 기어 나왔다.
　"아침부터 어디가?"
　"약속이 있어서."
　지우는 설희의 눈을 피하며 대답했다. 지우의 수상한 낌새를 눈치챈 설희가 오두방정을 떨었다.
　"너랑 약속 있다는 사람, 혹시 윤 형사님 아니야? 그치?"
　"으, 응."
　설마 이상한 상상을 하는 건 아닐까 지우는 민망한 얼굴로 짧게 대답하곤 고개를 끄덕였다.
　"그럼 데이트하러 가는 거야? 주말에 사건 때문에 나가는 건 아닐 테고."
　"데, 데이트는 무슨. 오버하지 마."
　"그런데 데이트하러 가는 여자 얼굴이랑 옷차림이 그게 뭐야?"
　지우는 새삼스럽게 자신의 얼굴과 옷차림을 지적하는 설희의 행동에 거울을 들여다보았다. 평소와 별반 다를 것이 없는 모습이었다. 썬 크림만 바른 맨 얼굴에 머리는 대충 말린 후 깔끔하게 빗질을 했으며, 얼마 전에 새로 산 셔츠에 청바지 차림이었다. 지우는 자신의 모습을 한 번 쓱 훑어보곤 의문 가득한 얼굴로 설희를 바라보았다.

"옷이 어때서?"

"어떠냐고? 이건 상대방에 대한 예의가 아니지. 뭐 현장에서 뛰어다니는 직업이라 이해는 한다만 그래도 이건 NG야."

"데이트 아니래도 그러네. 어쨌든 갔다 올게."

예의와 직업을 운운하며 설희가 쯧쯧, 하며 혀를 내둘렀다. 설희는 막 나가려는 지우의 팔을 잡아당겼다.

"안 되겠다. 너 오늘 내가 똑똑히 가르쳐 줄게."

"나 늦었어, 지지배야."

"미인을 기다리는 남자는 인내심이 필요한 법이지."

불안한 미소를 머금곤 설희가 옷장을 열어젖혔다. 이 옷 저 옷을 그녀의 몸에 대 본 끝에 검은 토트 무늬가 있는 하늘하늘한 쉬폰 원피스와 허리까지 오는 재킷을 지우에게 내밀었다.

"얼른 갈아입어. 그다음엔 화장을 해 볼까."

지우가 옷을 갈아입자, 화장대 의자에 지우를 앉혀 놓곤 설희는 능숙한 솜씨로 그녀의 얼굴에 묻은 썬 크림을 지우곤 스킨, 로션을 발라 주었다. 지우의 환한 피부에 딱 어울리는 베이스를 얇게 펴 바르곤 아이라이너에 마스카라까지 하고 나서 반짝이는 펄이 들어간 쉐도우를 발랐다. 파운데이션과 핑크빛 립스틱을 바르고 나자 메이크업이 완성되었다. 설희는 탄성을 내지르곤 메이크업으로 변신한 지우의 얼굴을 보여 주었다.

"어때? 180도 바뀌었지?"

"너무 화장이 진한 거 아냐?"

지우는 거울 속 자신의 모습이 어색해서 어쩔 줄 몰라 했다. 자신의 모습을 보면 재혁이 과연 뭐라고 할까. 지우는 클렌징크림을 꺼내 들었다.

"이러고 못 나가겠어."

"애써 공들여 변신시켜 놨더니 지우긴 왜 지워? 너 오늘 최고로 예뻐."

"하지만……."

"늦었다며. 빨리 나가 봐야지."

지우는 벽에 걸린 시계로 시간을 확인한 후 헐레벌떡 일어났다. 설희가 백과 구두까지 신경 써 주었다.

"나 이거 신고 무릎 까지면 김설희 다 너 때문이야."

지우는 10센치의 높은 힐을 신곤 뒤뚱뒤뚱 어색한 걸음으로 집에서 나왔다. 몇 번씩 거울을 보며 지우는 계단으로 내려왔다.

"선배, 오래 기다렸죠?"

"뭐하다 이제……."

차 문에 기대 시간을 보던 그의 짜증 섞인 시선이 지우 얼굴에 닿기가 무섭게 재혁은 할 말 잃은 얼굴로 변했다. 평소와 다른 모습에 잠깐 넋을 놓아 버렸다.

"그렇게 이상해요?"

재혁의 표정을 오해한 지우는 민망한 얼굴로 머리를 긁적었다. 재혁은 지우의 다른 모습에 저도 모르게 가슴이 뛰었다.

"다시 올라가서 옷 갈아입고 올게요."

"됐어. 빨리 타."

금방이라도 가서 티에 청바지 차림으로 나타날 것만 같은 지우의 모습에 재혁은 그녀를 붙잡았다. 지금 모습이 꽤 마음에 들었던 것이다. 잠깐 고민하던 지우가 보조석으로 몸을 밀어 넣었다. 하늘하늘한 스커트 사이로 지우의 다리가 보이자 재혁은 민망한 얼굴로 고개를 휙 돌려 시동을 켰다.

"치마가 너무 짧은 거 아니야?"

"많이 짧아요?"

슬쩍 곁눈질로 그녀의 치마를 훑어본 재혁은 지우의 매끈한 다리로 시선이 가자 저도 모르게 짐승이 된 것 같은 기분이 들었다.

"그냥 뭐…… 별로 안 짧은 거 같기도 하고."

"선배, 방금 내 다리 훔쳐봤죠?"

"내, 내가 언제?"

"변태처럼 곁눈질한 거 내가 다 봤거든요?"

강하게 따지며 눈에 불을 켜는 지우의 모습에 재혁은 식은땀이 났다. 한순간에 변태로 오해를 받게 되다니, 체면이 말이 아니었다. 뭐라고 변명을 해야 하지만 그럴 여지가 없었다.

"증거 있어? 사람을 변태로 둔갑시키다니. 이거 참 억울하네."

"억울한 사람은 나거든요!"

어색한 말투로 억울함을 토해 내지만 재혁의 머리 꼭대기 위에 있는 사람은 지우였다.

"국민들의 세금으로 먹고사는 형사가 어떻게 보고 그런 소리를!"

"이번 한 번만 내가 그냥 넘어가는 거예요. 한 번만 그러기만 해 봐요."

"어쩔 건데?"

"내 손으로 선배 수갑 채우는 일은 없길 바랍니다."

아무리 평소와 다른 모습이라 할지라도 말투는 여전했다. 섬뜩한 말을 아무런 표정 변화 없이 하는 모습에 재혁은 고개를 내저었다.

한 시간 정도 고속도로를 타고 서울 외각에 위치한 납골당에 도착했다. 경건한 음악이 지우의 귀를 간질였다. 봉안 안치실에서 재혁은 연지가 있는 곳 앞에 섰다. 자신을 보며 웃고 있는 연지의 사진을 보자 눈시울이 시큰거렸다.

"선배 동생 참 예뻤네요. 이때가 몇 살 때 사진이에요?"

"스물한 살 때 사진이야. 하늘로 가기 전 마지막 사진일 거야."

재혁의 목소리가 무겁게 내려앉았다.

"지금 살아 있었다면 내 나이 또래 정도 되었겠어요."

"아마도."

"그럼 좋은 친구가 될 수도 있었을 텐데요."

지우는 아쉬운 목소리로 말을 이었다.

"그러게."

"이제 모두 끝났어요."

시원섭섭한 목소리로 지우가 재혁을 바라보았다.

"끝이라니. 이제 시작인걸."

재혁의 따스한 손이 지우의 손을 잡았다. 지우는 자신의 손을 감싸고 있는 재혁의 손을 힘주어 잡았다.

"네, 또 다른 시작이네요."

"다음엔 아버님 소개해 줘."

햇살처럼 그가 처음으로 밝게 미소 짓고 있었다. 지우는 고개를 끄덕이며 연지의 사진을 바라보았다. 마치 자신을 보며 미소 짓고 있는 것 같은 착각을 불러일으켰다.

또 다른 시작이라……. 지우의 가슴이 두근거렸다.

에필로그

"또 눈 내리네. 출근해야 하는데 길 엄청 막히겠다."

출근 준비를 마치고 현관문을 열고 집을 나서려는 설희의 입에서 걱정스러운 목소리가 흘러나왔다. 사건 때문에 새벽에 퇴근한 지우는 비몽사몽 잠에 덜 깬 얼굴로 침대에서 일어나 손을 흔들었다.

설희가 나가고 나서 지우는 몇 시간을 다시 자다 일어나 커튼을 열어젖혔다. 지우가 잠들어 있는 사이에 눈이 얼마나 많이 내렸는지 온통 새하얗게 변해 있었다. 밖에서 열심히 눈을 치우는 사람들이 보였다. 지우는 커다랗게 기지개를 켜곤 따뜻한 커피 한 잔을 들고 식탁에 앉았다.

"선배도 자고 있으려나?"

따뜻한 커피 잔을 양손으로 어루만지며 지우는 혼잣말을 중얼거렸다. 사건 때문에 며칠 밤을 샜으니, 모르긴 몰라도 오후나 돼서 일어날 것이 분명했다. 그래도 어떻게 황금 같은 주말에 사귀는 여자를 혼자 내버려 둘 수 있단 말인가.

괜히 심통이 난 지우는 커피를 다 마시곤 재혁의 집에 쳐들어갈 준비를 하기 시작했다. 샤워를 하곤 어깨까지 내려온 머리를 바짝 말리곤 지우는 겨울 점퍼를 꺼입고 집에서 나왔다. 찬바람이 지우의 뺨을 때리고 지나가자 크게 재채기를 하며 훌쩍거렸다. 올 겨울 중 최고로 추운 것 같았다.

버스를 타고 재혁의 집까지 단숨에 도착한 지우는 편의점에서 라면을 사 가지고 그의 집으로 향했다.

그리고 그의 집 앞에서 지우는 재혁의 번호를 누르곤 전화를 걸었다.

"선배!"

그가 먼저 말하기도 전에 지우가 그를 불렀다. 화들짝 잠에서 깬 재혁은 부스스한 얼굴로 눈을 뜨곤 발신번호를 확인했다.

―그렇게 크게 부르지 않아도 알아듣는다.

"자고 있었어요?"

―누구 덕에 깼어.

"잘됐네요. 그럼 문이나 열어요. 추워 죽겠네."

재혁은 자신이 트렁크만 걸치고 있는 전라에 가까운 몸이라는 것을 잊은 채 설마 하는 얼굴로 현관문까지 갔다. 문을 열자마자 스프링 튕기듯 눈 깜짝할 새에 문이 열렸다.

"선배!"

"너, 너."

여긴 갑자기 어쩐 일이냐고 따져 묻기도 전에 재혁은 온몸을 뒤덮는 추위에 몸이 얼어 버릴 것 같았다. 그제야 자신이 트렁크만 걸치고 있다는 것을 눈치채곤 방으로 뛰어 들어갔다.

"선배, 우리 사이에 뭘 그렇게 숨겨요? 일부러 벗고 있었던 건 아니죠? 응큼하긴."

신이 난 듯 재혁을 잔뜩 골려 주며 지우는 혼자 큭큭 웃었다. 자신이 아니라 다른 사람이었으면 어쩔 뻔했을까. 놀라서 눈이 튀어나올 것 같은 재혁의 표정이 예술이었다. 조금 뒤 티셔츠에 추리닝 바지를 걸치고 나온 재혁은 주방에서 바삐 움직이는 지우의 뒷모습을 바라보다 식탁에 앉았다.

"넌 무슨 여자가 놀라지도 않냐!"

"어머!"

지우가 양손을 얼굴을 가리고 놀란 시늉을 했다. 그러다 까르르 웃음소리가 터졌다.

"이렇게요?"

"강지우!"

"여자인 나보다 선배가 더 놀란 거 같던데요?"

라면을 끓인 냄비를 식탁에 내려놓곤 지우가 심술궂게 한참을 웃었다. 라면을 덜어 그릇에 담아 재혁의 앞에 내려놓았다.

"갑자기 연락도 없이 왔어?"

"가끔 연락 없이 와야겠는데요. 재미있는 구경도 하고 좋네요."

후루룩, 라면을 삼키며 지우가 대답했다.

"한 번만 더 말없이 오기만 해 봐."

"어쩌게요?"

"진짜 벗고 있을 테니까."

지우는 저도 모르게 재혁이 벗은 모습을 상상하고 말았다. 동시에 얼굴이 화끈 달아올라 대꾸할 타이밍을 놓쳐 버렸다.

"누, 누가 무서워할 줄 알고?"

"정말 그럴까?"

"그, 그럼 벗어 보시든가."

생각 없이 말을 던지고 나서 지우는 후회를 했다. 라면을 먹다 말고 재혁이 추리닝을 벗고 있었기 때문이다.

"라면 먹다 말고 무슨 짓이에요!"

"벗으라며. 너도 은근 기대하고 있었던 거지?"

"변태!"

지우가 꽥 소리를 지르고 나서야 재혁은 장난을 멈추고 다시 식탁에 앉았다. 즐거운 듯 입가에 미소를 걸친 채 재혁은 지우를 바라보았다. 그녀는 그저 같이 있기만 해도 엔돌핀이 돌며 웃음이 저절로 나오게 만드는 재주가 있었다.

"배도 채웠으니 밖에서 눈사람이나 만들까?"

"눈사람이요?"

귀가 솔깃한 모양인지 식탁을 치우던 지우의 표정에 활기가 돌았다. 재혁은 미리 준비해 둔 장갑을 가지고 지우에게 흔들어 보였다.

"언제 장갑까지 준비했어요?"

"올 겨울엔 너랑 눈사람 만들려고 준비해 두었는데, 미리 준비해 두길 잘했는데."

"신난다!"

양손에 장갑을 끼곤 지우가 신이 난 듯 방방 뛰어 댔다. 재혁은 밖에서 눈사람을 만들 준비로 완전 무장을 하고 방에서 나왔다. 칼바람에도 끄덕하지 않을 거 같았다. 밖으로 나와 제법 쌓인 눈을 바라보며 재혁과 지우는 회심의 미소를 지었다. 난생처음 눈사람을 만드는 지우는 그래도 티브이에서 본 것은 있어서 모양새를 잘 갖추어 가고 있었지만, 그에 반해 재혁은 눈사람이 타원형으로 되어 있었다.

"눈사람이 이게 뭐예요?"

"뭐가?"

"얼굴이 너무 길잖아요. 성형 좀 시켜 줘야겠는데요."

재혁이 만든 눈사람을 보며 지우가 비웃었다.

"요즘은 이게 트랜드야. 알지도 못하면서."

재혁은 지우의 비웃음에도 아랑곳하지 않고 꽤나 열심히 눈사람을 만들었다. 결국 지우와 재혁은 제법 큰 눈사람을 만들어 재혁의 집 입구에 전시해 놓곤 뿌듯한 표정으로 바라보았다.

"네가 만든 건 완전 호빵이다."

"선배가 만든 건 얍삽하게 생겼어요."

나뭇가지를 꺾어다 양팔을 만들고, 두 사람이 끼고 있던 장갑을 끼워 주고 나서 추위에 바들바들 떨며 다시 집 안으로 들어갔다. 재혁은 따뜻한 녹차 한 잔을 지우에게 건넸다. 지우는 담요로 온몸을 감싼 채 소파에 앉아 있었다.

"추위에 이렇게 약한 줄 몰랐는데."

"요즘 피곤해서 추위에 약해졌나 봐요."

재혁이 건넨 녹차를 홀짝 마시던 지우가 대답했다.

"이러다 감기 걸리겠다."

"걱정 마요. 다음엔 눈싸움으로 선배의 코를 납작하게 만들어 줄 테니까."

"큰 소리는."

아프지 않게 재혁은 지우의 코를 쥐었다. 그래도 마냥 좋은지 지우는 실실 웃었다. 그러다 갑자기 어색한 분위기가 돌았다. 조금 전까지만 해도 서로 놀리며 장난치던 사이였는데, 어떤지 갑자기 두 사람은 약속이나 하듯 말이 없었다. 소파에 나란히 앉아 있다 재혁이 지우의 얼굴을 바라보았다. 지우는 떨리는 마음으로 재혁을 바라보았다.

'올 것이 왔다.'는 표정으로 지우는 재혁의 옆에 바짝 붙어 앉곤 그의 어깨에 기댔다.

"춥네요."

"많이 추워?"

"선배 어깨 기대 있으니까 따뜻해요."

재혁의 긴 팔이 지우의 어깨를 감싸 안았다. 두 사람 사이엔 묘한 분위기가 감돌았다. 재혁의 심장은 터질 것처럼 거세게 뛰고 있었다. 갑자기 그녀가 옆에 바짝 붙어 앉자, 재혁은 어쩔 줄 몰라 했다.

괜히 딴 데로 시선을 돌리던 재혁은 지우와 시선이 마주치자 마치 정지된 것처럼 그녀를 한참 말없이 바라보았다. 그리곤 빨갛게 달아오른 지우의 뺨을 어루만지다 저도 모르게 지우의 입술에 입을 맞추었다.

지우는 피하지 않고 재혁의 목을 끌어안곤 따뜻한 그의 숨결을 받아들였다. 곧 그의 혀가 자신의 입안을 폭풍처럼 휘저었다.

재혁은 그녀를 더욱 세게 끌어안으며 자신의 무릎 위로 앉혔다. 지우는 못 이기는 척 그의 무릎에 앉아 가슴을 매만졌다. 자신만큼이나 미친 듯이 긴장하는 것이 그대로 손에 전해지고 있었다. 말도 필요 없이, 그저 눈빛으로 서로가 원하는 것이 같다는 걸 알 수 있었다.

재혁은 키스를 하며 지우의 티셔츠 속으로 자신의 손을 밀어 넣었다. 매끈한 그녀의 등을 매만지던 재혁의 손은 그녀의 브래지어 후크까지 도달했다. 이미 그만두기엔 너무 멀리 온 상태였다. 자신의 분신은 이미 흥분에 젖어 불에 탄 것처럼 뜨거웠다. 고민하지 말라는 듯 지우가 재혁의 셔츠 단추를 풀었다. 그러자 재혁은 거침없이 후크를 풀곤 느슨해진 브래지어 속으로 손을 밀어 넣곤 그녀의 가슴 한쪽을 쥐었다.

"흐음……."

더욱 흥분케 만드는 지우의 신음 소리에 재혁은 그녀의 상의를 벗겨 내고 목덜미를 핥았다. 한 손으로 지우의 유두를 간질이다 입속에 넣곤 혀로 장난치기 시작했다.

"서, 선배……."

재혁은 지우가 무엇을 원하는지 알 수 있었다. 번쩍 그녀를 안고 방 안으로 들어갔다. 침대에 그녀를 눕히곤 바지를 벗겨 내자 브래지어와 같은 색의 핑크빛 팬티가 보였다. 재혁은 바지를 벗어 던지곤 그녀의 몸 위로 올라갔다.

―지이이잉.

갑자기 들려오는 불청객의 소리에 재혁은 지우와의 키스를 잠깐 멈추었다. 하지만 이내 다시 그녀의 입술을 탐했다.

―지이이잉.

끊긴 줄 알았던 전화가 집요하게 울려 대고 있었다.

"받아요. 급한 전화일 수도 있잖아요."

재혁은 휴대폰 발신번호를 확인하자 얼굴이 구겨졌다. 이런 중요한 시간을 망치다니 절대 가만히 있지 않으리라.

"왜?"

―당장 서로 들어와. 비상이야.

다급한 민수의 목소리가 날아왔다.

"비상이라니?"

―용의자 알리바이 확인됐어.

재혁은 갑자기 띵, 하고 이성이 끊기는 소리가 들렸다.

"그 자식이 불었어?"

―그래, 정말 이게 며칠 만이냐! 지금 당장 모이라는 팀장님의 명령이다!

민수와 통화하는 사이, 지우에게도 전화가 걸려왔다.

"네. 박 형사님. 네. 지금이요? 아, 아뇨. 당장 갈게요."

지우는 급하게 전화를 끊곤 아직까지 통화중인 재혁을 바라보았다.

"그 자식이 어디 있는지 내가 어떻게 알아? 통화가 안 된다고?"

―아니다. 방금 박 형사가 통화했단다. 설마 둘이 같이 있었던 건 아니지?

"헛소리 그만하고 기다려. 바로 갈 테니까."

재혁은 최대한 화를 억누르며 전화를 끊었다. 어느새 지우는 옷을 입고 재혁을 기다리고 있었다.

"비상이라죠?"

"응."

괜히 어색한 분위기가 감돌았다. 예전부터 눈치 없는 건 알아줬는데, 이런 상황에서까지 전화를 걸다니 정말 최악이었다.

"빨리 가죠."

지우가 먼저 밖으로 나갔다. 재혁도 지우의 뒤를 따라 밖으로 나오자 조금 전과는 비교가 안 되는 추위가 그들을 맞이했다. 차에 올라타 시동을 거는 재혁의 입에서 깊은 한숨이 저절로 터져 나왔다. 그의 한숨을 들은 지우가 재혁을 위로하듯 입을 열었다.

"뭐 오늘만 날인가요?"

재혁의 표정에 활기가 돌았다.

"이 사건 끝나면 여행이라도 갈까요?"

"어디로?"

"멀리 가고 싶은데. 아무도 방해 못 하게."

"좋아."

시원하게 대답하며 재혁은 차를 출발시켰다. 또다시 그들을 기다리는 사건 속으로 들어갔다.

—End

후기

    시간이 어떻게 지나갔는지 기억이 나지 않을 만큼 나름 즐겁게 썼던 것 같습니다. 제가 즐겁게 쓴 것처럼 많은 분들도 즐겁게 읽어주셨으면 좋겠다는 바람을 가져봅니다.
    올해엔 모든 분들이 원하는 소망 한 가지씩은 꼭 이루어졌으면 좋겠습니다.

    감사합니다.

Scarlet
스칼렛

Scarlet
스칼렛